Zum Buch:

Die Besitzerin eines Hundesalons am Flughafen, Ollie, lernt endlich ihren Vielfliegerschwarm Bennett kennen und gerät in eine Fake-Dating-Situation mit dem nebenberuflichen Romance-Autor, welcher nach Inspiration für sein neues Buch sucht.

Zwei Fremde, die eine romantische Silvesternacht miteinander verbringen, nur um Monate später herauszufinden, dass sie bald Kollegen sind, die gemeinsam auf Geschäftsreise geschickt werden. Durch Sticheleien versuchen Gia und Felix, sich nicht zu nahe zu kommen, was sich schwieriger herausstellt als gedacht.

Teagan wird bald ein Flugzeug für ein internationales Abenteuer besteigen. Silas löst als Kundenbetreuer beruflich Probleme. Eines, das er nicht lösen kann, ist die Frage, wie er seiner besten Freundin Teagan sein Geheimnis anvertrauen kann. Als sie ihm vorschlägt, einen gefundenen Liebesbrief zusammen zu seinem Besitzer zurückzubringen, ergreift er die Chance.

Zur Autorin:

Denise Williams schrieb ihre ersten Bücher in der zweiten Klasse. Nachdem sie diese frühen Werke geschrieben hatte, beendete sie die zweite Schulklasse und erwarb schließlich einen Doktortitel in Pädagogik, um anschließend im Hochschulbereich zu arbeiten. Als Militärkind ist sie in der ganzen Welt und USA aufgewachsen und lebt jetzt mit ihrem Mann, ihrem Sohn und zwei störrischen Shih Tzus, die glauben, ihnen gehöre das Haus, in Des Moines, Iowa.

DENISE WILLIAMS

Liebe und andere Verzögerungen

Übersetzt aus dem amerikanischen Englisch
von Christian Trautmann

HarperCollins

Die Originalausgabe erschien 2023 unter dem Titel
Love and Other Flight Delays bei Berkley, New York.

1. Auflage 2024

Deutsche Erstausgabe

Umschlagadaption von bürosüd, München in Anlehnung an das Original:
Cover-Illustration von Monika Roe
Cover-Design von Rita Frangie
Gesetzt aus der Stempel Garamond
von GGP Media GmbH, Pößneck
Druck und Bindung von CPI books GmbH, Leck
Printed in Germany
ISBN 978-3-365-00630-6
www.harpercollins.de

Druckprodukt mit finanziellem Klimabeitrag
ClimatePartner.com/15109-2009-1001

FSC MIX Papier FSC® C083411

Für Jay,

den risikofreudigsten Menschen, den ich kenne
(außerdem ein ziemlich phänomenaler Bruder)

Mit dir auf Wolke sieben

1. Kapitel

Ollie

»Direktflug 682 von Orlando ist am Gate C7 eingetroffen.«

Normalerweise blendete ich die ständigen Lautsprecherdurchsagen über Landungen, Verspätungen, Gate-Änderungen oder bei der Security hinterlegte persönliche Dinge aus. Aber diese Durchsage ließ mich aufhorchen. *Pre-Flight Paws* lag direkt gegenüber von Gate C7. Wenn man den Flughafen von Atlanta wie eine kleine Stadt betrachtete – und oft genug wirkte er so –, dann war das Gate Teil der Nachbarschaft.

Jess kam aus dem hinteren Bereich nach vorn und rief über die Schulter: »Pepper ist ein Entfesselungskünstler – sei vorsichtig, wenn du ihn wäschst!«

Nach zwei Jahren wachsender Bekanntheit und positiver Resonanz von Reisenden angesichts der Möglichkeit, ihre Haustiere während eines Aufenthaltes pflegen zu lassen, konnten wir uns Angestellte leisten.

Jess ließ die Tür hinter sich zuschwingen und gesellte sich zu mir hinter den Tresen. »Du starrst ihn schon wieder an.« Die Stimme meiner besten Freundin und Geschäftspartnerin störte mich bei dem, was nicht Starren, sondern einfach nur Beobachten des Passagiers war, der die Gangway herunterkam. Dieses großen, breitschultrigen, geheimnisvollen Passagiers mit dem markanten Gesicht.

»Ich starre nicht.«

»Du hast den Blick nicht einmal abgewendet, während du mit mir gesprochen hast.« Sie stieß ihre Hüfte gegen meine.

Ich kannte seinen Namen nicht, aber jeden Dienstag gegen 11:15 Uhr kam ein Adonis in einem dunklen, maßgeschneiderten Anzug über die Gangway, der sein Handy checkte, sich umsah und danach in Richtung irgendeines unbekannten Ziels verschwand. Das Einzige, was ihn noch sexyer hätte machen können, wäre ein Buch gewesen, das er mit sich herumtrug. Ich hatte seit jeher eine Schwäche für Leute, die wie ich gern lasen.

Jess gab einen tadelnden Laut von sich und schob mich weg, um an den Computer zu gelangen. »Das ist wirklich traurig.«

Mr. Dienstag sah immer ernst aus, und heute bildete sich sogar eine Falte zwischen seinen Brauen, als er stehen blieb, sich an eine Wand lehnte und auf sein Handy schaute. »Was ist traurig?«

Ihre Finger flogen über die Tastatur. »Dass deine Cola-light-Pause das Highlight deines Tages ist.«

Ich trank durch meinen Strohhalm und behielt den Mann im Auge. »Es ist Eiskaffee.«

»Erinnerst du dich an diesen Werbespot aus den Neunzigern, in dem ein paar Frauen einen Bauarbeiter mit freiem Oberkörper anstarren, der jeden Tag um die gleiche Zeit eine Cola light trinkt?«

Ich löste den Blick von Mr. Dienstag. »Das klingt … problematisch. Wovon redest du?«

Jess verdrehte die Augen. »So jung.« Sie zog ihr Handy

aus der Gesäßtasche und öffnete YouTube. Sie war nur zehn Jahre älter als ich, aber anscheinend bedeutete das, dass ich eine ganze Welt popkultureller Werbebezüge verpasst hatte. »Warte.«

»Apropos Cola light – wie kam es dazu, dass Pepper damit übergossen wurde und jetzt ein Bad braucht?« Vorhin hatte ich, von der Toilette kommend, Peppers Besitzer, der uns den kleinen Terrier dann überließ, nass und unglücklich, aber kalorienreduziert vorgefunden.

Jessica hielt mir stolz ihr Handy vor die Nase und zeigte mir ein Video von einem Mann mit freiem Oberkörper und Bauhelm auf dem Kopf, der von Frauen mit aufgedonnerten Frisuren und großen Brillen angegafft wurde. »Offenbar hat er sich losgerissen und ist gegen eine offene Flasche gestoßen, aus der jemand trank. Pepper, nicht dieser Schauspieler. Über dessen Gewohnheiten weiß ich nichts.«

Ich schaute wieder zu C7, um mir keinen weiteren Mr.-Dienstag-Moment entgehen zu lassen, nicht mal für eine Pepper-Story. »Dies ist keine Cola-light-Pause«, sagte ich, während ich mir insgeheim eingestand, dass es doch so war. Ich hatte nur keine so aufgedonnerte Frisur wie die Frauen in dem Video. »Es ist … reine Neugier.«

Jess lachte, und der lebhafte Laut erfüllte den gesamten kleinen Check-in-Bereich. Als einige Vorschriftenänderungen es uns ermöglicht hatten, unser mobiles Haustierpflege-Unternehmen fest ins Terminal C zu legen, investierten wir all unsere Ersparnisse, unsere ganze Zeit und nutzten alle Kontakte, um durchzustarten. Zeit hatte ich, alles andere war knapp, aber ich liebte diesen Laden, besonders wenn die Stimme meiner besten Freundin darin widerhallte. »Neugier, wie er wohl ohne Anzug aussieht?«

Ich grinste und beobachtete, wie Dienstag sein Handy einsteckte, sich umschaute und sich dann auf den Weg zum anderen Ende des Terminals machte. »Nein, ich bin nur neugierig, wer er wohl ist und wohin er geht.«

Jess ging mit wissendem Lächeln nach hinten. »Cola-light-Pause«, rief sie über die Schulter und ließ die Tür hinter sich zuschwingen.

Da Mr. Dienstag wohl zu seinem Anschlussflug unterwegs war, kehrte ich an den Computer zurück, wo ich unsere Finanzen durchgesehen hatte. Jessica war unsere Pflegerin. Ich liebte Tiere und konnte zwar bei einfachen Dingen helfen, kümmerte mich jedoch hauptsächlich ums Geschäftliche. Nachdem ich ein weiteres Mal die Zahlen durchgegangen war, schaute ich erneut zu der Stelle, wo Mr. Dienstag an der Wand gelehnt hatte. Ohne Anzug sähe er bestimmt nicht schlecht aus. Ein Mann ohne Anzug im Flughafen wäre lustig. Ein Mann ohne Anzug in einem Flughafen wäre jedenfalls keiner, mit dem man drei Jahre zusammen war und der einen davon überzeugte, eine Fernbeziehung sei besser als ein Umzug nach D.C. für den Traumjob, nur um dann ein Jahr lang ein Doppelleben zu führen.

Ich schüttelte die Erinnerung ab, denn dieser Verrat hatte mich in jemanden verwandelt, der Angst davor hatte, sich auf etwas Romantisches einzulassen – andererseits aber auch in die wildwasserfahrende, fallschirmspringende Unternehmensgründerin und mutige Frau, die ich jetzt war. Einige Risiken scheute ich als selbstbewusstere Person nicht. Mit Menschen verbundene Risiken hingegen … nun, dafür hatte ich Helden in Büchern. Ich blickte auf den Roman in meiner Handtasche unter dem Tresen und freute mich schon darauf, später weiterlesen zu können.

Zurück zum Geschäft. Ich scrollte durch die Buchhaltungssoftware, prüfte ein weiteres Mal meine Arbeit, den Vorschlag zur Erweiterung des Geschäfts.

Das gedämpfte hohe Bellen Peppers drang durch die eigentlich wirkungsvoll schallisolierte Tür. »Hey, Ollie, Jess nimmt sich gerade diesen Chihuahua vor. Kannst du mir helfen bei ...« Jeremiah kam mit seifigen Händen durch die Schwingtür.

Ich drehte mich sofort um. Nie hätte ich gedacht, dass wir in einem Flughafen so viele Stammkunden haben würden – aber wie flink Pepper sein konnte, wusste ich längst. »Klar, aber mach die Tür ...«

Ein junges Paar mit einer Transportbox betrat den Laden, doch ehe sie etwas sagen konnten, ergriff der eingeschäumte Pepper tatsächlich die Flucht, eine Schaumspur auf dem Boden hinterlassend. Er rannte hinaus ins Terminal C, seine Leine wie eine Schlange hinter sich herziehend.

Verdammt! »Ich hole ihn.« Ich lief zum Eingang, vermittelte unseren neuen Kunden den bestmöglichen Eindruck – »Jeremiah, bitte kümmere dich um sie!« – und sprintete Pepper hinterher. Ich verfluchte das hinterhältige kleine Biest, das ich mal hinreißend gefunden hatte, und rannte ihm im Gedränge laut rufend hinterher. »Pepper!« Ich wich einer Familie aus, die ratlos vor der Anzeigentafel stand, meinen Impuls, ihnen zu helfen, unterdrückend. »Pepper! Komm her!«

Vor mir schlug der Hund Haken, und ich schwöre, der kleine Mistkerl verlangsamte sein Tempo, bis ich näher kam. Wahrscheinlich amüsierte er sich prächtig. Ursprünglich hatte ich vorgehabt, in Washington, D.C., als Power Player für hochwertige Werbekampagnen in einem Eckbüro zu landen. Als ich auf einem von Peppers nassen Pfotenabdrücken ausrutschte und mit den Unterarmen auf die Fliesen knallte, zweifelte ich an meinen Entscheidungen, die mich hierhergeführt hatten.

Ich rappelte mich auf, schaute mich um und folgte der nassen Spur. »Pepper!«

Das Gedränge wurde noch dichter, aber ich hörte eine tiefe Stimme sagen: »Hab dich.« Ich atmete erleichtert auf und hoffte, dass die Stimme nicht einem der anderen Ladeninhaber gehörte, die darauf lauerten, uns hinauszudrängen. *Bitte mach, dass er nicht vor* Juliannas Candy Shoppe *gestoppt wurde. Die hasst uns.* Ich war mir nicht sicher, ob sie Haustiere nicht mochte, uns nicht mochte, weil wir den Laden ihrer Freundin übernommen hatten, der nicht mehr lief, oder ob sie grundsätzlich niemanden leiden konnte. Wie dem auch sei, ich ging ihr für gewöhnlich aus dem Weg.

Ich bewegte mich durch die Menge, auf der Suche nach Pepper, und folgte der Seifenschaumspur auf dem Boden. Ausgerechnet jetzt, wo ich Pepper in einer Menschenmenge zu finden versuchte, war er natürlich still.

Wir werden Pepper Hausverbot erteilen.

»Das ist Ihrer, nehme ich an?«

Nur knapp vermied ich einen Zusammenprall mit einer Familie, die zu ihrem Flug eilte, und entdeckte den nassen, schadenfrohen Pepper, der sich in den Armen meiner Colalight-Pause wand.

2. Kapitel

Bennett

Ich verabscheue Flughäfen.

»Bleib dran«, sagte ich und hielt auf dem Gate Ausschau nach einer freien Ladestation. Mein Handy hatte sich in der Nacht zuvor nicht aufgeladen, und jetzt zeigte der Akku noch elf Prozent an. Sobald es unter dreißig Prozent war, wurde ich genauso unruhig, wie wenn die Tankanzeige des Autos unter fünfundzwanzig Prozent fiel. Ich ging ungern irgendwelche Risiken ein.

»Wo bist du?«

Meine beste Freundin hätte nicht fragen müssen, da mein Job mich stets an denselben Ort führte. Ich brummte meine Antwort und machte mich auf die Suche nach einem freien Platz, um mein Handy aufzuladen.

»Wo sonst?« Ich versuchte, an der Gruppe vor mir vorbeizukommen, vier nebeneinanderher schlendernden Leuten, und lief eilig auf die Mitte des Durchganges zu. Ich hatte erst in einer Stunde und dreiunddreißig Minuten einen Termin, aber das dämpfte meine Frustration darüber nicht, dass ich mein Tempo verlangsamen musste.

»Warum hast du diesen Job noch nicht gekündigt?«

Ich hörte Gespräche und Vogelgezwitscher im Hintergrund und nahm an, dass Gia über den College-Campus ging, wo sie Chemie unterrichtete.

»Zunächst einmal gefällt mir das Gehalt.« Endlich kam ich an der am weitesten links gehenden Person vorbei, was mir einen scharfen Blick einbrachte, als hätte ich meinen Rollkoffer als Rammbock eingesetzt. »Solche Dinge sind ganz praktisch, wenn man Essen und Unterkunft bezahlen muss.« Vor mir erhob sich ein Jugendlicher und griff nach dem Kabel an seinem Smartphone. Ich beschleunigte meine Schritte.

»Natürlich, aber du hast ja noch eine andere Einkommensquelle.«

Meine beste Freundin war kaum schockiert gewesen, als ich ihr erzählte, dass ich einen Liebesroman geschrieben hatte. Genauso wenig, wie sie schockiert gewesen war, als ich ihr berichtete, dass ich einen Job in der Risikobewertung angenommen hatte. Sie verlangte einfach nur, dass ich ihr die Rohfassung schickte, und fünf veröffentlichte Romane später war sie immer noch der erste Mensch, der meine Sachen las. Nur hatte ich ihr seit einer Weile nichts mehr geschickt, weil ich nichts geschrieben hatte. Seit der Abgabe des letzten Manuskripts. Es war, als befände meine ganze Kreativität sich in einem verloren gegangenen Gepäckstück, während die Deadline bedrohlich näher kam.

»Achtung an Terminal C: Die Person, die Handy, Brieftasche und Zigaretten vergessen hat, wird an der Sicherheitskontrolle erwartet.«

Diese Person hat einen schlechten Tag. Ich wich zwei jungen Leuten aus, die zusammengekuschelt auf dem Boden saßen, im warmen Lichtschein eines iPhones. Daneben war ein älteres Paar, beide in Rollstühlen, die von zwei jungen Männern geschoben wurden. Junge Liebe. Alte Liebe. Überall um mich herum war Liebe, und obwohl es mein Job war – mein Zweitjob –, Liebesgeschichten zu schreiben, hatte ich keine Ideen. Die Quelle war versiegt.

Gia zog meine Aufmerksamkeit wieder auf sich. »Bist du noch da?«

»Sorry. Und ich kann meinen Job nicht aufgeben, schon gar nicht, wenn es mir nicht gelingt, dieses Manuskript fertigzustellen.«

»Vielleicht wirst du dazu in der Lage sein, wenn du dir Zeit nimmst, damit deine Kreativität sich regenerieren kann. Oder wenn du ein paar Dates hast, um dich *inspirieren* zu lassen.«

»Es ist nicht so, dass mich die Inspiration anspringt, wenn ich sie gerade brauche.«

»Möglicherweise aber doch«, sagte sie. »Vielleicht triffst du die Frau deiner Träume, wenn du dich in der Schlange für Zimtschnecken anstellst. Du musst nur mal ein bisschen aus dir herauskommen und Spaß haben.«

Ich erinnerte mich an meinen ersten Flug, als meine Eltern mich in die Staaten gebracht hatten. Der Duft von Zimt, als wir an einem *Cinnabon* vorbeikamen, war voller Verheißungen. Ich schaute zum Schaufenster links von mir. Jetzt nahm ich den Duft kaum noch wahr. Ich sah jemanden, der ein Auge auf eine frei gewordene Steckdose geworfen hatte, und beschleunigte mein Tempo. »Warum hast du angerufen? Außer um meine Entscheidungen infrage zu stellen.«

»Das war mein Hauptanliegen.« Sie lachte ins Telefon, und prompt vermisste ich sie. Gia war seit meinem ersten Tag auf der Uni – oder *am College*, wie sie sagen würde – meine beste Freundin, aber jetzt lag das halbe Land zwischen uns, und ich hatte nie jemanden gefunden, mit dem ich diese Verbindung fühlte. Ich vermisste ihr Lachen. Die Kollegen, mit denen ich meine ganze Zeit verbrachte, kicherten zwar, aber echtes Lachen hatte ich lange nicht gehört.

»Na schön. Tat gut, mit dir zu plaudern«, sagte ich und griff bereits in meine Umhängetasche, um das Ladegerät herauszuholen.

»Warte, warte, warte«, sagte sie. »Du kneifst nicht vor der Woche Strandurlaub, oder?«

Ich steckte hinter einer weiteren Gruppe von Leuten fest, die sich mit der Geschwindigkeit eines Gletschers bewegten, sodass ich widerstrebend das Tempo verlangsamte und Ausschau nach einem Weg durch die Menge hielt, bis mir jemand auf die Schulter klopfte. »Entschuldigung. Können Sie mir zeigen, wo die Gepäckausgabe ist?«

Niemand könnte mich daran hindern, zur Steckdose zu gelangen, an der ich mein Handy aufladen würde. Mit Ausnahme dieser Frau. »Bleib dran, Gia«, sagte ich ins Telefon und blieb stehen, um der Frau die Richtung zu weisen. Wider besseres Wissen bot ich ihr meine Begleitung an. Sie erinnerte mich an meine Gran, die eigentlich gar nicht meine Großmutter war, sondern unsere Nachbarin. Aber sie war die erwachsene Person gewesen, der ich als Kind am nächsten stand.

Gia wartete, bis sie hörte, wie ich mich verabschiedete, dann fragte sie: »Rettest du wieder alte Damen?«

»Ich habe einer älteren Frau geholfen. Warum sagst du das so spöttisch?«

»Das ist kein Spott. Du kannst nur nie Nein sagen, wenn jemand Hilfe benötigt. Das ist süß.«

»Na ja, du weißt, ich versuche stets, süß zu sein.« Mein Konkurrent für die Steckdose war schneller als ich, weshalb ich nun weitersuchen musste. »Und ja, nächsten Monat passt.«

»Eine Woche Strandurlaub. Ich kann es nicht erwarten, Sonne, Meer und eine heiße Strandbekanntschaft zu bekommen.«

»Hast du etwa vor, dich nur auf eine zu beschränken?« Sie hatte mich dazu gedrängt, Urlaub zu nehmen, und wir hatten ein Haus auf Tybee Island in Georgia gemietet. Ich rechnete fest damit, dass sie während unseres Aufenthalts eine ganze Reihe von Fans finden würde. Aber sie ignorierte meine Frage.

»Du könntest selbst jemanden kennenlernen«, schlug sie vor. »Es ist schließlich schon eine Weile her. Eine kleine unverbindliche Affäre würde deine Schreibblockade womöglich lösen.«

Ich verdrehte die Augen. Diese Unterhaltung führten wir nicht zum ersten Mal, und ich hatte darauf ebenso viel Lust wie auf ein Gespräch darüber, dass ich meinen Job kündigen sollte. Dummerweise war der Hauptgrund dafür, dass ich nicht kündigen konnte, eben jene Schreibblockade – manchmal kamen die Storys einfach nicht. Mein Verstand war nicht immer zuverlässig, wenn es darum ging, Worte zu Papier zu bringen. Sie hatte recht, ich hatte eine Schreibblockade. Aber eine Affäre wäre nicht die Lösung meines Problems. Ich mochte es gern verbindlicher. Eine Beziehung mit jemandem.

Gia lachte erneut. »Ignorierst du mich?«

»Allerdings.« Ich verstaute das Ladekabel wieder in meiner Tasche und schaute sehnsüchtig auf die Steckdose, die ich mir nicht hatte sichern können. »Momentan würde mir eine freie Steckdose vollkommen genügen.«

»Pervers.«

»Ich lege jetzt auf.«

Ich grinste, als ich ihr Lachen hörte, ehe ich das Gespräch beendete. Ich freute mich auf den Urlaub und darauf, Gia zu sehen, und ich hoffte, dass der Tapetenwechsel den gewünschten Effekt auf meine Schreibblockade haben würde.

»Pepper!«, rief eine Stimme aus der Menge, und als ich mich umdrehte, entdeckte ich etwas, das wie eine übergroße nasse Ratte aussah, die mit aufgestellten Ohren zwischen den Leuten hindurchraste.

Ich hätte das Tier ignorieren können, aber Gia hatte verdammt recht, was mein Bedürfnis, anderen zu helfen, anging. Also bückte ich mich und packte die glitschige, nagetierähnliche Kreatur, die zwischen meinen Händen zappelte. Bei näherer Betrachtung erkannte ich, dass es sich bei der vermeintlichen Ratte um einen kleinen Hund handelte. »Hab dich.«

Ich konnte die Person nicht sehen, die das Tier suchte, aber ich hörte erneut ihre Stimme. »Pepper!« Ich kraulte den Hund hinter den Ohren, und er hörte auf, sich zu winden. Dann hörte ich die Worte: »Ich hätte in einem Eckbüro sitzen können.« Kurz darauf zwängte sich eine Frau mit gesenktem Kopf zwischen zwei Reisenden hindurch. Sie trug ein limonengrünes T-Shirt mit der Aufschrift *Pre-Flight Paws*, und ich kannte den Namen von dem kleinen Laden neben dem Gate, an dem ich oft aus dem Flugzeug stieg. Die Frau war mir bisher nie aufgefallen. Ihre gewellten Haare waren zurückgebunden, sie hatte ein hübsches Gesicht und trug eine enge Jeans.

Ich brauchte einen Augenblick, bis ich meine Stimme wiedergefunden hatte. »Das ist Ihrer, nehme ich an?«

Bei meinen Worten sah sie auf und stieß beinah mit einem Mann und einem Kind zusammen, die vorbeieilten.

Nachdem die zwei vorbei waren, sah ich ihr ganzes Gesicht – ihre sanft bernsteinfarbene, klare Haut, die vollen Lippen. Ihre braunen Augen waren geweitet und zunächst auf mich gerichtet, dann auf Pepper.

»Ja, es tut mir so leid.« Sie streckte die Arme aus, um den Hund zu nehmen, der es sich inzwischen in meiner Armbeuge gemütlich gemacht hatte. »Er ist ein Entfesselungskünstler.«

»Ich habe mal gehört, dass Houdini auf Flughäfen angefangen hat«, sagte ich und gab ihr den Hund. Dabei streiften meine Hände kurz die glatte Haut ihrer Unterarme.

Sie lächelte über meinen Scherz, während sie Pepper an ihre Brust drückte und ihn hinter den Ohren kraulte, wie ich es getan hatte. »Beeindruckend, zumal es in den 1920ern kaum Flughäfen gab.«

»Nun«, sagte ich und warf einen Blick auf das Logo auf ihrem Shirt, als sie Peppers Gewicht verlagerte. »Houdini war eben ein Vorreiter – für Sie und Pepper.«

Ich wollte ihren Namen wissen. Das war ein bizarrer Gedanke. Ich hatte den Namen der älteren Dame nicht wissen wollen oder den Namen der Person, die mich finster angesehen hatte, als ich mich vorbeidrängelte. Ich kannte ja nicht einmal die Namen meiner Nachbarn. Aber ihren wollte ich wissen. Sie sah auf meine Brust, und ich spürte Anspannung. *Vielleicht lag Gia doch gar nicht so falsch.*

»Ihr Anzug«, sagte sie und verzog das Gesicht. »Es tut mir schrecklich leid. Können wir Ihnen die Reinigungskosten ersetzen?«

Der Anzug. Ich lachte über meinen Impuls, mit dieser unbekannten Frau zu flirten. »Nein«, sagte ich und winkte ab, ehe ich mein nasses Jackett auszog. »Das geht schon.«

Sie musterte mich erneut, als ich meine Tasche auf die Schulter hob. »Sind Sie sicher?« Sie hielt den glitschigen Hund fest in den Armen, während er sie abzulecken versuchte und vermutlich auf die Gelegenheit zu einer weiteren Flucht lauerte.

Von der Logik her war mir klar, dass sie mein nasses Jackett betrachtete, den schmierigen Seifenschaum, den der Stoff langsam aufsaugte. Allerdings hatte ich den eigenartigen Eindruck, dass sie mich musterte. Und das gefiel mir. »Ja, bin ich. Kein Problem.«

»Nochmals Entschuldigung, und danke. Ich werde Sie dann nicht länger aufhalten.«

»Gern geschehen«, sagte ich, noch nicht bereit, den Blick von ihr abzuwenden. Es war sehr lange her, dass eine Frau meine Aufmerksamkeit auf diese Weise geweckt hatte. »Ich bin Bennett«, stellte ich mich vor und streckte die Hand aus. »Für den Fall, dass er noch einmal zu fliehen versucht, können Sie mich rufen.«

Sie grinste, und sofort wollte ich sie erneut zum Lächeln bringen. »Ollie«, sagte sie und wollte mir die Hand schütteln, zog ihre jedoch wieder zurück, als Pepper anfing zu zappeln. »Olivia. Ich habe die Haustierpflege dort hinten.« Sie deutete mit einer Kopfbewegung über die Schulter. »Danke, Bennett, dass Sie mir eine noch viel längere Verfolgungsjagd durch den Flughafen erspart haben.«

Ich winkte zaghaft, als sie einen Schritt zurück machte. »War mir ein Vergnügen.«

»Falls Sie je hier sind und einen Hundefriseur brauchen,

schauen Sie vorbei.« Erneut deutete sie zum Gang. »Ich verspreche Ihnen, Pepper ist das einzige Haustier, das uns je entwischt ist.« Der Hund wand sich winselnd in ihren Armen. »Aber gut zu wissen, dass ich um Hilfe schreien kann.«

Ich nickte und betrachtete ein letztes Mal ihre Sommersprossen. »Ich habe keine Haustiere, aber wenn ich zufällig an eines gerate, werde ich das definitiv machen.«

Zum ersten Mal in meinem Leben dachte ich daran, mir einen Welpen zuzulegen.

3. Kapitel

Ollie

Ich bog auf die Interstate ein und wartete darauf, dass die Verbindung zustande kam. Die Sonne stand tief am Himmel, der Sommertag wich einem warmen Abend. Ich ließ mein Fenster herunter, um die frische Luft einzuatmen und andere Geräusche als die des Flughafens zu hören. Dann hielt ich die Hand hinaus, um Wellen zu machen, wie ich es als Kind getan hatte.

»Solltest du nicht irgendwo unterwegs sein und ein Date haben oder so?« Harriet war die Tante meiner Mom, und als ich fünf gewesen war, meinte sie, wenn sie mich Ollie nenne, könnte ich sie Harry nennen. Dabei war es geblieben.

Ich fuhr hinter einem Meer aus Bremslichtern langsamer. »Und du?«

»Ich mache mich gerade für eines fertig.« Sie klang ein wenig ungeduldig, aber ich wusste es besser. »Und bevor du fragst, es ist wahrscheinlich eine einmalige Sache. Er ist sehr süß, aber ich weiß nicht, ob wir viel gemeinsam haben.«

Meine sechsundachtzigjährige Tante war in Sachen Dates noch sehr aktiv, und ich musste ihr applaudieren. Sie sah großartig aus und besaß diese Bad-Bitch-Aura, die die meisten Männer nicht ignorieren konnten.

»Ein weiterer Fünfundzwanzigjähriger?«

»Nun übertreib mal nicht. Er war neunundzwanzig, fast dreißig, und es war nur ein Mal.« Sie klang, als würde sie die Augen verdrehen. »Wie dem auch sei, er war lausig im Bett. Hübsch anzusehen. Stehvermögen ohne Ende, aber leider keine Technik. Null Finesse. Damit musst du dich bei Männern in deinem Alter begnügen?«

Ich lachte und genoss den Wind; bevor ich etwas erwidern konnte, fügte sie hinzu: »Aber was rede ich. Wenn er nicht in einem Buch auftaucht, willst du ihn nicht.«

»Ach, na ja, Männer aus Filmen sind auch okay. Aber es stimmt, manchmal mangelt es an Raffinesse.«

»Verdammt schade. Der heute ist vierundfünfzig, also habe ich Hoffnung.« Ihr Ton wurde sanfter. »Also, warum hast du angerufen?«

Ich überlegte, die Automatikschaltung auf *Parken* zu stellen, da ein Ende des Staus nicht abzusehen war. »Ich wollte nur mal hören, wie es dir geht.«

»Wie läuft der Laden?«

Da sie unsere erste Investorin war, wusste sie sehr genau darüber Bescheid, aber so fragte sie jedes Mal, mit schroffer Stimme und als interessierte es sie nicht sonderlich. Dabei wusste ich, dass das nicht stimmte. Sie hatte mir das Startkapital für das Unternehmen gegeben, Geld, das sie für meine Hochzeit beiseitegelegt hatte. »Ganz gut. Pepper ist heute abgehauen. Ich musste ihn durch das ganze Terminal jagen.«

»Der Hund ist die reinste Plage.«

»Auf jeden Fall hat er seinen eigenen Willen.«

»Von wegen, der bringt nur Ärger. Es schadet nicht, die

Dinge beim Namen zu nennen, besonders wenn es sich um einen Hund handelt.«

Ich errötete, denn sie spielte auf meinen Ex an. »Ein hilfsbereiter Fremder hat ihn erwischt und mir eine längere Verfolgung erspart.« Mr. Dienstag. Bennett. Sein britischer Akzent hatte mich überrascht, passte aber gut zu ihm. In meinem Wagen sitzend, erinnerte ich mich daran, wie ich seine Stimme in meiner Wirbelsäule gespürt hatte, während er sprach – in meiner Wirbelsäule und an anderen Stellen.

»Es gibt sicher hilfsbereite Leute dort.« Harrys Stimme wurde schwächer, weshalb ich annahm, dass sie ihren begehbaren Kleiderschrank betreten und das Telefon irgendwo abgelegt hatte, um ihre Jeans und Kleider durchzusehen. Wenn mein Hintern in dem Alter noch so gut aussehen würde wie ihrer, würde ich mich glücklich schätzen können. »Hast du noch etwas auf dem Herzen?«

»Ich bin neugierig, ob du findest, dass ich wieder Dates haben sollte.«

Harry schwieg einige Sekunden lang, und ich hörte das Kleiderrascheln. »Woher soll ich das wissen? Willst du denn wieder Männer treffen?«

»Nein«, antwortete ich automatisch, was nicht ganz der Wahrheit entsprach. Ich mochte Dates. Mir gefiel es, mit jemandem zu flirten und herumzualbern, und ich aß gern in Gesellschaft. Gebunden zu sein, mochte ich hingegen nicht, und ganz bestimmt vermisste ich nicht den Teil, in dem man sich dem Leben des anderen anpasste und dafür nichts als Enttäuschung erntete. »Eigentlich nicht, meinte ich.«

»Es ist okay, vorsichtig zu sein. Ein bisschen Furcht ist wahrscheinlich ganz normal, nach dem, wie dieser verlogene Mistbeutel dich behandelt hat.«

Harry hatte schon viel schlimmere Dinge über meinen Ex-Verlobten von sich gegeben, und sie hatte recht.

»Ich habe keine Angst«, log ich. Angst gehörte nicht zu meinem neuen Ich. Als Harry mir den Scheck über die für meine Hochzeit bestimmte Summe gegeben hatte, hatte sie meine Hände gedrückt und mir gesagt, ich müsse das Leben nicht fürchten, sondern es in vollen Zügen genießen. Das tat ich. Also fürchtete ich mich vor so etwas Schlichtem wie einem Date nicht. Oder?

Harry lachte. »Rede dir das nur weiter ein. Ich weiß, dass du von Klippen springst und alle möglichen riskanten Sachen machst. Du hast keine Angst zu sterben, aber vielleicht doch ein wenig davor, einen netten Mann kennenzulernen und mit ihm Spaß zu haben.«

»Habe ich nicht«, wiederholte ich. Nette Männer gab es ohnehin selten. Ich ging zur Arbeit und anschließend nach Hause. Falls ich nichts mit Martin anfangen wollte, dem Hausmeister am Flughafen, den ich sehr mochte und der Witwer mit siebzehn Enkelkindern war, gab es niemanden. Allerdings dachte ich an Bennett. »Glaube ich zumindest. Ich will es jedenfalls nicht.«

»So kompliziert ist es nun auch wieder nicht, Mädchen. Triff dich zu einem Date und schau, ob es dir gefällt. Ansonsten amüsiere dich mit den Männern aus deinen Büchern.«

Mein Telefon signalisierte eine eingehende Nachricht.

»Hab dir gerade ein Foto geschickt. Wie findest du es?«

Harry hatte sich ein enges, in jeder Hinsicht umwerfendes rotes Kleid angezogen.

»Wie schaffst du es, immer so toll auszusehen?«

»Gute Gene, Glück und gute Investition meiner Alimente.« Harry lachte, und ich versicherte ihr, das Outfit sei perfekt. Sie gab mir einen Kuss durchs Telefon, dann legten wir auf, und ich konzentrierte mich wieder auf den Verkehr. Ihre Bemerkungen über meine Furcht davor, ein bisschen zu leben, beschäftigte mich. Mir gefiel die Vorstellung nicht, dass der, dessen Namen wir nicht aussprachen, nach wie vor einen Einfluss auf mein Leben hatte. Ich wünschte, man könnte all die schönen Seiten des Datings haben ohne die Risiken. Ich hatte es probiert, aber es hatte nicht funktioniert. Ich fand es auch zu anstrengend, den Richtigen herauszusieben.

Wieder schweiften meine Gedanken ab zu Bennett, seiner tiefen Stimme und seinen großen Händen. In einer idealen Welt könnte ich mit jemandem wie ihm ein Date haben – gut aussehend, humorvoll und nur abschnittsweise für dreißig Minuten bis zwei Stunden in meinem Leben.

Der Verkehr setzte sich sehr langsam wieder in Bewegung, und ich freute mich darauf, endlich voranzukommen.

Schön wär's.

4. Kapitel

Bennett

»Ben, wir brauchen dich übernächste Woche wieder hier in L. A.«, erklärte mein Boss am Telefon ohne Umschweife. Er sah so aus, wie ich mir Humpty Dumpty vorstellte, war süchtig nach orangen Tic Tacs und erwähnte in Gesprächen gern seine Hämorrhoiden.

»Übernächste Woche habe ich frei«, sagte ich, im Gang des Flugzeugs stehend und darauf wartend, dass die Türen sich öffneten. »Kann Carter das nicht machen?«

»Oh, stimmt, diese Buchsache«, sagte er. »Sicher, sicher. Ich hätte lieber dich, aber Carter kann das auch. Wirst du mich je einen Blick in das neue Buch werfen lassen? Ich erwarte nicht den Cliffhanger mit dem Vicomte wie im letzten Buch.«

Die Entscheidung, den Job aufzugeben, wäre mir leichter gefallen, wenn mein Boss ein Idiot oder voreingenommen gewesen wäre. Aber er interessierte sich für meine Schriftstellerei und unterstützte meine Nebentätigkeit. Er bestellte meine Bücher und las sie zusammen mit seiner Frau. Das war nett. Er war nett, deshalb sagte ich, obwohl ich keine Zeit hatte: »Ich kann Carter bei der Vorbereitung helfen, wenn du willst. Und ich werde dafür sorgen, dass du eine Vorabausgabe vom Buch erhältst.«

»Das wäre klasse. Danke, Ben.«

Die Türen gingen auf, und ich drängte mit den übrigen Reisenden vorwärts. Alles war Routine, ich hätte das im Schlaf machen können. Doch als ich diesmal in den Check-in-Bereich trat, ignorierte ich meine wartenden E-Mails. Ich fädelte mich zwischen einer vierköpfigen Familie hindurch, die ihre Pläne für den Aufenthalt besprach, und entdeckte den Laden gegenüber dem Gate. Pre-Flight Paws war bunt gestrichen, mit einem kleinen Empfangsbereich, in dem die Frau, die ich vor einer Woche kennengelernt hatte, mit einer Kundin stand. Sie trug das gleiche limonengrüne Shirt und lächelte jemanden an, während sie den Kopf eines Hundes streichelte. Der Hund sah anders aus als der vom letzten Mal. Dieser war trocken und versuchte sich nicht als olympischer Sprinter.

Die Kundin und der Hund kamen aus dem Laden, sodass ich durch die Glastür ihr Gesicht erkennen konnte. Olivia. Ollie. Sie war auf ihren Computer konzentriert. Ich wurde kurz abgelenkt durch einen kleinen älteren Mann, der mich im Vorbeigehen anrempelte. Ich war zu einem dieser Menschen Leuten geworden, die ich hasste, weil sie den ganzen Verkehr blockierten.

»Verzeihung«, sagte ich. Der Mann brummte. Als ich wieder aufsah, schaute Ollie zu mir und lächelte. Ich hatte gehofft, sie zu sehen – der Laden befand sich schließlich gleich neben meinem Gate –, aber ich hatte nicht vorgehabt, mit ihr zu reden. Ich winkte, was mir sofort vollkommen blöd vorkam, aber sie winkte zurück. Dann standen wir da, beide mit erhobenen Händen, als hätte irgendwer die Pausentaste gedrückt. Sie wandte den Blick zuerst ab und sagte etwas über die Schulter.

Bevor ich von einem weiteren Senioren angerempelt wurde, trat ich zur Seite und öffnete meine E-Mails. Prompt sank meine Stimmung. Es gab sieben dringende Nachrichten von meinem Boss, die er bei unserem Telefonat vorhin nicht erwähnt hatte. Risikobewertung war mir wie ein Job vorgekommen, der mir gefallen könnte – er war weder sexy noch glamourös, aber er passte zu mir. Ich bin in einem Haus aufgewachsen, in dem es üblich war, ständig auf das nächste große Ding zu wetten. Überall gab es Risiken, und als Erwachsener machte es mir Freude, für meine Klienten Risiken zu entdecken und zu minimieren. Was mir bei meiner Familie nie gelungen war. Die E-Mails auf meinem Handy warteten wie ein Talisman des Untergangs. Ich schrieb eine rasche Antwort auf die erste, die doch nicht so dringend war, wie mein Boss mit der Betreffzeile angedeutet hatte. Ich stellte mir vor, die E-Mail-App, die ich für die Arbeit benutzte, einfach von meinem Handy zu löschen. Dann hätten sich sämtliche Mails erledigt.

»Sind Sie auf der Suche nach nassen Hunden?«

Überrascht sah ich auf und ließ beim Klang ihrer Stimme und ihres Anblicks prompt mein Handy sowie die zwei Mappen fallen, die ich aus meiner Umhängetasche genommen hatte, um meinem Boss die benötigten Informationen rauszusuchen. »Sollte ich?«

»Pepper ist gerade abgeholt worden, Sie sind also Ihrer Pflichten entbunden«, sagte sie und bückte sich zusammen mit mir nach den Papieren. Unsere Knie stießen kurz zusammen. Ich konnte mich an keine denkwürdige Knieberührung mit jemandem erinnern, und ich nahm mir vor, das in mein Buch einzubauen, als wäre da etwas Aufregendes an diesem kurzen Kontakt.

»Schade, ich mochte den kleinen Kerl.« Ich verstaute die Ordner wieder in meiner Tasche, und dann standen wir beide auf dem fast leeren Gate. Dieses Flugzeug leerte sich immer rasch.

»Vielleicht sollten wir Sie engagieren.« Ihr Blick fiel auf meine Krawatte und glitt über meinen Anzug. »Allerdings bin ich mir nicht sicher, ob wir uns das leisten können.«

Ich hängte mir die Tasche um die Schulter. »Zufällig ist Hundefangen mein Hobby. Ich würde meinen Amateur-Status lieber behalten.«

Ollie verschränkte die Arme vor der Brust und legte den Kopf schief. »Klingt ruchlos. Sind Sie ein böser Typ?«

»Glaube ich nicht ... Ich bringe die Hunde immer zurück. Ich bin jedenfalls nicht Cruella de Vil oder so.«

Ihr Lachen hallte über das Gate, und ich wollte sie erneut zum Lachen bringen. Sie grinste und nahm den Scherz auf. »Ganz sicher nicht? Sie haben nicht zufällig Ihren Dalmatinermantel im Handgepäckfach gelassen?« Sie warf den Kopf auf eine Weise zurück, die ich gern gefilmt hätte, um sie später besser beschreiben zu können, die kleinen Lachfältchen und den Halsbogen. Ich verspürte das überwältigende Bedürfnis, alles fallen zu lassen und aufzuschreiben, was mir dazu einfiel, aber jetzt sah sie mich an. Offenbar merkte sie, dass ich sie zu meiner Hauptfigur gemacht hatte.

»Ich schaue besser mal nach dem Mantel. Er ist immerhin versichert.«

»Schlau.« Sie lehnte sich gegen eine Säule, die Arme nach wie vor unter der Wölbung ihrer Brüste verschränkt.

Mein Handy summte in meiner Hand, und das Gesicht meines Chefs erschien auf dem Display.

»Gehen Sie ruhig dran. Danke, dass Sie sich erkundigt haben, ob es irgendwelche Haustiere einzufangen gibt.« Sie machte einen Schritt zurück, sah mich aber weiterhin an. »Und danke auch, dass Sie keine Babytiere in der Wartehalle gekidnappt haben. Das betrachte ich als persönlichen Gefallen.«

»Wer weiß, was ich getan hätte, wenn Sie nicht aufgetaucht wären.«

Wieder lächelte sie, und wow, sie hatte ein tolles Lächeln. Ich spürte, wie sich etwas in mir bewegte, ein Stein, der aus dem Weg rollte. »Viel Glück mit dem Mantel.« Sie winkte erneut und machte zwei langsame Schritte rückwärts, in Richtung ihres Ladens.

Ich nahm mir einen Moment, um ihre Bewegungen zu beobachten und die Rundungen ihres Körpers, als sie davonging. Es war, als könnte ich ihr Lächeln in ihren Schritten fühlen. Ich verdrehte die Augen über meinen kitschigen inneren Monolog, notierte ihn aber trotzdem für eine Buchszene. Plötzlich strömten die Ideen, aber eine Textnachricht meines Kollegen Carter erschien auf meinem Display, während zwei weitere dringende E-Mails eingingen, denen ich mich unbedingt widmen musste. Ich schaute ein letztes Mal Ollie hinterher und staunte darüber, dass dieses knappe Gespräch mit ihr meine Kreativität beflügelt hatte.

5. Kapitel

Ollie

Jess stellte die PC-Kamera so, dass Harry uns beide sehen konnte.

»Also, was hast du beschlossen?«, fragte Tante Harry. Sie hielt sich nie lange mit Small Talk auf, und das mochte ich schon immer an unserer Beziehung. Alle zwei Wochen machten wir einen Videocall mit ihr, um über den Laden zu sprechen.

Jess und ich tauschten einen Blick. »Wir wollen es machen«, sagte ich in selbstbewusstem Ton. Die Gelegenheit, zu expandieren und sich mit einer großen Mutterfirma zusammenzuschließen, um überall im Land Pre-Flight-Paws-Filialen zu eröffnen, barg ein großes Risiko. Es bedeutete, dass wir die Art änderten, wie wir als Unternehmen funktionierten, dass wir zu den neuen Läden reisen und uns dem Unbekannten stellen mussten.

»Na, Teufel noch mal!« Harry klatschte strahlend in die Hände. »Das sind meine Mädchen! Sie riskieren etwas!«

»Es ist ein ziemlich großes Risiko«, meinte Jess zögernd.

»Großes Risiko, große Belohnung. Apropos, ich habe Neuigkeiten für euch Mädels. Ich werde wieder heiraten.«

Jess und ich starrten einander verblüfft an.

»Ach, seid nicht so überrascht. Ich bin alt und ungestüm.«

Jess warf mir einen Hast-du-das-gewusst-Blick zu. »Wer ist er?«

»Nun, erinnerst du dich an mein Date letzten Monat? Das rote Kleid? Tja … ich mag ihn. Er mag mich. Wir werden es mit der Ehe probieren.«

»Und wenn es nicht funktioniert? Ihr kennt euch noch nicht lange«, gab ich äußerst besorgt zu bedenken.

»Dann lassen wir uns eben wieder scheiden. Ja, es geht schnell, aber wir sind alt, und er macht mich glücklich. Nehmt euch für den 9. August nichts vor«, sagte sie. »Bis dahin hast du noch reichlich Zeit, ein Date zu finden, falls du eines willst, Ollie.«

»Wow«, meinte Jess. Wir tauschten einen weiteren Blick und sagten gleichzeitig: »Herzlichen Glückwunsch.«

»Entweder groß oder gar nicht«, sagte Harry, und ihre Miene hellte sich auf. »Stimmt's, Mädels?«

Ich schaute über den Laptop nach vorn. Wir hatten den Laden vor dem Videotelefonat geschlossen, und draußen liefen nur wenige Passagiere vorbei. Der Flughafen war immer hell erleuchtet, aber hinter der Fensterfront von Gate C7 war ein dunkler Himmel zu sehen, der mich den Blick hinauf zu den Sternen vermissen ließ. Ich liebte so vieles an Atlanta, aber die Großstadtlichter machten es schwer, die Sterne zu erkennen.

»Mhm«, sagte ich. Abgesehen von den Lichtern auf der Landepiste und dem dunklen Himmel sah ich noch etwas – eine vertraute Person, die durch den Wartebereich ging. »Ganz oder gar nicht«, sagte ich und lauschte nur vage dem Gespräch der beiden, während ich Bennett beobachtete.

Normalerweise sah ich ihn nur dienstags, stets auf demselben Gate und im Anzug. Heute Abend hatte er das Jackett weggelassen und die Ärmel aufgekrempelt, was den Blick auf Unterarme freigab, über die ich gern mit meinen Fingern gestrichen hätte. Er blieb stehen, als er sich dem Laden näherte, weil die Tür geschlossen und das vordere Licht gedimmt war. Aber als er uns drinnen entdeckte, kam er lächelnd näher.

»Ollie, langweilen wir dich?« Harrys Ton lenkte meine Aufmerksamkeit wieder auf den Bildschirm. »Ich mache hier schmutzige Witze über *groß oder gar nicht*, aber ich glaube, du hast überhaupt nichts mitbekommen.«

»Sorry«, sagte ich und warf erneut einen kurzen Blick über den Bildschirm; ich hoffte, dass sie die schmutzigen Witze nicht wiederholen würde. Bennett überquerte die schimmernden Fliesen und winkte.

»Der süße Typ, den sie stalkt, ist gerade vorbeigegangen«, erklärte Jess. »Allerdings glaube ich, dass es kein Stalking mehr ist. Möglicherweise ist es jetzt Flirten.«

»Weder stalke ich, noch flirte ich«, erwiderte ich und winkte kurz zurück, was mir ein weiteres Lächeln einbrachte. Ich zeigte mit einem Finger auf den Bildschirm, und er winkte ab, um mir zu signalisieren, ich solle mir ruhig Zeit lassen. *Ist das allgemeine Körpersprache, oder habe ich ihn einfach auf Anhieb verstanden?*

Wie dem auch sei, er setzte sich in den fast leeren Wartebereich von Gate C7 und nahm seinen Laptop heraus.

»Süß, ja? Wie alt ist er?«

Ich lachte zusammen mit Jess. »Hast du uns nicht eben erzählt, dass du frisch verlobt bist? Du hast also schon einen jüngeren Mann.«

Harry winkte mit der Hand vor der Kamera. »Ich bin

in einer Zeit aufgewachsen, in der Frauen so tun mussten, als hätten sie keine Bedürfnisse und der Mann habe immer recht. Jetzt, wo wir freier sind, kann es gar nicht so viele attraktive junge Männer geben, dass ich einen hübschen, knackigen Po nicht zu schätzen wüsste.«

Jess und ich lachten erneut, und ich spähte zu Bennett, der im Wartebereich arbeitete, mit ernster Miene und zusammengepressten Lippen. »Er ist nur ein netter Kerl, den ich hier am Flughafen kennengelernt habe«, sagte ich.

Harry ließ nicht locker. »Aber er hat doch einen knackigen Hintern, oder?«

Ich wollte das Gespräch schon beenden, aber Jess antwortete für mich: »Das weiß ich nicht, aber er sieht gut aus und scheint unsere Ollie zu mögen.«

»Ich werde gleich nicht mehr mit euch beiden reden. Was spielt es für eine Rolle, ob er süß ist? Ich sehe ihn nur, wenn er Aufenthalt auf dem Flughafen hat.«

»Willst du versuchen, ihn zu heiraten? Ich weiß, du glaubst, aus deinen Liebesromanen genug Romantik zu bekommen. Aber es gibt ein paar Dinge, die ein Buch nicht kann, ein Mann allerdings schon.«

»Nein, zu kompliziert.« Eine Beziehung bedeutete, durch die Ansprüche und Bedürfnisse eines anderen eingeschränkt zu sein. Von jemandem, dessen Pläne sich nicht unbedingt mit meinen Interessen deckten. Und an einer Affäre war ich nicht interessiert.

»Ist er immer noch da draußen?«

Jess stieß mich an. »Jap. Geh und rede mit ihm.« Sie schaute wieder auf den Bildschirm. »Wir haben eh noch was zu besprechen. Wir passen schon auf, dass er dich nicht irgendwohin verschleppt.«

»Oder du schleppst ihn ins nächste Hotel«, meinte Harry.

»Ich bin fertig mit euch beiden«, sagte ich, glitt von meinem Hocker und ging zur Tür. »Bin gleich wieder da.«

Aus den Deckenlautsprechern kam Musik. Normalerweise war es im Wartebereich zu laut, um etwas zu hören, aber jetzt war es bis auf die üblichen Hintergrundgeräusche und gelegentliche Durchsagen ruhig. Ich trat hinaus und ging zu Bennett. Mir fiel ein, dass ich die gleichen Sachen trug wie bei unseren beiden vorangegangenen Begegnungen. Wir trugen unsere Shirts nicht immer, aber es war angenehme, bequeme Kleidung. Ich besaß massenhaft davon, und es war mir egal, ob Tierhaare darauf waren. Trotzdem wünschte ich jetzt, ich würde ein bisschen beeindruckender aussehen.

»Ich fürchte, Sie werden auf diesen Flug eine Weile warten müssen«, sagte ich, auf den leeren Monitor deutend.

Bennett sah überrascht auf und lächelte. Er lächelte, als trüge ich etwas Beeindruckendes. »Hey.« Er verstaute seinen Laptop und stand auf. »Ich war mir nicht sicher, ob Ihr Laden so spät noch offen sein würde.«

»Ist er nicht«, sagte ich und wies über die Schulter zum ganz offensichtlich geschlossenen Geschäft. »Ich mache nur Überstunden.«

»Ich weiß, es ist seltsam, aber ich war geschäftlich in Anaheim und stieß auf das hier.« Er holte eine Cruella-de-Vil-Figur aus der Tasche, ein kleines Plastikspielzeug mit beweglichen Armen und Beinen. »Ich konnte meinem Kollegen nicht erklären, warum ich beim Anblick dieser Figur lachen musste oder weshalb ich sie dann kaufte. Aber ich dachte, es wäre ganz …« Er gab sie mir, und unsere Finger berührten sich.

»Lustig«, beendete ich den Satz und betrachtete die kleine

Spielzeugfigur, wobei ich ein unwillkommenes Kribbeln im Bauch verspürte. »Perfekt. Die wird mich daran erinnern, die Welpen vor Bösewichtern zu beschützen.«

Eine zarte Röte färbte seine Wangen, und ich empfand das plötzliche Verlangen, ihn zu küssen. Ich riskierte oft etwas und machte oft impulsive Dinge, zumindest viel häufiger als früher. Allerdings gehörte dazu nicht, einen Fremden während der Arbeit zu küssen. Dennoch grinste ich.

»Erinnerungen sind wichtig. Freut mich, dass sie Ihnen gefällt und Sie sie nicht zu albern finden.«

Ich drehte das Spielzeug in meinen Händen und stellte mir vor, wie er es gekauft hatte. »Ich bin ein Fan alberner Dinge.« Ich wollte ihn fragen, warum er an einem anderen Tag und zu einer anderen Zeit als sonst flog. Aber selbst in meinem Kopf klang das blöd und ganz nach dem Stalking, dessen Jess mich bezichtigt hatte. Andererseits, wenn ich es mir genau überlegte, waren wir normalerweise nicht so spät noch im Salon – wir waren nur deshalb geblieben, um über die Expansion zu sprechen und um Harry anzurufen. Vielleicht war Bennett jeden Freitag auf dem Flughafen und sah klasse aus.

Er schaute auf seine Hände. »Ich will Sie nicht aufhalten; ich wollte Ihnen nur diese Figur geben. Anscheinend haben Sie noch zu tun.«

Ich nickte und warf einen Blick über die Schulter, dorthin, wo meine Freundin uns beobachtete und den Laptop gedreht hatte, damit Harry auch alles sehen konnte. *Wie peinlich.* »Danke«, sagte ich. »Habe ich tatsächlich. Wir haben ein Meeting mit meiner Tante – na ja, einer Investorin; sie ist beides, also sollte ich wohl mal wieder hineingehen. Die beiden beobachten uns ganz offensichtlich.«

»Gut, wenn es Leute gibt, die auf einen achtgeben.« Er winkte unserem Publikum zu.

»Stimmt wohl.« Ich hielt ihm meine Hand hin, was mir komisch und zu geschäftsmäßig vorkam. Allerdings wollte ich ihn erneut berühren, denn beim ersten Mal war das Knistern wie ein Adrenalinstoß gewesen. »Hat mich gefreut, Sie wiederzusehen.«

Meine Hand war klein in seiner, und er schüttelte sie langsam, was mir Zeit gab, das Knistern zu genießen. »Gleichfalls.«

»Wenn Sie das nächste Mal hier sind …«, sagte ich, ohne meine Hand zurückzuziehen. *Wenn Sie nächsten Dienstag um 11:15 Uhr hier sind.* »… dann könnten wir vielleicht zusammen einen Kaffee trinken.«

Er hatte meine Hand noch nicht losgelassen. »Das wäre schön. Für mich eher Tee statt Kaffee. Ich komme in zwei Wochen wieder vorbei.«

»Dann sehen wir uns wohl.« Das war gut! Ich unterhielt Kontakt zu einem Mann und hatte keine Angst. Mein betrügerischer, verlogener Ex hatte mich diesmal nicht gebremst.

Über die Lautsprecher kam eine Durchsage. »Flug 7816 nach Miami, bitte einsteigen an Gate C24.«

»Oh, das bin ich«, sagte Bennett und schaute den Gang entlang. Es war noch ein ganzes Stück zu gehen bis zu Gate C24, mit unzähligen Laden und bevölkerten Kreuzungen auf dem Weg. »Ich sollte jetzt lieber los.«

Endlich zog ich meine Hand aus seiner zurück und wusste schon, was ich mir alles von Jess und Harry dazu würde anhören müssen. »Ja, sorry! Verpassen Sie meinetwegen nicht den Flug.«

Ich glaube, ihm wurde ebenfalls bewusst, wie lange unsere Hände sich berührt hatten. Er schob seine in die Tasche. »Bestimmt nicht. Obwohl es mehr Spaß macht, sich mit Ihnen zu unterhalten, als gleich im Flugzeug zu arbeiten.«

»Ich werde Ihnen nicht raten, nicht zu arbeiten, aber ich hoffe, Sie bekommen bald eine Pause.«

Er nahm seine Tasche vom Sitz neben ihm und hängte sie sich über die Schulter. »Bald. Nächste Woche mache ich einen kleinen Strandurlaub.«

»Davon müssen Sie mir erzählen, wenn wir uns zum Kaffee treffen.«

Er grinste erneut, und ein Grübchen erschien auf seiner Wange. »Unbedingt.« Er hielt inne und sah mich an. Ich machte eine scheuchende Handbewegung.

»Wir sehen uns in einigen Wochen.«

»Verlassen Sie sich drauf«, sagte er und lief los zu seinem Gate.

6. Kapitel

Bennett

»Bennett!«

Ich hörte Gia, aber nur auf diese bestimmte passive Art, die ich beherrschte. Ohne den Blick vom Bildschirm zu heben, winkte ich ihr. Etwas hatte den Felsen, der meine Kreativität blockiert hatte, weggerollt, sodass ich in den vergangenen zwei Wochen die erste Hälfte der Rohschrift wie im Flug niedergeschrieben hatte.

»Ben?« Gia stand jetzt hinter mir.

»Eine Minute«, sagte ich und hob die Hand. »Ich bin fast fertig.«

Rasch tippte ich den Schluss des Kapitels und überflog noch einmal die Worte auf dem Bildschirm. *Nicht schlecht*, dachte ich.

»Ooh! Scharf!«, sagte Gia, die mir über die Schulter blickte, und ich drückte auf *Speichern* und klappte den Laptop zu.

»Ich habe dir noch nicht die Erlaubnis erteilt, es zu lesen.«

Sie setzte sich in den Liegestuhl mir gegenüber. »Nun, ich verfüge über eine ausgezeichnete Sehkraft und habe in diesem Urlaub noch keine sexy Fremden kennengelernt, also bleiben mir nur deine geschriebenen Sexszenen.«

Ich gab einen Laut von mir, der ihr bedeutete, still zu sein, weil drei ältere Damen gerade vorbeigingen.

Ich war daran gewöhnt, dass Gia die Augen verdrehte, doch als die drei Frauen zu uns herüberschauten und sie winkte und ihnen etwas zurief, hätte ich mich am liebsten in den Ozean gestürzt.

»Mein bester Freund schreibt die besten Liebesromane, und die Liebesszenen sind perfekt!«

Mir war nicht peinlich, dass ich Liebesromane schrieb, doch die Kombination aus Gia, die lautstark den Wert meiner freizügigeren Schreibkünste anpries und Werbung für mich machte, indem sie Leuten am Strand etwas zurief, löste Unbehagen in mir aus.

»Oh, wie heißen Sie denn? Iris liest gern heiße Sachen«, erwiderte eine von ihnen und zeigte kichernd auf ihre Freundin, während sie zu uns herüberkamen. Normalerweise mochte ich es, Fans zu begegnen, und nach einem Moment des Überraschtseins, als sie erfuhren, dass D. A. Bennett keine Frau war, gefiel es ihnen für gewöhnlich auch. Aber normalerweise war ich dabei nicht halb bekleidet, ungeduscht und hatte eine Nonstop-Schreibphase hinter mir.

Gia führte die Unterhaltung für mich, da ich nicht antwortete. »D. A. Bennett, und er hat *The Duchess Affair*, *To Loathe an Earl* und die Serie *The Scoundrels of Malificent Falls* geschrieben.« Gia sprang auf. »Ich kann es Ihnen aufschreiben, wenn Sie wollen.«

Zwei der Frauen hatten ihre Handys gezückt. »Nicht nötig, ich kaufe die Bücher gleich. Sie sollten sie für Ihr gesamtes Marketing engagieren«, wandte die vordere Frau sich an mich, mein sehr lässiges Äußeres musternd.

»Ja, sollte ich wohl.«

»Ich habe mich immer gefragt …«, meinte ihre Freundin. »Also, ich dachte immer, Autoren von Liebesromanen erleben selbst diese aufregenden Liebesgeschichten. Trifft das auf Sie beide zu?«

Gia lachte, und zwar so unvermittelt und laut, dass ich eigentlich hätte beleidigt sein müssen. »Nein, absolut nicht«, versicherte sie ihnen, nach Luft schnappend.

»Wir sind Freunde«, meldete ich mich zu Wort und wandte den Blick ab von meiner Freundin, der jetzt Tränen übers Gesicht liefen. »So lächerlich ihr die Vorstellung einer Beziehung mit mir auch vorkommen mag. Ich bin Single.«

Die Frau tätschelte meine Hand. »Ich wette, Ihre Liebesgeschichte wartet schon irgendwo auf Sie.« Sie wedelte mit ihrem Handy. »Und danke für die Empfehlungen«, sagte sie zu Gia. »Eine gute scharfe Szene, und der Autor hat mich schon für sich eingenommen!« Die Frauen winkten und wanderten weiter über den Strand, während Gias Kichern nachließ.

»War das wirklich so lustig?«

»Ja«, sagte sie und strich sich die Haare aus dem Gesicht. »Nicht nur das mit uns, sondern dein Gesichtsausdruck.«

»Ich hatte keinen.«

»Und ob. Mit deinen zerzausten Haaren und deinem Schriftstellerblick war das eine Mischung aus blankem Horror und Verwirrtheit. Als hättest du vergessen, dass ich eine Frau bin oder dass du dich überhaupt zu Frauen hingezogen fühlst und es in der Realität tatsächlich auch Liebesgeschichten gibt.« Gia machte es sich wieder auf dem Liegestuhl bequem und hob ihr Glas Eistee an die Lippen, nachdem sie genug über mich gespottet hatte.

»Ich weiß nicht einmal, wovon du sprichst. Wie kannst du das alles in einem sekundenbruchteilkurzen Gesichtsausdruck erkennen?«

»Ich kenne dich eben. Oder willst du sagen, dass ich falschliege?« Sie wartete nicht auf meine Antwort, sondern zeigte auf den Laptop. »Hilft der Strand? Du hast kaum von deinem Computer aufgeschaut, seit wir hier sind. Schreibblockade überwunden?«

»Ich glaube schon.« Ich griff nach meinem Tee und fand drei verschiedene Becher und ein vergessenes Sandwich. Zum Glück sagte meine Freundin kein Wort, hob jedoch vielsagend eine Braue. »Die Ideen sprudelten nur so während meiner letzten beiden Geschäftsreisen.«

»Hast du eine sexy Kollegin aus der Risikobewertungsbranche kennengelernt, die dich auf Gedanken an die Liebe und aufregende Sachen in Kutschen gebracht hat?«

»Definitiv nicht. Fred in Kalifornien macht mich jedenfalls nicht an. Außerdem würde seine Reisekrankheit jegliche Aktivitäten in einer Kutsche weniger spaßig machen.« Nachdem ich der attraktiven Hundefriseurin erneut im Flughafen begegnet war, strömten die Ideen nur so. Während ich in Kalifornien Urlaub machte, musste ich ständig an sie denken. Ollie. Schon unser kurzes Gespräch sowie der Geruch von Hundeshampoo an meinem Jackett waren mir im Gedächtnis geblieben, und die Schreibblockade hatte sich gelöst. Als ich ihr das alberne Spielzeug geschenkt hatte, war die Blockade nur noch Erinnerung. Ollie war hübsch, auf die gleiche Weise, wie ich meine Charaktere beschrieb, mit großen ausdrucksstarken Augen und vollen Lippen, und sie war lustig. *Hatte ich je so in meinem Kopf geplappert?* »Das einzig Bemerkenswerte war, dass ich einen entflohenen Hund eingefangen und die Besitzerin eines Hundesalons im Flughafen kennengelernt habe.«

»Du hast im Flughafen einen entflohenen Hund eingefangen und eine Hundefriseurin kennengelernt?«

»Genau so war's.« Ich lachte in mich hinein. »Niedlicher Hund.«

»Und niedliche Hundefriseurin?«

Atemberaubend. Ich stellte meinen Tee wieder hin, er war ohnehin kalt, und ich wusste gar nicht mehr, wann ich das letzte Mal vom Computer aufgestanden und mir nachgeschenkt hatte. »Ihr Name ist Olivia.«

»Aha, du hast also die sexy Hundefriseurin kennengelernt. Wirst du sie anrufen?«

»Sexy habe ich nicht gesagt.«

»Dein blödes Grinsen lässt darauf schließen.«

Ich winkte lachend ab. »Natürlich werde ich sie nicht anrufen. Wir leben in verschiedenen Bundesstaaten und sind uns drei Mal für vielleicht fünf Minuten begegnet.«

»Drei Mal? Lange genug, um dich wieder zum Schreiben zu bringen.«

Wenn ich ehrlich wäre – und ich hatte nicht vor, es zu sein –, hatte ich mehr als einmal an sie gedacht. Ihr Lächeln war mir unvergesslich. Aber statt das zuzugeben, stand ich auf. »Du bist eine hoffnungslose Romantikerin.«

Gia lachte wieder. »Ich bin nicht die Romantikerin in dieser Freundschaft. Ich bin die, die flirtet.«

»Auch wieder wahr. Hast du vor, heute Abend einen strammen Burschen oder eine aufregende Frau mit in unsere Unterkunft zu bringen? Werde ich Ohrstöpsel brauchen?«

Gia hob die gekreuzten Finger. »Ich hoffe sehr, du wirst deine Noise-cancelling-Kopfhörer benötigen. Ich wette ...«

Sie verstummte, da ein Kätzchen auf der Terrasse erschien, ein kleines graues, schmutziges, miauendes Kätzchen. Es war nicht scheu, sondern lief direkt zu Gias Bein, als fühlte es sich hier ganz wie zu Hause. »Hallo«, begrüßte Gia das Tier und hielt ihm die Hand zum Schnuppern hin. »Hast du dich verlaufen?«

Das Tier sah nicht aus, als lebte es bei Menschen oder als kümmerte sich irgendwer um es. Es war mager, selbst für eine Katze, und es hatte etwas Schwarzes und Klebriges am Rücken. »Sieht aus wie ein Streuner«, sagte ich.

Gia suchte nach einem Halsband, und ich wurde das Gefühl nicht los, dass die Katze ihre Besitzerin gefunden hatte. Gia behauptete zwar, nicht romantisch zu sein, aber es fiel ihr nicht schwer zu lieben. Ich war neidisch. Sie hatte eine Schwäche für streunende Tiere und streunende Menschen. Deshalb waren wir Freunde geworden – sie, eine beliebte, temperamentvolle Studentin, und ich, der stille, in sich gekehrte Junge, dem es schwerfiel, Freunde zu finden.

»Du kannst nicht noch mehr Tiere aufnehmen«, sagte ich. Sie hatte bereits zwei Katzen und eine Schildkröte zu Hause, außerdem ihren alten Hund, der während der letzten fünf Jahre stets ausgesehen hatte, als blieben ihm noch zehn Minuten. »Du wirst aus deiner Wohnung geworfen.«

Sie winkte ab. »Mein Vermieter liebt mich. Kannst du ihr etwas zu fressen holen?«

Ich lief ins Haus und fragte mich, warum mir in letzter Zeit so viele Tiere über den Weg liefen und wie Gia diese Katze wohl nennen würde. Durch das Auftauchen der Katze hatte sie aufgehört, mich zu triezen, aber ich dachte immer noch an Olivia. Ich konnte sie nicht einfach als Muse benutzen. Dann wäre ich ein mieser Kerl. Allerdings konnte ich auch nicht vergessen, dass sie der Auslöser für meinen Schreibflow war. Wenn ich ganz offen zu ihr wäre, würde sie es möglicherweise nicht seltsam finden. Ich grübelte darüber nach, wie ich diesen Vorschlag formulieren könnte. *Hallo, möchten Sie Zeit mit mir verbringen, damit ich weiterhin Liebesromane schreiben kann? Ich verspreche, es wird nicht komisch werden.* Ich verdrehte die Augen, während ich in der Küche hantierte. Eine solche Frage könnte ich niemals stellen. Die Vorstellung einer Muse war nicht real, doch allein an eine Unterhaltung mit Ollie zu denken, weckte in mir das Verlangen weiterzuschreiben.

Als ich mit Wasser und klein geschnittenem Fleisch vom Mittagessen aus der Küche kam, schienen Gia und die Katze bereits feste Freunde zu sein. Das Fellknäuel wirkte zwar immer noch scheu, strich aber um Gias Beine. »Hast du dir schon einen Namen überlegt?«

»Ich muss versuchen, die Besitzerin zu finden.«

Ich nickte. Natürlich würde sie das tun, aber ich wusste auch, dass die Katze mit uns im Flugzeug landen würde. Ich untersuchte die schwarze Substanz, die an ihrem Fell klebte. »Jemand sollte mal einen Blick darauf werfen.«

7. Kapitel

Ollie

»Oh, mein süßes Baby«, rief die Frau und breitete die Arme für Pepper aus. »War er denn heute ein perfekter kleiner Kunde?«

Hinten prustete Jess. Ich nahm die Kreditkarte der Frau entgegen. »Wie immer.«

Die Frau gurrte über Pepper. Wir sahen ihn ohne Ausnahme alle zwei Wochen, und ich wollte sie immer schon fragen, wohin sie denn alle zwei Wochen reiste, dass ihr Hund vorher gebadet werden musste. Ich vermutete eine Liebesbeziehung und war neugierig auf die Person, die Pepper bei einem Date dabeihaben wollte. Als die beiden den Laden verließen, stützte ich mich mit dem Ellbogen auf den Tresen und genoss die kurzzeitige Ruhe. Gate C7 war leer, und es gab keine Ankündigung eines ankommenden oder abgehenden Fluges.

»Du starrst zum Gate, als hätten wir Dienstag«, stellte Jess fest und wischte sich die Hände an ihrem Kittel ab.

Tatsächlich hatte ich gehofft, dass Bennett auftauchen würde. Bennett, der sich heldenhaft verhalten hatte, als Pepper durch das Terminal auf der Flucht gewesen war, und der mir ein Geschenk mitgebracht hatte. »Tue ich nicht«, sagte ich und schaute kurz zu der vorbeiziehenden Gruppe von Leuten, in der Hoffnung, ihn zu entdecken. Dabei hatte ich gar nicht mehr an unsere lockere Verabredung auf einen Kaffee gedacht. »Und selbst wenn, er ist eben ganz hübsch anzusehen.«

»Und hat eine tolle Stimme«, zitierte sie mich.

»Und er trägt einen schicken Anzug«, fügte ich seufzend hinzu. »Vielleicht taucht er gar nicht mehr auf.« Es passte irgendwie zu mir, einen süßen, witzigen Typen kennenzulernen, der nur auf der Durchreise war.

»Schade«, sagte sie. »Zu blöd, dass du einen solchen Mann nicht für Harrys Hochzeit finden kannst. Um deinem Ex, diesem Idioten, zu zeigen, was ihm entgangen ist.«

Harry und die Grandma von meinem Ex waren enge Freundinnen. Wir waren praktisch zusammen aufgewachsen. Die Wahrscheinlichkeit, dass er seine Grandma dorthin begleiten würde, war hoch, auch wenn Harry murren würde. Die Vorstellung, allein auf dieser Hochzeit zu erscheinen, verursachte mir ein Brennen im Magen. Vielleicht lag es auch allein schon am Gedanken, ihn wiederzusehen.

Die Türglocke bimmelte, als eine Frau eintrat, die sich mit einer weiteren Person dahinter unterhielt. Sie war groß und kurvig und trug eine Katzentransportbox. »Die Liebe meines Lebens«, sagte sie mit einem Lächeln über die Schulter.

Ich lächelte über den Ausdruck von tiefer Zuneigung auf ihrem Gesicht für die Person hinter ihr. Ich wollte das nicht, aber in gewisser Hinsicht wollte ich es doch. *Ich sollte wirklich dringend mal wieder ein Date haben.*

»Willkommen bei Pre-Flight Paws«, begrüßte Jess sie mit einem Lächeln, doch ich stutzte, denn Bennett, Mr. Dienstag mit dem ruinierten Anzug und den flinken Händen, betrat hinter der Frau den Laden und erwiderte ihr schwärmerisches Lächeln.

Diesmal war er lässig gekleidet, in Jeans und ein langärmeliges Shirt, dessen Ärmel er an diesen beeindruckenden Unterarmen hochgekrempelt hatte. »Hallo mal wieder«, sagte er zu mir, als unsere Blicke sich trafen.

Die Frau erklärte: »Wir haben diesen kleinen Kerl, der offenbar niemandem gehört, am Strand gefunden. Der Tierarzt meinte, er sei gesund, aber sein Fell ist mit irgendetwas verklebt. Könnten Sie ihn waschen oder es vielleicht herausschneiden? Wir haben einen längeren Aufenthalt, und Bennett meinte, er war schon mal hier.« Die Frau zeigte über die Schulter zu ihm. Der große, attraktive, lustige Bennett, der ganz offen mit mir geflirtet hatte, obwohl er augenscheinlich die große Liebe dieser Person war.

Jess nahm die Transportbox. »Oll, kannst du dich um die Aufnahme kümmern, während ich mir die Katze mal ansehe?«

Ich richtete meine Aufmerksamkeit wieder auf die Frau mit der Katze und fort von ihrem vermutlichen Freund oder Ehemann, mit dem ich mich auf einen Kaffee verabredet hatte. Genau das hier war der beste Grund, mich strikt auf meine Bücher zu beschränken. »Natürlich.« Ich gab ihr ein Tablet, damit sie die benötigten Informationen eintragen konnte.

»Ich bin mir sicher, der wird Ihnen nicht weglaufen wie Pepper«, sagte er über ihre Schulter. »Der ist nicht annähernd clever genug dafür.«

Ich nickte und lächelte angespannt. Er hatte mich nicht angebaggert oder so etwas, aber sein Ton war mir zu vertraulich, besonders in Gegenwart dieser Frau. »Das ist hilfreich zu wissen.«

Er schaute sich um, ehe er sich erneut mit einem jungenhaften Lächeln an mich wandte, das mir jetzt schleimig vorkam. »Schön, Sie wiederzusehen.«

»Ja.« Ich nahm das Tablet von der Frau zurück, und mein Gesicht glühte, weil ich mich schuldig fühlte. »Danke. Ich kläre das mit Jess, aber ich schätze, vierzig Minuten. Passt das?« Ich versuchte mein Bestes, professionell zu sein, aber die Enttäuschung nagte an mir. *Er hat eine Freundin.*

Die Frau nickte. »Perfekt. Dann kann ich mir noch Schokolade in dem Laden kaufen, den ich liebe. Ben, kannst du hier auf die Katze warten?« Sie umarmte ihn kurz von der Seite, nachdem er genickt hatte, dann stürmte sie hinaus.

»Sie liebt diesen Schokoladenladen. Manchmal bringe ich ihr von dort Trüffel mit.«

Er war lieb. Brachte ihr Schokolade mit. Das schmerzte mich umso mehr, als mir erschreckend klar wurde, dass er entweder ein Betrüger war oder gar nicht mit mir geflirtet hatte; vielleicht war er nur nett gewesen und mein Radar ausgeschaltet. Ich würde die entsprechenden Apps später neu installieren. Normale, unverbindliche Dates waren die beste Methode, um diesen Radar-Defekt zu verhindern.

»Sie dürfen gerne Platz nehmen, wenn Sie möchten«, sagte ich, auf unseren kleinen Wartebereich deutend. »Oder wir schicken Ihnen eine SMS, sobald die Katze fertig ist.«

Er schaute sich im Laden um. »Ich, äh, habe mich gefreut, Sie wiederzusehen. Ich dachte, während Gia einkaufen ist …« Er schob seine Brille zurecht, und seine Ohren färbten sich pink, als wäre er nervös. »Möchten Sie vielleicht etwas mit mir trinken? Ich weiß, Sie haben wahrscheinlich viel zu tun, aber ich dachte, wir könnten wie besprochen …«

Nein. Nein. Nein. Ich hielt mein eisgekühltes Getränk in die Höhe, als Begründung dafür, weshalb wir keinen Kaffee zusammen trinken konnten, während seine Freundin Schokolade kaufte. »Ich hab schon.«

»Oh, Verzeihung.« Er schien sich nicht einmal zu schämen, dass ich mich nicht daran beteiligen wollte, seine Partnerin zu hintergehen.

Innerlich ballte ich die Faust, aber mir tat auch die schöne Frau leid, die den Fehler begangen hatte, sich in einen untreuen Mann zu verlieben. Er sagte nichts mehr, sondern ging zum Wartebereich, sodass anderthalb Meter Distanz zwischen uns war. Wir sprachen nicht, bis Jess aus dem hinteren Teil nach vorn kam und die angespannte Atmosphäre zum Glück unterbrach.

»Hey«, sagte sie und ging auf ihn zu, den Duft des Fellshampoos verströmend. Das war tröstlich, denn er überdeckte den Duft seines Aftershaves oder Deos oder was immer ihn so gut duften ließ, wie er aussah. »Ich habe keine Ahnung, was an der Katze klebt, aber ich bezweifle, dass es sich abwaschen lässt. Ist es okay, das Fell ein wenig zu trimmen?«

Er schaute auf seine Hände. »Oh, ich werde meine …«

Die betreffende Frau kam in diesem Moment herein, eine Papiertüte von Juliannas Candy Shoppe in der Hand, mit zwei p geschrieben. Julianna stammte aus Missouri, wo doch eigentlich die übliche Schreibweise mit einem p vorherrschte. Ich tadelte mich im Stillen, schließlich kannte ich sie nicht gut genug, um so abfällig über sie zu denken. Aber es wurmte mich, dass sie Jess und mich nicht leiden konnte.

Jess wiederholte die Frage, während Bennett aufstand

und sich neben seine Freundin stellte. Ich erwartete, dass er ihr die Hand auf den Rücken legte, aber er stand einfach nur neben ihr. Ich kam immer noch nicht darüber hinweg, dass dieser Kerl, für den ich geschwärmt hatte, zu der Sorte gehörte, die mit einer anderen Frau anbandelte, während er mit seiner Partnerin reiste. Ich hob den Eiskaffee an die Lippen, als sein Arm den Tresen streifte.

Nachdem Jess die Frage mit der Frau geklärt hatte, sagte sie: »Sie und Ihr Partner können hier warten, oder wir schicken Ihnen eine SMS.«

Die Frau kicherte. »Oh, ich bin eine Single-Haustierbesitzerin. Er ist nicht mein Partner.«

»Mein Fehler. Ich sollte so etwas nicht einfach voraussetzen«, erwiderte Jess fröhlich und verschwand wieder nach hinten.

Die Frau an Bennetts Seite wandte sich lächelnd an mich. »Sie müssen die Frau mit dem nassen Hund sein, der er begegnet ist.«

»Gi, lass es«, meinte er knapp. »Sie ist beschäftigt.«

»Mach ich, nur kurz: Wir sind nicht zusammen. Versprochen«, sagte sie und sah mich direkt an. »O nein! Dachten Sie etwa, er sei ein Idiot? Ich auch!«

Anfangs war ich skeptisch, aber sie redete mit mir, als wären wir seit Jahren befreundet, und sie besaß diese Energie, dass ich mir glatt wünschte, wir wären es. »Er ist ein großartiger Kerl, nur eben nicht mein Typ.«

Ich sah ihn an, und seine Lippen bildeten eine schmale Linie, während sein Gesicht noch ein bisschen pinkfarbener wurde als zuvor. »Gut zu wissen, dass er mich nicht auf ein Getränk einladen wollte, obwohl er mit jemandem zusammen ist.«

Gia drehte sich unvermittelt zu Bennett um. »Du hast sie tatsächlich gefragt, ob sie sich mit dir trifft?« Mit ihrer Bewegung stieß sie einen Becher mit Stiften um, und als ich ihn festhalten wollte, kippte mein Eiskaffee um. Der Deckel flog ab, und kalte Flüssigkeit spritzte nach allen Seiten … auch auf Bennetts weißes T-Shirt.

Ich schlug die Hand vor den Mund, und er zuckte zusammen, als die kalte Flüssigkeit ihn traf. »Tut mir leid, ehrlich.« Ich suchte hinter dem Tresen nach Papiertüchern.

»Ist schon gut«, sagte er und hielt den Stoff von seinem Körper weg.

»Der Vorteil, wenn man auf Reisen ist, sind Ersatzklamotten.« Seine Freundin lächelte und zog ein T-Shirt aus einer ihrer Taschen, das sie ihm gab. »Hat er Sie auf ein heißes Getränk eingeladen? Das ist seine Masche beim ersten Date.«

Ich nickte und blickte zwischen den beiden hin und her, blieb dann jedoch bei ihm hängen, da er sein nasses T-Shirt aus- und das neue anzog. Ich hatte nicht gewusst, wie viele Muskeln sich unter seinem Anzug befanden, außerdem war seine Brust leicht behaart. Ich hätte nicht hinsehen sollen, konnte aber den Blick nicht abwenden.

»Ich habe keine derartigen Maschen«, beschwerte er sich bei seiner Freundin. »Außerdem hat sie bereits Kaffee, es spielt also ohnehin keine Rolle.«

»Sieht jetzt ganz danach aus, als hätten Sie keinen Kaffee mehr«, bemerkte Gia, auf den leeren Becher deutend, neben dem ich gerade aufwischte.

»Anscheinend nicht.«

Etwas mit einem gut aussehenden Mann zu trinken, war ein Date, und ich könnte gleich mit dem Üben beginnen, ohne auf die Apps zurückzugreifen. Die Vorstellung, auf Harrys Hochzeit meinem Ex zu begegnen, ohne ihm zeigen zu können, wie gut ich über die Trennung hinweggekommen war, machte mir zu schaffen. »Kann ich Ihnen ein heißes Getränk als Entschädigung spendieren?«

8. Kapitel

Bennett

Wir erwischten einen Tisch in der Nähe eines Kaffee-Kiosks, als zwei Leute gingen.

»Wegen der Sache im Laden.« Ich musste sicherstellen, dass sie wirklich glaubte, dass Gia und ich nur Freunde waren.

»Sorry noch mal«, sagte sie und wischte Kondensflüssigkeit von ihrem Becher. »Ich dachte, Sie beide seien zusammen.« Sie hielt einen neuen Eiskaffee in den Händen, schwarz, mit einem Stück Zucker. »Und dann habe ich Ihnen auch noch unterstellt, ein Betrüger zu sein … und Kaffee auf Sie geschüttet.«

»Ich werde Sie nur schwer vergessen können«, scherzte ich und fegte mit einer Serviette ein paar Krümel vom Tisch. Ich zermarterte mir das Gehirn und versuchte mich daran zu erinnern, wann ich zuletzt ein Date mit einer Frau gehabt hatte. Das musste gewesen sein, als ich angefangen hatte, das letzte Buch zu schreiben, und ein zweites Date hatte es nicht gegeben. Jetzt wünschte ich, ich hätte etwas Schickeres an als das T-Shirt, das Gia für mich gekauft hatte. Auf dem stand nämlich: *Sassy and Salty at Tybee Island.* Ich hatte ihr gesagt, dass ich nicht die Absicht hätte, es anzuziehen, daher entging mir die Ironie nicht, dass ich es ausgerechnet bei einem Date mit einer Frau trug, die ich als bezaubernd beschreiben wollte, und das am liebsten pausenlos. »Ich weiß nicht, ob meine Garderobe noch weitere Begegnungen mit Ihnen übersteht.«

»Ich werde ein Pre-Flight-Paws-T-Shirt für Sie bereithalten, wenn Ihre Freundin Sie das nächste Mal herschleppt«, erwiderte sie mit einem Lächeln.

Als Gia beschlossen hatte, die Katze aufzunehmen, hatte ich gleich an Ollie gedacht. »Sie hat mich nicht gedrängt«, gestand ich, auf meinen Becher Tee schauend. *Reiß dich zusammen, Mann.* »Ich wollte mehr Houdini-Geschichten hören.«

Für einen Moment sah sie verwirrt aus.

»Sie wissen schon, unsere erste Begegnung …?«

Sie lachte, und der Klang erfüllte die kleine Blase, in der wir beide uns befanden. »Oh … Sie sind ein Schmeichler, was?«

»Das bin ich bestimmt nicht.«

Sie trank einen Schluck von ihrem Kaffee. »Wie lange leben Sie schon in Florida?«

»Woher wissen Sie, dass ich in Florida lebe?«

Ihre Augen weiteten sich. »Oh, ich habe … Mist«, sagte sie mit einem verlegenen Lachen. »Mir ist aufgefallen, dass Sie ein paarmal aus dem Flugzeug aus Miami gestiegen sind.«

Ollie war hinreißend, wenn sie verlegen war. Ich trank ebenfalls einen Schluck, um mein Lächeln zu verbergen. »In letzter Zeit fliege ich beruflich bedingt alle zwei Wochen von dort. Bin ich Ihnen wirklich aufgefallen?«

»Ich dachte, Kaffee auf Sie zu schütten und Sie für einen Fremdgeher zu halten, wäre schon der peinliche Tiefpunkt meines Tages.«

»Ach, was gibt es Schöneres, als jemandes Tiefpunkt des Tages zu sein.«

Sie stieß ihren Becher gegen meinen. »Normalerweise sage ich nie das Richtige. Und ich habe schon lange nicht mehr mit jemandem, den ich neu kennengelernt habe, etwas getrunken.«

»Das gilt auch für mich. Dann können wir ja gemeinsam üben, oder?«

Sie sah interessiert aus, ihre Augen leuchteten. »Übung ist gut.«

»Wenn ich ehrlich bin: Ich hatte eine Zeit lang eine Schreibblockade, und ich glaube, mit Ihnen zu reden, hat mir geholfen.«

Sie legte den Kopf schief, auf eine Weise, wie Leute es tun, wenn sie etwas Unerwartetes erfahren haben. »Was schreiben Sie?«

»Liebesromane«, antwortete ich und senkte den Blick wieder auf meinen Becher. »Nicht, dass ich das zwischen uns für eine Romanze halte«, stellte ich klar. »Ich meine, unromantisch ist es nun auch wieder nicht, aber …«

Ihr breites Lächeln ließ mich innehalten. »Wenn Sie nervös sind, reden Sie, was?«

»Verraten Sie es niemandem. Es ist nicht sonderlich würdevoll.«

Sie lachte erneut und fuhr mit den Fingerspitzen über ihre Lippen. »Es bleibt unser Geheimnis. Aber … Sie schreiben Liebesromane? Ich bin ein Fan von Liebesromanen. Jede Woche lese ich zwei oder drei.«

»Das ist ja erstaunlich.« Mein Gesicht wurde heiß. »Ich habe mich in letzter Zeit in die Arbeit verbissen. Deshalb wollte ich Sie auch wiedersehen. Seit ich Ihnen begegnet bin, schreibe ich wieder.«

»Technisch gesehen sind Sie zuerst Pepper begegnet. Vielleicht ist er Ihre Muse«, meinte sie. »Wovon handeln Ihre Bücher?«

»Es waren alles historische Stoffe. Das nächste erscheint bald.« Ich sprach nicht oft über mein Schreiben, abgesehen von Veranstaltungen, die sich um das Schreiben drehten. Ich fragte mich, wie sie es wohl ausdrücken würde, falls sie sich nach Sexszenen erkundigte. Das waren die üblichen Fragen der Leute.

»Warum wollten Sie Liebesgeschichten schreiben?«

Das bin ich oft gefragt worden, vor allem als männlicher Autor, in dessen Geschichten es um Männer und Frauen geht. Ich hatte meine vorgefertigte Antwort parat: *Es passiert so viel Schlechtes in der Welt, deshalb möchte ich positive Storys schreiben, für diejenigen, die die Liebe gefunden haben oder darauf hoffen, sie zu finden.* Aber das wollte ich jetzt nicht sagen. »Ehrlich gesagt habe ich angefangen, Liebesromane zu lesen, um herauszufinden, wie es gemacht wird.«

»Wie … es gemacht wird?«

»Liebesromane … nicht *es.* Das habe ich überwiegend selbst herausgefunden. Also … nicht allein, na ja, in gewisser Hinsicht schon …« Ich atmete geräuschvoll ein. »Ich plappere schon wieder, oder?«

Sie zeigte mit ihrem zarten Zeigefinger und dem Daumen: »Nur ein bisschen.«

»Ich wollte lernen, wie man es anstellt, in seinem Leben eine große Liebe zu erfahren. Ich bin damit nicht im traditionellen Sinne aufgewachsen, deshalb hoffte ich, in Büchern etwas darüber zu lesen. Hat nicht funktioniert, also überlegte ich, dass, wenn ich selbst diese Geschichten schreibe …«

Ollie lächelte und stützte das Kinn in die Hand. »Und dann hat es geklappt?«

»Nein.« Ich lachte nervös. »Wie sich zeigte, machen die Lektüre und das Schreiben über gegenseitige Anziehung einen nicht empfänglicher dafür.«

»Gegenseitige Anziehung ist eine schwierige Sache«, sagte sie und trank ihren Kaffee durch den Strohhalm. »Manchmal glaubt man, sie ist da, und dann wieder …« Sie deutete mit der Hand eine Explosion an. »Also, deshalb wollten Sie mich sehen?«

Darauf hatte ich keine gute Antwort, außer der, dass ich nicht aufhören konnte, an sie zu denken. Aber das würde komisch klingen, nachdem wir uns gerade erst kennengelernt hatten. »Ich dachte, wenn wir ein wenig Zeit miteinander verbringen, könnte ich weiterschreiben, und wir beide könnten … üben, wie Sie gesagt haben. Ich hatte noch nie eine solche Schreibblockade oder war mit jemandem zusammen, der mich so … inspiriert hat.«

»Oh. Wow.« Ich konnte ihre Miene nicht deuten, aber ein zögerliches Lächeln erschien auf ihrem Gesicht.

»Tja, es klingt wohl ein bisschen seltsam, wenn ich es laut ausspreche.« In meinem Kopf blinkte ein riesiges Neonschild: *Stopp! Abbruch!* »Sie sind nicht … Ich meine, ich schreibe nicht über Sie, falls Sie sich deswegen Sorgen machen. Aber wenn ich mit Ihnen zusammen bin, nun, ich musste einfach fragen.«

Sie schaute auf ihre Uhr. »Sie wollen also Zeit mit mir verbringen, um Ihr Buch beenden zu können?«

»Ja. Ich meine, ich mag Sie natürlich auch.« Ich sah auf meine Uhr. Mir blieb nicht mehr viel Zeit, und ich hatte nicht das Gefühl, dass es allzu gut lief. »Ich muss meinen Flug erwischen. Können wir uns wieder treffen?«

Sie wirkte unsicher, daher fügte ich rasch hinzu: »Ich meine, vielleicht können wir uns wieder unterhalten, wenn ich das nächste Mal auf der Durchreise bin. Wir würden ja hierbleiben, im Flughafen …« Ich würde Gia niemals von diesem Gespräch berichten, wenn Ollie mir einen Korb gab.

»Kann ich darüber nachdenken? Ich mag Sie – Sie sind lustig und komisch, aber ich war noch nie jemandes Muse.«

Mist. Das ging ins Auge.

Sie stand auf. »Ich sollte jetzt gehen. Noch mal sorry wegen des Kaffees.«

»Kein Ding«, sagte ich und stieß beim Aufstehen gegen den Tisch. »Ich meine, kein Problem.«

Sie ging rückwärts, wich buchstäblich vor mir zurück, hielt dann jedoch inne. »Unter welchem Namen schreiben Sie?«

»D. A. Bennett«, antwortete ich und reichte ihr eine Karte aus meiner Brieftasche. »Alle Informationen finden Sie auf meiner Website. Sie wollen natürlich sicherstellen, dass ich der bin, für den ich mich ausgebe.«

Sie nahm die Karte und steckte sie ein. »Ich werde darüber nachdenken.« Sie machte sich auf den Rückweg zum Haustiersalon, und ich schaute ihr hinterher, besorgt, dass mein Schreibglück in dieselbe Richtung ging.

Ich vergrub das Gesicht in den Händen und spürte das Vibrieren meines Handys.

Gia: *Ich habe die Katze. Wie läuft das Date?*

Bennett: *Vorbei.*

Gia: *Daumen hoch oder Daumen runter?*

Bennett: 🤷

Gia: *Bist du komisch gewesen?*

Bennett: *Auf einer Skala von 1 bis 100? 98.*

Gia schrieb nicht gleich zurück, was bedeutete, dass sie mit jemandem flirtete, den sie gerade kennengelernt hatte, entweder auf dem Weg zu unserem Gate oder während sie den Kopf gegen die Wand schlug angesichts meiner Unfähigkeit.

Gia: *Es geht gleich an Bord, lass uns im Flugzeug weiterreden.*

9. Kapitel

Ollie

Am nächsten Dienstag machte ich freiwillig Inventur, um hinten im Laden beschäftigt zu sein, wenn Bennetts Flieger für gewöhnlich landete. Jeremiah musterte mich neugierig, als ich ihn nach vorn schickte, während ich mich an das Auspacken der Kartons machte und die Regale einräumte. Im hinteren Teil des Ladens befanden sich momentan keine Tiere, und der gemütliche Raum war beinah tröstlich. Ich hatte Jess von dem desaströsen Date berichtet. Vielleicht war es auch gar kein Date. Bennett war so süß gewesen, und ich hatte fasziniert zugehört, als er mir erzählte, dass er Liebesromane schrieb. Obwohl er die Dinge zwischen uns seltsam offengelassen hatte, war ich in der Pause in den Buchladen gegangen. Die Abteilung mit den Liebesromanen war voller Kunden gewesen, sodass ich nicht nah genug herankam, um seine Bücher zu sehen.

»Macht es dir Spaß, dich zu verstecken?« Jess kam mit einem Eiskaffee herein.

Ich stellte eine weitere Flasche unseres Spezialshampoos ins Regal und wischte mir über die Stirn. »Ich verstecke mich nicht.«

»Ich glaube, die Pause mit Mr. Dienstag nagt an dir«, sagte sie und lehnte sich gegen den Türrahmen.

»Er hat gesagt, ich inspiriere ihn.«

»Das hört sich gut an. Wer könnte zur Inspiration eines Liebesromans besser geeignet sein? Du liest sie ständig.«

»Klar«, sagte ich und stellte zwei weitere große Flaschen ins Regal. »Das wäre schon cool.« Ich wollte aber auch, dass er mich wiedersehen wollte, weil er ein bisschen an mir interessiert war. Es hatte zumindest den Anschein gehabt, weil er nervös geplappert hatte.

Mein Handy vibrierte, und Jess nahm es von der Ablage, wo ich es hingelegt hatte, und gab es mir. »Oll, du hast ungefähr zehn Nachrichten auf dieser Dating-App.«

Ich verdrehte die Augen. »Das sind nur Dickpics«, sagte ich, die Nachrichten ignorierend. »Das ist ermüdend.«

»Ich glaube nicht, dass es alles Dickpics sind«, meinte sie und schnappte sich mein Handy. »Bestimmt ...« Sie verstummte, während sie meinen Code eingab und scrollte. »Wow. Das sind aber schlecht fotografierte Penisse. Haben diese Männer keine Ahnung vom richtigen Licht und dem richtigen Winkel?« Sie betrachtete die Fotos mit einem ungläubigen Lächeln. »Es gibt auch ein paar normale Nachrichten.« Sie gab mir mein Handy zurück.

»Ich weiß«, murrte ich. Es war verlockend, auf die normalen Nachrichten zu antworten, aber jedes Mal, wenn ich sie öffnete, malte ich mir aus, wie ich verletzt wurde und mich betrogen fühlte, und dann ließ ich es. Dann landete auch schon der nächste schlecht ausgeleuchtete Phallus in meinem Posteingang.

»Bist du dir sicher, dass der verlegene Vielflieger nicht die bessere Option ist?«

Ich schob das Handy in meine Tasche, ihren vermutlich guten Rat verwerfend. »Er war ohnehin nicht an *mir* interessiert; er brauchte nur meine Gegenwart, um schreiben zu können. Also wozu?«

»Taugen seine Bücher was?«

Ich hatte noch keines besorgt, aber mir seine Website angesehen und Besprechungen seiner Bücher gelesen. Die Leute schienen seine Sachen zu mögen. »Ich hatte zu viel Angst, sie zu lesen. Was ist, wenn sie alle richtig gut sind, und dieses eine, das er meinetwegen schreibt, floppt? Das ist eine Menge Druck.«

»Na ja, es ist schließlich nicht so, als müsstest du das Buch schreiben.« Jess gab mir den Kaffee und ein Blatt Papier. »Hier.«

»Von dir?«

»Nein«, sagte sie mit einem selbstzufriedenen Grinsen. »Aber vielleicht kannst du ja über diese Muse-Sache mal nachdenken.«

Ich trank einen Schluck von dem Kaffee, der bitter war und nur einen Hauch süß, genau wie ich ihn mochte. Ich drehte den Zettel um.

Olivia,
ich wollte mich für unsere letzte Begegnung entschuldigen, falls Sie sich meinetwegen unbehaglich gefühlt haben. Ich weiß nicht, ob Sie noch einmal mit mir sprechen oder Zeit mit mir verbringen wollen, aber ich möchte erneut betonen, dass es von meiner Seite keinerlei Druck gibt, auf meine Bitte einzugehen, selbst wenn wir Zeit miteinander verbringen.
Bennett

Er hatte seine Telefonnummer dazugeschrieben, und ich las die Nachricht wieder und wieder.

Es wäre verrückt, Kontakt zu ihm aufzunehmen. Selbst wenn wir befreundet wären, wäre er nie länger als eine oder zwei Stunden im Flughafen.

»Wirst du ihm schreiben?«

Ich erschrak bei Jess' Worten. Sie stand im Türrahmen und hielt Pepper mit festem Griff am Geschirr. »Du hast mich erschreckt! Und warum nimmst du Getränke von fremden Männern für mich an?«

Jess lachte und band Pepper an, um ihn zu waschen. Sie warf ein Leckerli auf die Fläche vor ihm, damit er beschäftigt war. »Er gab ihn mir, als er zu seinem Flug eilte, und ich ließ ihn ein bisschen davon in einen zweiten Becher kippen und selbst probieren.«

»Im Ernst?«

»Nein«, sagte sie, stellte das Wasser an und hielt Pepper fest. »Das wäre schon ziemlich fies gewesen, oder?«

Ich betrachtete das Getränk und hob es an die Lippen. »Wäre es komisch, sein Angebot, Zeit mit ihm zu verbringen, anzunehmen? Irgendwie gefällt es mir, die Idee hinter einem Roman zu sein, der geschrieben wird, aber … es ist ein bisschen komisch, oder?«

Jess zuckte mit den Schultern. »Komisch, weil du ihn seit einigen Monaten aus der Ferne angaffst? Ja, das wird komisch sein, aber andererseits … Ich weiß nicht. Es ist wirklich ein Zufall, jemanden in einem Flughafen kennenzulernen. Du könntest anfangen, wieder mit anderen Leuten zusammen zu sein, statt nur mit mir. Du hast selbst gesagt, dass du Übung brauchst, und keines dieser Dickpics war ein allzu großer Ansporn, unter Leute zu gehen.«

Sie wandte sich ab und konzentrierte sich auf Pepper. Ich biss mir auf die Lippe und nahm mein Handy aus der Tasche.

Ollie: *Danke für den Kaffee.*

Ollie: *Ich bin dabei. Ich könnte es mir nicht verzeihen, wenn ein Liebesroman nicht geschrieben wird, nur weil ich meine Hilfe verweigere.*

Bennett: *Ich verspreche, es wird nicht komisch, Olivia.*

Ollie: *Meine Freunde nennen mich Ollie.*

Bennett: *Meine Freunde nennen mich leider Bennett.*

Ollie: *Vielleicht werde ich Sie Benny nennen. Was halten Sie davon?*

Bennett: *Ich finde, unser Arrangement war sehr kurz.*

Ollie: *Nun, nett Sie kennenzulernen, Benny.*

Bennett: *War mir ein Vergnügen, Olivia.* 😂 *Aber vielleicht können wir ja nächstes Mal, wenn ich durchfliege, zusammen zu Mittag essen? Nächste Woche?*

Ollie: *Gern. Und vielleicht ein weiteres Heißgetränk.*

Bennett: *Ich bringe Kleidung zum Wechseln mit.*

Bennett: *Falls wieder gekleckert wird oder ein nasser Hund auftaucht.*

Bennett: *Nicht, weil ich denke, ich müsste meine Sachen ausziehen.*

Ollie: *Benny.*

Bennett: *Ich plappere schon wieder. Hab's verstanden. Ich muss in den Flugmodus schalten, aber wir hören bald wieder voneinander.*

Ich steckte mein Handy grinsend ein. Er wechselte so rasch zwischen charmant und verlegen. Das war hinreißend, und vielleicht würde das Ganze ja gar nicht so schlecht werden.

Jess wusch Pepper, den Wasserschlauch in der einen Hand, die andere an seinem Geschirr. »Du und er, ihr werdet also Freunde?«

»Hast du den Brief gelesen?«

Sie sprach über die Schulter mit mir, während der Duschkopf rauschte. »Natürlich habe ich ihn gelesen. Glaubst du, ich überbringe meiner besten Freundin etwas, ohne es vorher zu prüfen?«

Ich lachte im Weggehen in mich hinein. »Ja, wir werden Freunde.«

»Freunde, die in verborgenen Ecken auf dem Flughafen herummachen?«

»Freunde, die nicht auf der Liste der Flughafenüberwachung landen werden«, korrigierte ich sie, während ich mir gleichzeitig ausmalte, Bennett zu küssen, von seinen starken Armen gehalten zu werden und seine Lippen auf meinem Hals zu spüren.

Als die Tür zuschwang, sagte Jess in ihrer Ich-spreche-mit-einem-Tier-Stimme: »Wer will schon so eine Freundschaft?«

10. Kapitel

Bennett

Ollie hatte geschrieben, als ich noch in der Luft war.

Ollie: *Bleibt es beim Lunch?*

Nie hatte ich es eiliger gehabt, aus einem Flugzeug zu kommen, und natürlich gab es diesmal ein Problem mit der Fluggastbrücke, und dann hatte der vor mir sitzende Mann anscheinend auch noch in jedem Gepäckfach Taschen verstaut, so oft, wie er stehen blieb, Sachen abstellte, überprüfte und wieder aufnahm. Ich strich mit der Hand über die Vorderseite meines Hemdes und las ihren Text noch einmal. Wegen technischer Probleme hatte sich bereits der Abflug verzögert, und der Mann mit den Millionen Koffern oder einfach nur einem schlechten Gedächtnis bewegte sich quälend langsam.

Bennett: *Verspäteter Flug und langsamer Passagier vor mir. Sehen wir uns trotzdem?*

Endlich setzte die Menge sich wieder in Bewegung, und der Taschenmann fand alle seine Habseligkeiten und hörte auf zu suchen. Ich war schon den ganzen Tag unruhig und zwei Stunden vor dem Weckerklingeln wach gewesen, weil mich paranoide Angst plagte, den Flug zu verpassen. Ich hasste es, zu spät zu kommen. Auch wenn diese Unpünktlichkeit nicht meine Schuld war, erinnerte es mich doch an meine Eltern und die ständige Unsicherheit, ob sie auftauchen würden oder nicht. Ich wollte nicht, dass Ollie sich fragte, ob ich erscheinen würde, auch wenn wir uns nur auf eine für beide Seiten nützliche Freundschaft geeinigt hatten.

Ollie: *Klar. Ich bin die Frau hinter der Theke bei Pre-Flight Paws.*

Bennett: *Oder die Frau, die einen nassen Hund jagt.*

Ollie: *Die Möglichkeit besteht immer.*

Bennett: *Umso besser. Eigentlich hatte ich auch gehofft, Pepper zu sehen.*

Ollie: *Bis später.*

Mein leises Lachen brachte mir einen freundlichen Blick der Flugbegleiterin ein, und ich dankte ihr, schob mich am Taschenmann vorbei und wich gekonnt einem plaudernden jungen Paar aus, das über die Fluggastbrücke schlenderte. Der Flughafen war einer der wenigen Orte, an denen man sich eilig an Leuten vorbeidrängeln konnte und es niemandem etwas ausmachte. Die würden annehmen, dass ich einen Flug kriegen musste und nicht die Aufmerksamkeit einer schönen Frau, die sich aus irgendeinem Grund einverstanden erklärt hatte, mit mir Dating zu üben.

Aus der Fluggastbrücke ins Terminal zu gelangen, war wie hinaus in den Sonnenschein zu treten, auch wenn es sich hier um künstliches Licht handelte. Für einen Moment gab es so viel Platz, dass ich das Gefühl hatte, im Kreis herumwirbeln zu können. Das tat ich natürlich nicht, weil mich sonst der Sicherheitsdienst festnehmen würde. Aber manchmal verspürte ich Lust dazu. Vor drei Jahren war ich aus einem Flugzeug gestiegen und hatte erfahren, dass ich einen Verlag für mein erstes Buch hatte. Diesmal wartete Ollie, die an einen Pfeiler am Rand des Wartebereichs gelehnt stand. Sie trug nicht dasselbe T-Shirt, in dem ich sie zuvor gesehen hatte; stattdessen hatte sie ein blaues Baumwollkleid an, mit einem Gürtel um die Taille, was ihre Rundungen hervorhob.

»Ich dachte mir, ich hole Sie ab«, sagte sie, sich aufrecht hinstellend. »Ich habe keine Ahnung, wie diese ganze Musen-Sache funktioniert.«

»Ich … Nun, ich auch nicht, aber ich freue mich, dass Sie hier sind«, sagte ich, die Hand zum Gruß erhoben und auf sie zugehend. Am liebsten hätte ich sie umarmt, aber wir hatten noch keine Regeln für unser Arrangement aufgestellt. Außerdem zog ich meinen Rollkoffer hinter mir her. »Tut mir leid, dass ich zu spät komme.«

Sie winkte ab. »Das macht nichts. Wie viel Zeit haben Sie?«

Ich musste nicht erst nachschauen, denn ich hatte das schon auf der Fluggastbrücke überschlagen, darauf bedacht, das Maximum an Zeit mit ihr zu verbringen. Trotzdem warf ich einen Blick auf meine Uhr. »Eine Stunde und sieben Minuten.«

Sie kicherte. Wow, sie hatte ein tolles Lachen. »Das ist ja sehr exakt. Sind Sie der exakte Typ, Bennett?«

»Na ja, ich arbeite in der Risikobewertung einer Versicherungsgesellschaft, also würde ich Ihre Frage wohl bejahen.«

Sie deutete zum Terminal, und ich folgte ihr, dicht, um sie zu hören und um ihr nah zu sein. »Versicherung und Liebesromane. Das ist ja mal eine Kombination.«

»Ich fürchte, das sind schon die beiden interessantesten Dinge an mir«, gestand ich, während wir uns einem Bereich mit verschiedenen Essensoptionen näherten. »Ich würde aber gern mehr über Sie erfahren. Wie sind Sie darauf gekommen, einen Haustierpflege-Shop in einem Flughafen zu eröffnen?«

Sie lachte erneut, hielt inne und schaute sich um. »Das kann ich Ihnen erzählen, aber zuerst … Welcher Gaumenschmaus trifft Ihren Geschmack? Ich bin flexibel.«

Ich hielt Ausschau nach der kürzesten Schlange. An diesem überfüllten Ort war es schwer, sie zu verstehen, und mich nah zu ihr hinüberzubeugen, hieße, ihren wundervollen Duft einzuatmen. Doch damit wäre bei Freunden wohl eine Grenze überschritten. »Mögen Sie Brezeln?«

»Warum? Haben Sie welche aus dem Flugzeug mitgehen lassen?« Wir näherten uns dem Laugenbrezel-Stand und hatten drei Personen vor uns in der Schlange.

»Ich nehme immer die Kekse, selbst morgens.« Ich war ein klein wenig süchtig nach denen, aber die Kekse im Flugzeug waren auch wirklich klasse. »Meine Freundin Gia hat sie irgendwann für mich in einem Laden entdeckt, aber die im Flugzeug sind einfach noch besser.«

»Eine Naschkatze, was?«

Der Kunde vor uns trat unerwartet zurück und stieß mit seinem Rucksack gegen Ollie. Sie stützte sich an meinem Arm ab, und ihre Handfläche schloss sich um meinen Bizeps.

Mein Gesicht glühte grundlos. Eine Schwäche für Süßes zu haben, war nicht peinlich. Allerdings sandte ihre Berührung einen warmen Schauer durch meinen Körper. Das Gleiche hatte ich gespürt, als ich ihr die Cruella-de-Vil-Figur geschenkt hatte und wir uns die Hände geschüttelt hatten. »Es sind ausgezeichnete Kekse. Ich, äh, habe einen gewissen Vorrat.«

Sie nahm ihre Hand fort, und sofort vermisste ich das Gefühl, aber ich schob meine Umhängetasche nach vorn und öffnete das vordere Fach, in dem sich zehn oder fünfzehn einzeln verpackte Biscoff-Kekse befanden.

»Sie haben ein Problem«, stellte sie fest, in meine Tasche spähend, ehe sie mir in die Augen sah. »Die viel wichtigere Frage ist jedoch: Teilen Sie die Kekse?«

»Nur mit meinen Freunden.«

Sie grinste. »Wie gut, dass wir Freunde sind.«

Als wir unsere Brezeln hatten, blieben uns nur noch vierzig Minuten. Inzwischen standen wir auf dem Laufband, auf der rechten Seite, aßen unsere Brezeln und beobachteten, wie die Wartehalle langsam an uns vorbeizog. »Erzählen Sie mir von Ihrer Arbeit. Darüber unterhalten Leute sich doch bei einem Date, oder? Wie kamen Sie darauf?«

Sie kaute zu Ende und lehnte sich gegen den gleitenden Gummihandlauf. »Meine beste Freundin Jess wollte seit Jahren ihren eigenen Pflegesalon für Haustiere eröffnen, aber das ist teuer.«

Ich nickte und erinnerte mich an die Frau in dem Shop, die Duke, die Katze, getrimmt hatte – Gia hatte sie Duke of Malificent Falls genannt, aus meinem dritten Buch.

»Ich habe Betriebswissenschaft und Politikwissenschaft

studiert«, fuhr sie fort und blickte durch die Fensterfront hinaus auf den Park- und Servicebereich der Flugzeuge. »Ich wollte nach Washington, D.C., ziehen und die Welt verändern.«

»Sie waren also nie in einem Unternehmen angestellt wie ich. Eher eine mächtige Lobbyistin?«

Sie lächelte, ohne ihre Zähne zu zeigen, und schüttelte den Kopf. »Nein.«

»Was ist passiert?«

Jetzt richtete sie den Blick auf mich. »Das ist eine Geschichte für eine weitere Brezel. Ich ging nicht nach Washington, kam aber später an ein bisschen Geld. Und so weiter und so fort. Jedenfalls stellten wir Recherchen an und entschieden, dass der Trend fliegender Haustiere nicht nachlässt, und mit einigen Regeländerungen konnten wir einen Versuch starten. Ich wollte ohnehin größere Risiken eingehen, tja, und das war ein echt großes.«

»Ich verfüge nur über begrenzte Kenntnisse, was Heimtierpflege betrifft«, sagte ich. Das war ein bisschen gelogen, denn nach unserer ersten Begegnung hatte ich alles darüber gelesen. Hätte ich so viel Recherche in mein neues Buch investiert, ginge das Schreiben möglicherweise schneller von der Hand. »Das Risiko scheint sich gelohnt zu haben.«

»Hat es. Vielleicht expandieren wir in andere Flughäfen. Das wird häufiges Reisen bedeuten, aber es ist auch aufregend«, meinte sie, als wir das Laufband verließen und auf das nächste zugingen. In einiger Entfernung sah ich mein Gate und überlegte, ob ich meinen Flug verpassen sollte, um mich noch länger mit ihr unterhalten zu können.

»Das ist fantastisch. Herzlichen Glückwunsch.« Ich zerknüllte das Einwickelpapier der Brezel, um irgendetwas mit den Händen zu tun. »Von Vielflieger zur Vielfliegerin in spe versichere ich Ihnen, dass es schwierig werden kann, Kontakt zu Freunden zu halten. Meiner Erfahrung nach fühlen Beziehungen sich wie Fernbeziehungen an, wenn man viel unterwegs ist.«

Sie schüttelte den Kopf. »Das glaube ich. Ich werde ganz bestimmt keine Fernbeziehung mehr führen.«

Mein Mut sank. Wir aßen bloß Brezeln auf dem Flughafenlaufband, es ging um Freundschaft und Inspiration für ein Buch. »Wieder eine Geschichte für eine weitere Brezel, nicht wahr?«

»Definitiv«, bestätigte sie und zerknüllte ihr Brezelpapier ebenfalls. »Hilft es? Für das Buch, meine ich?«

Das hatte ich über unserem Gespräch ganz vergessen. »Ja, ich glaube schon. Die Hauptfigur im Buch leidet an gebrochenem Herzen. Das trifft natürlich nicht auf Sie zu. Aber es geht um Fernbeziehungen und die Einsamkeit des Helden. Wie das sein Handeln prägt.« Das hatte ich mir spontan ausgedacht, es war jedoch die perfekte Perspektive für den Teil, an dem ich gerade schrieb. Ich wandte kurz den Blick ab, sah Ollie dann wieder an und folgte der Konstellation ihrer Sommersprossen.

»Einsamkeit ist definitiv ein Punkt«, sagte sie und ließ ebenfalls den Blick schweifen. »Deshalb liebe ich Bücher. Sollte ich Ihre Bücher lesen? Ich weiß nicht, ob das erlaubt ist.«

Erneut stiegen wir vom Laufband und standen neben einer Mauer, meinem Gate gegenüber, unser Gleichgewicht wiederfindend. »Müssen Sie nicht.«

Sie zuckte mit den Schultern. »Es wäre doch ganz interessant, zu erfahren, wohin das hier führen könnte.«

Eine laute Ansage erschreckte uns. »In Kürze beginnen wir mit der Vorbereitung für das Boarding von Flug 2225 nach Chicago.«

»Ich schätze, unsere Zeit ist um«, sagte sie, vielleicht mit einer Andeutung von Enttäuschung um ihre Mundwinkel.

»Hier«, sagte ich, griff in meine Tasche und holte ein paar Kekse heraus. »Zum Nachtisch.«

»Drei? Womit habe ich diese Menge von Ihrem Vorrat verdient?« Unsere Finger berührten sich, als sie die Kekse von mir nahm. Das gleiche elektrisierende Kribbeln lief über meine Haut.

»Nur um sicherzustellen, dass ich die Brezel-Storys zu hören bekomme.«

Sie rieb sich den Bauch. »Harter Tausch, aber es ist wohl fair. Ich kann die Kekse genießen, wenn ich mit der Lektüre Ihres Buches beginne.«

Mir gefiel die Idee, wie sie meine Worte in den Händen hielt. »Ich habe auch gern etwas Süßes, während ich lese.«

Sie presste die Lippen zusammen und sah weg, sodass ich mich fragte, ob das, was ich gesagt hatte, für sie genauso intim geklungen hatte wie für mich in meiner Vorstellung. Aber dann sah sie mir doch wieder in die Augen. »Die werden mir auf jeden Fall die Lektüre versüßen. Ich werde eine gute Beurteilung abgeben.«

»Nur, wenn Ihnen die Bücher gefallen«, sagte ich automatisch und versuchte, mir ein Grinsen zu verkneifen.

»Oh, natürlich. Falls nicht, werde ich sie auf jeder Onlineplattform zerreißen.«

Mein Lachen war lauter als beabsichtigt. »Mehr verlange ich nicht.«

»Aber es handelt sich hoffentlich nicht um 101-Dalmatiner-Fan-Fiction, oder? Wenn doch, muss ich mich mental darauf einstellen.«

Ich lachte erneut und registrierte die Blicke einiger Passagiere in der Nähe, die auch auf meinen Flug warteten. »Nur Liebesgeschichten; Welpen kommen nicht zu Schaden.«

Sie wischte sich in gespielter Erleichterung über die Stirn. »Puh!« Dann sah sie über meine Schulter zum Gate. »Ich glaube, Sie müssen los.«

»Da haben Sie wohl recht.« Da war ein Krümel unter ihrer Lippe, und ich hatte die flüchtige Fantasie, sie genau dort zu küssen, den Krümel zu entfernen und sie anschließend gegen die Wand zu drücken. »Sie haben da etwas«, sagte ich und zeigte auf meinen Mund.

Sofort wischte sie den Krümel weg. »Wie lange haben Sie mich mit Essen im Gesicht reden lassen, Benny?«

»Nicht lange, außerdem wollte ich Sie nicht unterbrechen.« Ich erwähnte nicht, dass ich zu gebannt von ihr gewesen war, als dass mir der Brotkrümel hätte auffallen können.

»Na, dann ist es wohl höflich«, meinte sie und ging mit mir zusammen auf den Boarding-Bereich zu, wo noch einige Passagiere warteten.

»Ich wollte nichts aus Ihrem Gesicht entfernen ohne Ihre Erlaubnis.«

Sie grinste. »Wie gut, dass wir keine Chickenwings gegessen haben«, meinte sie, sich die Lippen erneut abwischend.

»Sie sind perfekt«, sagte ich ohne nachzudenken. »Ich meine, es ist alles weg. Der Krümel. Nicht, dass Ihr Gesicht perfekt ist. Ich meine, es ist ein schönes Gesicht, ein perfektes Gesicht, wirklich, aber ich meinte …«

»Bennett?«

Ich presste die Lippen zusammen.

Und sie lachte wieder. »Sie können Krümel oder Hühnerknochen ruhig wegwischen, oder sonstiges Essen, das dort möglicherweise landet. Das ist etwas, um das ich jeden meiner Freunde bitten würde.«

Ich verspürte den Drang, es sofort zu probieren, aber der Gate Agent gab ein Zeichen, dass die Türen gleich geschlossen würden. »Mach ich. Danke, dass Sie eine Brezel mit mir gegessen haben«, sagte ich und machte einen Schritt auf das Gate zu.

»Bis bald«, sagte sie und wedelte mit den Händen, damit ich mich beeilte.

»Definitiv.«

11. Kapitel

Ollie

In unserem Laden kümmerten wir uns hauptsächlich um Hunde, ab und zu auch Katzen. Aber hin und wieder stellte ein Kunde uns vor eine kniffligere Aufgabe. Ich nahm die Transportbox von dem Gentleman entgegen, nachdem dieser sich mit zärtlichen Worten und einem Kuss auf die Schnauze seines schwarzen Frettchens verabschiedet hatte. Was für eine Leistung von mir, dabei keine Miene zu verziehen. Nachdem ich das Formular ausgefüllt hatte, brachte ich die Box nach hinten zu Jess, die Jeremiah gerade ein paar Tricks des Handwerks zeigte.

»Miss Cornelia ist da«, sagte ich und überreichte ihr die Box. »Aber wie badet man denn überhaupt ein Frettchen?«

»Vorsichtig«, scherzte Jess. »Ich habe das recherchiert, da ich wusste, dass sie kommt. Möchtest du bleiben und zusehen?«

»Nein, danke.« Ich mochte Hunde, aber Jess war von uns beiden die Tierliebhaberin. Außerdem ging mir das Bild vom Mund des Besitzers auf der Schnauze des Tieres nicht aus dem Kopf, und ich hatte das Bedürfnis, mir die Hände zu waschen. Stattdessen zog ich mein Handy aus der Tasche.

Ollie: *Ich habe eben gesehen, wie ein Mann ein Frettchen geküsst hat.*

Bennett: *Schämen Sie sich nicht? Manche Momente zwischen einem Mann und seinem Frettchen sind privat.*

Bennett: *Kein Zungenkuss, oder?!*

Ich schlug die Hand vor den Mund, um mein Kichern zu unterdrücken, obwohl der Laden leer war.

Ollie: *Wollen Sie das wirklich wissen?*

Bennett: *Wenn ich es mir genau überlege, lieber nicht. Möchten Sie noch über etwas anderes als über Frettchen sprechen?*

Ollie: *Haben Sie Zeit für eine Frage?*

Bennett: *Sorry, meine Zeit ist für Antworten reserviert. Sie können es später noch einmal versuchen.*

Bennett: *Schießen Sie los.*

Ich schaute mich erneut in der Lobby um und machte ein Selfie mit den fünf Büchern, die ich von zu Hause mitgebracht hatte.

Ollie: *Mit welchem Ihrer Romane soll ich beginnen?*

Ich wartete auf die Antwort und betrachtete die Buchcover. Die ersten beiden zeigten zwei sich umarmende Menschen, wobei die Hände des Mannes sich in eine unanständige Richtung bewegten und das Gesicht der Frau Verlangen widerspiegelte. Ich fragte mich, wie viel Einfluss Bennett auf die Auswahl der Models hatte; vielleicht handelte es sich um den Typ Frau, an dem er interessiert war. Die drei Cover der Serie waren eine Mischung aus illustriertem Hintergrund, halb Foto, halb Skizze, die bewusst den Eindruck vermittelten, der Künstler wäre mitten in der Ausführung aufgehalten worden.

Ollie: *Habe ich Sie verloren?*

Bennett: *Sorry, nein. Ich habe bloß nicht erwartet, dass Sie gleich alle kaufen.*

Ollie: *Ihr erstes Buch besaß ich schon, und der Buchladen in unserem Terminal hatte die anderen vorrätig. Die Besitzerin ist übrigens ein Fan von Ihnen. Sie hat gar nicht mehr aufgehört zu reden, und zwei Kundinnen kamen auch noch dazu.*

Ollie: *Sie sind tatsächlich ein bisschen berühmt, Benny.*

Bennett: *Ich bin nicht berühmt.*

Bennett: *Ich würde mit* The Duchess Affair oder wie man einen Earl hasst *anfangen. Es sind Einzelgeschichten, sodass man jederzeit aussteigen kann und es keinen Cliffhanger am Ende gibt.*

Ollie: *Ich mache mir keine Sorgen, dass sie mir nicht gefallen könnten* 😀

Bennett: *Nur zur Information: Alle enthalten Liebesszenen, ziemlich anschaulich.*

Ich schaute auf die Bücher, die ich unter dem Tresen aufbewahrte. Die Buchladenbesitzerin hatte mich bereits darauf hingewiesen, dass der Inhalt »sehr heiß« sei, und die beiden Kundinnen, die sich an der Unterhaltung beteiligten, rieten mir, »während der Lektüre gewisse Utensilien aufgeladen parat zu halten«. Mein Gesicht wurde warm. Andere Körperteile erwärmten sich bei der Vorstellung, dass Bennett, mein neuer *Freund*, Sexszenen schrieb, die derartig aufregend waren, dass ich von gutmeinenden Fremden den Rat erhielt, für einen aufgeladenen Vibrator zu sorgen. Ich dachte an das Gefühl seiner Hand an meiner, als wir uns die Hände geschüttelt hatten, und daran, wie fest, aber zugleich sanft sein Griff gewesen war. Ich fragte mich, wie viel von dem, was er schrieb, auf eigenes Erleben zurückging.

Ollie: *Ich bin Fan von Liebesromanen, schon vergessen? Freue mich schon auf die!* 🍆🍑🏆

Ich schickte eine weitere Nachricht mit nur einem Smiley, um die Sexting-Emojis abzumildern, und beobachtete, wie die Punkte hin und her blinkten, bis ein Kunde den Laden betrat und ich das Handy beiseiteschob. Zehn Minuten später, nachdem ich die Anmeldung erledigt hatte, schaute ich erneut auf den Thread und fand ein GIF von einem Frettchen, das die Zunge herausstreckte.

Spät am nächsten Abend legte ich das Buch zur Seite und atmete tief aus. Ich wusste nicht, was ich erwartet hatte, aber der Roman hatte einfach alles. Die Charaktere waren interessant und vielschichtig, die Story fesselnd, die Romanze wirkte normal und zugleich großartig, und, wie von den beiden Frauen im Buchladen versprochen, die Sexszenen ließen mich erröten. Das weckte in mir eine gewisse Neugier, ob diese Erotik sich im Schlafzimmer widerspiegeln würde. *War Bennett ein guter Liebhaber?*

Ollie: *Ich habe Ihr Buch zu Ende gelesen.*

Bennett: *Ich erwarte Ihre vernichtende Kritik.*

Ich sah auf die Uhr. Ich hatte nicht bemerkt, wie spät es schon war – nach ein Uhr morgens. Ich rechnete aus, wie spät es jetzt in Kalifornien sein musste, wo er in dieser Woche arbeitete. Ich fragte mich, ob er ebenfalls im Bett lag.

Ollie: *Ich war begeistert. Ich habe jede Sekunde geliebt. Wie sind Sie so gut? Ist es sehr befremdlich, dass ich Ihnen um ein Uhr morgens aus dem Bett schreibe?*

Bennett: *In Kalifornien ist es drei Stunden weniger befremdlich, falls Sie sich dadurch besser fühlen. Freut mich, dass es Ihnen gefallen hat.*

Ich nahm das Buch wieder auf und fuhr mit dem Finger über die erhöhte Schrift seines Namens. Ich hatte seine Stimme in den geschriebenen Worten gehört, auch den Humor, den ich langsam kennenlernte, sowie einige aufregende Momente genossen.

Ollie: *Sie haben mir nicht erzählt, dass ein entlaufener Hund vorkommt.*

Bennett: *Das ist wirklich Zufall.*

Bennett: *Ganz andere Situation. Keine Nacktheit bei Ihnen, und Pepper ist kein Mops.*

Bennett: *Ich meine, Sie waren nicht nackt, als Sie den Hund jagten. So, wie Sie jetzt auch nicht nackt sind.*

Bennett: *Und selbst wenn Sie es wären, würden Sie es mir ja schließlich nicht verraten. Selbstverständlich würde ich nicht fragen, was Sie anhaben. Geht mich nichts an.*

Ollie: *Benny, Sie plappern wieder. (Nennt man das ›plappern‹ in einer Textnachricht?)*

Bennett: *Ja. Ist mein natürlicher Zustand. Tut mir leid.*

Ich grinste und malte mir sein Gesicht aus, während er merkte, dass er gar nicht mehr aufhörte, von mir als nackt zu plappern, und die Worte einfach nur so aus ihm herauspurzelten, als könnten sie nicht anders. Wahrscheinlich sah er ein bisschen aufgeregt und verlegen aus, und dann würde sein hinreißendes Lächeln erscheinen.

Ollie: *Nur um das klarzustellen: Ich bin nicht nackt, sondern trage ein uraltes T-Shirt und meine zerschlissenste Jogginghose während dieser Konversation. Ist das irgendwie inspirierend für Sie?*

Auf seiner Seite herrschte einige Minuten lang Schweigen.

Bennett: *Absolut. Okay, nachdem Sie mir verraten haben, was Sie anhaben, verraten Sie mir noch etwas?*

Ollie: *Omaschlüpfer.*

Bennett: *Ich habe mich gerade an meinem Tee verschluckt. Das wollte ich gar nicht fragen. Ich wollte bloß einen Scherz über diese Kleiderfrage machen. Mir ist klar, dass das völlig deplatziert wäre.*

Ollie: *Ich weiß. Ich wollte Sie nur plappern sehen.*

Bennett: *Mission erfüllt. Was ich eigentlich fragen wollte, ist, ob Sie mir eine der 🥨-Storys erzählen? Warum sind Sie nicht nach Washington, D.C., gezogen?*

Ich schluckte, legte das Buch hin und schaute aus dem offenen Fenster auf die blinkenden Lichter der Stadt. Da ich das alles nicht tippen und dann die Worte vor mir sehen wollte, drückte ich die Anruftaste.

»Hallo.« Seine Stimme klang tief und beruhigend, und ich mochte das unerwartete Erschauern.

»Es ist leichter, die Geschichte zu erzählen, als sie zu schreiben«, erklärte ich.

»So sind die besten Brezel-Storys.« Ich hörte ein Rascheln im Hintergrund und fragte mich erneut, ob er genau wie ich im Bett lag, nur ein paar Tausend Meilen weit entfernt.

»Es ist keine tolle Geschichte. Man würde sie nicht in einem Buch verwenden, aber vielleicht hilft sie ja trotzdem.«

Bennett sprach ein wenig langsamer und leiser. Ich wusste nicht, ob es an der späten Uhrzeit lag oder ein Zeichen für seine Entspanntheit war, aber es gefiel mir. »Ich würde sie nicht in dem Buch verarbeiten. Es muss ja nicht ausschließlich um das Buch gehen; wir könnten einfach wie Freunde reden.«

Ich dachte über das Wort nach: Freunde. »Ich hatte ein Jobangebot bei einer Firma für Wahlkampfstrategie in D.C. Sie unterstützte einen Kandidaten, dessen Ideen ich sehr überzeugend fand. Genau dafür hatte ich gearbeitet, Praktika gemacht und während des Studiums bis in die Nacht gelernt.« Ich sah zu dem gerahmten Foto von mir vor dem Kapitol, das ich zusammen mit Freunden während des Studiums in D.C. besucht hatte.

»Das klingt nach einer fabelhaften Chance.« Seine Art, ohne Frage und ohne Drängen zu reagieren, weckte in mir den Wunsch, ihm alles zu erzählen.

»War es auch.« Ich lehnte mich in die Kissen. »Mein damaliger Freund hatte hier einen guten Job und bat mich, ihn zu heiraten. Er meinte, er würde mich zu sehr vermissen, und er wollte die bestmöglichen Voraussetzungen für unsere Beziehung.« Ich schaute auf meinen nackten Ringfinger. »Ich liebte ihn, deshalb lehnte ich das Jobangebot ab und suchte mir etwas in unserer Gegend.«

Bennett sagte nichts, also erzählte ich weiter. »Ich fand einige Angebote bei Lokalpolitikern, aber natürlich nichts auf dem Niveau des Jobs in Washington, D.C. Tja, und dann bekam er einen Job in New York.«

»Und du … bist mitgezogen?«

»Das hatte ich vor. Erst musste ich eine Kampagne abwickeln, daher sollte er die ersten sechs Monate ohne mich dort sein. Wir wollten heiraten und dort leben. Aber wie sich herausstellte, hatte er New York nicht nur wegen des Jobs gewählt. Seine Freundin wohnte dort. Als ich dahinterkam, versuchte er mir einzureden, es sei meine Schuld, und wenn ich mehr Zeit für ihn gehabt und weniger gearbeitet hätte, wäre es nicht passiert. Und dass es nur an der Entfernung gelegen habe.«

»Tut mir leid, dass er ein solches Arschloch war, Olivia. Du hast mit ihm Schluss gemacht?«

Tante Harry hatte mir geraten, verbrannte Erde in seinem Leben zu hinterlassen, das aber nicht ernst gemeint. Es hätte seine Grandma geschmerzt, eine ihrer besten Freundinnen. Jess bot mir heute noch an, die Streichhölzer beizusteuern. »Ich gab den Ring seiner lieben Großmutter zurück – es war ihrer gewesen –, und dann überlegte ich mir, was ich jetzt mit meinem Leben anfangen sollte.«

»Du bist viel netter, als ich es gewesen wäre. Hast du der Granny wenigstens erzählt, dass ihr Enkel ein fremdgehendes Arschloch war?«

Ich grinste. »Das hätte ich tun sollen. Ich war so wütend und traurig. Ich wusste nicht, wohin damit, aber dann habe ich diese Energie in andere Dinge und schließlich in das Unternehmen mit Jess gesteckt. Wie dem auch sei, das ist meine Brezel-Story.«

»Und der Grund für die Abneigung gegen Fernbeziehungen?«

»Ja.« Ich schaute wieder auf die Uhr; es war wirklich spät geworden. »Ich sollte jetzt noch ein bisschen schlafen. Wenn ich noch länger aufbleibe und Passagen aus deinem Buch erneut lese, werde ich morgen bei der Arbeit total erledigt sein.«

»Du hast recht. Es wird spät.« Da war ein Zögern in seiner Stimme, als wollte er noch mehr sagen, hätte sich dann aber dagegen entschieden. »Danke, dass du mir deine Brezel-Story erzählt hast, Ollie.«

»Danke fürs Zuhören.« Jetzt atmeten wir beide nur noch ins Telefon, aber keiner von uns beiden machte Anstalten, die Verbindung zu trennen. Ich mochte das Geräusch seines Atems. Es war irgendwie tröstlich. Allerdings gefiel mir gar nicht, dass ich unbedingt weiter mit ihm am Telefon verbunden sein wollte. »Sehen wir uns bald wieder?«

»Absolut. Und ich freue mich darauf.«

»Gute Nacht, Benny.«

»Gute Nacht, schöne Olivia.«

12. Kapitel

Bennett

Abgesehen von gelegentlichen Textnachrichten hatte ich seit unserem nächtlichen Telefonat nicht mehr mit Ollie gesprochen, was damit angefangen hatte, dass ich sie mir nackt im Bett vorstellte. Am Ende malte ich mir aus, wie sie in ihrer alten Jogginghose neben mir lag und mein Buch las. Das zweite Bild war schwerer aus dem Kopf zu bekommen gewesen.

Während das Flugzeug ausrollte und ich mein Handy wieder einschaltete, trommelte ich mit den Fingern auf der Sitzlehne, weil ich es nicht erwarten konnte, Ollie wiederzusehen. Sie hatte mir heute Morgen geschrieben und sich erkundigt, ob mein Flug pünktlich und ob ich gegen irgendetwas allergisch sei.

Bennett: *Gerade gelandet.*

Ollie: *Hungrig?*

Bennett: *Und wie.*

Dieser Flug stand unter einem guten Stern – wir trafen früher als geplant ein, ich wartete vorn, mit zügig sich bewegenden

Reisenden vor mir, und den ersten Teil des Fluges hatte ich an meinem Buch gearbeitet, an der Szene, die ich nicht mehr vergessen konnte, seit ich Ollie kennengelernt hatte. Held und Heldin küssten sich zum ersten Mal, ein leidenschaftlicher Moment, allein in einem Rosengarten. Die ganze Zeit, während ich schrieb, stellte ich mir vor, wie Ollie am Gate C7 wartete und die Sitzreihen ein Labyrinth aus Rosenbüschen wären. Die Fantasie weckte in mir das Verlangen nach einem Kuss, der nicht passieren würde. Doch als ich aus dem Flugzeug stieg, lächelte Ollie mich an, als hätte auch sie ungeduldig darauf gewartet, mich wiederzusehen.

»Was ist das?« Ich deutete auf die zwei braunen Papiertüten, die sie dabeihatte.

»Ich wollte kein Schlangestehen riskieren, deshalb habe ich Lunch für uns mitgebracht.« Sie hielt die Tüten hoch und wies zur anderen Seite der Halle. »Da drüben ist ein Gate, auf dem um diese Zeit nicht viel los ist.«

»Du hast uns ein Picknick gemacht?«

Etwas verlegen lächelnd sah sie zu mir auf. »Ich habe ein Picknick-Lunch im Gastronomiebereich gekauft.«

»Das zählt trotzdem.« Als ich nach einer der Tüten griff, berührten sich unsere Finger. Ich war an dieses Gefühl immer noch nicht gewöhnt, das mich in ihrer Nähe durchströmte. »Diesmal habe ich einen langen Aufenthalt.«

»Gut, denn ich habe viel zu essen geholt und eine Aushilfe für den Empfangsbereich im Laden organisiert.«

Es gefiel mir, dass sie mehr Zeit mit mir verbringen wollte. Ich hatte meine Assistentin gebeten, für einen längeren Aufenthalt auf dem Flughafen zu sorgen, wenn ich nach L. A. flog oder von dort kam. Sie hatte mich neugierig angesehen – in der Vergangenheit hatte ich stets um möglichst kurze

Reisezeiten gebeten, da ich die Zeit lieber arbeitend nutzte. Ich hatte zwar diesen Job, aber ich reiste nicht gern so viel. Nur für Ollie. Für sie lohnte es sich.

Sie holte eine Decke aus einer Tasche und breitete sie auf dem Teppich vor einigen freien Sitzen und der Glasfront aus. »Ist es okay, wenn wir auf dem Boden sitzen?« Sie musterte skeptisch meinen Anzug.

Ich stellte meine Taschen vor die Sitze und lachte staunend über diese Anordnung. »Ich kann nicht glauben, dass du wirklich ein Picknick zusammengestellt hast. Ich bin schwer beeindruckt.«

Sie zuckte mit den Schultern und gesellte sich zu mir auf die Decke, die Beine seitlich angewinkelt. »Das ist doch keine große Sache. Ich dachte nur, es wäre besser, sich setzen zu können, statt auf dem Laufband zu stehen. Hier ist es auch ruhiger.«

Ich nahm eine Flasche Wasser, die sie mir reichte, während sie Sachen aus der Tüte auspackte. Ich bewunderte ihre schön geformten Schultern – sie trug heute ein weißes Tanktop, das einen Kontrast zu ihrer hellbraunen Haut bot. Ich fragte mich, ob sie es meinetwegen angezogen hatte, genau wie ich meine Hemden betrachtet und überlegt hatte, welches wohl bei dem Treffen mit ihr am besten aussehen würde. Lächelnd gab sie mir ein eingewickeltes Sandwich und stellte einen Behälter mit Chips und Guacamole zwischen uns.

»Habe ich etwas Besonderes getan, um diese Aufmerksamkeit zu verdienen?«

»Ich habe alle deine Bücher gelesen«, sagte sie und nahm einen Behälter mit geschnittenem Gemüse aus der Tüte. Der Brokkoli und die Karotten sahen beeindruckend frisch und knackig aus, nicht trostlos und schlaff, wie es bei abgepacktem Gemüse der Fall sein konnte.

»Alle? Du hast doch erst vor wenigen Tagen angefangen.« Ich stellte mir vor, wie sie einige Szenen in meinem zweiten Buch las – von dem Gia meinte, es sei das erotischste, das ich geschrieben hatte –, und spürte, wie Wärme meinen Hals hinaufkroch.

»Du bist wirklich ein guter Schriftsteller«, bemerkte sie mit einem Augenzwinkern. *Diese Frau macht mich noch fertig.* »Greif zu«, forderte sie mich mit Blick auf das Essen auf. »Ich habe auch Nachtisch.«

Vorhin war mein Hunger vergessen gewesen, kaum dass ich sie gesehen hatte. Aber das Sandwich bestand aus dick geschnittenem Truthahn zwischen weichen Brotscheiben, und ein Bissen genügte, um mein Gehirn daran zu erinnern, dass mein Körper Nahrung brauchte. »Das ist wirklich gut. Du bist eine ausgezeichnete Picknick-Kuratorin«, lobte ich sie.

»Ich gehöre zu den besten Essensbestellerinnen.«

»Eine wichtige Fähigkeit im Leben«, sagte ich und nahm mir eine Babykarotte.

Wir kauten schweigend in harmonischer Stimmung und genossen das Essen. Wie seltsam, dass diese Stille zwischen uns nie unangenehm wurde. Mit allen anderen Leuten, mit Ausnahme von Gia, fühlte sich Schweigen für mich oft stressig und beunruhigend an, als müsste mir unbedingt etwas einfallen, was ich sagen sollte. Bei Ollie hatte ich das Gefühl, entspannt sein zu können, und irgendwann würden wir das Gespräch einfach wieder aufnehmen.

»Kann ich dir eine Frage stellen?«

»Du musst nicht erst darum bitten, mich etwas fragen zu

dürfen.« Ich lehnte mich gegen die Sitze hinter uns und aß den Rest des Sandwiches, das ich praktisch verschlungen hatte. »Was möchtest du wissen, wunderschöne Olivia?«

»Niemand nennt mich Olivia. Das bin ich nicht gewohnt. Und niemand nennt mich schön. Warum tust du das?«

»War das deine Frage?« Ich zögerte, denn ich hatte weder ihren Namen aussprechen noch das Attribut hinzufügen wollen. Aber so dachte ich von ihr. Natürlich war es falsch, das zu jemandem zu sagen, mit dem man nur befreundet sein wollte und der einem einen Gefallen tat. »Ich bitte um Verzeihung. Ich wollte nicht, dass du dich unbehaglich fühlst.«

»Es macht mir nichts aus ... Es ist nur ... ich weiß nicht.«

»Ich werde damit aufhören. Ich finde dich nur so schön – atemberaubend, wirklich.« Ich riss mich vom Anblick ihrer Lippen los und sah ihr in die Augen. »Aber ich weiß, dass es komisch ist, das zu sagen und dich davon zu überzeugen, dass ich damit nur zum Ausdruck bringen will, wie sehr mir dein Aussehen gefällt. Allerdings könnte das kaum weiter von der Wahrheit entfernt sein, denn wie du aussiehst ... nun, du bist schön, und ... ich plappere schon wieder.«

Sie schaute auf ihre Hände, als wollte sie ein Lächeln verbergen. »Das Plappern ist liebenswert«, sagte sie leise und trank einen Schluck aus ihrer Wasserflasche.

Wir verfielen erneut in unser Schweigen, aber diesmal war da eine gewisse Verlegenheit wegen meines peinlichen Geständnisses, dass sie die schönste Frau war, der ich je begegnet war, und ich sie nicht mehr aus dem Kopf bekam. Das hatte ich vielleicht nicht laut ausgesprochen, aber es fühlte sich an, als hätte ich ihr das alles gesagt. »Wie lautet denn nun deine eigentliche Frage?«

»In dem Buch waren die Eltern des Helden Spieler. Du hast das auf eine … ich weiß nicht … bewegende Art geschrieben. Stammte das aus deiner persönlichen Erfahrung?«

Ich hatte diese Frage schon einmal beantwortet. Nein, das stimmte nicht ganz – ich war das gefragt worden und hatte eine Antwort gegeben, aber nicht die Wahrheit gesagt. Also nickte ich jetzt. »Ja, Mum und Dad haben sich beim Kartenspielen kennengelernt. Sie machten immer Scherze darüber, dass sie alles auf die Liebe gesetzt hätten.«

»Das ist süß«, sagte sie und betrachtete mich.

»War es wohl. Ist es. Sie setzen immer noch aufeinander, allerdings auch auf vieles andere.«

»Und auf dich?«

»Nicht so sehr.« Ich grinste ironisch. »Sie sind keine schlechten Menschen. Sie lieben mich; nur lieben sie das nächste große Ding ein wenig mehr. Zumindest scheint es stets so zu sein.«

Sie kaute an ihrem Daumennagel und dachte über meine Worte nach. »Du hast also Risikobewertung zu deinem Beruf gemacht.«

»Das war irgendwie naheliegend, oder?«

Sie lächelte, dieses vertraute sanfte Lächeln, und wir beobachteten beide eine vorübergehende kleine Familie. Der eine Vater hielt die Hand des kleinen Jungen und redete mit ihm, wie Eltern das anscheinend immer mit Kindern auf Flughäfen taten – sie achteten darauf, dass alle zusammenblieben, erklärten ihnen, wie man sich verhielt, und staunten zugleich über dieses kleine Abenteuer für die Kids. Der andere Vater schob einen Kinderwagen, redete mit dem Baby darin und zog dabei lustige Grimassen.

»Aber du magst es? Also, die Arbeit?«

Ich richtete meine Aufmerksamkeit auf Ollie. »Der Job gefällt mir. Ich schreibe lieber, aber mein Brotjob ist sicherer.«

»Hast du je überlegt, nur noch zu schreiben?« Sie fing an, die leeren Behälter zusammenzustecken, und ich half ihr, indem ich ihr Verpackungen und Deckel anreichte. »Oder ist das finanziell ein zu großes Risiko?«

Gia fragte mich das auch ständig, genau wie mein Literaturagent. Ich hatte keinem von beiden je den wahren Grund dafür genannt, sodass ich jetzt zögerte. »Es ist tatsächlich ein finanzielles Risiko, aber daran liegt es nicht.«

Sie kniff die Augen zusammen und gab mir ein Stück Käsekuchen aus der letzten braunen Papiertüte. »Man scheut sich, es darauf ankommen zu lassen.«

Ich nickte. »Wenn es in die Hose geht, bade ich es aus, und in der Buchbranche gibt es keine Garantien. Du musst dieses Gefühl doch gut kennen als Unternehmerin. Ich weiß nicht, ob ich für so etwas geschaffen bin.«

»Aber du kannst schreiben? Keine Blockade mehr?«

»Seit ich dich kennengelernt habe, nicht mehr.«

Sie gab mir eine Gabel und legte ihre Hand auf meine. Es war das erste Mal seit dem Händeschütteln, dass wir uns länger berührten, und ich hätte es gerne riskiert, meine Finger mit ihren zu verschränken. Oder ihr den Finger unters Kinn zu legen, damit unsere Lippen sich begegnen konnten. Solche Dinge beschrieb ich in meinen Büchern. Es war das, was meine Figuren taten, aber die waren mutiger als ich.

Unsere Blicke trafen sich, ihre kühle Hand lag nach wie vor auf meiner. »Ich konnte deine Bücher nicht mehr aus der Hand legen. Es war, als würdest du dich neben mir befinden, während ich las.« Sie beugte sich vor, und da mein Hirn zögerte, übernahmen meine Hände.

Ich strich mit dem Daumen über ihre Wange, ganz sacht, es war kaum eine Berührung, doch sie schloss die Augen.

»Hatte ich da einen Krümel?«

Meine Stimme klang mir fremd und rau. »Einen Hühnerknochen.«

Sie kicherte, nahm ihre Hand jedoch nicht weg. Sie wich auch nicht zurück, und ich verspürte den unbändigen Drang, diese Frau zu küssen, aber dann war das Rattern von Kofferrädern auf den Fliesen zu hören, und der Zauber war vorbei. Zwei Männer, die sich angeregt über Baseball unterhielten, kamen um die Ecke und setzten sich ganz in unsere Nähe.

Ollie stellte den alten Abstand wieder her und strich ihr Tanktop glatt, obwohl es gar nicht unordentlich war. Sie deutete mit dem Kopf auf den Käsekuchen in meiner Hand. »Der ist nicht so gut wie die Kekse, aber iss nur.«

Ich hatte das entmutigende Gefühl, dass die Gelegenheit vorüber war, und in diesem Moment verfluchte ich meine Eltern dafür, dass ich aus ihrem Verhalten abgeleitet hatte, keine Risiken einzugehen. Nicht immer gab es eine zweite Chance, und manchmal verpasste man die erste und letzte, wenn man zu vorsichtig war.

Ich konnte kaum glauben, wie lange wir uns unterhalten hatten, und als ich auf meine Uhr schaute, wusste ich, dass ich demnächst zu meinem Gate musste. Als wir aufgeräumt und den Müll entsorgt hatten, wollte ich sie nicht verlassen. »Danke für das Picknick. Das war der beste Zwischenaufenthalt, den ich je hatte.«

Sie verbeugte sich tief, und ich riss mich zusammen, um

ihr nicht in den Ausschnitt zu starren, obwohl ihre Brüste perfekt aussahen.

»Es hat Spaß gemacht. Vielleicht kannst du ein Picknick ins Buch aufnehmen.« Sie strich sich erneut vorn über ihr Top. »Und ich hoffe, du gehst ein Risiko ein, wenn etwas dich glücklich macht.« Sie fuhr mit der Hand über meinen Unterarm, und prompt bekam ich dort eine Gänsehaut. »Glücklich sein ist wichtig.«

Die Männer hinter uns unterhielten sich noch immer über Baseball, laut und ohne Rücksicht auf unser Gespräch, daher hatte Olivia sich herüberbeugen müssen, während sie sprach; ihre Hand lag dabei weiterhin auf meinem Arm. Meine dadurch ausgelöste Aufgewühltheit war die einzige Rechtfertigung für das, was ich dann sagte: »Darf ich dich umarmen?«

»Mich umarmen?«

»Zum Abschied. Na ja, nicht endgültig, denn ich komme ja wieder. Aber für dieses Mal. Ein Abschied bis zum nächsten Mal. Ich habe keine Ahnung, warum ich dir das alles erzähle, aber anscheinend fällt es mir leicht, mit dir zu reden, und ich dachte, wir wären inzwischen gut genug befreundet für eine Umarmung, wenn du das auch willst, aber falls nicht ...«

Sie schnitt mir das Wort ab, indem sie mir die Arme um den Nacken schlang. Sie duftete nach Zimt und Blumen, zwei Düfte, die eigentlich gar nicht so gut zusammenzupassen schienen, es aber doch taten. »Danke, dass du mir deine Brezel-Story erzählt hast, Benny«, sagte sie, während ich die Arme um sie legte. »Und dass du wieder ohne deinen Pelzmantel aufgetaucht bist. Zu schade, dass meine Tante Harry nicht im Flughafen heiratet, du wärst wirklich ein angenehmes Date.«

»Würde sie vielleicht in Betracht ziehen, den Veranstaltungsort zu verlegen?« Ich lachte und nutzte den Moment, um sie an mich zu drücken, während ich die ganze Zeit über Risiken und ihren verlockenden Zimtduft nachdachte und darüber, dass ich nicht in dieses Flugzeug steigen wollte.

13. Kapitel

Ollie

»Kein Picknick heute?« Jess stieß mich vorn am Tresen mit der Hüfte an, praktisch synchron mit Peppers Kläffen und dem des anderen Hundes, der hinten zusammen mit ihm darauf wartete, an die Reihe zu kommen.

»Ich bereue es, dir davon erzählt zu haben.«

»Warum?«

»Weil du mehr daraus machst, als da ist.« Tatsächlich traf das nicht zu, denn ich war diejenige, die mehr daraus machte. Als Bennett mich gefragt hatte, ob er mich umarmen dürfe, als er mich an sich zog und unsere Körper einander nah waren, hatte ich mehr gewollt. Und nicht nur physisch … Also, natürlich wollte ich, dass es körperlicher wurde, aber vor allem wollte ich mehr Zeit mit ihm verbringen, um ihn noch besser kennenzulernen. Im Hinterkopf behielt ich den Umstand, dass es um sein Buch ging und ich ihn, aus welchem Grund auch immer, inspirierte. Aber irgendwann würde das Buch fertig sein.

Jess hob eine Braue und sog am Strohhalm ihrer großen Wasserflasche. Ihre Flüssigkeitszufuhr war wirklich beeindruckend.

»Ich meine, wir sind nur Freunde. Ich kenne ihn kaum.« Nur, dass ich eben doch das Gefühl hatte, ihn bis zu einem gewissen Punkt gut zu kennen. Immerhin hatte ich ihm von meinem Ex erzählt und er mir von seinen Eltern; das war nicht viel, aber es fühlte sich nach mehr an, wenn man es einem Fremden anvertraute. »Und er lebt woanders.«

»Stimmt«, sagte sie, die Unterlagen auf dem Schreibtisch durchsehend. »Ist das der einzige Grund, der dich davon abhält?«

»Der mich wovon abhält?«

»Von einem echten Date oder zumindest von dem Eingeständnis, dass du eines willst.«

Ich antwortete nicht, sondern heftete die Belege der Rechnungen ab, die ich gerade bezahlt hatte. Bei unserem Picknick hatte ich gedacht, dass er mich küssen wollte. Ich hatte mich zu ihm hinübergebeugt, und er hatte mein Gesicht berührt. Obwohl wir uns mitten auf dem Flughafen befanden, mit dem Lautsprechersystem und all den Hintergrundgeräuschen und dem künstlichen Licht, dachte ich, er würde mich küssen. Und ich hatte es gewollt.

»Du bist meine beste Freundin. Du bist meine Geschäftspartnerin. Aber manchmal werde ich nicht schlau aus dir. Nachdem dieser andere Idiot dich betrogen hat, hast du lauter riskante Sachen gemacht und bist nie einfach auf Nummer sicher gegangen. Das gefiel mir an dir. Aber du lernst einen Mann kennen, der das exakte Gegenteil einer sicheren Wahl ist, und plötzlich ziehst du nicht einmal in Erwägung, es zu riskieren?«

Ihre Worte erinnerten mich daran, was Bennett darüber gesagt hatte, persönlich etwas zu riskieren. Jess hatte recht; Bennett war keine sichere Wahl – er lebte woanders, und insgesamt hatten wir gerade mal fünf Stunden miteinander verbracht. Ich hatte ihn auf Anhieb gemocht, und diese anfängliche Anziehung war kein bisschen schwächer geworden. Er stellte ein Risiko dar, ein großes, aber es war nicht finanzieller oder beruflicher Natur. »Ich mag ihn sehr, Jess«, sagte ich ruhig. »Ich glaube, wenn ich diese Tür aufstoße, falle ich hindurch, und momentan bin ich noch immer ein wenig ängstlich, was Türen betrifft.«

Sie legte mir den Arm um die Schultern und ihren Kopf an meinen, während eine erneute laute Konversation zwischen Pepper und dem armen Shih Tzu begann, der unfreiwillig sein Zimmergenosse war. »Ich weiß.«

Das Bellen wurde heftiger, und wir sahen Peppers Besitzerin, die sich dem Eingang näherte. Jess löste sich von mir und ging nach hinten. »Ich lasse bei diesem Thema noch nicht locker«, rief sie mir über die Schulter zu.

Mein Handy neben dem Computer summte.

Bennett: *Hast du morgen Abend Zeit? Ich habe gegen sieben Aufenthalt.*

Bennett: *Und hallo* 😀

Ich machte Small Talk mit Peppers Besitzerin, die tatsächlich gar keinen Liebesbesuch machte, sondern alle zwei Wochen bei ihrem Enkel wohnte. Da sah ich Pepper gleich mit freundlicheren Augen, denn jetzt wusste ich, dass sie ihn sauber und gepflegt haben wollte, bevor er mit einem Kleinkind spielte, dem gegenüber er »ein Goldschatz« sei. Nachdem sie aufgebrochen waren, trafen drei weitere Kunden ein, sodass ich keine Pause hatte, um Bennett zu antworten. Erst eine Stunde später, als Jeremiah und Jess die

Tiere nach hinten gebracht hatten und verwöhnten, meldete ich mich bei ihm.

Ollie: *Ich kann um sieben hier sein.*

Ollie: *Kannst du mir außerdem weitere Bücher empfehlen, da ich deine alle durch habe?*

Bennett: *Selbstverständlich! Was möchtest du gerne lesen? Mehr historische Sachen? Erotische?*

Ollie: *Im Augenblick ist mir nach historischen Stoffen.*

Ich trommelte mit den Fingern auf dem Tresen.

Ollie: *Heiß und knisternd.*

Ich biss mir auf die Unterlippe, während ich auf seine Antwort wartete, nicht, weil ich mehr oder weniger gestand, dass ich gern erotische Sachen las, sondern weil er wusste, dass mir die erotischen Sachen gefielen, die er schrieb. Er schrieb so gut über Sex, dass ich alles genau so zu spüren glaubte, jedes einzelne Detail. Und Bennett war sehr gut, was die Details betraf.

Bennett: *Die mag ich auch.*

Ich rechnete mit einer näheren Erläuterung, mit dem Plappern, das ich inzwischen an ihm liebte, aber es kam nichts.

Ollie: *Dann schick mir Empfehlungen, für die ich mir einen Ventilator anschaffen muss, Cruella!*

Bennett: *Hier sind ein paar meiner Lieblingsbücher.*

Er schickte drei Texte hintereinander mit Buchempfehlungen, und ich stellte ihn mir hastig tippend vor, ehe er das

Handy für den Flug verstauen musste. Die letzte Nachricht war ein GIF eines halb nackten Mannes, der vor einem Ventilator sitzt. Ich verbarg mein Grinsen, was gar nicht nötig war, da Jess sich noch im hinteren Bereich des Ladens aufhielt. Aber wenn ich es verbarg, konnte ich mir einreden, dass der Kerl mich nicht so entzückte.

Ollie: *Danke. Ich lasse dich wissen, wie es läuft.*

Ollie: *Ich meine, mit den Büchern, nicht mit dem Ventilator.*

Ollie: *Nicht, dass ich tatsächlich einen Ventilator benutzen werde.*

Ollie: *Das wäre kalt und gesundheitsgefährdend, und darauf stehe ich nicht …*

Bennett: *Ich glaube, das Plappern hat ein bisschen auf dich abgefärbt.*

Ollie: *Es ist ansteckend.*

Bennett: *Ich hätte dich warnen sollen; allerdings ist es süß, wenn du das machst.*

Ich stecke in Schwierigkeiten. Ich wusste nicht, was ich darauf erwidern sollte. Ich hätte ihm sagen können, dass ich genauso empfinde, aber unsere Konversation wurde ohnehin schon flirtender und flirtender, und ich wollte ihm keine falschen Hoffnungen machen. Ich wollte mir selbst keine falschen Hoffnungen machen, denn Jess saß mir im Nacken, und die Gründe, weshalb ich meine Schwärmerei abstritt, wurden immer unbedeutender.

Seine nächste Nachricht war ein Foto vom Flugzeugfenster – die Sonne tauchte die Oberseite der Wolken in orange-

und lavendelfarbenes Licht, sodass diese aussahen wie eine riesige Bettdecke.

Ollie: *Wow, das ist toll.*

Bennett: *Ich habe nie sonderlich auf die Färbung der Wolken geachtet, aber aus irgendeinem Grund musste ich dabei an dich denken. Konnte gar nicht mehr aufhören, während des Fluges aus dem Fenster zu schauen.*

Ganz tief in Schwierigkeiten.

Ollie: *Das solltest du in ein Buch einbauen. Dass der Anblick des Himmels dich an jemanden erinnert (nicht die ganze Flugreise).*

Die Türglocke bimmelte, und eine Kundin mit einem Mops auf dem Arm kam herein. In den nächsten zwei Stunden hatten wir alle Hände voll zu tun. Als es ruhiger wurde und ich erneut aufs Handy schaute, hatte ich eine Nachricht von Bennett erhalten.

Bennett: *Gute Idee. Wahrscheinlich würde man so etwas im echten Leben nicht zu jemandem sagen, oder? Zu kitschig?*

Ollie: *Vielleicht gerade das richtige Maß an Kitsch.*

14. Kapitel

Bennett

Ich hatte Glück und musste ein paar Tage beruflich in Chicago verbringen, sodass ich Gia sehen konnte. Als ich sie in ihrem Büro abholte, sprach sie gerade mit einem Studenten in einem Sweatshirt der Thurston University. Gia trug Jeans und Pullover, und ich kam mir in meinem Anzug deplatziert vor.

»Danke, Dr. B«, sagte der Student und verließ das Büro. Im Vorbeigehen nickte er mir kurz zu und schob seine Sonnenbrille von der Stirn.

»Kein Problem, Quinn.« Sie winkte dem Studenten nach, dann wandte sie sich an mich. »Hey«, sagte Gia lächelnd.

»Sieh dich an, wie du den Geist junger Leute formst«, sagte ich und schaute mich in ihrem Büro um. Überall standen Bücher, stapelten sich Papiere.

Sie schlang ihre Arme um meinen Nacken. »Heute forme ich den Geist junger Menschen lediglich dahingehend, dass sie Chemie bestehen.« Sie deutete auf einen Sessel vor ihrem Schreibtisch. »Ich muss noch rasch ein paar Sachen erledigen, dann können wir los.«

»Okay, Frau Professorin. Ich werde still hier sitzen.«

Sie verdrehte die Augen und sprach, während sie Dinge am Computer erledigte. »Ich habe dein neues Buch gelesen.«

Gia bekam meine Manuskripte immer als Allererste zu lesen. Ich hatte fieberhaft geschrieben an dem Buch, an dem zu arbeiten ich jedes Mal inspiriert war, wenn ich mit Ollie geredet hatte.

»Was ist bei diesem Buch über dich gekommen?«

»Was meinst du?«

Gia musterte mich mit zusammengekniffenen Augen.

»Heißt das, es hat dir nicht gefallen?«

Sie schüttelte den Kopf. »Ich habe es geliebt. Es ist romantisch und aufwühlend. Die erotischen Szenen sind, nun … Verdammt, Ben. Ich liebe deine Arbeit immer, aber die hier ist anders. Was hat sich geändert, als du dieses Buch geschrieben hast?«

Ich zuckte mit den Schultern. »Nichts.« Das war eine Lüge. Normalerweise entwarf ich meine Bücher, bevor ich sie schrieb. Ich kannte jedes Detail der Geschichte, jeden Schritt der Hauptfiguren. Es gab kein Risiko beim Schreiben, weil ich wusste, was passieren würde, wenn ich anfing zu tippen. Nachdem ich bei diesem Projekt so festgesteckt hatte, hatte ich auf die Planung verzichtet – ich wurde von meinen eigenen Wendungen überrascht, und es musste natürlich überarbeitet werden, aber ich war inspiriert gewesen, vermute ich. Ich hatte Ollie im Kopf gehabt.

»Wie läuft es mit der Flughafen-Frau?«

Ich zog mein Handy aus meiner Tasche, um etwas mit den Händen zu tun zu haben. »Gut. Warum fragst du?«

Sie hob eine Braue. Ich hatte ihr davon erzählt, wie ich es vermasselt hatte, und von unserem Entschluss, befreundet zu sein. Sie hatte mir schließlich entlockt, dass wir uns Textnachrichten schrieben und Verabredungen auf dem Flughafen gehabt hatten.

»Ich war nur neugierig, wann du mir erzählst, dass du dich in sie verliebt hast. Denn genau deshalb ist dieses Buch anders geworden. Wie wäre es zum Beispiel jetzt? Oder muss ich warten, bis wir beim Hauptgericht sind?«

Ich antwortete nicht auf die letzte Nachricht von Ollie. Es handelte sich um ein Foto von ihr, wie sie eines der von mir empfohlenen Bücher hielt, begleitet von einer Serie Emojis. Ihr Lächeln war breit, und im Hintergrund sah ich ihr Schlafzimmer, von dem aus sie mir in meiner Vorstellung neulich spätnachts geschrieben hatte. Ich sah meine Freundin an. »Könnte sein, dass ich erst mein Essen vor mir stehen haben muss.«

Gia zu sehen, tat mir in der Seele gut. Wir lachten und unterhielten uns. Sie erklärte mir, ich sollte mir fürs Erste die Gedanken an die Kündigung abschminken, und teilte mir ihre Meinung über Olivia mit – auf eine Weise, wie nur eine beste Freundin es konnte.

Als mein Flugzeug in Atlanta landete, war ich schon wieder dabei, meine Zukunft zu entwerfen. Ich hatte einen Plan. Ich schaltete mein Handy ein und bekam eine Sprachnachricht von Olivia: »Hey, sobald du da bist, folge den Hinweisschildern zu Terminal B.«

Ich eilte zu den Laufbändern zwischen den Terminals und entdeckte Ollie schon von Weitem am Fuß der Rolltreppe, in Jeans und weitem T-Shirt, das trotzdem irgendwie die Wölbung ihrer Brüste umschmiegte. Ich lief die Rolltreppe hinunter, vorbei an den Leuten, die mehr Geduld hatten als ich.

»Willkommen zurück«, begrüßte sie mich, als ich mich

dem Boden näherte und von den Metallstufen auf die Fliesen trat. Sie zögerte kurz, dann umarmte sie mich. Sie fühlte sich weich an, ihr Körper schmiegte sich an meinen, und selbst ihr Rücken fühlte sich unter meiner Handfläche einladend an. Wir sprachen inzwischen oft, und nachdem ich sie einige Wochen nicht gesehen hatte, fühlte sich diese Begrüßung wie die Rückkehr an einen vertrauten Ort an.

»Es ist gut, wieder hier zu sein«, murmelte ich dicht an ihrem Ohr und hielt sie ein wenig länger, als es in diesem Teil des Flughafens wahrscheinlich normal war. Nur widerstrebend ließ ich sie los und schnupperte ihrem süßen Duft hinterher. Ein Shuttle kam neben uns ächzend zum Stehen, und Leute stiegen ein und aus, die es eilig hatten, ihr Gepäck zu bekommen oder ihren Anschlussflug zu erwischen. Die automatische Durchsage ertönte: »Achtung, Türen schließen.«

»Ich wollte dir etwas zeigen«, sagte sie und deutete mit dem Kopf nach links.

»Dann geh mal vor.« Ich legte ihr meine Hand auf den Rücken und wünschte sofort, ich hätte es nicht getan, denn nun wollte ich sie nicht wieder wegnehmen. »Wie lief das Meeting?«

Sie hatte mir erzählt, dass sie und ihre Partnerin ein Meeting mit der Firma hatten, die sie bei der Expansion ihres kleinen Unternehmens unterstützten wollte. Sie riskierte etwas auf eine Weise, die ich bewunderte. Sie recherchierte zwar und entwarf Strategien, aber es blieben dennoch viele Unwägbarkeiten.

»Ich kann es wirklich noch nicht glauben, dass es bald Pre-Flight Paws in anderen Flughäfen geben wird.«

Wir bahnten uns den Weg durch die auf den nächsten Shuttle wartende Menge und gingen zu dem langen Fußgängertunnel, der die Gates miteinander verband. Die ganze Zeit sehnte ich mich danach, erneut ihren Rücken zu berühren. »Denkst du manchmal darüber nach, wie es gewesen wäre, wenn du wirklich einen Job in der Politik bekommen hättest?«

Sie zuckte mit den Schultern. »Ja, schon, aber ein Unternehmen zu führen, ist viel erfüllender, als ich gedacht habe. Die neue Herausforderung ist aufregend.« Sie machte eine Handbewegung, als wir den Tunnel betraten und neben dem Laufband hergingen. Auf der gesamten Länge waren historische Persönlichkeiten und Leute abgebildet, die mit sozialen Bewegungen verbunden waren. Es fühlte sich an, als ginge man durch ein Themenmuseum. Ollie stieß mich mit der Schulter an. »Ein echter Geheimtipp, was? Na ja, so geheim, wie etwas auf einem Flughafen mit zehntausend Besuchern täglich sein kann.«

»Die perfekte Flughafen-Date-Location«, sagte ich und bereute meine Wortwahl. Ich riskierte einen Blick, um zu sehen, wie sie reagierte, aber sie schien meiner Bemerkung keine besondere Bedeutung beizumessen.

»Wirst du mir je erzählen, worum es in deinem neuen Buch geht? Jedes Mal, wenn wir Zeit miteinander verbringen, sterbe ich vor Neugier, was von dem, was ich gesagt habe, wohl zum Inhalt beigetragen hat.«

Ich hätte ihr sagen sollen, dass es fertig war, aber das würde bedeuten, dass unser Arrangement endete, und das wollte ich nicht. »Nichts vom Buch heute«, sagte ich, die Bilder betrachtend, ohne wirklich etwas wahrzunehmen. »Ich wollte dich einfach wiedersehen.«

»Dann ist der Druck wohl weg, nehme ich an. So kreativ bin ich bei Dates noch nie gewesen«, sagte sie und blieb stehen, um eine Schrifttafel über eine prominente schwarze Transgender-Frau zu lesen, die sich in den 1990ern für Veränderungen eingesetzt hatte. Inzwischen hatte der Andrang nachgelassen, die meisten Menschen waren auf dem Laufband oder mit dem Shuttle zu ihren nächsten Zielen unterwegs. »Dating hat mir nie Spaß gemacht.«

»Mir auch nicht. Kam mir immer vor wie ein Bewerbungsgespräch, und wenn es funktionierte, fühlte es sich an wie ein Job, von dem ich nicht wirklich überzeugt war.«

»Und dann hast du gekündigt?« Sie betrachtete immer noch die Tafel und sah mich nicht an, was es mir leichter machte, zu antworten.

»Normalerweise wurde ich gefeuert, bevor ich kündigen konnte.« Ich lachte in mich hinein.

Sie lächelte wehmütig, und ich hätte mir am liebsten die Zunge abgebissen. »Nicht, dass dir so etwas passiert ist. Verlobt zu sein, ist doch etwas völlig anderes.«

»Nein, es ist ziemlich genau das, was mir passiert ist.« Sie drehte sich um und sah mich an, aber sie wirkte nicht traurig. »Das ist okay. Ich hatte viel bessere Dates danach.« Ihr Handrücken streifte meinen, was das inzwischen vertraute Kribbeln in mir auslöste.

»Mit Freunden?« Ich bewegte meine Finger, damit sie ihre sanft berührten, und hielt gebannt die Luft an.

Sie hielt den Blickkontakt aufrecht und verschränkte ihre Finger mit meinen; ihr Mittelfinger glitt an meinem entlang, ehe ich meine Finger krümmte, um unsere Hände ganz zusammenzubringen.

Wir standen nur einen kurzen Moment so da, aber es fühlte sich wie eine Ewigkeit an. »Darf ich dich zu einem echten Date einladen?«

»Soll das heißen, der Cinnabon vor der Herrentoilette, den ich im Sinn hatte, ist kein echtes Date?«

Ihr schiefes Grinsen brachte mich zum Lachen, und die Anspannung verflog. Wir waren einfach zwei Leute, die einander an den Händen hielten und etwas über die Geschichte der Stadt lernten. Nicht, dass ich jetzt noch auf die Schrifttafeln achtete, nachdem wir diesen Sprung in etwas Neues gemacht hatten. »Ich liebe Cinnabons.«

»Ich wusste, dass du kein Bösewicht bist, wie er im Buche steht«, sagte sie, während wir die Hände voneinander lösten und weitergingen. »Sicher, du hast einige fragwürdige Modeentscheidungen getroffen und stehst möglicherweise auf der Most-wanted-Liste der PETA. Aber durch und durch schlecht kannst du nun auch wieder nicht sein, wenn du klebrige, dicke Zimtschnecken magst.«

»Nicht durch und durch schlecht zu sein war genau mein Ziel.« Wir erreichten das Ende der Ausstellung und gingen vorbei an der nächsten Haltestelle des Shuttles, in einen kleineren Durchgang, an dessen Wänden riesige Drucke von Wildtieren hingen. Hier waren noch weniger Leute unterwegs, weshalb ich in Erwägung zog, Ollie zwischen den Fotos von einem Ara und einer Seekuh an die Wand zu drücken. Allerdings hatte sie meine Frage noch nicht beantwortet.

»Was sagst du, schöne Olivia?«

Sie sah mich an und überlegte offenbar. Ich musste mich bremsen, um nicht wieder wie ein Wasserfall zu reden, sondern mich wenigstens einmal im Leben cool zu geben.

»Wahrscheinlich ist es gut für dein Schreiben, oder? Was würden wir denn bei einem echten Date machen?«

»Ich weiß nicht«, gestand ich. An mein Schreiben hatte

ich gar nicht gedacht, bis sie es zur Sprache brachte, und da fiel mir wieder ein, dass das zwischen uns ein Arrangement war. Nur, weil ich wie verrückt Herzklopfen hatte, hieß das nicht, dass sich ihre Vorstellungen geändert hatten. »Ich würde einfach gern Zeit mit dir verbringen, ohne dass du gleich wieder zur Arbeit musst oder ich einen Flug erwischen muss.«

»Ich könnte nach etwas anderem als nach nassem Hund riechen«, sagte sie.

»Hmm, der Geruch passt zu dir.«

»Du und dein Fetisch.« Sie lehnte sich an die Wand und zog mich an sich.

»Ist das jetzt ein Fetisch?« Ich trat näher zu ihr und atmete ihren Duft ein, der definitiv nicht nasser Hund war.

Sie hob die Brauen und grinste, als ich mit dem Daumen über ihre zarte Wange strich. Ihr Grinsen verschwand, ihre Lider waren halb geschlossen. »Hühnerknochen?«

»Hammelkotelett«, sagte ich, ihre sanfte Haut streichelnd und Mut fassend. »Wäre dies ein echtes Date, würde ich dich am Ende küssen wollen.«

»Ähem.« Jemand räusperte sich hinter uns; ich trat zurück und ließ meine Hand sinken. »Ich würde gern das Kunstwerk betrachten.« Ein Mann, den ich in einem meiner Bücher als mürrisch beschreiben würde, stand mit verschränkten Armen vor uns.

»Sorry«, sagte Ollie, nahm meine Hand und führte mich zur Rolltreppe. »Glaubst du, bei unserem echten Date werden mürrische alte Männer auftauchen?« Sie betrat eine Stufe vor mir die Rolltreppe, und ich war froh über meine Entscheidung, mein Handgepäck diesmal aufgegeben zu haben.

»Also möchtest du es?«

»Ich bin mir nicht sicher. Einerseits kann es die Stimmung ganz verändern.« Sie ließ ihre Hand über meinen Bizeps gleiten. »Andererseits sind wir schon so vertraut.«

»Dann ist es ein Ja?« Ich verschränkte erneut meine Finger mit ihren.

»Für das Date, das Küssen oder die alten Männer?« Wir näherten uns dem Ende der steilen Rolltreppe. »Würde es dein Schreiben inspirieren, mich zu küssen?«

Kurz überlegte ich, ihr die Wahrheit zu sagen – dass das Buch fertig war und ich keine Inspiration mehr benötigte. Ich wollte nur mit ihr zusammen sein. Aber ich ließ es, um das, was wir hatten, noch nicht aufs Spiel zu setzen. »Dich zu küssen, würde mich in so mancher Hinsicht inspirieren.«

»Dann … solltest du vielleicht nicht bis zum Ende des ersten richtigen Dates warten.«

Ich war zu benommen von ihrem Anblick, weshalb ich ein wenig stolperte, als die Rolltreppe endete. Prompt stieß ich mit ihr zusammen, und sie lachte. »Oder ich werde dich zuerst küssen. Denk drüber nach«, sagte sie und ging voran zum Cinnabon.

15. Kapitel

Ollie

Ich strich mein Kleid glatt und betrachtete mich aus verschiedenen Winkeln im Spiegel. Ich hatte eine Seite aus Harrys Dating-Handbuch gelesen und trug ein weißes Kleid, das meine Figur betonte und einen tiefen Ausschnitt hatte. Ich hatte vorhin gezögert, als ich es aus dem Schrank genommen hatte, denn ich hatte es für die Verlobungsfeier gekauft, die nie stattgefunden hatte. Das Preisschild hatte noch drangehangen, doch ich überwand mein Zögern, schnitt es ab und zog das Kleid an. Ich sah gut aus in diesem Kleid. Zum vierzigsten Mal schaute ich auf mein Handy.

Ollie: *Wir können uns dort treffen.*

Bennett: *Ich könnte dich abholen.*

Die ärgerlichen Schmetterlinge in meinem Bauch flatterten. Ich fing an, mich in ihn zu verlieben und mich nach gemeinsamer Zeit mit ihm zu sehnen. Das war beängstigend, denn so hatte ich das nicht geplant. Genau genommen war ich entschlossen gewesen, das zu vermeiden. Wenn ich ihm meine Gefühle gestand, würde das nur für Verlegenheit zwischen uns sorgen.

Noch einmal betrachtete ich mich im Spiegel, während ich in meine Pumps schlüpfte. Das Kleid war eine gute Wahl. Es erinnerte mich daran, mich an den Plan zu halten, Spaß zu haben und mich nicht in Bennett zu verlieben. Nicht, weil ich Angst vor dem Herzschmerz hatte, sondern weil es klüger wäre.

Mein Handy vibrierte, und ich stellte mich darauf ein, vorsichtig zu sein.

Bennett: *Falls du nicht auf dem Parkplatz vor diesem Zaxby's Chicken wohnst, habe ich mich wohl verirrt.*

Ich dirigierte ihn in die richtige Richtung und spähte zwischen den Vorhängen hindurch, in der Erwartung, seinen Mietwagen in die Auffahrt einbiegen zu sehen. Ich konnte es kaum erwarten, ihn wiederzusehen. Da tauchte die rote Limousine auf, und ich beobachtete ihn, wie er seine Frisur im Spiegel überprüfte. Ich hatte ihn stets adrett erlebt – für gewöhnlich reiste er im Anzug oder legerer Business-Kleidung –, doch als er ausstieg, sah er … gut aus. Anders. Der graue Anzug stand ihm, und die obersten Knöpfe seines Hemdes waren offen. Ich nahm meine Handtasche und trat aus der Haustür, ehe er näher kommen konnte. Ein weiteres Mal atmete ich tief ein und sagte mir, dass es hier um Spaß und nicht um etwas Dauerhaftes ging.

»Das Zaxby's ist mein Winterdomizil. Im Sommer wohne ich hier«, erklärte ich und zog die Tür hinter mir zu. Ich dachte, er würde lachen, doch er stutzte. »Stimmt etwas nicht?« Ich sah herunter, auf der Suche nach einem Fleck auf meinem Kleid. »Habe ich mit irgendetwas gekleckert?«

»Nein, sorry.« Er schüttelte den Kopf und lächelte. »Du siehst nur … Du siehst wundervoll aus. Ich meine, du siehst immer wundervoll aus. Aber in diesem Kleid … Ich meine, es ist nicht dein Kleid, sondern du bist es natürlich, und …«

Ich legte ihm meinen Finger auf die Lippen, was eigentlich witzig gemeint war, sich aber plötzlich unglaublich intim anfühlte, vor allem, als er mir seine Hand auf die Taille legte. »Du plapperst«, murmelte ich.

»Tut mir leid«, sagte er, aber mein Finger auf seinem Mund machte die Worte undeutlich, und wir mussten beide lachen. Es war angenehm, mit Bennett zu lachen, seine Hand auf meiner Taille, meine Hand, die auf seine Schulter fiel und an seinem Arm hinunterglitt.

Seine Hand spannte sich an, als ich sie streifte, und sein Mund näherte sich meinen Lippen. Ich dachte schon, er würde mich direkt in der Auffahrt küssen. Ich wollte es, doch im letzten Moment zog er sich zurück und hielt mir die Wagentür auf.

Er hatte ein hübsches Restaurant auf der BeltLine, dem begrünten Stadtrundweg, gefunden, und unsere Unterhaltung verlief in lockerer Atmosphäre – es fehlten nur die Lautsprecherdurchsagen, man solle jederzeit auf sein Gepäck achtgeben oder aufgefundene Autoschlüssel abholen. Nach dem Essen beschlossen wir, einen Spaziergang an der BeltLine zu machen. Wir beobachteten die Familien und Paare auf dem Weg und genossen den Abend. Bennetts Hand fand meine, und eine sanfte Brise wehte. »Ist es okay für dich, in den Pumps zu gehen?«

»Na ja, ich hatte schon in den nächsten Minuten vor, mich von dir huckepack tragen zu lassen.«

Er stupste mit seiner Schulter gegen meine. »Wie peinlich, denn ich wollte dich eigentlich bitten, mich hinten drauf zu lassen.«

»Im Ernst? Oder ist das Liebesromanautoren-Slang, mit dem du mir zu verstehen gibst, dass du mich von hinten nehmen willst?«

Bennett sah mich entsetzt an. »Nein, ich meinte auch huckepack. Ich wollte keineswegs andeuten … sagen Leute wirklich so etwas?«

»Ich mache nur Spaß, Benny«, sagte ich, legte ihm meine Hand auf den Rücken und fühlte die Muskeln unter seinem Hemd. »Du kannst beruhigt sein.« Dabei war es tatsächlich gar nicht als Spaß gemeint. Ich wollte Bennett schon so lange in meinem Bett – noch bevor ich seinen Namen gewusst hatte. Aber wir hatten ein Arrangement, an das wir uns hielten. Außerdem war ich mir nicht sicher, ob ich locker bleiben könnte, wenn ich mit ihm schliefe.

Wir gingen weiter, und nach einigen Minuten nahm er wieder meine Hand.

»Wie läuft es mit dem Buch?« Er hatte mir nie davon erzählt, und ich hegte den Verdacht, dass er nicht darüber sprechen wollte, bevor die Arbeit perfekt war. Aber ich hielt es vor Neugier nicht aus.

»Es ist … nun, es ist fertig.«

»Oh.« Ich richtete den Blick auf den Boden vor mir. »Das ist großartig«, sagte ich mit betont fröhlicher Stimme. »Bist du zufrieden damit?«

»Ich denke schon. Ich habe es vor einigen Tagen an meinen Verleger geschickt.«

»Das ist toll. Glückwunsch.« Ein unerwartetes Gefühl schnürte mir die Kehle zu. »Dann brauchst du mich wohl nicht mehr, oder?« Ich stupste ihn mit der Schulter an, um zu kaschieren, wie traurig ich klang.

»Was?«

»Wenn dein Buch fertig ist, brauchst du mich nicht mehr gegen deine Schreibblockade, oder?« Ich drückte seine Hand. »Und ich habe Übung bekommen, also ist das eine gute Gelegenheit, unser Arrangement zu beenden, richtig? Es macht mich wirklich stolz, dass ich dabei geholfen habe, ein weiteres Buch von dir in die Welt zu bringen.«

Er blieb unvermittelt stehen. »Du willst ... es beenden?«

»Ich meine ... nein, eigentlich nicht. Aber du sollst auch nicht das Gefühl haben, nur mir zuliebe weitermachen zu müssen.« Ich zog an seiner Hand und deutete auf den idyllischen Weg. »Komm, wir können wenigstens ein letztes Mal Spaß haben.«

Er machte keine Anstalten mitzugehen; ich schaute über die Schulter und dann auf unsere Hände, deren Finger noch immer verschränkt waren. »Das möchtest du also?« Bennett zog mich sanft zu sich und hielt unsere Hände vor seine Brust. »Denn ich will das nicht.« Mit dem Daumen der freien Hand strich er sacht über meine Wange.

»Du brauchst mich nicht mehr«, wiederholte ich und wagte nicht, mich zu bewegen, um die hauchzarte Liebkosung an meiner Wange nicht zu unterbrechen.

»Ich glaube, ich brauche dich durchaus noch.« Erneut strich er mit dem Daumen über meine Haut. »Zumindest will ich dich in meinem Leben. Es fühlt sich ...«

»... zu schnell an«, beendete ich den Satz für ihn.

Er nickte und sah mir ins Gesicht. »Viel zu schnell.«

»Und es ist zu viel«, hauchte ich, was seltsam war, da es mir vorkam, als hielte ich den Atem an.

»Ja, wahrscheinlich zu viel.«

»Du wolltest mich heute Abend küssen.«

»Ich wollte dir zuerst sagen, dass das Buch fertig ist und ich nur deinetwegen hier bin. Und dass ein Kuss keine literarische Übung ist.«

»Und du willst mich immer noch küssen?«

»Ja.« Er strich mit dem Finger über meine Wange und von dort hinunter zu meinem Nacken, während sein Daumen über meinen Hals glitt.

»Hammelkotelett?« Meine Stimme klang dünner, als ich es wollte.

»Ist das zu glauben? Eine ganze Hühnchenpastete«, murmelte er, den Blick auf meine Lippen gerichtet. Sein Körper war meinem sehr nah, sein Griff fest und besitzergreifend. Die Abendspaziergänger wichen uns aus, ohne etwas von der grundlegenden Veränderung unseres Arrangements zu ahnen.

In meinem Kopf hörte ich mein Schlucken laut wie in einem Cartoon. »Möchtest du zurück zu deinem Hotel?«

Er neigte das Gesicht auf meine Schulter und lachte, an meine Haut geschmiegt. »Wie schnell können wir beim Auto sein?«

16. Kapitel

Bennett

Das Hotelzimmer war kühl, ein scharfer Kontrast zum warmen Wetter und der drückenden Luftfeuchtigkeit. Ich sah mich in dem spartanischen Raum um und war mir Ollies Nähe sehr bewusst, des Rhythmus ihrer Atmung, ihres Dufts. Ich wollte sie so sehr berühren. Aber ich behielt die Hände bei mir, entschlossen, es nicht zu vermurksen. »Bist du hungrig? Durstig?«

Sie lächelte und ließ ihre Finger von meinem Nacken hinaufgleiten zu meinem Hinterkopf. »In gewisser Hinsicht schon.«

»Ist ›durstig‹ irgendein Slang, den ich nicht kenne?« Schließlich tat ich doch etwas, indem ich meine Hand auf ihre Taille legte und Ollie an mich zog. Ihr Körper schmiegte sich an meinen, genau wie ich es mir ausgemalt hatte.

Ihre Lippen teilten sich, ihre Zunge befeuchtete ihre Unterlippe, und ich neigte ihr mein Kinn zu.

»Was heißt das?«, flüsterte ich ihr ins Ohr und berührte ihre Ohrmuschel mit meinen Lippen. Meine Nasenspitze strich auf dem sehr langsamen Weg zu ihrem Mund über ihre Haut. Es war schwierig, das Gefühl ihrer Haut in Einklang zu bringen mit dem Wissen, dass ich sie berühren konnte.

Ollie legte den Kopf schief. »Es bedeutet, ich will dich«, hauchte sie einladend, als könnte ich mich ihr verweigern. »Wenn du mich also auch willst …«

Unsere Lippen berührten sich jetzt fast. Ich strich mit dem Finger über ihr Schlüsselbein, küsste sie nun erst dort und atmete ihren Duft ein. »Das ist gar keine Frage, Olivia.« Ich hob ihr Kinn und verfolgte gebannt, wie sie ihre Unterlippe befeuchtete, und dann lagen ihre Lippen auf meinen, begierig, öffneten sich, und ein erotisches Spiel unserer Zungen begann.

»Das wollte ich schon auf dem Laufband und der Rolltreppe im Flughafen tun.« Ich küsste sie erneut und ließ meine Hand an ihrem Rücken hinaufgleiten bis zu ihrem Nacken und dann wieder an ihrem wundervollen Körper herunter.

»Das wäre gefährlich gewesen«, sagte sie stöhnend, als ich mich ihrem Hals näherte, ihrer Halsbeuge, um sie dort zu küssen. Ich bewegte mich weiter abwärts und küsste ihr Schlüsselbein, eine Stelle, die ich bei einer anderen Frau nie so dringend hatte liebkosen wollen. »Am Ende des Laufbandes wären wir gestolpert.«

Ollie fuhr mit ihren Fingernägeln an meinem Rücken hinunter und spornte mich damit an, also drängte ich sie sanft rückwärts zum Bett in der Mitte des Zimmers und traute mich, die Wölbung ihres Pos zu umfassen, den ihr Kleid umschmiegte. »Wahrscheinlich.«

»Wir wären bestimmt gestürzt«, sagte sie, ehe sie mich erneut küsste; ihr Mund lag auf meinem, ihre Zunge fuhr über meine Unterlippe, während sie in meinen Armen war, ihr weicher Körper an meinen Muskeln.

»Dann ist es wohl gut, dass wir uns nicht mehr im Flughafen befinden.« Ich fand den Reißverschluss ihres Kleids und spielte damit. »Darf ich den Reißverschluss deines Kleids öffnen?«

Sie nickte und bewegte ihre Hände zu meinen, doch ich schob sie weg.

»Lass mich das machen«, flüsterte ich und drehte sie zum Bett um. »Lass mich dich ansehen.« Ich zog den Reißverschluss mit größtmöglicher Beherrschung herunter und beobachtete, wie sich der weiße Stoff teilte und ihre nackte Haut zum Vorschein kam, außerdem ein schwarz-weiß gepunkteter BH-Streifen an ihrem Rücken. Ich streifte ihr das Kleid von den Schultern und genoss es, meine Hände über ihre Hüften gleiten zu lassen. Ich fuhr mit dem Finger über ihre Wirbelsäule und spürte die Reaktion ihres Körpers auf meine Berührung. »Du gehst mir nicht mehr aus dem Kopf, seit wir uns kennengelernt haben.« Ich küsste ihre Schulter und schob den BH-Träger zur Seite.

»Bevor wir uns kennenlernt haben, habe ich dich immer beobachtet, wenn du aus dem Flugzeug kamst.« Sie sprach, während ich ihre Schultern und ihren Nacken küsste und dabei den Zeigefinger an ihrer Wirbelsäule auf und ab gleiten ließ.

»Und was hast du dabei gedacht?«

»An das hier.« Sie drückte ihren Po an mich, und ich stöhnte. »Wie es mit dir sein würde.«

Langsam hakte ich ihren BH auf, ließ ihn zu Boden fallen und schob meine Hände an ihrem Oberkörper hinauf. »Möchtest du, dass ich dich berühre?«

Sie legte ihre Hände auf meine und platzierte sie auf ihren Brüsten, um mir zu zeigen, wie ich sie berühren sollte. Sie vertraute darauf, dass ich aufmerksam zuhörte und verstand, was ihr gefiel, denn jetzt nahm sie die Hände weg.

»Du bist so wunderschön«, flüsterte ich ihr von hinten ins Ohr und genoss ihr leises Seufzen und wie sie sich angesichts meiner Berührungen bewegte. »Ich sehne mich verzweifelt danach, dich zu schmecken.« Ich ließ meine Hand an ihrem Bauch abwärtsgleiten, bis zum Spitzensaum ihres Slips. »Darf ich dich dort berühren? Darf ich deine Beine spreizen und herausfinden, wie ich dich am besten mit meiner Zunge verwöhnen kann?«

Sie schwieg für einen Moment, und ich hielt inne.

»Das ist eine Zeile aus deinem Buch.« Sie drehte sich in meinen Armen um und begann, mein Hemd aufzuknöpfen. »Du schummelst.«

»Ich habe es schließlich geschrieben.« Ich schaute zu, wie sie rasch mein Hemd aufknöpfte und es mir von den Schultern streifte. »Und warum erinnerst du dich so genau an diese Zeile?«

Ein freches Grinsen erschien auf ihrem Gesicht, während sie ihren Slip auszog und sich auf das Bett setzte, mich zu sich winkte, zwischen ihre gespreizten Beine. »Diese Szene habe ich mehrfach gelesen.«

Ich küsste mich von ihrem Knie an vorwärts. »Wenn du mich Dinge aus meinen Büchern nicht sagen oder tun lässt«, erklärte ich zwischen den Küssen, ihre Knie weiter auseinanderschiebend, »dann werde ich eine Menge Sachen gar nicht machen können.«

Sie zog ihre Nägel über meine Kopfhaut. »Wie diese Sache in der Kutsche?«

Ich schmiegte meine Nase an sie und atmete bebend aus, als ich mich der Stelle näherte, wo ihre Haut heiß und feucht war. »Definitiv diese Sache aus der Kutsche.« Sex war mir nicht fremd – es kam gelegentlich vor, dass ich welchen hatte. Die Nervosität, die mich normalerweise plagte, meldete sich nicht. »Was eine Schande wäre, weil ich diese Sache aus der Kutsche ziemlich gern mag.«

Als ich mit dem Zeigefinger sacht über ihren Venushügel strich, stöhnte sie und bog sich mir entgegen. »Vielleicht sind ein paar Dinge aus deinen Büchern doch ganz gut.«

Ollie war genauso empfänglich und gab solche Laute von sich, wie ich es mir in meiner Fantasie ausgemalt hatte. Sie krallte ihre Finger in meine Haare, als ich den richtigen Rhythmus fand, und wand sich unter mir, als der Höhepunkt sich näherte. Ihre Atmung war stockend. Ollies lustvolles Pulsieren zu spüren, während ich sie mit der Zunge verwöhnte, war geradezu süchtig machend – ich wollte sie wieder und wieder kosten.

»Die Kutsche«, stieß sie keuchend hervor und ließ sich rückwärts auf das Bett fallen, eine Hand auf dem Herzen. »Die verdammte Kutsche.«

Ich küsste die Seite ihres Knies und beobachtete das Vibrieren ihres Körpers. »Brauchst du einen Schluck Wasser, bevor ich das noch einmal tue?«

»Du wirst das noch mal machen?« Lächelnd stützte sie sich auf die Ellbogen.

»Wenn du willst.«

Sie hörte nicht auf zu lächeln, und ihr Blick fiel auf meine Brust; er hinterließ eine heiße Spur. »Ich hätte jetzt gern, dass du deine Hose ausziehst.«

Hastig stieg ich aus meiner Hose, mir ihres Blickes auf meine unübersehbare Erektion in meiner Boxershorts voll bewusst. Es gefiel mir, wie sie mich eingehend betrachtete.

Sie ergriff meine Hand und zog mich zu sich auf das Bett. »Wo habe ich dich bloß gefunden?«

Ich ließ meine Hand über ihren Bauch gleiten. »Technisch gesehen hat Pepper mich gefunden.«

»Du meinst, ich muss mich dafür bei Pepper bedanken?«

»Nun.« Ich schob meine Hand tiefer und hob ihren Oberschenkel an meine Hüfte. »Ich hatte schon auch ein bisschen damit zu tun.«

»Sechzig-vierzig.« Ollie kicherte, ein hoher, fröhlicher Laut, der mich entzückte.

»Das ist fair, nehme ich an.« Ich folgte der Kontur ihres Beins, hob es höher und hielt mich zurück, während ich ihr Gesicht betrachtete. »Ich habe das übrigens genau so gemeint, wie ich es gesagt habe: Ich will dich in meinem Leben. Nicht für mein Buch, und nicht nur im Bett.«

Ihre Hände strichen über meinen Bizeps, zarte Fingerspitzen glitten über die Muskeln. »Möglicherweise brechen wir uns gegenseitig das Herz.«

»Kann sein.« Ich zog sie näher heran, fühlte ihre intime Wärme und die Wölbung ihres Pos unter meinen Händen. »Aber du bist das Risiko wert.«

»Ja?« Sie fuhr mit den Fingern hinauf zu meinem Nacken, und ich musste angesichts einer Welle der sinnlichen Empfindungen die Augen schließen. Als sie die Finger durch meine Haare gleiten ließ, betrachtete ich ihren halb offenen Mund. »Du auch.«

Ich grinste, überwältigt von ihren Worten.

»Könntest du nun die *andere* Kutschen-Sache machen?«

Ich drückte sie sanft auf das Bett und küsste ihren Hals. »Ich dachte, ich mache die erste Sache noch einmal und arbeite mich von da aus durch alles Weitere vor.«

Sie gab ein Wimmern von sich, als meine Finger tiefer, zwischen ihre feuchten Schamlippen glitten. Mein Schwanz zuckte bei den Lauten, die sie als Reaktion auf mich von sich gab. »Deine Einstellung gefällt mir sehr.«

Ich schmiegte mein Gesicht in ihre Halsbeuge. »Bitte bleib heute Nacht«, stieß ich keuchend hervor.

»Na ja«, erwiderte sie, ebenfalls außer Atem. »Du bist noch in mir, also werde ich momentan wohl nirgendwohin gehen.«

Ich küsste sie und konnte jetzt schon nicht mehr genug davon bekommen, ebenso wenig von der Art, wie ihre Zunge meine umspielte. »Vielleicht war ich ein wenig übereifrig.« Langsam zog ich mich aus ihr zurück, und wir reagierten beide auf das Ende dieser Verbindung. »Bleib, ja? Wir haben so wenig Zeit zusammen und noch gar nicht darüber gesprochen, wie es zwischen uns funktionieren soll. Natürlich gibt es da eine Menge zu besprechen, aber vor allem will ich dich nicht gehen lassen, und ich würde …«

Sanft legte Ollie mir ihren Finger auf die Lippen. »Ich bleibe«, sagte sie und sah mich so verträumt an, dass ich gleich wieder loslegen wollte. Sie strich mit dem Finger über meinen Haaransatz. »Ich bleibe, Benny. Ich gehe nirgendwohin.«

Ich grinste, küsste ihre Fingerspitzen und ließ diese wundervollen Worte in mir nachklingen, die mich auf ihre ganz spezielle Weise umfangen hielten.

17. Kapitel

Ollie

Am darauffolgenden Montag ging ich durch den Security-Checkpoint, »Feeling good« von Nina Simone summend. Ich winkte Martin auf dem Weg in den Laden zu und verkniff mir das Grinsen, das ich im ganzen Körper spürte, zusätzlich zum sinnlichen physischen Nachhall und dem verstörenden Gefühl, mit Bennett etwas Neues begonnen zu haben.

Bennett: *Ich hoffe, ich habe dich letzte Nacht nicht zu lange wach gehalten.*

Ollie: *Du warst derjenige, der um 4 Uhr morgens zum Flughafen musste.*

Bennett: *Du hast recht – du solltest dich dafür entschuldigen, dass ich im Flugzeug fast eingeschlafen bin und mir vorstellte, ich wäre wieder im Bett mit dir.*

Ollie: *Ist es nicht noch ein bisschen früh in der Beziehung, um solch kitschige Dinge zu sagen?*

Bennett: *Ich werde es weniger kitschig formulieren. Ich konnte das Sitztablett nicht herunterklappen, weil der Gedanke an dich im Bett* diese *Wirkung auf mich hatte.* 😏

Ollie: *Definitiv weniger kitschig. Aber peinlich für deinen Sitznachbarn.*

Sex mit Bennett war nicht so gewesen, wie ich erwartet hatte. Ich hatte viel fantasiert. Anfangs, als er nur der Mann gewesen war, den ich von Weitem beobachtete, dann, als ich ihn als charmanten Typen kennenlernte, der oft zu viel redete, und besonders, nachdem ich seine Bücher gelesen hatte.

Aber irgendwie war er all diese drei Fantasien und noch viel mehr. Er war kreativ und zielstrebig, zugleich aber auch spielerisch, gelegentlich sogar ein wenig dominant. Seufzend öffnete ich das Gitter vor der Ladentür und erinnerte mich daran, wie er nach dem ersten Mal ausgesehen hatte, atemlos und mit einem breiten Grinsen auf dem Gesicht, als wären wir gerade auf der besten Achterbahn gewesen.

Bennett: *Bin auf dem Weg zu einem Meeting, danach Telefonat mit meinem Agenten. Hören wir uns später, Schöne?*

Ollie: 😀 *Definitiv.*

Ich sang in dem leeren Laden vor mich hin und schaltete den Computer ein. Ich wollte noch etwas hinzufügen. Nicht: *Ich liebe dich.* Dafür war es noch viel zu früh. Nicht mal meinem Ex hatte ich tagsüber geschrieben. Wir hatten uns gesagt, was gesagt werden musste, und tauschten uns dann erst wieder aus, wenn wir uns sahen. Das hatte mir gefallen. Mit Bennett zu schreiben, weckte in mir den Wunsch, mich wie ein präpubertärer Teenager mit dem Handy ins Bett zu kuscheln.

Ollie: *Bitte richte deinem Agenten aus, dass ich, wenn möglich, mehr Kutschen-Szenen möchte.*

Bennett: *Du hast einige inspiriert, aber warte damit bis später, damit ich nicht mit einer Erektion dasitze, wenn der Chef gleich in mein Büro kommt.*

Ollie: *Versprochen.*

»Hey«, begrüßte Jess mich, als sie einige Minuten später hereinkam. Um diese Zeit war viel los auf dem Flughafen, aber Kunden tauchten für gewöhnlich erst später am Vormittag auf. Sie trat neben mich und schaute über meine Schulter auf meinen Tagesplan. »Wie war das Date?«

»Hast du diesen beiläufigen Tonfall etwa geübt?«

Sie lachte. »Auf dem Weg hierher. Erzähl mir alles.«

Ich schaute mich um, ob jemand hereinkam, und dann berichtete ich ihr vom Dinner und unserer Unterhaltung auf der BeltLine. »Wir haben das ganze Wochenende zusammen verbracht«, sagte ich und presste die Lippen zusammen.

»Und es war gut?«

Ich nickte. »Wir sind jetzt zusammen, nehme ich an. Es hört sich komisch an, ihn meinen Freund zu nennen.«

»Und wie.« Jess trank einen Schluck aus ihrem riesigen Kaffeebecher. »Fühlt es sich anders an als mit deinem idiotischen Ex?«

»Na ja, es fällt mir schwer, mich an den Anfang damals zu erinnern. Aber auf meinem Weg hierher heute Morgen dachte ich daran, dass ich mich auf meinen Ex nie verlassen konnte. Selbst vor all den Dingen, die geschehen sind, musste ich ihn ständig an Sachen erinnern oder einen Plan B haben, für den Fall, dass er doch nicht auftauchte. Außerdem rief er mich nie zurück. Das ist wirklich nur eine

Kleinigkeit, aber Bennett ruft mich zurück, und er taucht auch wirklich auf, wenn wir verabredet sind. Er ist gewissenhaft.«

»Das ist sexy«, sagte Jess. »Kompetenz-Porn, mal echt. Meinen Ex-Mann fand ich immer dann wirklich sexy, wenn er daran dachte, Dinge zu erledigen, und mich nicht hängen ließ.«

»Ja, nicht wahr?« Wir tauschten einen Blick und lachten beide. Ich klickte durch unsere E-Mails und die Termin-Software, um einige Termine zu bestätigen. »Komisch. Mir war gar nicht klar, welche Bedeutung das hat. Erst jetzt, wo ich jemanden habe, der zuverlässig ist.«

Jess drückte mich von der Seite. »Ich bin stolz auf dich. So stolz, dass ich mich erst später nach Details über den Sex erkundigen werde.«

»Das ist sehr selbstlos.«

»Eigentlich nicht … Ich erwarte jede Menge Details, und in fünfzehn Minuten kommen zwei Hunde.« Sie drückte mich noch einmal an sich und ging nach hinten, um das Bad und die Pflegestationen vorzubereiten. Ich blieb zurück, lächelnd und über meine Textnachrichten grinsend.

18. Kapitel

Bennett

Ich rieb mir mit beiden Händen das Gesicht und fühlte die Stoppeln, die länger waren als sonst, da ich mir heute Morgen nicht die Zeit genommen hatte, mich zu rasieren. Stattdessen hatte ich die extra Momente mit Olivia in meinen Armen genutzt. Das Bett kam mir jetzt Jahre weit weg vor.

Ich drehte mein Handy um, doch das Display war schwarz. Ich hatte es seit Stunden nicht angerührt, seit dem Meeting mit meinem Boss, bei dem er mir ein enormes Projekt aufgehalst hatte, allerdings zusammen mit dem Angebot einer Beförderung. Das war, bevor ich erfuhr, dass mein vor Monaten eingereichtes Buch größere Änderungen benötigte, und zwar schnell, wenn ich es noch retten wollte. Das Handy vibrierte in meiner Hand, und nur Schlafmangel und Reflex bewirkten, dass ich mit dem Daumen aufwärts wischte und den Anruf von Gia entgegennahm.

Sie legte gleich ohne Einleitung los, wie stets, was mir ganz recht war, da ich wenig Zeit hatte. »Ich habe jemanden kennengelernt.«

Mir knurrte der Magen, und ich schaute mich in meinem

Büro um, als könnte sich ein Imbiss zwischen den Bücherregalen verstecken. »Nicht noch eine Katze, oder?«

»Eine Frau, vielen Dank auch. Meine neue Nachbarin, Elena. Wir gehen heute Abend etwas trinken.«

Ich war nicht allzu sehr aus dem Häuschen über den neuen Schwarm meiner besten Freundin. Sie flirtete gern, verliebte sich heftig und entliebte sich sehr schnell wieder. »Was ist aus Dustin, dem Yogalehrer, geworden?«, erkundigte ich mich und öffnete die Webseite eines Lieferservice. Ich würde das Büro nicht so bald verlassen, und es war schon nach acht.

»Dustin ist ein toller Typ. Wir bleiben Freunde.«

Ich sah die Speisenliste durch und gab es auf; ich war zwar hungrig, konnte mich jedoch nicht entscheiden. Für gewöhnlich traf ich sehr schnell Entscheidungen – eine meiner Superkräfte. Selbst wenn ich nicht danach lechzte, nahm ich das erste Gericht, das gut aussah, und war zufrieden damit. »Vorsicht, das hast du damals über uns auch gesagt.«

»Und ich hatte recht: Wir sind sehr gute Freunde. Als Paar wären wir eine Katastrophe gewesen. Du bist zu nett für mich.« Aus dem Handy kam Rauschen, und dann war das unverkennbare Miauen und Tschirpen ihrer Menagerie zu hören. »Apropos Paare, wie lief dein Wochenende mit der unvergleichlichen Olivia?«

Ich sah auf die Corterian-Incorporated-Akte auf meinem Schreibtisch – das riesige Projekt, das mehr Reisen, ein ganzes Team und meine Beförderung bedeutete. Das hieß auch mehr Geld, was wiederum größere finanzielle Sicherheit mit sich brachte. Ich wusste nicht, ob ich das ablehnen sollte. Allerdings würde die Zeit zum Schreiben und für alles andere knapper werden.

»Sie ist fantastisch«, sagte ich in dem Bewusstsein, dass ich ihre Frage nicht ganz beantwortete. Verdammt, sie war mehr als nur fantastisch. Olivia gab mir das Gefühl, den Jackpot gewonnen zu haben, und zum ersten Mal in meinem Leben verstand ich meine Eltern ein wenig. Dieses triumphierende Hochgefühl, dem sie ihr ganzes Leben lang nachzujagen schienen, sowie ihre ausschließliche Fokussierung aufeinander. Olivia weckte in mir das Bedürfnis, alles außer ihr auszublenden.

Aus diesem Grund hatte ich sie nach dem Gespräch mit meinem Agenten und meinem Boss nicht angerufen. Ich konnte nicht zulassen, einfach hin und weg zu sein – das passierte anderen Leute, deshalb musste ich mich selbst erst einmal mit alldem auseinandersetzen, bevor ich mit irgendwem darüber reden konnte.

»Ja, du erwähntest, dass sie fantastisch ist, nur ungefähr tausend Mal. Hast du ihr gesagt, was du empfindest? Hast du ihr erzählt, dass du vorhast, deinen Job zu kündigen, nachdem dein neues Buch fertig ist?«

»Möglicherweise spielt das neue Buch keine Rolle.«

»Was meinst du damit?«

Meine Agentin nahm nie ein Blatt vor den Mund, deshalb arbeitete ich gern mit ihr zusammen. Mein Verleger mochte das Buch nicht, das ich noch vor dem Buch abgegeben hatte, das ich mit Ollies Hilfe geschrieben hatte. Ich würde es aufwendig überarbeiten müssen, und zwar schnell, ehe ich es erneut abgab. Diese Überarbeitung würde meine ganze Zeit in Anspruch nehmen, und möglicherweise würde es dennoch nicht reichen. »Ich habe noch eine Menge Arbeit mit dem letzten Manuskript vor mir, bevor der Verlag es akzeptiert.«

»Vielleicht ist das ein guter Zeitpunkt, den Brotjob zu kündigen, um dir die Zeit zu nehmen, die du brauchst.«

Es war der denkbar schlechteste Zeitpunkt, um zu kündigen. Wenn ich mit Olivia zusammen war, hatte ich häufig darüber nachgedacht, meine Anstellung aufzugeben. Sie inspirierte mich, ihr Selbstvertrauen, und da hatte es sich richtig angefühlt. Aber nach dem vernichtenden Urteil über das eingereichte Manuskript war mir sehr klar geworden, was das Schreiben für ein Risiko bedeutete: Mit einem einzigen Buch konnte alles in sich zusammenfallen.

»Du bist in Gedanken«, stellte Gia fest. »Stolpern ist nicht stürzen.«

»Ein Stolpern ist aber auch kein Zeichen dafür, dass man professioneller Sprinter werden sollte.« Ich starrte auf die ausführlichen Notizen meines Verlegers, in denen er die Probleme am Manuskript umriss. Ich konnte alle Punkte nachvollziehen und verstand nicht, warum ich die Schwächen nicht selbst erkannt hatte. »Ich glaube, es ist jetzt nicht angebracht, alles auf eine Karte zu setzen.«

Gia schwieg für einen Moment. »Vielleicht solltest du mit deiner neuen Freundin darüber reden und herausfinden, wie sie dazu steht.«

Eine E-Mail von meinem Boss kam herein, mit dem Vermerk »dringend«, und ich überflog sie, während ich antwortete. »Ich will sie damit nicht behelligen.«

»Du behelligst mich damit«, konterte sie, und ich hörte die Skepsis in ihrer Stimme.

»Es ist wohl eher andersherum«, murmelte ich, in der Gewissheit, dass sie meinen Ton richtig deuten würde – ich war frustriert von mir selbst. »Ich muss weitermachen, Gi. In den nächsten Stunden werde ich nicht hier herauskommen, und danach muss ich mit der Überarbeitung des Manuskripts beginnen.«

Sie versprach, mich später wieder zu behelligen, und als wir auflegten, atmete ich leise aus. Ich wollte mir die Änderungsvorschläge durchlesen und mir einen Plan zurechtlegen, wie ich die Sache angehen sollte. Doch die Stimme in meinem Kopf – die Stimme der Vorsicht und Vernunft – mahnte an, ich solle mich auf die sicheren Dinge konzentrieren. Also begann ich mit der Arbeit und ließ mein Handy auf der anderen Seite des Schreibtisches liegen.

Am nächsten Morgen erwachte ich groggy und verspannt am Schreibtisch in meinem Apartment. Der Himmel draußen war grau, es goss in Strömen, und die Uhr zeigte Viertel nach fünf. Donner ließ meine Wohnung im vierten Stock erbeben, und ich streckte mich, blinzelte gegen die verschwommene Sicht und weckte meinen schlafenden Computer. Das Manuskript erschien auf dem Bildschirm, mit rot markierten Änderungen. Der Bildschirm sah aus, als hätte er genauso wenig Schlaf bekommen wie ich. Ich schlurfte in die Küche, um Tee zu kochen.

Es war Dienstag, und normalerweise sah ich Ollie dienstags, wenn ich nach L. A. flog. Aber ich hatte die Reise abgesagt, da ich wegen eines neuen Klienten zu einigen Meetings hier in der Stadt musste.

Während das Teewasser heiß wurde, suchte ich auf meinem Schreibtisch nach dem Handy und entdeckte es unter einem Stapel Ordner mit Referenz- und Recherchematerial für vorangegangene Bücher. Ich hatte vier Textnachrichten und einen verpassten Anruf von Ollie.

Ollie: *Wie lief es mit deiner Agentin? Kommen bald neue Kutschen-Szenen?*

Ollie: *Wahrscheinlich hast du viel um die Ohren – schreib mir heute Abend, ob du morgen Zeit für einen Lunch hast, wenn du auf der Durchreise bist. Ist es kitschig, zu sagen, dass ich mich darauf freue, dich zu küssen?*

Ollie: *In einem uncharakteristischen Moment ist kitschig für mich völlig okay. Ich kann es wirklich kaum erwarten, dich zu küssen.*

Die letzte war gegen elf gesendet worden. Vage erinnerte ich mich daran, das Summen meines Handys gehört zu haben, aber da ich beim Überarbeiten eines Nebenstrangs im Buch gewesen war, hatte ich es ignoriert, weil ich annahm, es sei Gia. Ich hatte gar nicht in Betracht gezogen, dass es die unglaubliche Frau sein könnte, die gerade ein Teil meines Lebens geworden war.

Ollie: *Langsam mache ich mir ein bisschen Sorgen. Ist alles in Ordnung bei dir?*

Bennett: *Mir geht's gut. Entschuldige, dass ich nicht geantwortet habe.*

Ich überlegte, ihr die ganze Geschichte zu erzählen. Aber es wäre zu peinlich, ihr zu gestehen, wie sehr ich es mit dem Buch davor vermasselt hatte. Sie sollte nicht daran zweifeln, dass ich alles stets im Griff hatte und jemand war, auf den sie sich verlassen konnte.

Bennett: *Mir kam etwas dazwischen, deshalb fliege ich in dieser Woche nicht.*

Ich erwartete keine Antwort – es war noch früh am Morgen, daher war ich mir sicher, dass sie noch schlief. Trotzdem schaute ich eine Weile auf die Nachricht, während ich dem gegen die Fensterscheiben prasselnden Regen lauschte.

Bennett: *Tut mir leid. Wir hören bald wieder voneinander!*

Ich legte das Handy auf die Küchenarbeitsfläche und goss meinen Tee auf. Ich würde noch ein wenig arbeiten, dann duschen und mich auf den Weg ins Büro machen. Ich wollte mir wegen meines Plans sicherer sein, bevor ich Ollie davon erzählte.

19. Kapitel

Ollie

Bennett: *Tut mir leid. Wir hören bald wieder voneinander!*

Ich hatte seit gestern früh nichts mehr von Bennett gehört, und nun hatte ich zwei Textnachrichten ohne weitere Erklärung bekommen. Sofort musste ich daran denken, wie ich damals ständig Nachrichten von meinem Ex erhalten hatte, die ebenfalls nichts erklärten.

Hinten war lautes Bellen zu hören, wo Jess und Jeremiah zwei Shih Tzus und Pepper wuschen und trimmten. »Braucht ihr Hilfe?«, rief ich durch die Tür, statt sie zu öffnen, damit sich Peppers letztes Abenteuer nicht wiederholte. Mein Mut sank. Bennett würde nicht da sein, um den kleinen Hund für mich einzufangen.

»Wir kommen klar«, rief Jess durch die geschlossene Tür. »Sie freunden sich gerade miteinander an.« Jetzt war Kläffen zu hören, dazu ein tiefes Bellen, von dem ich mir kaum vorstellen konnte, dass es von einem der kleinen Hunde stammte.

Ich kehrte an den Tresen zurück, schaute erneut auf mein

Handy und ärgerte mich über mich selbst. Einerseits wusste ich, wie es war, wenn man viel um die Ohren hatte, und dass Bennett nicht der Typ war, der Dinge tat, die mein Ex getan hatte. Andererseits waren wir miteinander im Bett gewesen, und ich hatte anschließend kaum etwas von ihm gehört. Ehrlicherweise musste ich mir eingestehen, dass es schwer einzuschätzen war, ob er nicht doch wie mein Ex war. Während ich darüber nachdachte, läutete die Türglocke, und ein Kunde kam herein.

Nein. Kein Kunde. Er war groß und gebräunt, besaß die Figur eines Schwimmers und hatte ein lässiges, zu breites Grinsen, als wüsste er genau, dass er gerade eben noch ein Gedanke in meinem Kopf gewesen war, der nun Gestalt angenommen hatte.

»Nun sieh dich an«, sagte er und kam auf mich zu. »Ich hatte hier Aufenthalt und musste einfach mal reinschauen. Meine Grandma hat mir erzählt, dass du einen kleinen Laden eröffnet hast. Sieht toll aus«, sagte mein Ex und schaute sich um.

Ich hatte ihn seit zwei Jahren nicht mehr gesehen und war zu überrascht, um zu reagieren.

»Du siehst großartig aus. Wie geht es dir? Wenn ich ehrlich bin, habe ich dich immer etwas in dieser Art tun sehen statt bei einer Tätigkeit in Washington.« Er sagte das, als würde er mich nach wie vor kennen. Mir rauschte das Blut in den Ohren. »Washington war zu ernst für dich. Zu anspruchsvoll.«

»Wie geht es … wie hieß sie noch? Amy?« Ich wusste ihren Namen und war längst darüber hinweg, ihr die Schuld an allem zu geben; trotzdem wollte ihr Name mir nicht über die Lippen.

Er lachte humorlos. »O Mann. Ich habe ewig nicht mehr an sie gedacht. Das hielt nicht lange.«

Es gab viele Dinge, die ich sagen wollte. Unter anderem, dass es immerhin so lange gehalten hatte, dass wir unsere Verlobung lösten. Aber irgendwie kam mir das ihr gegenüber jetzt unfair vor, dieser Frau, die ich nicht kannte und die er wahrscheinlich genauso ignoriert oder betrogen hatte wie mich.

Ehe ich irgendetwas davon aussprechen konnte, sah er auf seine Uhr. »Muss meinen Flug erwischen, aber ich wollte unbedingt hereinschauen. Wir sehen uns bei der Hochzeit – ich komme natürlich als Begleitung meiner Großmutter.« Er hob die Hand, und ich glaube, er wollte mir High five geben. Als ich nicht darauf einging, winkte er nur und ging hinaus.

»War das …?« Jess kam gerade nach vorn.

»Jap.«

»Und du lässt ihn mit intakten Beinen und anderen Extremitäten ziehen?«

Ich nickte. »Ich habe kaum etwas gesagt. Wie seltsam, ihn wiederzusehen.«

»Alles okay bei dir?«

Ich hatte darüber nachgedacht, was ich tun würde, wenn ich ihm begegnete, ob ich weinen oder ihn anschreien würde, ob ich traurig oder wütend wäre. Aber es war nichts von alldem. Tatsächlich schaute ich jetzt auf mein Handy, ob neue Textnachrichten eingegangen waren. Dass ich keine erhalten hatte, fühlte sich irgendwie schlimmer an, als meinen Ex wiederzusehen. »Ich bin ohne ihn besser dran«, sagte ich schulterzuckend.

»Ganz genau.« Sie verschwand wieder zu dem Durcheinander mit Pepper und den Shih Tzus. Über die Schulter rief sie mir zu: »Schließlich hast du jetzt sexy Bennett!«

Ich starrte auf die Stelle, an der mein Ex gestanden hatte, und ein Frösteln überkam mich. Ich vermisste ihn nicht, doch ich erinnerte mich daran, wie es sich angefühlt hatte, wenn er geschwiegen und nicht auf mich reagiert hatte. Es war, als wollte er jeden Selbstzweifel in mir nähren – und letztlich war es tatsächlich das gewesen: Er hatte mich kleingemacht. Ich hatte mich mit der Frage gequält, ob er nicht mehr an mir interessiert sei oder bereits mit jemand anderem zusammen. Und dann versuchte ich mir einzureden, dass solche Gedanken albern waren, was alles noch schlimmer machte.

Dass Bennett seine Reise abgesagt und sich noch nicht wieder gemeldet hatte, war nicht dasselbe.

Ich hätte schwören können, die körperlose Stimme der Lautsprecherdurchsage rief mich aus. *Achtung, alle Passagiere an Terminal C. Olivia Wright, bitte finden Sie sich an einem Security Checkpoint ein. Sie scheinen den Verstand verloren zu haben.*

Ich machte mich daran, die Belege und Rechnungen zu sortieren und unsere Buchhaltung noch einmal zu prüfen. *Es fühlt sich genauso an, aber es ist nicht dasselbe.* Ich trommelte mit den Fingern auf dem Tresen. *Sicher, er hatte mit mir geschlafen und mich anschließend in gewisser Weise ignoriert. Aber es musste eine Erklärung geben.*

Erneut hörte ich die Lautsprecherstimme in meinem Kopf. *Achtung an Terminal C. Reden Sie sich das nur weiter ein.* Es gefiel mir nicht, wie vertraut es sich anfühlte, und ich sagte mir, dass ich mich nicht so fühlen musste, sondern mich von diesen Fesseln befreien und gehen konnte. Ich könnte augenblicklich auf Sicherheit setzen. Ich dachte an Harrys Hochzeit – schlimmer, als allein dort aufzutauchen und in der Nähe meines Ex zu sein, wäre nur, in letzter Minute versetzt zu werden und dann allein hingehen zu müssen.

Ollie: *Keine Ahnung, was los ist, aber vielleicht sollten wir die Sache ruhiger angehen. Eine Fernbeziehung war vielleicht doch nicht so eine gute Idee.*

Ich rechnete mit einer raschen Antwort, vielleicht auch damit, dass er mir sein Schweigen erklärte oder mir versicherte, dass ich überreagierte. Ich schaute auf das Display, aber die einzige Reaktion war weiteres Gebell von Peppers Verstärkung. Nach ein paar Minuten legte ich mein Handy zur Seite und machte mich an die Arbeit.

Vier Stunden später schaute ich erneut aufs Display und stellte mich innerlich auf die Antwort ein. Ich machte mich bereit, meine Entscheidung zu rechtfertigen; eine Entscheidung, die sich jetzt schon nicht mehr ganz richtig anfühlte.

Aber nichts.

Das Gleiche, als ich den Flughafen verließ.

Als ich noch einmal vor dem Zubettgehen nachschaute, war ich nicht traurig und nicht einmal wütend. Na ja, ein bisschen wütend schon, hauptsächlich aber auf mich, weil ich es hätte besser wissen müssen, statt wieder jemandem zu vertrauen. Ich hatte Date-Training gewollt und bekommen, und ich wusste jetzt, dass es nicht besser wurde.

20. Kapitel

Bennett

Ich rollte mit den Schultern und dehnte den Nacken, indem ich meinen Kopf nach links und rechts kippte. Vor mir verschwammen die Worte. Es war nach zwei Uhr morgens, und ich hatte schon ab fünf Uhr vor der Arbeit geschrieben, dann die Mittagspause hindurch und wieder, sobald ich zu Hause gewesen war. Meine Augen fühlten sich trocken an, auf meinen Wangen sprossen die Bartstoppeln, und ich war mir nicht sicher, ob ich seit dem Mittag etwas außer Popcorn gegessen hatte. Doch endlich ging es voran, zeigte sich die Richtung deutlich, in die der Verleger wollte. Als ich aufstand, protestierte mein Körper nach der tagelangen sitzenden Haltung. Nachdem ich die Datei abgespeichert hatte, verließ ich den Schreibtisch.

Gia schrieb mir ständig, ich solle auf mich achtgeben und Vertrauen zu mir haben. Irgendwann hatte ich das Handy stumm gestellt, denn jedes Mal, wenn sie damit anfing, drehten sich meine Gedanken im Kreis: *Behalte den Job, kündige den Job, vertrau dir, misstrau dir.* Ich war froh, Ollie von alldem nichts erzählt zu haben. Es war mir egal, dass Gia mich für verunsichert hielt, aber so sollte Ollie mich nicht sehen.

Ich fiel aufs Bett und sah, dass ich eine Nachricht von Ollie hatte, die sie um die Mittagszeit herum geschickt hatte. Vorfreudig grinsend lehnte ich mich in die Kissen. Sie würde schon schlafen, aber ich konnte es gar nicht erwarten, mit ihr zu sprechen. Zuletzt hatte ich ihr geschrieben, dass wir bald wieder voneinander hören würden. Mittlerweile waren einige Tage vergangen, in denen ich mich ausschließlich auf das Buch und den Job konzentriert hatte. Natürlich waren meine Gedanken zwischendurch abgeschweift, zu ihren weichen Lippen, mit denen sie mich morgens verschlafen und entspannt geküsst hatte. Abgeschweift auch zur Erinnerung daran, wie ich sie mit der Zunge verwöhnt hatte und wie sie erschauert war, als ich ihren Hals geküsst hatte. Und meine Gedanken waren abgeschweift zum Klang ihres Lachens.

Ollie: *Keine Ahnung, was los ist, aber vielleicht sollten wir die Sache ruhiger angehen. Eine Fernbeziehung war vielleicht doch nicht so eine gute Idee.*

Ich las »ruhiger angehen« noch einmal, und es überlief mich kalt; meine Erschöpfung war vorübergehend schlagartig verschwunden.

Bennett: *Ruhiger angehen? Was soll das heißen?*

Bennett: *Es tut mir leid, dass ich mich nicht gemeldet habe. Sei bitte nicht sauer.*

Die Punkte tanzten neben ihrem Namen.

Ollie: *Ich bin nicht wütend, aber ich glaube nicht, dass es funktionieren wird. Es war ein Fehler, mehr daraus zu machen, als es war.*

Bennett: *Olivia, ich weiß, es ist spät, aber können wir reden? Bitte?*

Ollie: *Nein. Ich glaube nicht.*

Die Kälte, die ich bei ihren Worten empfand, wurde ersetzt durch ein heißes Gefühl im Nacken. Ich wollte sie nicht anlügen, aber reinen Tisch zu machen, würde ihr mein derzeit chaotisches Leben offenbaren.

Bennett: *Ich habe viel gearbeitet, dauernd geschrieben und war tagsüber im Büro.*

Ollie: *Ok.*

Ich ergriff die Chance und drückte den Anruf-Button neben ihrem Foto, das ich gemacht hatte, als wir bei Cinnabon vor meinem Gate gegessen hatten, eng aneinandergeschmiegt. Als sie gelacht und mir erklärt hatte, dass ich Zuckerguss auf der Wange hatte. Ich wollte nichts lieber, als ihr Lachen hören.

Als sie abhob, war da zunächst nur Stille und Rauschen.

»Es tut mir leid«, wiederholte ich. »Bitte gib mich nicht auf.«

»Ich gebe dich nicht auf«, sagte sie. Sie klang müde und resigniert. »Aber ich habe Jahre mit jemandem verbracht, der ständig ohne Erklärung verschwunden ist. Das werde ich nicht noch einmal mitmachen. Mir ist schon klar, dass ein paar Tage keine große Sache sind, aber ich bin nicht bereit, zu riskieren, dass aus einigen Tagen Wochen oder Monate werden. Das löst hässliche Dinge bei mir aus.«

»Es wird nie wieder passieren. Ich kann meine Zeit besser einteilen.« Ich sah durch die offene Schlafzimmertür zu meinem Schreibtisch. Der Computerbildschirm war dunkel, und Schatten fielen auf die kleine Topfpflanze, die Gia mir geschenkt hatte, weil sie meinte, meine Wohnung sei deprimierend. »Ich …«

»Was?«

»Man hat mir das letzte Manuskript, das ich eingereicht hatte, zurückgegeben. Ich musste große Änderung daran vornehmen.«

Sofort wurde ihre Stimme sanfter. »Das tut mir sehr leid, Bennett.«

»Ich kann das schaffen. Es erfordert nur sehr viel Zeit, und auch die Büroarbeit stapelt sich …« Ich rieb mir das Gesicht. »Das ist keine Entschuldigung, aber so sieht's bei mir gerade aus.«

»Du hast viel zu tun.«

»Ich wollte dir nicht sagen, dass ich bei dem Buch versagt habe.«

»Das Buch ist mir egal. Ich meine, es ist mir natürlich nicht egal, weil es dir wichtig ist. Aber ich wünschte, du hättest etwas gesagt.«

»Außerdem wusste ich nicht, wie ich dir sagen soll, dass mir eine Beförderung angeboten wurde und ich einen großen Klienten hier aus der Gegend übernommen habe. Ich werde nicht mehr so häufig auf deinem Flughafen Station machen.« Ich wusste nicht, welche Reaktion ich erwartet hatte, ganz sicher aber nicht dieses eisige Schweigen.

Schließlich sagte sie: »Glückwunsch zur Beförderung. Aber ich dachte, du wolltest den Job eigentlich aufgeben.«

»Das Verlagswesen ist so unsicher … Ich dachte, dieses Buch sei perfekt, als ich es abgab, ein Selbstgänger. Aber ich lag völlig falsch. Ich habe Zweifel, ob ich gerade jetzt meinen Job aufgeben sollte.«

»Nun«, meinte sie mit leiser Stimme, wie ich sie noch nie bei ihr gehört hatte »dann hatte ich wohl doch recht, und wir sollten die Sache zwischen uns ruhiger angehen lassen. Du musst deinen Traum verwirklichen und gleichzeitig deinen Job behalten.«

Ich wollte ihr sagen, dass sie mein Traum war, aber es war noch zu früh; ein solcher Satz wäre zu bedeutungsvoll. »Ich kann …«

»Bennett«, unterbrach sie mich. »Lass uns das nicht tun. Es hätte etwas Gutes daraus werden können, zu einem anderen Zeitpunkt. Aber du bist dort, und ich bin hier. Ich werde mich nicht mit einem Partner zufriedengeben, der mit seinen Gedanken immer woanders ist. Und du kannst es dir momentan nicht leisten, weniger zu arbeiten.«

»Ich kann …«, begann ich von Neuem und wusste nicht, wie ich den Satz vervollständigen sollte.

»Es ist schon spät«, sagte sie, und ich suchte verzweifelt nach etwas, womit ich sie am Telefon halten könnte. Dummerweise fiel mir noch immer nichts ein. »Gute Nacht, Bennett.«

Ich sah mich im gedimmten Licht meines Zimmers mit den weißen Wänden um, als hätte es eine Antwort. Aber da war nichts. »Gute Nacht, Olivia.«

21. Kapitel

Ollie

»Du kannst den Laden ebenso gut schließen«, meinte Jess. Das Terminal war voller Reisender, weil wegen Gewitterwarnung vorübergehend kein Flugzeug starten konnte. »Ich glaube, ich möchte lieber jetzt nach Hause, bevor es noch schlimmer wird.«

Ich nickte an meinem Platz hinter dem Tresen und schaute durch die Menschenmenge zum sich weiter verdunkelnden Himmel hinter den Scheiben. Regen prasselte auf die Start- und Landebahn, und stürmische Winde fegten um das Gebäude. Ich hatte so oft zu Gate C7 gestarrt, dass ich es detailgetreu aus dem Gedächtnis zeichnen könnte. Und trotzdem hielt ich weiter Ausschau nach Bennett. Unser Telefonat lag zwei Wochen zurück. Zwei Wochen, seit wir beendet hatten, was gerade erst begonnen hatte. Und zwei Wochen, seit ich mich wie ich selbst fühlte. »Ja«, sagte ich. »Gehen wir.«

Jess und ich schlossen die Ladentür und das Gitter davor ab, dann machten wir uns auf den Weg zum Ausgang. »Kannst du bei diesem Wetter fahren?«

Ich nickte und griff wie zum Beweis nach meinem Schlüssel. »Ich werde langsam fahren.« Normalerweise gingen wir zu Fuß die Strecke zwischen den Terminals, aber nun warteten wir auf das Shuttle.

»Ich bin stolz auf dich, weißt du?« Jess stieß meinen Ellbogen an, nachdem der Zug losgefahren war.

»Warum? Ich bin damit groß geworden, bei solchem Wetter zu fahren.«

»Nicht das.« Wir wankten gegeneinander, als der Zug Fahrt aufnahm. »Wegen deiner Cola-light-Pause und allem.«

Ich lachte. Na ja, eigentlich lachte ich nicht, sondern stieß die Luft aus, auf eine Weise, die man vielleicht als Lachen deuten konnte. »Ich glaube nicht, dass es etwas war, worauf man stolz sein könnte. Es hielt ungefähr drei Tage.«

Wir strömten mit der Menge aus dem Zug und betraten die Rolltreppe. »Und wennschon, ich weiß, dass du dein Herz ein klein wenig geöffnet hast. Gerade weit genug, um etwas Neues anzufangen. Und deshalb bin ich stolz auf dich.«

»Tja, so bin ich … öffne mein Herz, nur um daran erinnert zu werden, weshalb ich es verschlossen hatte.«

»Ich kaufe dir nicht ab, dass dich das kaltlässt. Das ist dir hoffentlich klar.«

Ich legte meinen Kopf auf ihre Schulter, und sie rieb meinen Arm. »Ich weiß.«

Auf der Hauptetage angekommen, empfing uns das Kreischen einer jungen Frau, die auf einen jungen Mann zurannte, der seinen Koffer hinter sich herzog. Sie warf sich in seine Arme, schlang die langen Beine um ihn, und ihre Haare flogen in alle Richtungen.

»So möchte ich mal begrüßt werden«, bemerkte Jess.

»War das nicht so zwischen dir und Jack, wenn du abends nach Hause gekommen bist?«

»Dafür war keine Zeit«, erwiderte sie augenzwinkernd. »Wir sind immer gleich ins Bett. Wer hat denn bitte schön Zeit für große Gesten, wenn andere *große* Sachen im Spiel sind?« Sie hielt die Handflächen auseinander und wackelte mit den Brauen. Sie und Jack hatten sich getrennt, weil er Kinder wollte und sie nicht. Aber die beiden waren ein leuchtendes Vorbild für eine freundschaftliche und erwachsene Ehescheidung.

Ich lachte und schaute ein letztes Mal zu dem wiedervereinigten Paar. Sie standen jetzt jeder auf einer Seite des Geländers, das die Wartenden von den Passagieren trennte, und sahen einander in die Augen. Ich fand diese großen Gesten immer toll, die öffentliche Zuneigungsbekundung, und mein Herz sehnte sich nach dem, was nicht war. Stünde Bennett neben mir, würde er vielleicht eine mürrische Bemerkung von sich geben, zum Beispiel, dass die zwei den Verkehr aufhielten. Ich stellte mir vor, wie er seine Finger mit meinen verschränkte, und prompt spürte ich das Sehnen in meinem Herzen von Neuem.

Als ich allein im Wagen saß, verstaute ich mein Handy in meiner Umhängetasche und bereitete mich auf die lange Heimfahrt im Gewitter vor. Es ging nur langsam voran, und der Regen und das Meer aus Rücklichtern und Bremsleuchten wirkten beruhigend auf mich.

In gewisser Hinsicht hatte Jess recht. Ich war stolz auf mich, etwas riskiert zu haben, auch wenn es nicht funktioniert hatte. Ich war stolz, dass ich Bennett und mir eine Chance gegeben hatte, dass ich offen dafür gewesen war. Aber ich war genauso stolz darauf, für das, was ich wirklich wollte, eingetreten zu sein. Mir war klar, dass er Angst davor hatte, seinen Job zu kündigen – und das aus gutem Grund.

Und ich wusste, dass er das Schreiben liebte. Seine Miene hellte sich immer auf, wenn er von seinen Büchern erzählte, und dann klang es, als wären seine Charaktere echte Menschen. Vielleicht hatte diese Geschichte mit Bennett doch genügt, um mich zu ermutigen. Ich dachte über verschiedene Dating-Apps nach, während ich langsam nach Hause fuhr.

Als ich in meine Gegend einbog, schmerzten meine Schultern von der Anspannung hinter dem Steuer, und ich dehnte meinen Nacken. Ein heißes Bad und ein gutes Buch – eines von denen, die Bennett mir empfohlen hatte – erwarteten mich zu Hause. Doch als ich in meine Auffahrt einbog, trat ich instinktiv auf die Bremse.

Bennett saß auf meiner Veranda, mit dem Rücken gegen die Haustür gelehnt, die Knie an die Brust gezogen. Er winkte zaghaft, als er mich sah, und erst da bemerkte ich den Mietwagen am Straßenrand.

»Was machst du hier?«, rief ich durch den Regen und hielt mir die Jacke über den Kopf, während ich zur Veranda lief.

»Ich wollte dir persönlich etwas sagen.« Er musste rufen, wegen des stürmischen Windes und des prasselnden Regens.

»Was?«, rief ich ebenso laut, nachdem ich in den Schutz der Veranda gelangt war. Hier war es etwas stiller, und prompt fiel es mir schon schwer, mich in seiner Nähe aufzuhalten und ihn nicht zu berühren. »Wir haben ein heftiges Unwetter. Warum bist du hier?«

Er kratzte sich den Nacken. »Ich hätte mir die Wettervorhersage ansehen sollen, aber ich habe mir einfach ein Ticket besorgt. Als mir klar wurde, dass ich dich sehen muss, wollte ich nicht länger warten. Ich hatte gehofft, dass du zur üblichen Zeit zu Hause sein würdest, aber wegen des Wetters dauerte alles länger, und dann machte ich mir Sorgen, du könntest schon mit jemand anderem zusammen sein …«

»Bennett …«

»Ich plappere, wenn ich nervös bin.« Seine Kleidung wies keine Regentropfen auf, weshalb ich mich fragte, wie lange er wohl schon auf meiner Veranda wartete. Er senkte den Blick, ehe er mir wieder ins Gesicht sah. »Und ich bin sehr nervös.«

Ein lautes Donnern erschütterte den Boden, und erschrocken näherte ich mich der Tür und ihm. »Warum bist du nervös?«

»Weil du Nein sagen könntest.«

Ich betrachtete sein Gesicht; er hatte dunkle Ringe unter den Augen und sah erschöpft aus. »Nein sagen wozu?«

Bennett streckte die Hände nach meinen aus, sah mich Zustimmung suchend an und verschränkte seine Finger mit meinen. Der vertraute sinnliche Schauer überlief meine Haut. »Zu der Bitte, es mit mir zu riskieren.«

»Bennett …«

»Ich habe meinen Job gekündigt.«

Ich starrte ihn perplex an, doch er redete gleich weiter, ehe ich etwas erwidern konnte: »Es ist immer noch viel Arbeit an dem Buch nötig, aber ich kann es gar nicht erwarten, dass du es liest.« Sein Lächeln war aufrichtig, und ich erwiderte es kurz. »Ich habe einen Hund eingefügt.«

Das ließ mich breiter lächeln. »Du hast Pepper in dein Buch aufgenommen?«

Er nickte. »Für den Fall, dass du Nein sagst. Ich wollte eine Erinnerung an dich, gedruckt.«

»Aber für den Fall, dass ich wozu Nein sage?«

Er holte tief Luft. »Ich will hierherziehen – na ja, nicht hierher«, sagte er, auf das Haus deutend. »Ich meinte damit nicht, dass ich vorhabe, in dein Gästezimmer zu ziehen. Aber in die Stadt oder in die Nähe. Ich könnte mir eine Wohnung nehmen oder ein kleines Haus mieten, und wir könnten es ernsthaft miteinander versuchen.«

Ich starrte ihn an.

»Ich weiß, das klingt absurd«, räumte er ein.

»Stimmt.« Ich löste meine Finger aus seinen und trat zurück. »Das ist zu viel Druck. Du kannst dein Leben nicht für mich auf den Kopf stellen.«

»Darum geht es ... Ich stelle mein Leben nicht für dich auf den Kopf, das alles ist nicht nur deinetwegen. Ich wollte schon immer stärker gebunden sein, irgendwo hingehören. Ich lebe allein in einer Stadt, zu der ich ein zwiespältiges Verhältnis habe, und habe einen Job, der mir keinen Spaß macht. Ich freue mich jedes Mal, auf diesem Flughafen zwischenzulanden, weil ich dich dann sehe.« Er strich mit dem Daumen über meine Wange. »Ja, dieses Dasein möchte ich gern aufgeben und anderswo Wurzeln schlagen. Und um bei dieser Metapher zu bleiben: Durch dich blühe ich wieder auf, und ... ich würde gern mit dir zusammen weiter wachsen.«

»Bist du fertig mit den Pflanzenvergleichen?«

»Kommt drauf an ... Wie denkst du darüber?«

Ich zupfte an meinem Cardigan. »Da ist vieles zu bedenken. Es birgt ein großes Risiko.«

»Ich weiß.« Er verschränkte seine Finger wieder mit meinen. »Und du solltest mich am besten auffordern, in meinen Wagen zu steigen und wegzufahren. Wahrscheinlich solltest du sagen, dass ich meine Chance bei der tollsten Frau der

Welt verpasst habe, nur weil mir mein Stolz und Ballast im Weg waren.« Blitze zuckten in der Ferne und verliehen dem Himmel für einen kurzen Moment einen Discokugel-Effekt. »Aber ich werde losziehen, entweder hierher oder an einen anderen Ort. Allerdings wäre ich wirklich gerne hier, denn du bist hier, und ich möchte dich gerne zu dieser Hochzeit begleiten und Picknicks und Dates mit dir erleben, mit oder ohne mürrische alte Männer. In dem Punkt bin ich flexibel.«

Seine großen Hände umschlossen meine, unsere Finger waren auf die vertraute Weise verschränkt. »Du gehst sonst nie große Risiken ein. Was hat sich geändert?«

»Ich habe etwas gefunden, was das Risiko wert ist.«

»Mich?«

Er schüttelte den Kopf. »Nicht einfach nur dich, sondern uns. Mich selbst auch, schätze ich. Das ergibt vielleicht nicht viel Sinn, aber wenn du mir mehr Zeit gibst, werde ich es dir erklären.«

Ich kaute auf meiner Unterlippe. »Du darfst hier ruhig ein bisschen Wurzeln schlagen.«

»War das ein Pflanzen-Witz?«

Ich trat zu ihm, ließ mich von ihm in die Arme nehmen und atmete seinen vertrauten Duft ein. »Ja, war es.«

»Das heißt also … du sagst Ja?«

»Das heißt, ich werde mir deine Pläne anhören.« Ich ließ meine Hand über seine Brust gleiten und hielt auf seinem Herzen inne. »Und dass du mich jetzt küssen solltest.«

Er grinste, dann küsste er mich sanft und langsam, bis ein Donnergrollen uns beide zusammenzucken ließ. »Vielleicht sollten wir das lieber nach drinnen verlegen.«

Ich kramte nach meinem Schlüssel. »Möglicherweise ist das eine gute Idee.«

Sein Körper hinter mir strahlte Wärme aus, als ich die Tür aufschloss. Seine Hand ruhte auf meiner Hüfte, in mir erwachte sinnliche Vorfreude.

»Ich hatte mir überlegt, dich mit einem großen Schild am Flughafen zu erwarten, auf dem steht: ›Es tut mir leid.‹«

Ich trat ein und streifte mir die nassen Schuhe ab, nachdem Bennett hinter mir eingetreten war. »Warum hast du es nicht getan?«

Er drängte mich langsam mit dem Rücken gegen die Tür. Seine Hände glitten aufregend sanft an meinen Schultern und meinem Oberkörper abwärts. »Ich fand, es wäre weniger peinlich ohne Publikum, falls es schiefgelaufen wäre.« Er schob die Finger unter mein Shirt und streichelte meinen Bauch.

»Aber es lief gut?«

»Mir sind solche Dinge im Privaten lieber.« Erneut lagen seine Lippen auf meinen, während seine Hände über meine nackte Haut glitten. »Und ich wollte außerdem, dass unsere Geschichte über den Flughafen hinausgeht.«

Ich erwiderte seinen Kuss, duckte mich unter seinem Arm hindurch und führte ihn zum Schlafzimmer. »Diese Vorstellung gefällt mir.«

Epilog

Bennett

Bennett: *Wie viele Trüffel soll ich aus dem Süßwarengeschäft mitbringen?*

Gia: *Viele. Ich leide immer noch an gebrochenem Herzen.*

Ich näherte mich Juliannas Candy Shoppe, in der Nähe von Pre-Flight Paws, bevor ich meine Maschine nach Chicago bestieg. Diesen Weg war ich hundert Mal im Anzug gegangen. In Jeans und T-Shirt fühlte es sich besser an. Ich schuldete Gia seit Langem einen Besuch, denn nachdem das Buch, an dem ich viele schlaflose Wochen geschuftet hatte, zu einem weiteren Bestseller geworden war, war wirklich viel geschehen. Abgesehen von je einem Stopp in zweien meiner Lieblingsbuchläden in Chicago – einer davon war spezialisiert auf Liebesromane, und dort wollte ich eine exorbitante Summe ausgeben – war diese Reise der reinste Urlaub.

Gia: *Kannst du mir auch eine sexy Person aus dem Flugzeug mitbringen?*

Bennett: *Ich glaube, das wäre schlimmstenfalls Kidnapping und im besten Fall aufdringlich, oder?*

Gia hatte mich überrascht. Sie und ihre Nachbarin waren fast zwei Jahre lang zusammen gewesen, und Elena hatte zu unserem Kreis gehört. Ich dachte, das sei auf Dauer, aber sie hatten sich doch getrennt, als Elena einen Job bekam, der sie in absehbarer Zeit nach Tokio führen würde. Das war jetzt ein paar Monate her, und ich war mir ziemlich sicher, dass Gia mit dem Herzschmerz übertrieb, damit ich ihr mehr Schokolade mitbrachte. Aber ich würde ohnehin welche mitbringen, weil sie die Liebe gefunden und wieder verloren hatte.

Gia: *Und Ollie begleitet dich gar nicht?*

Ich hatte Ollis Anruf verpasst, als ich durch die Sicherheitskontrolle gegangen war, und während ich auf dem Weg durch das Terminal Gia antwortete, wurde mir eine Voicemail angezeigt. Die wollte ich mir anhören, sobald ich mein Gate erreicht hatte, aber warum warten? Ich wollte Ollis Stimme hören.

»Hey, ich wollte dir nur schnell einen guten Flug wünschen. Ich hoffe, du machst Fortschritte bei der erotischen Szene, an der du gearbeitet hast. Ich bin den ganzen Tag in Meetings, aber lass uns heute Abend telefonieren. Ich wollte nicht, dass das Foto direkt auf deinem Display erscheint, deshalb habe ich es dir per E-Mail geschickt. Es ist eines, das dich in die richtige Stimmung für Kutschen-Szenen bringen soll. Lieb dich, Benny!«

Ich grinste und hielt den Daumen schon über dem E-Mail-Icon, nur wartete Gias letzte Nachricht noch auf Antwort.

Bennett: *Meine Liebste ist diese Woche beruflich unterwegs. Die neuen Salons in LaGuardia und Sea-Tac eröffnen nächsten Monat.*

Olli liebte das Reisen, und ich hatte die scherzhafte Bemerkung gemacht, dass ich nun einen Teilzeitjob bei Pre-Flight Paws oder im Süßwarengeschäft brauchen würde, um sie auf ihrem Weg durch den Flughafen zu beobachten, wie sie es früher bei mir gemacht hatte. Sie erklärte mir liebevoll, ich sei nicht qualifiziert dafür, mit Pepper fertigzuwerden, und eine Freundschaft zwischen mir und Julianna würde sie nicht tolerieren. Wir würden es schon irgendwie hinbekommen.

Bennett: *Du wirst bis zur Hochzeit warten müssen, um sie zu sehen.*

Gia: *Ich kann noch immer nicht glauben, dass du mitten im Winter heiratest. Wie soll ich jemanden in meinem Trauzeuginnen-Outfit auf mich aufmerksam machen, wenn ich einen Mantel darüberziehen muss?*

Bennett: *Ich bin mir sicher, dass du keine Schwierigkeiten damit haben wirst, jemanden auf dich aufmerksam zu machen.*

Gia: *Da hast du recht.* 😉

Ich betrat den Süßwarenladen, begrüßte die Angestellte und überlegte, ob ich für Gias Herzschmerzschokolade eine zusätzliche Tüte benötigen würde. Die Frau hinter dem Tresen half gerade einer Kundin und sagte, sie sei gleich bei mir, also nutzte ich den freien Moment, um die neue E-Mail zu öffnen, wobei ich das Display abschirmte.

In der Betreffzeile stand: *Ich kenne dich, Baby …* Ich klickte das Foto im Anhang an und machte mich auf etwas Aufreizendes gefasst. Was sie jedoch tatsächlich geschickt hatte, war noch besser. Sie hielt zwei winzige Päckchen, auf denen das Biscoff-Label zu sehen war, und im Hintergrund war ein Dalmatiner-Welpe an der Leine. Ich lachte leise in mich hinein und schrieb: *Ich weiß nicht, ob du mich so gut kennst, dass es mich beeindruckt oder mir Angst macht. Ich liebe dich, schöne Olivia.* Ich steckte das Handy ein und trat an den Tresen.

»Hi, willkommen in Juliannas Candy Shoppe. Sind Sie zum ersten Mal hier?« Sie strich ihre pinkfarbene Schürze glatt; auf ihrem Namensschild stand *Teagan.*

»Nein«, antwortete ich und betrachtete die Auslage. »Ich habe schon viel Zeit auf diesem Flughafen verbracht. Ich weiß genau, was ich will.«

Für meine Mom,

die mir beibrachte, von ganzem Herzen zu lieben,

und für meinen Dad,

der mir beibrachte,
aus tiefster Überzeugung zu sprechen

Turbulent verliebt

31. Dezember

1. Kapitel

Gia

Mit dem Schneesturm hatte ich nicht gerechnet. Die anderen paar Tausend Leute, die am Flughafen gestrandet waren, anscheinend auch nicht.

»Achtung an alle Passagiere: Aufgrund der schlechten Wetterlage könnte es sein, dass Ihr Flug verspätet ist. Bitte beachten Sie die Anzeigen auf den Monitoren.«

Ich sah von meinem E-Reader auf. Der Mann mit dem buschigen Schnauzer und der Frisur, die wohl mal ein Vokuhila werden sollte, war immer noch da und starrte. Allerdings nicht auf mich in meinem schicken Brunch-nach-der-Hochzeit-Outfit, sondern die Steckdose neben mir, als wäre er auf dem Weg ins Gefängnis und diese Steckdose die letzte Gelegenheit für Sex. Ich presste die Lippen zusammen, belustigt über meinen Gedanken und die Vorstellung, wie dieser sehr große Mann versuchte, seine Bedürfnisse an der Steckdose zu befriedigen. »Ich bin fast fertig«, sagte ich zu ihm und kaschierte mein Kichern mit einem Husten.

Gia: *Ich habe mich gerade selbst zum Lachen gebracht, mit der Vorstellung von einem Schrat, der sich über eine Steckdose hermacht.*

Ich starrte auf den Text, den ich angefangen hatte zu tippen, und mein Lachen erstarb. Ich hatte niemanden, an den ich ihn schicken konnte. Die neue Frau meines besten Freundes, so cool sie auch war, würde vielleicht über die Störung ihrer Flitterwochen nicht erbaut sein. Besser, ich löschte den Text wieder aus der Sendezeile in unserem Chat. Und Elena, mit der ich für immer Silvester zu feiern gehofft hatte, war dreizehn Stunden voraus am anderen Ende der Welt. Ich rechnete immer noch den exakten Zeitunterschied aus, sobald ich eine Uhr sah. Nachdem ich den Text gelöscht hatte, stöpselte ich das Handy aus. »Sie gehört Ihnen«, sagte ich und stand auf.

Für einen Moment hoffte ich auf geistsprühende Konversation, vielleicht sogar auf eine neue Freundschaft, trotz der fragwürdigen Frisur. Aber der Typ brummte nur »Danke« und nahm meinen Platz am Boden ein.

So viel zu einem neuen Freund.

Ich ging durch den überfüllten Gang und betrachtete die ebenfalls gestrandeten Reisenden. Eine Weile hatte ich mich mit der Arbeit beschäftigt und eine scharfe Kritik meiner jüngsten Forschungsergebnisse gelesen, von einem gewissen A. F. Ennings, ebenfalls Chemieprofessor, der am anderen Ende des Landes wohnte und es liebte, meine Forschungsergebnisse zu zerpflücken. Ich hatte die Lektüre dann aufgegeben, denn Leute zu beobachten war produktiver als diese endlose Leier über die Sinnlosigkeit meiner wissenschaftlichen Herangehensweise bei der Untersuchung katalytisch-hydrolytischer Reaktionen. Es war mein Lebenswerk, aber selbst ich brauchte nicht unbedingt das Thema Chemie an Silvester.

»Fünf. Vier. Drei.« Eine sehr aufgeregte Mutter hatte ihre Arme um zwei sehr desinteressierte Teenager gelegt. Ich respektierte die Energie – ich liebte Silvester und zählte stets den Countdown mit, selbst wenn ich mit einer ansonsten ruhigen Gruppe von Leuten zusammen war. Diese Frau jedoch zählte seit Stunden den Countdown für jede Zeitzone, und ihre Kids hatten die Nase voll, wie die meisten unserer Mitreisenden.

Ich wäre jetzt eigentlich auf einer Party in Chicago, leicht angetrunken, leicht verschwitzt vom Tanzen und von der Idee angetan, um Mitternacht eine elegante fremde Person zu küssen, in der Hoffnung, über meine Ex hinwegzukommen.

»Zwei! Eins! Frohes neues Jahr, South Sandwich Islands!« Die zuckersüße Frauenstimme hallte durch das Gate, und ich schaute zur nächstgelegenen Bar. Dieses Level ausdauernder Begeisterung für Zeitzonen funktionierte wirklich nur, wenn alle betrunken waren.

Die von meinem Gate aus nächste Bar war den ganzen Abend über belagert gewesen, weshalb mein Plan durchkreuzt wurde, rechtzeitig zum Einläuten des neuen Jahres in Rio de Janeiro zusammen mit dieser Frau ein wenig angetrunken zu sein. Ich wollte gerade nach einer anderen Möglichkeit Ausschau halten, als ich sah, wie jemand seine Sachen zusammenraffte und seinen Platz an der Bar räumte. Elena war Joggerin, ich nicht. Ich zog ein gemütliches Tempo vor und riskierte nur dann zu schwitzen, wenn es sich lohnte, ich dafür also im Schlafzimmer oder auf einer Tanzfläche landete. Trotzdem lief ich jetzt los, so schnell meine kurzen Beine mich trugen. Der Platz an der Bar gehörte mir.

Unglücklicherweise hatte jemand anderes die gleiche Idee, sodass eine Frau mittleren Alters und ich den Platz zur selben Zeit erreichten. Ich musste schnell handeln. »Wenn Sie nichts dagegen haben, würde ich gern neben meinem Mann sitzen.« Ich deutete auf den Mann, der neben dem frei gewordenen Hocker saß. Er sah mich mit verwirrtem Blick hinter seiner Brille an und kniff seine bernsteinfarbenen Augen zusammen. Sein frisch geschnittener Low Fade Undercut ließ ihn gepflegt wirken, und die breiten Schultern deuteten einen athletischen Körper an. Ich weitete meine Augen, um ihm zu signalisieren, er solle mitspielen.

»Hi … Liebling?«, sagte er zögernd, und ich war mir sicher, dass wir niemandem etwas vormachen konnten.

Aber ich setzte für die Frau mein strahlendstes, charmantestes Lächeln auf und rutschte auf den Hocker, meinen »Ehemann« liebevoll ansehend, bis sie verschwunden war.

»Kennen wir uns?« Er hatte eine angenehme, tiefe, fast raue Stimme, und seine Unterarme, die gut sichtbar auf dem Tresen lagen, waren muskulös.

»Nein«, antwortete ich und zog meinen Rollkoffer heran. »Aber ich bin jetzt lange genug an diesem Silvesterabend auf diesem Flughafen allein gewesen und brauche einen Drink.«

Er betrachtete mich weiterhin skeptisch. Er war süß, und sein Shirt betonte seinen Oberkörper vorteilhaft.

»Danke, dass Sie mitgespielt haben.« Ich winkte den Bartender heran und bestellte Nachos sowie ein Glas Champagner. »Und was immer er trinkt«, fügte ich, erneut an den Bartender gewandt, hinzu.

Er musterte mich immer noch ziemlich verblüfft.

»Das ist das Mindeste, was ich tun kann, nachdem ich Sie zur Ehe gezwungen habe.«

»Da haben Sie wohl recht.«

»Und wir hatten keine Zeit für einen Ehevertrag, also wenn Sie von meinen Nachos wollen, dann steht Ihnen wohl die Hälfte zu.« Ich merkte, dass ich zu viel redete, besonders, da er bisher kaum etwas gesagt hatte. Das Schlimmste, was passieren konnte, wäre, dass er einfach aufstand und ging, sodass ich mit dem nächsten Sitznachbarn würde sprechen müssen.

Er schaute hinunter auf sein Handy und meinte: »Da hab ich während dieser Ehe ja bereits ein Vermögen erworben.« Er sprach nicht direkt zu mir, und der Scherz war eigentlich zu spät. Die Pointe wirkte dennoch. Er schien witzig zu sein – auf jene Art, wie Leute manchmal witzig sein konnten, die es normalerweise gar nicht waren.

Als ich lachte, sah er mit der Andeutung eines Grinsens auf. Der Bartender stellte meinen Drink auf den Tresen, ein neues Bier für meinen Ehemann und kündigte an, dass die Nachos gleich kämen.

»Ich bin Gia«, stellte ich mich vor und hielt ihm meine Hand hin. »Verzweifelt auf meinen Flug nach Chicago wartend.«

»Felix«, sagte er und nahm meine Hand. Es war ein ganz normales Händeschütteln, kein anzügliches, liebenswert wie sein kleiner Scherz. »Ich versuche, nach Kalifornien zu kommen.«

»Nach Hause?«

»Vorübergehend«, erwiderte er, ohne eine weitere Erklärung folgen zu lassen. Die leisen Gespräche der Leute um uns herum füllten unser Schweigen.

»Achtung auf Terminal C, Flug 627 nach Albuquerque wurde zum Gate D24 verlegt.« Die körperlose Lautsprecherstimme klang so angenehm, dass ich von ihr glatt mein Leben hätte kommentieren lassen.

Achtung im Supermarkt, Gia wird heute ein neues Waschmittel kaufen.

Achtung, Fachbereich-Meeting, Gia hat vor zehn Minuten aufgehört, dieser Unterhaltung zu lauschen, da diese zunehmend verzichtbar wurde.

Achtung beim Thanksgiving-Dinner, Gia wird mehr als die ihr zustehende Portion Kartoffelbrei nehmen und möchte dazu keine Kommentare hören.

Ich nahm den Teller Nachos entgegen und schob ihn zwischen Felix und mich. »Was glauben Sie, wie oft das Gate für diesen Flug schon geändert wurde?«

»In den letzten drei Stunden?«

Ich belud einen Nacho mit so viel Beilage wie möglich. »Klar.«

»Vierzehn.«

»Sie haben mitgezählt?«

Er schaute in sein Bier, und ich dachte, er würde mich erneut ignorieren. Aber dann schob er sein Handy über den Tresen. Das Display leuchtete auf und zeigte eine offensichtlich selbst geschriebene Tabelle mit Flügen und Häkchen dahinter. Als ich ihn ansah, verriet seine Miene nichts, höchstens die Andeutung von Hoffnung, als wünschte er sich eine positive Reaktion von mir, wäre aber auf alles andere vorbereitet.

Ich lehnte mich hinüber und wartete, bis er das Gleiche tat. »Ich sage das in aller Aufrichtigkeit und schwöre bei der Heiligkeit unserer Ehe.« Ich legte ihm die Hand auf die Schulter und ließ sie über seinen Bizeps gleiten. »Diese Tabelle ist momentan das absolut Sexyste auf diesem Flughafen.«

Seine Armmuskeln spannten sich an, als ich den Satz ausgesprochen hatte, und ich bekam ein kaum sichtbares, aber klar vorhandenes Lächeln. »Sexy war gar nicht mein Ziel«, sagte er und schob das Handy wieder in seine Tasche.

»Wie schade. Ich stehe trotzdem dazu.«

Ich biss in einen Chip, dick mit Käse und Hühnchen belegt, und ein paar Tomatenstücke fielen in meine Hand.

»Es gab sonst nicht viel zu tun«, sagte er und nahm sich einen weitaus vernünftiger belegten Chip. »Aber danke.«

»Dies …«, ich deutete auf uns beide, »… könnte der Beginn einer wunderbaren Freundschaft sein.«

»Nur Freundschaft?«

Ich sah ihn skeptisch an nach diesem, wie ich überzeugt war, versehentlichen Flirten. »Baggern Sie mich gerade an, Felix?«

Seine Augen weiteten sich, und ich lachte und wartete darauf, dass er in das Lachen einstimmte. »Ich dachte nur, wegen der Ehe-Scharade.«

Ich drehte meine Beine in seine Richtung und tätschelte erneut seinen Bizeps, mit meiner tomatenfreien Hand. »War nur ein Scherz.« Ich drückte seinen Arm und mochte es, den harten Muskel unter dem Stoff seines Shirts zu fühlen. »Man kann ohnehin besser mit mir flirten, wenn ich gegessen habe.«

»Oh, ich habe nicht versucht, mit Ihnen zu flirten.«

Ich lächelte und fühlte mich gut wie seit Monaten nicht, seit vor der Zeit, als Elena mit mir Schluss gemacht hatte und der Druck größer wurde, mich im Job der dominierenden Weiße-Männer-Kultur anzupassen. Ein Kollege, mit dem ich eng zusammengearbeitet hatte, war neulich mit einer Förderung durch das Energieministerium belohnt worden. Das war aufregend, aber der Druck nahm dadurch noch mehr zu, ebenso die Erwartung, »professioneller« zu arbeiten. In meinem Fall bedeutete das, leiser zu sein, traditioneller und weniger ich selbst. In letzter Zeit hatte ich mich bei der Arbeit eingeengt gefühlt, und hier auf dem Flughafen kannte mich niemand. Felix wäre es egal, ob meine traditionelleren Kollegen sich durch meine Einstellung zu katalytisch-hydrolytischen Reaktionen herausgefordert fühlten. Wahrscheinlich wüsste er nicht mal, wovon ich sprach.

Ich stupste seinen Arm an. »Okay, fangen Sie mit dem Flirten an, sobald wir die Nachos aufgegessen haben, ja?«

2. Kapitel

Felix

Gias Hand fühlte sich klein an in meiner, zart und weich, und ich hatte schon Angst, sie zu zerquetschen. Doch sie zog mich weiter durch den Flughafen hinter sich her. Es war der Schock meines Lebens, dass ich mich von ihr zu einem unbekannten Ort führen ließ.

Normalerweise mochte ich neue Leute nicht. Nach einer tristen Begegnung mit der Tochter der besten Freundin meiner Stiefmutter, die ich über die Feiertage besucht hatte, meinte meine Stiefmutter, ich wirke zu hart. Ich erwiderte, »bitter« treffe es wohl besser, worauf sie prompt ein Kissen nach mir warf. Ich ließ mich nur halbherzig auf ihre Aufforderung ein, im neuen Jahr offener dafür sein, neue Leute kennenzulernen. Als soziales Experiment interessierte es mich nicht, doch sie prophezeite mir, ich würde es nicht schaffen. Und ich scheitere nicht gerne. Möglicherweise ließ ich diese schöne, kontaktfreudige Frau deshalb so tun, als wäre ich ihr Mann, damit sie einen Platz an der Bar ergattern konnte. »Wohin gehen wir?«

Sie lächelte mir über die Schulter zu und drückte meine Finger auf eine Weise, die mir viel zu sehr gefiel. »Es ist fast

Mitternacht.« Sie sagte das, als wäre das Erklärung genug, während wir an endlosen Gates voll gestrandeter, müder und wütender Passagiere vorbeikamen, die alle aus Atlanta wegwollten. »Wir müssen einen guten Platz finden, um das neue Jahr einzuläuten.«

Wir hatten die Nachos aufgegessen und noch zwei weitere Drinks gehabt, dabei festgestellt, dass wir beide *Doctor Who* ungemein schätzten. Letztlich hatten wir mehr geredet als getrunken. Gia berührte ständig meinen Arm, während wir nebeneinandersaßen. Kleine Berührungen, bei denen ihre Hand über meinen Ärmel strich, und es gefiel mir mehr und mehr. Ich wurde nicht häufig berührt – meine letzte Beziehung lag lange zurück, und ich war nicht der Typ, den Menschen beiläufig berührten. Bei ihr wartete ich regelrecht darauf. »Was ist denn auf einem Flughafen ein guter Platz, um das neue Jahr einzuläuten?«

Sie lief noch schneller, bis wir auf der Rolltreppe standen. »Der Zug«, sagte sie atemlos, und ihre Finger waren mit meinen verschränkt. Gia zog mich weiter, in Richtung eines leeren Waggons, und ich konnte nur noch an die Wirkung einer Redoxreaktion denken, denn ich hatte schon den ganzen Abend das Gefühl, auf ein Feuerwerk zu warten, das jetzt beginnen würde.

»Der Zug? Um in ein anderes Terminal zu gelangen?«

Sie zog an meiner Hand, und wir liefen die letzten Stufen, die Koffer zogen wir hinter uns her, bevor wir die Plattform erreichten. »Nein, um damit zu fahren. Klingt es denn nicht poetisch, in Bewegung zu sein, wenn das neue Jahr beginnt?«

»Bist du Poetin?«

Sie lachte und warf den Kopf zurück. »Eher das Gegenteil.«

Wir hatten uns über viele Dinge unterhalten, aber mir wurde klar, dass ich keine Ahnung hatte, was sie beruflich machte. »… Pantomimin?«

Sie ließ meine Hand los, während wir warteten, als wäre ihr gerade bewusst geworden, dass sie sie noch hielt, und sofort vermisste ich diesen Kontakt. »Warum ist die das Gegenteil von einer Poetin?«

Die Lautsprecherstimme kündigte die Ankunft des Zuges an. »Achtung, Passagiere, bitte bleiben Sie von den Zugtüren zurück und lassen Sie die Fahrgäste erst aussteigen.«

Ich zuckte mit den Schultern. »Ich denke, das logische Gegenteil einer Poetin ist eine Nicht-Poetin.« Ich wartete ein bisschen gespannt darauf, dass auch ihr aufging, dass wir uns bisher nicht nach unseren Berufen erkundigt hatten. Ich fürchtete, dass diese wundervolle Verbindung enden könnte, wenn ich ihr erklärte, was ich beruflich machte.

»Und was, wenn ich eine professionelle Pantomimin bin?«, fragte sie, während wir den fast leeren Zug bestiegen und sie nach hinten ging, wo die breite Bank frei war.

Ihr Arm streifte meinen, und ich folgte ihr. Ich setzte mich und stellte den Rollkoffer vor meine Füße. Sie tat dasselbe. »Das würde diesen Abend für mich ein wenig normaler machen.«

»Du bist oft mit Pantomimen zusammen? Du bist faszinierend, Felix.«

Ich lachte und atmete ihren schwachen Parfümduft ein. Ich hatte lange nicht darauf geachtet, wie eine Frau duftet, und ich schob mit dem Finger meine Brille auf der Nase hoch. »Eigentlich nicht. Und was machen wir jetzt in diesem Zug?«

»Achtung, die Zugtüren schließen sich. Nächster Halt Terminal D.«

Sie wackelte mit den Brauen und rutschte näher.

»Was bedeutet dieser Gesichtsausdruck?«

»Lust auf ein bisschen Knutscherei um Mitternacht?«

Ich sah mich im Zug um, der sich mittlerweile gefüllt hatte, ob jemand sie gehört hatte und um zu vermeiden, dass mein Ja zu inbrünstig herauskam. Gia war klug und witzig und sexy, und ich war beschwipst. Außerdem wusste sie nicht, dass meine letzte Freundin mich mürrisch und verschlossen genannt hatte, und da waren wir noch zusammen gewesen. »Du willst *mich* küssen?«

»Mit wem rede ich denn sonst hier? Es ist okay, wenn du nicht willst. Aber es ist Silvester, und du bist ganz schnucklig, und ich auch, und diese Gelegenheit nutze ich immer, um mit einem schnuckeligen Fremden herumzuknutschen.«

Sie hob ihr Kinn und sah mir in die Augen. Sie war so nah bei mir, und die sinnliche Wirkung all ihrer Berührungen an diesem Abend machte sich bemerkbar.

Eine Locke fiel über ihr Ohr, und ich strich sie zögernd zurück. »Das ist für gewöhnlich der Punkt, an dem mir klar wird, dass ich eine schöne Frau vergrault und einen schlechten Eindruck hinterlassen habe.«

»Du hast keinen schlechten Eindruck bei mir hinterlassen.« Ihr warmer Atem streifte mein Kinn.

»Nein?« Normalerweise wäre ich genervt davon, dass jemand so nah bei mir saß, aber sie duftete nach Nachos und diesem Parfüm, und ich fragte mich, ob sie nach Champagner schmeckte.

Sie schüttelte den Kopf. »Noch nicht. Bist du ein schlechter Küsser?«

»Ich … glaube nicht.«

Sie grinste und sah mich herausfordernd und einladend zugleich an, was ich bis hinunter in meine Zehen spürte. »Dann sollte ja alles klar sein.«

Wenn Gia genauso überrascht war wie ich, als meine Lippen auf ihren landeten, zeigte sie es jedenfalls nicht. Der Zug rumpelte, während meine Hand auf ihrem Nacken lag und ihre durch meine Haare fuhr. Als ich die Hand auf ihre Hüfte legte und sie näher an mich zog, stöhnte Gia leise. Prompt malte ich mir noch ganz andere Dinge als Küssen aus.

»Achtung bitte, der Zug hält.«

Als wir die Lautsprecherdurchsage hörten, lösten wir uns voneinander, und ich holte tief Luft. Gias Lippen waren geteilt, und ihre Zunge fuhr über ihre volle Unterlippe. »Es ist noch nicht Mitternacht«, sagte sie, während ihre Oberschenkel durch die Bremsung gegen meine gedrückt wurden. Ihre Finger strichen über die kleine Narbe an meinem Haaransatz.

»Sorry«, sagte ich, als sich die Türen öffneten und zwei Leute ausstiegen.

Gia schaute auf ihre Uhr. »Noch knapp eine Minute.«

»Möchtest du, dass ich diese eine Minute noch warte?« Ich erkannte meine Stimme selbst nicht wieder, von den Worten ganz zu schweigen.

Sie ließ ihren Blick durch den jetzt leeren Waggon schweifen, stand auf und stellte sich zwischen meine Beine. »Nein.« Diesmal küsste sie mich, und was sie mit ihren weichen Lippen und ihrer eifrigen Zunge tat, blendete den Rest der Welt für mich aus. Gias Körper schmiegte sich an meinen, als sie sich auf meinen Schoß setzte und ihre Hände über meine Brust und meinen Bauch wandern ließ. Ich war mir sicher, dass sie spürte, welche Wirkung sie auf mich hatte, doch es war mir egal.

»Achtung, Passagiere. Der Zug hält.«

Erneut lösten wir uns voneinander, diesmal widerstrebender. »Frohes neues Jahr, Felix«, sagte sie und streichelte meine Brust. »Der Zug hält an.«

Das plötzlich in mir aufsteigende Glücksgefühl war mir völlig unbekannt. Es hätte mir nicht gefallen sollen, aber ich verschwendete keinen weiteren Gedanken daran, denn Gia saß auf meinem Schoß. »Willst du jetzt?«

Sie hob eine Braue.

»Ich meine, willst du jetzt aussteigen?«

Sie lachte, und ihr Körper vibrierte an meinem. »Ich wusste nicht, dass ich das brauchte, aber so war es«, sagte sie und strich erneut über meinen Haaransatz, wo ihre Finger die Narbe berührten, die ich als Kind davongetragen hatte, als ich in einen Pool fiel und mir den Kopf stieß. Sie rutschte von meinem Schoß und nahm ihren Rollkoffer. »Ich werde mich auf den Rückweg zu meinem Gate machen«, erklärte sie rückwärtsgehend und biss sich dabei auf die sinnliche Unterlippe, die ich gern wieder geküsst hätte.

Ich wusste nicht, was ich sagen sollte, als sie aus dem Zug stieg. Bleib? Warte? *Worauf?* Das bestmögliche Szenario wäre, dass wir beide einen Fehler auf einem Flughafen begingen, aber ich machte keine Fehler, daher winkte ich ihr nur zum Abschied. »Frohes neues Jahr«, sagte ich, ehe die Türen sich schlossen und ich zu Terminal C fuhr, wo mein Flugzeug irgendwann Richtung LAX abheben würde.

April

3. Kapitel

Gia

»Hey!« Mein bester Freund Bennett klang aufgeregt, als die Verbindung zustande kam. »Ich dachte schon, du bist verschwunden.« Beim Klang seiner vertrauten Stimme und des angenehmen britischen Akzents musste ich lächeln.

»Ich hatte viel zu tun.« Ich nahm die Abfahrt Richtung Flughafen. »Erinnerst du dich an die Förderung, von der ich dir erzählt habe?«

»Vage. Erzähl noch mal, aber so, als hätte ich den Grundkurs Chemie nicht bestanden.«

»Du hattest eine Drei«, sagte ich und fuhr langsam hinter einer Autoschlange, die sich der Kurzparkzone näherte. »Der Chef meiner Abteilung hat eine hohe Summe Fördergeld vom Energieministerium erhalten, zur Erforschung solarer Hydrolyse-Katalysatoren.«

»Gi, ich hatte dich gebeten, es so zu erklären, als wäre ich in Chemie *durchgefallen.*«

Ich lachte über seine Erwiderung. »Im Prinzip heißt das, man benutzt Sonnenlicht zur Spaltung von Wassermolekülen, um Wasserstoff als umweltfreundliche Energiequelle zu erhalten.«

»Wow, jetzt fühle ich mich, als hätte ich eine Drei plus bekommen.«

Durch das Fördergeld konnte Christopher zusätzliche Leute beschäftigen, sodass es mir jetzt vorkam, als bestünde mein Job zur Hälfte darin, Forschungspartner anzuwerben. Ich nahm auch an wissenschaftlichen Gesprächen teil, aber Christopher schien mir nur während der Abholfahrten vom Flughafen zuzutrauen, alleine Kennenlerngespräche zu führen. Ich fuhr auf das Hauptdeck. »Überraschung. Er hat die einzige Frau im Team gebeten, den Flughafen-Transfer zu übernehmen.«

»Nach allem, was du mir über den Chef erzählt hast, überrascht es mich nicht sonderlich«, erwiderte Bennett.

»Aber daran werde ich heute nicht scheitern.« Durch meine Unterrichts- und Forschungsverpflichtungen, von meinen ehrenamtlichen Aufgaben ganz zu schweigen, fühlte sich jeder Arbeitstag an, als würde er mir schon vormittags gegen zehn entgleiten. Seit dem Ende der Beziehung mit Elena und ihrem Umzug arbeitete ich noch mehr, da ich die Ablenkung brauchte. Aber auch, um ihr irgendwie zu beweisen, dass sie sich in mir getäuscht hatte. Sie hatte behauptet, eine Fernbeziehung habe keinen Sinn und würde nie funktionieren, da ich weder ernsthaft noch bodenständig genug war. Das schmerzte mich mehr als jede andere absichtlich gemeine Bemerkung von ihr.

»Wie lief es denn mit deinem Feind? War er so abgefeimt, wie du befürchtet hast?«

Ich verdrehte die Augen, während ich mein Ticket fürs Kurzzeitparken entgegennahm und auf einen freien Platz fuhr. »Ich bin auf dem Weg, ihn vom Flughafen abzuholen.« »Feind« war vielleicht ein zu starker Ausdruck, aber seit ich zum ersten Mal meine Arbeit präsentiert hatte, war A. F. Ennings da gewesen, um sie zu zerpflücken und mich herauszufordern. Wir hatten uns nie persönlich kennengelernt, aber ich erkannte seinen Stil immer sofort. Natürlich revanchierte ich mich immer. Und jetzt, sechs Jahre nach unserem ersten Disput, holte ich A. F. Ennings für ein Vorstellungsgespräch in meiner Abteilung vom Flughafen ab.

»Und du wirst nett zu ihm sein?«, fragte Bennett. Er kannte meine Reaktionen auf Ennings Kritiken an meinen Publikationen und meine energischen Konter auf seine Arbeiten aus erster Hand.

»Ich bin immer nett.«

Bennett lachte, und es hallte durch meinen Wagen. »Na klar.«

»Ich werde ihn schon nicht treten. Wir können Hilfe in der Abteilung gebrauchen, und er hasst mich ja jetzt schon.« Ich schaute mich in dem Bereich um, wo ich Ennings treffen sollte. Niemand wusste, wie er aussah, was sehr merkwürdig war. Auf Social Media gab es nichts, er tauchte bei Konferenzen nie persönlich auf, und die Campusliste seiner Universität verriet nichts. »Wie dem auch sei, ich nehme an, er ist ein verschrobener Narzisst.«

»Und wie kommst du darauf?«

Ich kramte in meiner Umhängetasche nach dem Zettel, auf den ich »Alexander Ennings« gekritzelt hatte. *Nimm das, A. F. Ich kenne deinen echten ersten Vornamen.* »Das entnehme ich allem, was er bisher geschrieben hat. Es ist …«

»Achtung. Bitte behalten Sie Ihr Gepäck immer in Ihrer Nähe und melden Sie unbeaufsichtigtes Gepäck umgehend dem Sicherheitsdienst.«

Ich verstummte mitten im Satz, als ich eine bekannte Gestalt in der Menge entdeckte. Ich hatte nicht damit gerechnet, Felix nach jener schrägen Nacht am Flughafen und dem sinnlichen Silvesterkuss – oder vielmehr den sinnlichen Küssen im Zug – je wiederzusehen. Aber hier stand er vor mir, im taillierten Hemd, den Mantel überm Arm. »Ich muss los, Ben«, sagte ich eilig und steckte das Handy ein. Ennings konnte warten.

Er stand mit gestrafften Schultern da und hielt im Gepäckbereich Ausschau. Seine Haare waren kurz geschnitten, bis nah an die Haut, die selbst im künstlichen Licht weich und warm aussah. »Felix?«

Er sah mit seinen dunkelbraunen Augen unvermittelt vom Handy auf. Er trug dieselbe Brille, ein Gestell, das sein Gesicht akzentuierte, selbst die kleine Narbe am Haaransatz. »Hi.«

Ich grinste, ging auf ihn zu und legte null Coolness an den Tag. »Ich hätte nicht gedacht, dass ich dich wiedersehen würde.«

»Geht mir genauso.« Er wirkte reservierter, als ich ihn in Erinnerung hatte. Aber wahrscheinlich hatte er einen langen Flug hinter sich, da sollte ich wohl nachsichtig sein. Er sah noch genauso gut aus wie in jener seltsamen Nacht auf dem Flughafen, als wir gefühlt über eine Million Dinge geredet hatten. »Du lebst hier?« Er schob seine Brille zurecht. »In Chicago?«

»Ja, ich dachte mir, dass du die Stadt meinst und nicht die Gepäckausgabe.« Ich deutete auf den Bereich, in dem wir uns befanden. Wahrscheinlich hätte ich nach Ennings Ausschau halten sollen, aber das hier war wichtiger. »Ich hole beruflich einen alten Angeber ab. Na ja, wahrscheinlich ist er nicht viel älter als ich, aber er ist die eine Person auf dieser Welt, die ich gern mundtot machen würde.« Ich winkte ab. »Egal. Jedenfalls kann ich es gar nicht fassen, dass wir uns über den Weg gelaufen sind!«

»Ja, was für ein Zufall«, bestätigte er und sah sich noch einmal um. »Und … wie geht es dir?«

»Tja, Fremde habe ich heute noch nicht geküsst, seit ich hier angekommen bin, also könnte man sagen, ich lasse es heute ruhig angehen.«

Sein voller Bariton klang am besten, wenn er lachte. »Das ist für Feiertage reserviert?«

»Feiertage und Typen mit herausragender *Doctor Who*-Trefferquote.«

»Also«, sagte er, schaute sich wieder um und senkte die Stimme, »du willst meine Dalek-Parodie hören?«

Jetzt musste ich lachen, und er grinste. Ich fühlte mich, als hätte ich mir dieses Grinsen schwer erarbeitet. »Wie lange bist du in der Stadt? Vielleicht können wir etwas zusammen trinken?«

Er schob den Trageriemen seiner Tasche die Schulter hoch, und ich erinnerte mich genau, wie ich mich an dieser Schulter festgehalten hatte, als wir uns im Zug um den Verstand geküsst hatten. »Zwei Tage, aber ich habe ein Vorstellungsgespräch, und wenn ich das unausweichliche Angebot annehme, können wir uns wiedersehen.«

»Es gefällt mir, dass du davon ausgehst, den Job angeboten zu bekommen. Trotzdem viel Glück.« Ich hielt meine gekreuzten Finger hoch. »Gib mir doch einfach deine Nummer.« Ich zog mein Handy aus der Tasche. Auf dem Display erschien die Information, dass Ennings gelandet war. Ich beachtete sie nicht, sondern fügte Felix meinen Kontakten hinzu und schickte ihm ein GIF von Nachos, gefolgt von einem Kuss-Emoji. Hatte ich schon erwähnt, dass da nicht mal eine Spur von Coolness war? Er war echt ein guter Küsser.

»Ich habe deine jetzt auch.« Sein Grinsen war süß, wenn auch ein wenig schüchtern, als er sein Handy wieder einsteckte. »Ich sollte lieber schnell meine Mitfahrgelegenheit finden.«

»Ja, ich muss meinen Fahrgast auch finden! Den hätte ich fast vergessen.« Ich kramte in meiner Tasche nach dem Schild, ohne den Blick von Felix abzuwenden. »Aber wow, dass wir uns hier über den Weg gelaufen sind. Ich musste oft an diese Nacht denken.«

Seine Lippen zuckten. »Ich auch.«

Ich hätte gehen sollen, wie damals, als ich aus dem Zug gestiegen war. Ich hatte eine Schwäche für große Gesten und theatralische Momente, aber selbst mir war klar, dass dies kein solcher Moment war. Trotzdem wollte ich das Knistern zwischen uns nicht beenden, ohne dass wir uns erneut berührten hatten. »Darf ich dich umarmen?«

Seine Augen weiteten sich, aber dann nickte er. »Klar.«

Felix duftete nach Pfefferminz und Orangen, eine seltsame Mischung. Aber kaum hatte ich diesen Duft wahrgenommen, wollte ich an ihm knabbern, um zu sehen, ob er genauso schmeckte. Seine Hände lagen auf meinem Rücken, und er war angespannt, bis seine und meine Brust sich berührten. Dann entspannte er sich und ließ die Hände an meinem Rücken hinuntergleiten – nur ein kleines Stückchen, aber sofort wollte ich mehr. Als ich mich von ihm löste, fiel mir das Schild aus der Hand. Er fing es auf, ehe es auf dem Boden landen konnte, und gab es mir zurück.

»Ich hoffe wirklich, du kriegst den Job«, sagte ich und machte endlich einen Schritt zurück. Allerdings hielten wir Händchen wie zwei verliebte Teenager.

Auf seinem Gesicht lag dieses zaghafte Lächeln, das mich jedes Mal begeisterte. Bestimmt hatte er während der Umarmung das Gleiche empfunden wie ich. »Ich auch.«

Sein Blick fiel auf meine Lippen, dann auf meine Hand, in der ich das Schild hielt, auf dem »Alexander Ennings« stand. Plötzlich verschwand Felix' Grinsen.

»Was?«, fragte ich. »Habe ich etwas im Gesicht?«

Diesmal machte er einen großen Schritt zurück, nahm eine geradere Haltung an und sah über meine Schulter.

Diese abrupte Veränderung erschreckte mich. »Was ist denn los? Hast du deine Mitfahrgelegenheit entdeckt?«

Er nickte. »Der alte Angeber, den du hier abholen sollst? Den du mundtot machen willst?«

»Ja …« Ich schaute auf das Schild. »Ennings. Warum?«

Er sah mir wieder in die Augen, diesmal kühl und abschätzend; verschwunden waren Wärme und Humor. Mein Mut sank. »Der bin ich.« Er hielt mir die Hand hin. »Freut mich, dich kennenzulernen.«

September

Fünf Monate später

4. Kapitel

Felix

Ich klopfte mit dem Stift auf den Tisch. Wenn ich gewusst hätte, dass eine Professur bedeutet, etliche Stunden in Meetings zu sitzen, mit Leuten, die nicht aufhören konnten zu reden, hätte ich vielleicht eine andere Karriere angestrebt. Es war drei Minuten nach dem geplanten Beginn, und alle plauderten immer noch, lachten und verschwendeten Zeit. Jedenfalls meiner Ansicht nach. Ich gehörte noch nicht lange zur Fakultät. Die Chance, mit einem Stipendium des Energieministeriums an der Thurston University zu arbeiten, hatte sich schnell ergeben. Doch fünf Monate nach dem Vorstellungsgespräch und nach einigen Monaten in meiner neuen Rolle hatte ich gelernt, dass es in meiner neuen Fakultät für Chemie sozialer und lässiger zuging, als ich es erwartet hatte. Ich vermisste die leicht antisoziale Fakultät in meiner alten Institution mit jedem Tag mehr. »Wir fangen in wenigen Minuten an«, verkündete der Leiter an niemand Bestimmten gerichtet, ehe er sich wieder seinem Gespräch über Golf mit einem der Professoren widmete. Ich klopfte schneller mit meinem Stift, um nicht die Augen zu verdrehen.

Die Tür zum Konferenzraum ging auf, und herein kam Dr. Georgia Price. Gia. Die Frau, die ich in einer für mich untypisch wilden Nacht auf einem Flughafen geküsst und an deren Körper ich monatelang gedacht hatte. Die Wahrscheinlichkeit, dass sie Chemikerin war, noch dazu auf dem gleichen Gebiet forschte wie ich, war astronomisch klein. Beinahe so unwahrscheinlich, wie den besten Kuss meines Lebens mit einer Fremden zu erleben. Aber obwohl wir ähnliche Dinge studiert hatten, arbeitete ich mit Computersimulationen, um Vorhersagen zu treffen, während sie die experimentelle Arbeitsweise bevorzugte. Die beiden Methoden konnten sich ergänzen, doch sobald wir zu unterschiedlichen Ergebnissen kamen, stellte sie meine Methode infrage. Und ich reagierte auf ihre Arbeit genauso. Das ging seit Jahren so, bis heute. Ich war von ihr schon ein wenig fasziniert gewesen, bevor ich gewusst hatte, wer Dr. Georgia Price war.

Jetzt nahm sie den Platz neben mir ein, und ihr dezenter Blumenduft kitzelte mich in der Nase, während sie ihren Notizblock und das Tablet auf den Tisch fallen ließ. Der rote Stift rollte auf mich zu, und ich stupste ihn zurück, ehe er herunterfallen konnte. Ich wollte ihre Sachen nicht auf meiner Seite, um der Versuchung zu entgehen, sie anzusehen und dann daran zu denken, dass unsere Hände sich berühren könnten. Das war ein Überbleibsel der Begegnung auf dem Flughafen, eine jugendliche Fantasie, die ich schnell verdrängte.

»Gerade noch rechtzeitig«, sagte sie zu sich selbst und überprüfte etwas auf ihrem Tablet.

»Das Meeting sollte bereits vor vier Minuten beginnen.« Ich weiß nicht, warum ich das sagte. Es war unnötig, und ich reizte sie damit nur. Jedes Mal, wenn ich in Gias Nähe war, schien ich mir beweisen zu müssen, dass ich diese jugendlichen Fantasien nicht mehr hatte und sie nicht nach dem Namen ihres Parfüms fragen wollte.

Sie winkte Christopher, dem Leiter der Fakultät. »Er fängt nie pünktlich an.«

»Würde er aber tun, wenn alle pünktlich kämen«, bemerkte ich und kritzelte eine Notiz mit meinem Stylus auf mein Tablet.

Sie strich sich die Haare aus dem Gesicht, und ich erhaschte einen Blick auf ihren lila Nagellack. »Hat eines deiner Rechenmodelle dir das gesagt?« Das war keine Stichelei. Ich entwickelte Computermodelle für die Lösung komplexer Aufgaben, was Zeit und Ressourcen bei physischen Experimenten sparte. Ich war gut darin. Ausgezeichnet sogar. Trotzdem wollte ich auf diese Bemerkung etwas erwidern.

»Du bist doch so experimentierfreudig. Warum versuchst du nicht einfach mal pünktlich zu erscheinen und schaust dir das Ergebnis an?«

Sie lächelte süßlich und sah mich scharf an. »Ach, sind das die kniffligen wissenschaftlichen Probleme, mit denen du dich beschäftigst, Ennings?« Gia Price sprach meinen Namen aus, als klebte Schlamm daran, und das hatte ich wohl nicht anders verdient.

Als ich am Flughafen erkannt hatte, wer sie war, verdrängte ich sofort alles vorher Gewesene. Zumindest redete ich mir das ein. Während des angespannten Schweigens auf der Fahrt vom Flughafen versuchte ich, eine Erklärung dafür zu finden, weshalb ich ihr in der Silvesternacht meinen Mittelnamen genannt hatte. Ich war gerade von meiner Familie gekommen, die mich Felix nannte. Der wahre Grund war jedoch, dass es witzig und aufregend gewesen war, wie sie mich an der Bar angesprochen hatte. Es schien mir ganz passend, ein wenig anders aufzutreten, als ich eigentlich war. Während wir auf der Interstate fuhren, wusste ich jedoch nicht, wie ich das in Worte fassen sollte, weshalb es bei diesem Schweigen blieb.

Das Vorstellungsgespräch war unangenehm gewesen, zum Teil wegen der Aspekte meiner Arbeit, die ihre hinterfragten, und dann, weil ich ein begehrtes Eckbüro bekam, als ich eingestellt wurde. Und zwar das gleich neben ihrem, von wo der tiefe Bass der Musik aus ihren Lautsprechern durch meine Wände drang. Alles, was ich damals auf dem Flughafen an ihr faszinierend gefunden hatte, kam mir jetzt chaotisch vor.

Als sie ihre Halskette zurechtrückte, schaute ich ganz kurz auf ihre Fingerspitze, mit der sie die zarte Haut ihres Halses berührte. Ich hätte sie ignorieren können. Bei jedem anderen Kollegen hätte ich das auch getan, aber sie musste ich geradezu zwanghaft provozieren. »Du weißt, dass wir an den gleichen kniffligen wissenschaftlichen Problemen arbeiten. Ich habe nur mehr Glück dabei, Lösungen zu finden.«

Sie kniff die Augen zusammen und rümpfte die Nase, aber bevor sie darauf etwas erwidern konnte, eröffnete Christopher das Meeting.

»Alexander, kann ich dich einen Moment sprechen?« Christopher bedeutete mir, ihm zu seinem Büro zu folgen, während die anderen Fakultätsmitglieder den Raum verließen. Auch ich wollte nichts mehr als dort herauskommen. Die vergangenen zwei Stunden hatten sich zäh hingezogen, und ich wollte nur noch in mein Büro, weg von den Leuten, weg von Gia.

»Natürlich.« Ich folgte ihm durch den gefliesten Flur und in sein großes Büro mit den Panoramafenstern, die einen tollen Blick auf den Campus boten. Thurston war ein sehr schöner Campus – nicht, dass ich viel Zeit draußen damit verbracht hätte, ihn zu genießen.

Christopher setzte sich hinter den Schreibtisch, der ein bisschen zu groß war für dieses Büro. »Wie läuft es für dich, seit du angefangen hast?«

»Gut, danke.«

»Alle behandeln dich gut?« Er hustete in seinen Ärmel und schaute auf seinen Posteingang statt zu mir. »Wir sind froh, dich hier bei uns zu haben.«

Ich senkte den Blick. Ich wusste, dass es so war – ich hatte die Auswahl unter einigen Universitäten gehabt, und Thurston hatte mir das beste Angebot gemacht. Ich fragte mich, was dieser Termin sollte. Ich hatte einen Vertrag unterschrieben, und ob die Leute nun nett zu mir waren oder nicht, würde nichts daran ändern, dass ich diesen Vertrag erfüllen würde. »Ich komme gut zurecht«, wiederholte ich.

»Es ist sicher nicht leicht, ein Büro gleichen neben Gia zu haben.« Er hatte noch nicht von seinem Monitor aufgesehen, was mir ganz recht war. Ich war nicht sonderlich interessiert an diesem Gespräch.

»Sie ist schon einmalig«, sagte ich und erwähnte nicht, wie weich ihre Lippen waren und wie stark ihre zarten Hände und dass es mir schwerfiel, das von meiner sonstigen klaren Abneigung gegen sie zu trennen.

Er lachte und hob den Blick von seinem Monitor. »Sie ist eine echte Nervensäge. Meiner Erfahrung nach gibt es keine

Frauen, die attraktiv, klug und erträglich sind. Sie können unmöglich alle drei Eigenschaften in sich vereinen, selbst wenn sie das tolle Aussehen und die Intelligenz unserer geschätzten Dr. Price haben.«

Ich ballte die Fäuste. »Das ist eine unangemessene Bemerkung.«

Er setzte sich aufrecht, für einen Moment verärgert, ehe er seine Fassung wiedergewann. »Nur ein Scherz, Alex.«

Der Spitzname nervte mich, aber ich sagte nichts. Tatsächlich schienen ihn meine ausdruckslose Miene und mein Schweigen aus dem Konzept zu bringen. Ich hatte früh gelernt, dass ein kalter Blick den meisten Menschen unangenehm ist, und meinen hatte ich perfektioniert. Mein harter Gesichtsausdruck hatte mir oft gute Dienste geleistet. Ich fand Gia schwer zu ertragen, aber es gefiel mir nicht, wie Christopher über eine Kollegin redete. Noch weniger wollte ich, dass er mich für jemanden hielt, dem er diese Meinung anvertrauen durfte.

»Wie dem auch sei«, sagte er, räusperte sich und schaute wieder auf seinen Monitor. »Der Präsident will, dass zwei Leute aus unserer Fakultät einige Fachinstitute besuchen, im Rahmen eines wissenschaftlichen Austauschprogamms. Im Prinzip werden wir fünf Universitäten besuchen, die vor zwei Jahren umgekehrt bei uns waren. Wir tauschen uns über Lehr- und Lernmethoden aus, und ich möchte, dass du gehst.«

»Es gibt andere Fakultätsmitglieder, die besser geeignet sind«, sagte ich, denn ich war nicht scharf auf irgendeinen Austausch mit Fremden. Abgesehen davon war mir das Unterrichten der am wenigsten angenehme Teil dieses Jobs.

»Da stimme ich dir voll und ganz zu. Du bist nicht der

freundlichste Typ, den wir haben, aber der Präsident wollte dich.« Er sah mich an. »Ich wollte jemand anderes, aber jetzt, wo wir reden, glaube ich doch, dass du die beste Wahl bist.« Er reichte mir einen Ausdruck mit den Daten und Orten. Die Reise sah fünf Besuche mit jeweils zweitägigem Aufenthalt vor. Insgesamt zwei Wochen.

»Habe ich eine Wahl?«

Er grinste ein wenig hämisch. »Natürlich.« Ich deutete seine Worte als das, was sie waren: ein klares Nein. »Und du wirst nicht allein reisen, sondern mit einer Fakultätskollegin.«

»Wer ist es?«

»Deine geschätzte Fachkollegin Dr. Price.« Christopher lachte über meinen Gesichtsausdruck, der mir gar nicht bewusst war. Er stand auf, und ich tat es ihm gleich. Zu meiner Überraschung klopfte er mir lachend auf den Rücken. »Mach nicht so ein grimmiges Gesicht. Sie wird die ganze Arbeit erledigen, sodass es für dich das reinste Kinderspiel wird. Sie liebt solche Sachen. Sorgt nur dafür, dass Thurston gut dasteht.«

Ich ging in normalem Tempo zurück in mein Büro, während mein Verstand raste, bis ich Gia durch ihre geöffnete Tür erspähte. Sie lachte hinter ihrem Schreibtisch mit einem Studenten, und der Klang folgte mir in mein kahles, geordnetes Büro. *Wie soll ich zwei Wochen mit dieser Frau aushalten?*

Ihre Stimme war ein gedämpftes Summen durch die Wand hindurch, und ich fuhr mir übers Gesicht, während ich mich in meinen Bürosessel sinken ließ.

Oktober

5. Kapitel

Gia

Ich setzte mich auf einen Platz am Abflug-Gate und zog mein Handy hervor.

Gia: *Dieser Trip wird schrecklich.*

Bennett: *Der Arbeitstrip mit deinem Ex-Lover?* 🍆

Gia: *Der Arbeitstrip mit dem Kollegen, den ich nicht ausstehen kann.*

Gia: *Na schön, den ich ein Mal geküsst habe. Aber es war kein* 🍆 *im Spiel.*

Bennett: *Hast du vor, ihn wieder zu küssen?*

Gia: *Warum sind wir befreundet? Du bist unerträglich, seit du verliebt bist.*

Bennett: *Warum soll es nicht mal andersherum sein? Du hast mich jahrelang aufgezogen. Wer passt eigentlich auf deine Menagerie aus Katzen auf, wenn du unterwegs bist?*

Gia: *Jill, eine Kollegin und Freundin, wird sich um die kümmern.*

Ich sah von meinem Handy auf und entdeckte Felix, der auf mich zukam. Er wirkte zu elegant und vornehm für sieben Uhr an einem Sonntagmorgen. »Guten Morgen«, grüßte er schroff.

»Guten Morgen.« Ich winkte und versuchte, ihn weniger auffällig zu mustern. »Du bist bestimmt überrascht, dass ich vor dir hier bin.« Ich war selbst überrascht.

»Pünktlichkeit erwarte ich bei dir eher nicht, daher ja, ich bin erstaunt.«

Bennett: *Er wird nett sein und du auch. Alles wird gut.*

Ich schaute nicht mehr von meinem Handy auf. »In zehn Minuten beginnt das Boarding. Ich bin gar nicht so früh hier, du dafür umso knapper.«

Gia: *Es ist fünfundvierzig Sekunden her, dass er sich gesetzt hat, und schon ist es mit der Freundlichkeit vorbei.*

Ich kramte in meiner Handtasche nach einem Pfefferminz und überlegte, Felix auch eines anzubieten, entschied mich dann aber dagegen – wahrscheinlich würde er es als Anmache deuten. Also saßen wir einander bloß schweigend gegenüber. Das war eine ganz persönliche Hölle. Der Flug war nicht ausgebucht, deshalb hatten nur wenige Leute am Gate Platz genommen. Es gab zwar keine tickenden Uhren auf dem Flughafen, trotzdem fühlte es sich an, als wäre da ein bedrohlich den Takt zählendes Metronom zwischen uns.

»Hör zu«, sagte ich und lehnte mich, die Arme auf meine Knie gestützt, nach vorn.

»Ja?« Es war schwer, diesen Armleuchter mit dem witzigen Typen aus der Silvesternacht in Einklang zu bringen. Er sah von seinem Handy auf, drehte den Kopf jedoch nicht in meine Richtung, weshalb ich wusste, dass ich nicht seine volle Aufmerksamkeit hatte. Er schien darauf zu warten, sich wieder etwas Wichtigerem zuwenden zu können.

»Der Elefant im Raum.«

Er sagte nichts, sondern warf mir einen kühlen Blick zu.

»Wir haben Silvester herumgeknutscht.«

»Ich war dabei. Ich erinnere mich.«

Der Flughafen war der falsche Ort, auf jemanden loszugehen, aber ich war mir ziemlich sicher, dass niemand vom Sicherheitsdienst es mir verdenken könnte, wenn er oder sie diese Unterhaltung mitgehört hätte. »Wir sollten darüber reden.«

Er schüttelte den Kopf und blickte zum Gate. »Wir müssen nicht darüber reden. Es ist Vergangenheit.«

»Zwischen uns herrscht Anspannung«, sagte ich und deutete auf den Raum zwischen uns. »Und wir werden die nächsten zwei Wochen miteinander verbringen. Klären wir also diese Sache.«

Er stand auf, als der Gate Agent die Boarding-Tür öffnete. »Ich glaube nicht, dass wir das tun müssen. Es war ein Fehler, und es liegt hinter uns. Es ist unnötig, darüber zu reden.«

Aus irgendeinem Grund fühlte sich das an wie ein sehr höflicher Schlag in die Magengrube. Ich dachte immer noch an den Kuss, öfter, als ich zugeben würde, besonders, da ich seitdem niemanden mehr geküsst hatte. »Dann herrscht also weiter diese Befangenheit zwischen uns, weil du ein verklemmter Misanthrop bist?«

Er sah mich nicht einmal mehr an. »Und du bist mit deinem Bedürfnis, gemocht zu werden, wie ein Cockerspaniel.«

Darauf fiel mir keine Erwiderung ein, abgesehen davon,

mir auf die Lippe zu beißen, um mir nicht anmerken zu lassen, wie sehr seine Worte mich kränkten und ärgerten. Am liebsten hätte ich ihn geboxt. »Na schön«, sagte ich. »Wir arbeiten zusammen. Das ist alles.«

»Perfekt.«

Während der ersten Etappe des Fluges saßen wir schweigend nebeneinander. Er am Gang, ich auf einem dieser gefürchteten Mittelplätze. Er setzte sich gleich Kopfhörer auf, aber zum Glück für mich war unser Sitznachbar am Fenster freundlich und gesprächig, ein junger Mann auf dem Weg nach Hause zu seiner Familie. Er erinnerte mich an den Bennett von früher, mit markanten Gesichtszügen und klassisch gutem Aussehen. Er brachte mich zum Lachen. Ein paarmal spähte ich hinüber zu Felix, der mit unbewegter Miene auf seinen Laptop starrte. *Wahrscheinlich schreibt er eine Mail, in der er sich über die überproportionale Menge an Hundewelpen- und Babyvideos auf YouTube beschwert.*

Der Typ auf dem Fenstersitz, Jason, schaute hinaus auf die vorbeiziehenden Wolken, und ich folgte seinem Beispiel. Der Himmel mit der aufgehenden Sonne hatte die sanfte Farbe von Lavendel angenommen. »Wow«, sagte ich und beugte mich weiter zum Fenster, um besser zu sehen. Ich hätte bedenken sollen, dass ich mich damit auch zum jungen Jason hinüberbeugte.

Es entging ihm nicht. »Meinen Sie, ich könnte Ihre Nummer bekommen? Vielleicht kann ich Sie mal anrufen, sobald wir in Chicago sind.«

Er sah aus wie zweiundzwanzig, und obwohl ich fest davon überzeugt war, dass Alter lediglich eine Zahl war, erinnerte er mich doch an meine Studenten. Also ein ganz klares

Nein. Doch bevor ich antworten konnte, tauchte die Flugbegleiterin auf.

»Kann ich Ihnen etwas zu trinken bringen?« Ihr blonder Zopf fiel ihr über die Schulter, als sie sich zu Felix herunterbeugte.

Er sah kaum auf, schüttelte den Kopf und hob die Hand. *Unhöflich.*

»Könnte ich bitte eine Coke bekommen?«, fragte Jason und klappte sein Sitztablett herunter.

Zu meiner Rechten verdrehte Felix die Augen über diese Getränkewahl, und das ärgerte mich.

»Ich hätte auch gern eine«, meldete ich mich zu Wort. Ich würde die Kohlensäure und den Zucker so früh am Morgen bereuen, aber das war es mir wert, und sei es nur, um Felix damit zu triezen, dessen Kiefermuskeln bei meinen Worten arbeiteten.

Nachdem die Flugbegleiterin die Getränke herübergereicht hatte, überflutete die Süße des Softdrinks meine Geschmacksknospen geradezu. Trotzdem trank ich noch einen zweiten Schluck. »Ennings, bist du dir sicher, dass du nichts zu trinken willst?«

»Ja, bin ich.« Er musterte meinen und Jasons Becher und dann rasch das Gesicht des jungen Mannes, ehe er sich wieder seinem Laptop widmete. Er stellte den Ton lauter; anscheinend handelte es sich um einen Soundtrack mit schreienden Babys und über Geschirr kratzenden Gabeln.

»Also, kann ich Sie irgendwann mal anrufen?« Der Junge sah mich rehäugig hoffnungsvoll an. Ich nahm mir vor, bald ebenfalls meine Ohrstöpsel zu benutzen. Aber zuerst musste ich ihm behutsam einen Korb geben. »Ich habe gerade erst eine lange Beziehung hinter mir und leide noch an gebrochenem Herzen, deshalb bin ich momentan nicht auf der Suche.«

»Oh! Geht mir genauso! Wir waren ungefähr fünf Wochen zusammen, und ich habe sie wirklich geliebt. Es ist schrecklich, verlassen zu werden.«

Ich lächelte, denn er hatte recht. »Stimmt. Erzählen Sie mir von ihr. Was ist passiert?«

Ich kam nicht mehr dazu, meine Ohrstöpsel einzusetzen, den Rest des Fluges unterhielten wir uns. Und Jason vergaß die Frage nach meiner Nummer.

Die zweite Etappe unserer Reise war kürzer. Zwar war es ganz nett, nicht mehr auf einem Mittelplatz zu sitzen, dafür gab es jetzt keinen menschlichen Puffer mehr zwischen Felix und mir. Der graue Himmel vor meinem Fenster bot keine interessante Aussicht. Ich hasste es, im Flugzeug zu lesen – in dieser Umgebung sehnte ich mich stets nach einem Gespräch. Aber Felix hatte bereits Stöpsel in den Ohren, und seine Finger huschten über die Tastatur seines Laptops.

Widerstrebend nahm ich die beiden Ordner aus meiner Tasche und gab ihm einen.

Statt ihn anzunehmen, warf er einen misstrauischen Blick darauf. »Was ist das?«

»Der Programmablauf und ein wenig Hintergrundmaterial sowie relevante Forschungsergebnisse der Carr University, die ich zusammengestellt habe.«

»Oh«, sagte er, nahm den Ordner und blätterte darin. »Das ist gründlich.«

Ich zuckte mit den Schultern. Ja, es war gründlich, inklusive einer ausführlichen Quellenangabe im Anhang sowie einem Fragenkatalog an die Leiter der Institution. »Ich bin ein gründlicher Mensch.«

Felix las die Zusammenfassung auf der Vorderseite, um die ich die Sekretärin unserer Fakultät gebeten hatte. »Sehr«, murmelte er. Ausnahmsweise klang er weder spöttisch noch herablassend. Vielleicht bedeutete das leichte Zucken seiner Lippen sogar, dass er ein wenig beeindruckt war. Er sah mich an, und ich dachte, es würde eine Unterhaltung über Carr folgen, über die Reise, über irgendetwas. Doch alles, was er sagte, war: »Danke«, ehe er die Stöpsel wieder in seine Ohren schob und weiterarbeitete.

Ich schaute auf meine Uhr. *Oh, gut, nur noch zwei Wochen so.*

6. Kapitel

Felix

Gia lächelte.

Gia lächelte alle an.

Gia lächelte alle die ganze verdammte Zeit an.

Seit acht Uhr morgens waren wir mit den Lehrenden und Mitarbeitenden der Fakultät dieser Universität zusammen, erfuhren alles über eine besondere Initiative, sprachen mit der Verwaltung und näherten uns gerade dem Ende der Kaffeepause mit Studierenden im Aufbaustudium.

Ich sah, wie Gia einem Doktoranden zunickte, der von seiner Erfahrung mit der Lehr-Initiative erzählte. Und natürlich lächelte sie wieder. Dem Jungen im Flugzeug hatte sie von ihrem gebrochenen Herzen berichtet, als ich vorgab, ihnen nicht zuzuhören, aber es war kaum zu glauben: Sie lächelte einfach die ganze Zeit. So etwas hatte ich noch nie gesehen.

Eine Blonde, deren Namen ich schon vergessen hatte, kam zu mir, aus einem großen Pappbecher trinkend. Sie gehörte zu den Leuten von der Fakultät, die zur Initiative forschten, vielleicht aus dem Bereich Biochemie. »Wie fanden Sie es heute?«

»Informativ«, antwortete ich und leerte meinen Becher mit schwarzem Kaffee. Die Arbeit, die sie hier machten, war nicht bahnbrechend, und ich war den überwiegenden Teil des Tages gelangweilt gewesen, was ich jedoch für mich behielt. Ich sah zu Gia, die von einem Lächeln zum Lachen überging, über was auch immer der Student gesagt hatte. Ihr Gesicht hellte sich auf die gleiche Weise auf wie bei dem Typen im Flugzeug, und mein Magen zog sich zusammen bei der Erinnerung daran, wie er sie angebaggert hatte. Und sie hatte ihm trotzdem weiter ihre Aufmerksamkeit geschenkt.

Nicht, dass *ich* ihre Aufmerksamkeit wollte.

»Wir sind gespannt auf Ihre Meinung. Sie alle an der Thurston haben so gute Arbeit geleistet.« Sie berührte meine Schulter, als ein Mann dazukam. Sein Name war Phillip Sauer, was ich nur wusste, weil es auf seinem Namensschild stand. »Phil, hast du Alexander Ennings schon kennengelernt?«

Gias Lachen wehte zu uns herüber, und ich nahm mir vor, Christopher zu sagen, dass ich mich zum letzten Mal zu einer derartigen Reise bereit erklärt hatte, egal, was der Präsident wollte.

»Das hat Spaß gemacht«, sagte Gia, als wir nach dem Dinner mit der Leitung der Carr University ins Hotel zurückkamen. In der Lobby wimmelte es von Leuten, und als sich die Fahrstuhltüren schlossen, umfing uns herrliche Stille. Jedenfalls Ruhe vor den vielen Leuten, denn Gias Präsenz war stets laut, selbst wenn sie nichts sagte.

»Spaß würde ich das nicht unbedingt nennen.« Ich zog mein Handy aus der Tasche, damit meine Hände beschäftigt waren.

»Aber würdest du überhaupt je das Wort ›Spaß‹ benutzen?«

»Spaß beiseite.«

Sie lachte, es hallte von den Wänden der kleinen Kabine wider; ich nahm mich zusammen, um nicht zu lächeln. »Das passt. Wenigstens bist du konsequent«, sagte sie, als sich die Türen auf unserer Etage öffneten.

Unsere Zimmer lagen zwei Türen auseinander, und sie blieb vor ihrer stehen. Nur funktionierte ihre Schlüsselkarte nicht. Nachdem das rote Lämpchen wiederholt aufgeleuchtet hatte, wurde ihre Miene zusehends finsterer.

»Versuch es mal langsamer«, schlug ich vor, als sie die Karte erneut über den Sensor zog. »Nein, ganz langsam.« Ich griff nach der Karte. »Etwa so.«

Wieder leuchtete das Lämpchen rot, und ich versuchte es erneut. Aus dem Augenwinkel registrierte ich ihren düsteren Blick.

»Hast du gedacht, nur weil du ein Mann bist, gelingt es dir?« Wäre ihr Ton nicht so scharf gewesen, hätte ich auf diese Anspielung aus *Doctor Who* etwas erwidert. Es erinnerte mich an unseren ersten Abend auf dem Flughafen.

»Sorry«, sagte ich; mein Gesicht glühte, als ich an die Küsse dachte und daran, wie ihre Schenkel sich an meine geschmiegt und wie wundervoll Gia gerochen hatte. Ich verdrängte diese Erinnerung. »Möchtest du von meinem Zimmer aus in der Rezeption anrufen?«

Sie folgte mir den Flur entlang zu meinem Zimmer; meine Karte funktionierte auf Anhieb.

»Wow«, sagte sie, mein Zimmer betretend. »Du packst nicht viel aus.« Gia sah sich um, ihr Blick landete auf meinem Koffer, dessen Reißverschluss noch zu war.

»Wir sind nur zwei Nächte hier.«

»Schon, aber …« Sie deutete mit einer Handbewegung auf das Zimmer. »Ich muss mich stets ausbreiten, sobald ich den Platz dafür habe.«

Ich stellte mir ihr Zimmer vor: auf dem Bett verstreute Kleidungsstücke, Toilettenartikel um das Waschbecken herum. Das passte genau zu meiner Vorstellung von ihr. »Das ist nicht sehr überraschend.«

Sie zeigte mir ein schiefes Lächeln, setzte sich auf die Bettkante und nahm das Telefon, um die Rezeption anzurufen. Sie trug eine schwarze Hose, und als sie die Beine übereinanderschlug, straffte sich der Stoff über ihren Schenkeln auf der weißen Bettdecke.

Ich zog erneut mein Handy aus der Tasche und setzte mich so weit wie möglich von ihr entfernt, bevor ich eine vertraute App öffnete und durch Videos scrollte, um Gias Stimme aus dem Kopf zu bekommen.

»Die meinen, das Schloss spiele verrückt. Hättest du etwas dagegen, wenn ich vielleicht noch zwanzig Minuten hierbleibe?« Sie ließ ihre Hand unbewusst über das Bett gleiten, als müsste sie die kühle Baumwolle an ihren Handflächen spüren. Als müsste sie irgendetwas berühren. *Irgendjemanden.*

»Klar.« Diesen Eindruck hatte ich schon gehabt, als sie im Flugzeug den Arm dieses Jungen berührt hatte – der erst ihre Nummer wollte und ihr dann seine ganze Lebensgeschichte erzählt hatte. *Lächerlich.*

»Klar, du hast etwas dagegen, oder klar, ich kann bleiben?«

Ich sah nicht von meinem Handy auf. »Was glaubst du?«

Ich achtete nicht darauf, wie sie sich auf meinem Bett zurücklehnte. »Tu nicht so, als müsste man bei dir nicht nachfragen.«

Ich sah von dem Video auf und betrachtete ihr Profil, während sie aus dem Fenster schaute. Dann drehte sie den Kopf und stellte Blickkontakt her. »Was siehst du dir eigentlich ständig an? Ich kann mir nicht vorstellen, dass du auf TikTok bist.« Sie hob eine Braue. »Bist du insgeheim etwa doch ein lustiger Typ, Felix?«

Ich hielt das Display meinem Körper zugewandt. »Nein.«

»Was siehst du dir an? Betrachte es als Eisbrecher.«

Ich verließ die App, weil ich befürchtete, dass sie, statt weiter zu fragen, mir das Handy wegschnappen würde. »Ich würde sagen, das Eis zwischen uns ist ausreichend gebrochen.«

»Komm schon.« Sie lehnte sich wieder nach vorn und zog einen Knöchel unter sich. »Ich zeige dir, was ich mir am liebsten ansehe.« Ehe ich reagieren und ihr sagen konnte, dass ich nicht interessiert sei an irgendwelchen lebensbejahenden Regenbogen- und Sonnenschein-Accounts, denen sie folgte, meinte sie: »Das hier.« Sie zog ihr Handy aus der Tasche, scrollte einen Moment und hielt mir dann das Display hin, auf dem jemand zu sehen war, der Malfarben mixte.

Ich kniff die Augen zusammen; meine Brille befand sich noch in meinem Koffer. »Aha.«

»Was hast du erwartet? Welpen und Thirst Traps?«

Ich grinste. »Ja.«

»Tja.« Sie steckte lachend ihr Handy wieder ein. »Verführerische Fotos schaue ich mir natürlich auch an – aber Malerei finde ich wirklich faszinierend.« Gias schwarze Hose und das blaue ärmellose Top bildeten zusammen mit ihrer zartbraunen Haut einen starken Kontrast auf der weißen Bettwäsche – sie sah aus wie ein Gemälde, eine Kontraststudie. »Du bist an der Reihe.«

»Ich mag Katzen und Hunde«, sagte ich und stand auf, denn ich musste mich bewegen.

»Ich habe drei Katzen«, sagte sie und folgte mir durchs Zimmer. »Ich weiß schon … Katzenlady, richtig?«

»Ich habe eine Katze«, sagte ich und berührte das kühle Metall zwischen den Fensterscheiben. Ich sah ihr Spiegelbild im Glas, Gia über den Lichtern der Stadt.

»Wirklich? Sieh mal an, da haben wir ja etwas gemeinsam. Wie heißt sie?«

»Fred.«

Und wieder lachte sie. Dieses Lachen. Verdammt. Es gefiel mir nicht, wie es mich innerlich aufwühlte und in mir das Bedürfnis weckte, mich gehen zu lassen und mit ihr zu lachen.

»Das gefällt mir. Meine …« Im Spiegelbild sah ich sie nach ihrem Handy greifen, und ich drehte mich um. »Hast du Nachricht, dass dein Schloss repariert ist?«

»Nein«, antwortete sie und sah mich an. »Amelia und Phil wollen mit uns was trinken gehen.«

»Amelia und Phil?«

Sie sah mich an, als hätte ich gefragt, welches Jahr wir hatten. »Diese beiden Menschen, die mit uns den ganzen Tag zusammen waren?«

»Oh.« Ich setzte mich auf die Schreibtischkante. »Warum sollten wir mit denen etwas trinken gehen?«

»Weil man das eben so macht. Socializing.« Sie schien jetzt auf dem Sprung zu sein, und das beunruhigte mich. Denn sosehr es mich auch nervte, dass sie in meinem Zimmer war und über TikTok und unsere Katzen redete, wollte ich doch nicht, dass sie ging. »Wir müssen nichts trinken. Die haben sicher auch nichts dagegen, wenn wir in ein Café oder so gehen.«

»Nein, danke«, sagte ich und beobachtete, wie sie ihr Outfit glatt strich.

»Bist du dir sicher?«

Ich nickte und deutete zur Tür. »Hau ruhig ohne mich auf den Putz.«

Statt zur Tür zu gehen, meinte sie: »Es ist Montagabend in einer Universitätsstadt. Glaubst du, Drinks mit Kollegen stehen als Code für irgendetwas? Warum kommst du nicht mit?«

Mein Gesicht wurde warm. »Ich habe keine Lust.«

Sie zuckte mit den Schultern, und ich glaubte zu sehen, dass sie auch die Augen verdrehte. »Wie du willst, Felix. Dann sehen wir uns morgen früh.« Ihre Hand lag auf dem Türknopf. »Willst du mir noch verraten, was du dir angesehen hast? Sonst werde ich die ganze Nacht darüber grübeln.«

»Du wirst bestimmt Besseres zu tun haben, als an mich zu denken.«

Sie lächelte, und mir gefiel die Vorstellung, dass ich in ihren Gedanken sein würde.

7. Kapitel

Gia

»Du hättest gestern Abend mitkommen sollen«, sagte ich, während wir über den Highway zu dem kleinen Flughafen fuhren. »Die Carr-Gastgeber waren echt lustig.«

Mein Kopf schmerzte, und ich nahm mir vor, am Flughafen Schmerztabletten zu besorgen. Wir waren ein bisschen zu lange unterwegs gewesen, und nach anderthalb anstrengenden Tagen mit Gesprächen und Unterricht hatte ich ein bisschen zu viel getrunken. Mir gefiel meine Forschung, aber das praxisorientierte Unterrichten und die Suche nach neuen, effektiveren Lehrmethoden gefiel mir am besten an dem Job. Eine Auszeit von der Forschungsarbeit fand ich erfrischend, ebenso den Austausch mit Kollegen.

Felix schaute auf sein Handy. Seine Miene verriet, dass er nach wie vor ziemlich gelangweilt war. Manchmal fragte ich mich, ob er überhaupt irgendetwas interessant genug fand, um nicht ständig so sauertöpfisch zu sein. »Ich habe für gewöhnlich privat nichts mit meinen Kollegen zu tun.«

»Hast du überhaupt privat mit irgendwem zu tun?«, murmelte ich vor mich hin, während ich aus meinem Fenster schaute. Der gestrige Tag war inspirierend gewesen – die

Arbeit der Carr University mit neuen wissenschaftlichen Unterrichtsmethoden und der Förderung benachteiligter Studierender war hervorragend. Außerdem waren unsere Gastgeber aus der Chemie-Abteilung nett und lustig. Was man von Felix nicht behaupten konnte. Er saß wie eine Statue da und nickte nur höflich, wenn es nötig war. Ansonsten kam es mir vor, als hätte ich einen Pappkameraden dabei.

»Nicht oft«, sagte er von der anderen Seite des Wagens.

So wie er das sagte, hätte ich beinah ein schlechtes Gewissen bekommen. Aber nur beinah.

Für einen so kleinen Flughafen herrschte hier viel Betrieb, mit einer langen Reihe aus Wartenden vor dem Sicherheitscheck. »Ich wünschte, ich hätte TSA-PreCheck«, sagte ich zu mir selbst. Ich wollte diesen Service, der einen schnelleren, gesonderten Zugang auf vielen Flughäfen ermöglichte, seit Jahren buchen. Am Ende einer langen Schlange wie dieser wünschte ich ganz besonders, ich hätte es längst getan. Vor mir standen etliche Kinder, die anscheinend nur von vier großen Rollkoffern beaufsichtigt wurden. Sehnsüchtig sah ich zu der kurzen Schlange vor dem PreCheck und ärgerte mich von Neuem, die Sache stets aufgeschoben zu haben.

»Es ist angenehm«, sagte Felix hinter mir, und ich drehte mich zu ihm um.

»Du hast es?«

Er nickte, als wäre es das Selbstverständlichste der Welt.

»Du musst nicht mit mir warten.« Es kam ohnehin keine Unterhaltung zwischen uns zustande.

»Schon in Ordnung.« Er sagte das im selben knappen Ton wie alles andere. Wir bewegten uns quälend langsam vorwärts, und die unbeaufsichtigten Kinder samt Gepäck schienen sich noch vermehrt zu haben.

Irgendwann erreichten wir den Security-Checkpoint und begannen, unsere Sachen auf das Förderband zu legen. Beim Bodyscanner hatte ich jedes Mal Lust, zu tanzen, als würde ich mein eigenes Musikvideo drehen. Leider war Felix direkt hinter mir, und ich hatte irgendwie den Verdacht, dass er nicht mitmachen würde.

»Ist das Ihr Koffer, Ma'am?« Der Security-Mann lehnte sich über die Absperrung, und ich nickte. »Wir müssen ihn kontrollieren.«

Panik kroch mir die Wirbelsäule hinauf. Ich war zwar nicht besorgt, dass sie irgendetwas finden konnten, aber ich hasste die Vorstellung, dass andere Leute meine Sachen anfassten. Ich sah gar nicht erst zu Felix, da er wahrscheinlich wieder die Augen verdrehte und annahm, dass ich eine Wasserflasche im Koffer gelassen hatte. Hatte ich?

Es war viel schlimmer. Felix nahm seinen Rollkoffer und die Umhängetasche vom Band und wartete auf mich, während der Security-Agent den Reißverschluss meines Koffers öffnete und ihn durchsuchte.

»Habe ich vergessen, etwas in meinen Flüssigkeitenbeutel zu tun?« Ich erstarrte, als der Mann mein ergonomisch geformtes, vergoldetes elektrisches Spielzeug hervorholte, das munter in meiner Tasche vibrierte. Ich bin jemand, der mit einer wildfremden Person über Sexspielzeug diskutieren kann, weil ich finde, dass jeder auf seine Weise Spaß haben soll. Aber die in Gummihandschuhen steckenden Hände des Mannes und seine verwirrte Miene, während mein vollständig aufgeladenes Gerät in dem hübschen kleinen Reisebeutel vibrierte, brachten mich aus dem Konzept.

Er hob die buschigen Brauen.

»Das ist mein …« Ich betrachtete seinen Gesichtsausdruck und überlegte, wie spezifisch die Angaben für den Security-Check sein mussten. *Mein die Klitoris stimulierendes Gerät? Lustspielzeug? Klitorissauger?* Ich hätte »Vibrator« sagen können, aber das war nicht ganz korrekt. Ich suchte nach den richtigen Worten.

Offenbar wirkte ich verlegen oder verstört, da mir jemand zu Hilfe eilte. »Ich glaube, es handelt sich um ein, äh, Massagegerät«, sagte eine tiefe Stimme hinter mir.

Ich schloss die Augen, als Felix' Arm meinen streifte und ich seinen Atem an meinem Ohr spürte. Die Augen des Security-Mannes weiteten sich noch mehr, und er ließ das Gerät in meine Tasche fallen, wo es weitersummte. »Verstanden.« Er nahm es wieder heraus. »Ich habe noch nie ein Massagegerät wie dieses gesehen.« Er holte einen Stiftscanner von irgendwo hinter dem Tresen hervor, überprüfte mein Spielzeug rasch und legte es behutsam, als könnte es zerbrechen, jetzt in meine Tasche. Dann schloss er meinen Koffer, legte meine Sachen auf das Förderband, und ich nahm sie in Empfang. »Schönen Tag noch.«

»Danke.« Ich griff in die Tasche und drückte den Aus-Knopf. Felix stand noch immer stocksteif neben mir, als hätte ein Drillsergeant ihn Haltung annehmen lassen. Ich versuchte, die Wirkung seiner Nähe auf mich zu ignorieren, obwohl ich mich über seine Einmischung geärgert hatte. »Wissen Sie«, sagte ich zu dem Security-Mann und hängte mir die Tasche über die Schulter, »wenn es jemanden in Ihrem Leben gibt, der solche Massagen mag, sollten Sie nach dieser Marke suchen. Das ist die beste.«

Der ältere Mann lachte, und Felix bewegte sich neben mir. »Das soll wohl ein Witz sein.« Ich hatte noch nie vorher ein Augenverdrehen in der Stimme einer Person gehört. Auch die Schritte, mit denen er sich entfernte, waren nicht schwer zu interpretieren. *Gut.* Ein wenig Abstand würde mir helfen, zu vergessen, welche Wirkung seine Stimme auf mich gehabt hatte. Ich plauderte eine weitere Minute mit dem Security-Mann, ehe auch ich mich auf den Weg zu unserem Gate machte. Felix war weit voraus, worüber ich grinsen musste.

»Bist du vor mir weggelaufen, damit du dir heimlich Videos anschauen kannst?« Ich setzte mich auf den freien Platz neben Felix an unserem Gate. »Make-up-Anleitungen? Ich bin schlecht mit dem Eyeliner. Ich würde also nicht die Nase über dich rümpfen, Feels. Darf ich dich Feels nennen?«

»Nein.« Er steckte sein Handy ein und holte seinen Laptop hervor. »Du kannst mich Alexander nennen, wie alle anderen es tun.«

»Mir hast du dich als Felix vorgestellt.« Ich hatte ihn nie gefragt, warum er auf dem Flughafen vor Monaten seinen zweiten Vornamen benutzt hatte. Allerdings wollte ich es gern wissen. Doch statt dieser Frage jetzt nachzugehen, konzentrierte ich mich auf mein Handy. Ich hatte einige Textnachrichten von meiner Assistentin erhalten und tippte eine Antwort. »Mag ja sein, aber ich bin nicht wie alle anderen.«

Er antwortete nicht, aber das Zucken seiner Braue verriet mir, dass er mich gehört hatte. Ich fand es lustig, ihn ein bisschen zu ärgern, bis er endlich etwas sagte. »Vielleicht bist du doch wie alle anderen. Du gehst davon aus, dass ich mit Christopher nicht herumgeknutscht habe?« Das sagte er so trocken, dass es mir fast entging.

»Küsst er besser als ich?«

»Er hat weniger geredet.«

Ich stieß ihm mit dem Ellbogen in die Seite, froh, dass nach dem peinlichen Moment beim Sicherheitscheck keine Befangenheit zwischen uns herrschte. »Felix, hast du gerade tatsächlich einen Scherz gemacht?«

»Scheint wohl so.«

Ich grinste und widmete mich wieder meinem Handy, um der Sekretärin zu antworten und noch einige andere E-Mails durchzusehen. Das Gate begann sich mit Leuten zu füllen, und das Boarding würde in wenigen Minuten beginnen, daher verstaute ich meine Sachen in der Tasche. »Tanzvideos?«

Felix schüttelte den Kopf, ohne von seinem Computer aufzusehen.

»Verrottende Früchte im Zeitraffer?«

Jetzt sah er auf, und in seinem meistens ausdruckslosen Gesicht zeichnete sich leichter Horror ab. »Um Himmels willen, nein. Gibt's das?« Seine empörte Reaktion war irgendwie liebenswert.

Ich zuckte mit den Schultern. »Wahrscheinlich, oder?«

»Nein.«

Ich lehnte mich zu ihm herüber und sprach leise. »Es ist doch nichts … Perverses?« Ich merkte gar nicht, wie nah ich ihm auf einmal war, bis ich meinen eigenen Atem spürte, nachdem dieser auf seinen Hals getroffen war, und den Duft seines Aftershaves einatmete.

Ich spürte seine Anspannung und wich zurück, sofort diese Vertraulichkeit bereuend. Ich wurde immer zu schnell zu vertraulich. Bennett hatte mir das gesagt. Elena auch. Es stimmte. Felix hatte noch nicht geantwortet, sah mich aber an. »Es ist nichts Sexuelles.« Seine Stimme war leise, rau, und mein Magen flatterte. Die Worte an sich waren nicht sexuell aufgeladen, doch wie er es sagte, rief Unbehagen in mir hervor. Zumal sie von jemandem kamen, den ich nicht einmal wirklich leiden konnte.

»Ah, gut. Ich hab nur Spaß gemacht.«

Einige Momente saßen wir schweigend beisammen.

»Flug 1678 nach Indianapolis: Wir beginnen umgehend mit dem Pre-Boarding.«

Ich lehnte mich nach vorn und nestelte am Trageriemen meiner Umhängetasche, während Felix aufstand und sich streckte. »Diese Art von Videos laufen vermutlich ohnehin besser bei anderen Apps, falls du auf der Suche nach Anschauungsmaterial bist«, sagte er über die Schulter und warf demonstrativ einen Blick auf meinen Koffer, ehe er sich auf den Weg zur Toilette machte.

Felix Ennings war voller Überraschungen.

8. Kapitel

Felix

Ich überließ Gia den Fensterplatz auf unserem Weiterflug von der zweiten Universität, da sie schon wieder den Mittelplatz hatte. Ich bezweifelte, dass Christopher dies bei der Organisation der Reise mitbestimmt hatte. Aber falls doch, waren die ständigen Mittelplätze eine Möglichkeit, Gia zu zeigen, wie er empfand.

Sie machte Notizen in ihrer Reisekladde, wie sie es schon in den vergangenen zwei Tagen seitenweise getan hatte.

»Was könntest du wohl noch schreiben?«

Sie antwortete, ohne von der Seite aufzusehen; eine Strähne hatte sich aus ihrem Haarband gelöst. »Die hatten so viele gute Informationen, da wollte ich mir schnell noch ein paar Gedanken dazu notieren.«

Mein Arm streifte ihren Ellbogen auf der gemeinsamen Armlehne, und ihre Haut fühlte sich unglaublich weich und warm an, selbst in der gekühlten Flugzeugluft. Ich lehnte mich nach vorn, in dem Bewusstsein, dass wir uns erneut berühren würden. »Deren Arbeit ist beeindruckend.«

Gia legte den Stift hin und sah mich mit einem verspielten

Lächeln an, wobei sie sich auf die sinnliche Unterlippe biss. »Ich kann nicht glauben, dass du es zugibst.«

»Ich erkenne gute Arbeit durchaus an. Ein solcher Misanthrop bin ich nämlich gar nicht.«

Sie hob eine Braue und stieß mich mit dem Ellbogen an; erneut spürte ich ihre warme Haut.

»Was?«

»Du benimmst dich, als kostete es dich große Überwindung, ein Kompliment zu machen.« Gia verstaute ihre Sachen unter dem Sitz. »In Carr warst du jedenfalls beinah unhöflich.«

»Mich hat nicht sonderlich interessiert, was sie zu sagen hatten. Aber ich habe mich professionell verhalten.« Mein ganzes Leben schon hatte ich mir solche Sachen anhören müssen. Ich fühlte mich nie bemüßigt, grundlos freundlich zu sein, denn es kam mir wie Zeitverschwendung vor. Wie Gia mit Leuten zwanglos ins Gespräch kam, war mir völlig fremd. Es war, als würde sie eine andere Sprache sprechen.

»Es war nett an der St. Anne's«, erklärte ich, mich verteidigend.

Gia lächelte wieder und schaute durch das Fenster in den blauen Himmel, der zwischen den Wolken auftauchte. »Ich meine ja nur. Was kostet es dich, Interesse an etwas zu zeigen, was jemand zu sagen hat? Dafür muss man niemandem Honig ums Maul schmieren oder Komplimente heucheln. Du kannst doch nicht tatsächlich von allem völlig unbeeindruckt sein.«

»Ich war durchaus beeindruckt von der Arbeit, die St. Anne's leistet«, sagte ich, lehnte mich zurück und leicht zu Gia hinüber statt zu dem breitschultrigen Typen zu meiner Rechten.

»Nenn mir noch etwas, was dich auf dieser Reise beeindruckt hat. Irgendetwas.« Sie hob wieder eine Braue, als hätte sie mich überführt und als könnte ich nichts weiter aufzählen. Sie irrte sich, denn sie beeindruckte mich stets aufs Neue, von ihren Notizen über die Leute, die immer mit ihr reden wollten, bis zu den pointierten und klugen Fragen in unseren Meetings. Und wie gut gelaunt sie immer war, sogar als der Security-Mann ihr Sexspielzeug hochgehalten hatte. *Meine Güte, das Sexspielzeug*. Das hatte mich schon ziemlich beeindruckt.

Ich überlegte gerade, wie ich das in meine Antwort einflechten könnte, als sie mir zuvorkam. »Wusste ich's doch.« Gia lehnte sich gegen das Fenster, und ihre Locken ruhten an der Kabinenwand aus Kunststoff. Ihre Lider senkten sich, und ich betrachtete verstohlen ihre schönen Schultern und ihr Gesicht. »Ist schon okay. Weck mich, wenn dir ein Kompliment zu irgendetwas einfällt.«

Ich dankte lächelnd der Flugbegleiterin und gab mein Bestes, Eigenschaften an den Tag zu legen, die Gia mir nicht zutraute. Ich stellte die drei Becher auf mein Tablett und bemühte mich, Gia nicht zu wecken, deren Kopf an meiner Schulter ruhte. Ich redete mir ein, dass ich sie schlafen ließ, weil ich mich nicht während des ganzen Fluges unterhalten wollte. Tatsächlich mochte ich das Gewicht ihres Kopfes und das leise Murmeln im Schlaf. Außerdem roch sie gut, also hielt ich still, so gut ich es vermochte, und las auf meinem Handy, statt meinen Laptop hervorzuholen.

»Oh.« Ihre Stimme klang heiser und leise, als Gia sich an meiner Schulter rührte. »Tut mir leid«, sagte sie und setzte sich auf.

»Ist schon in Ordnung.« Ich deutete auf mein Tablett. »Ich habe Cola und Wasser bestellt, als sie mit dem Getränkewagen vorbeikamen. Ich war mir nicht sicher, was du wollen würdest.«

»Danke«, sagte sie und nahm die Cola von meinem Tablett. »Sorry, dass ich dich als Kissen benutzt habe.«

Die Lichter über uns flackerten, als die Anschnall-Zeichen aufleuchteten. »Achtung, bitte schnallen Sie sich an. Möglicherweise geraten wir auf unserem Flug nach Indianapolis in eine Wetterfront und Turbulenzen.«

Das Flugzeug hüpfte, noch ehe die Durchsage beendet war, und ich hielt den Wasserbecher fest, damit er nicht auf Gias Beine fiel. Ich mochte Turbulenzen und das flaue Gefühl im Magen. Das hatte ich nie jemandem erzählt, weil es sich zu schräg anhörte. Der Mann neben mir mochte es ganz offensichtlich nicht, denn er krallte sich an den Armlehnen fest, sodass seine Fingerknöchel weiß hervortraten.

Gias Arm und Bein stießen gegen mich, was prompt das ziehende Gefühl in meinem Bauch verstärkte – und noch irgendein Gefühl hervorrief.

Nachdem zweimal Cola über den Rand des Bechers geschwappt war, leerte Gia ihn in einem Zug und verzog das Gesicht wegen der plötzlichen Kälte und der Zuckerkonzentration.

»Alles okay?«

Sie zuckte zusammen, als das Flugzeug erneut einen Satz machte und ihre Schulter gegen meine stieß. »Bestens«, sagte sie, und ich konzentrierte mich wieder auf mein Handy, frustriert darüber, dass ich das Bedürfnis verspürt hatte, mich nach ihrem Befinden zu erkundigen. Außerdem fühlte ich noch immer überdeutlich die Berührung ihres Armes und dass sie ihn nicht weggenommen hatte. »Was liest du? Oder siehst du dir wieder geheime Videos an?«

»Es ist eine E-Mail von Christopher«, antwortete ich und hielt mein Handy hoch.

»Bestimmt warnt er dich davor, zu viel mit mir zu reden. Wir verstehen uns nicht.«

Ich erinnerte mich an die Unterhaltung mit ihm in seinem Büro, als er versucht hatte, einen Scherz auf ihre Kosten zu machen.

»Warum machst du so ein Gesicht?«

»Ich habe kein Gesicht gemacht.«

»Hast du doch.«

»Sie hat recht, Sie haben ein Gesicht gemacht, Mann«, mischte sich der gerade noch panische Mann neben mir ein – was wirklich klasse war.

»Du magst ihn nicht?« Sie hob eine Braue.

»Das habe ich nie gesagt.« Ich hatte ihn tatsächlich noch nie richtig gemocht, und noch weniger, nachdem er den Scherz über Gia gemacht hatte. Aber das musste sie nicht wissen, und da ihre am häufigsten gebrauchten Worte »Lass uns darüber reden« lauteten, schien ein voll besetztes Flugzeug der falsche Ort zu sein, um das zu riskieren. Also wechselte ich das Thema. »Ich habe außerdem deinen letzten Artikel im *Journal of Catalysts* gelesen.«

»Und er war beeindruckend?« Auf ihren Lippen erschien dieses Lächeln, an das ich mich schon gewöhnt hatte, wenn sie sich über mich lustig machte. Ich mochte dieses Lächeln mehr, als ich wollte.

»Nein.«

»Autsch, Bro.« Unser Sitznachbar war jetzt ganz an unserer Unterhaltung beteiligt. »Das war hart.«

»Ist okay«, sagte Gia und lehnte sich nach vorn, um an mir vorbei mit dem Mann zu sprechen. »Das ist eine der netteren Sachen, die er je über meine Arbeit gesagt hat.« Sie tätschelte mein Knie, ohne den Blick von dem Typen abzuwenden; nicht, dass ich auf etwas anderes konzentriert gewesen wäre als auf ihre Finger auf meinem Bein. »Es nervt ihn, dass ich wissenschaftlich arbeite und er nur Computerprogramme schreibt.«

Aus dem Augenwinkel registrierte ich die verwirrte Miene des Typen. Er fragte mich: »Ich weiß nicht genau, was das bedeutet, aber das saß jetzt fast noch mehr als das, was Sie zu ihr gesagt haben, oder?«

So war es, und es gab hundert Dinge, die ich hätte erwidern können. Allerdings grinste Gia schon wieder, und ihr Körper war meinem nach wie vor sehr nah. »Das hat definitiv gesessen.«

»Klasse«, sagte er. »Sie haben es irgendwie verdient, Mann.«

9. Kapitel

Gia

Üblicherweise lief ich Felix durch das Terminal C auf dem Weg zu unserem Gate hinterher, weil er schnellstmöglich dorthin gelangen wollte. Gerade dieser Flughafen aber war mein Revier, deshalb schaute ich über die Schulter, um mich zu vergewissern, dass er mir folgte.

»Wir haben nur fünfzig Minuten, also mach mal ein bisschen Tempo, Ennings!«

Sein Nichtlächeln war ebenso gut wie ein Grinsen. Die Mundwinkel zuckten, als ich ihn mit dem Nachnamen ansprach, und das löste bei mir jedes Mal flatternde Frühlingsgefühle aus. »Deine Freundin besitzt einen Hundesalon … in einem Flughafen?«

Ich hatte Ollie, die Frau meines besten Freundes, seit diesem Sommer nicht mehr gesehen und freute mich, knapp eine Stunde Aufenthalt für einen Besuch zu haben. Ollie kannte die Geschichte von dem Flughafentypen, weil Bennett den Mund nicht halten konnte, daher würde sie inzwischen auch wissen, dass er jetzt mein Kollege war. »Die Frau meines besten Freundes besitzt eine ganze Kette. Na ja, ich nehme an, sie ist nun auch meine Freundin. Wie dem auch sei, Haustierpflege in einem Flughafen. Das Seltsamste, was man je gehört hat.«

Wir gingen jetzt nebeneinander. Als seine Hand meine streifte, hallte das Gefühl lange nach, und ich suchte nach einem Vorwand, seine erneut zu berühren.

Ich hatte nicht erwartet, dass er auf das Thema einsteigen würde, aber er tat es. »Auf dem Flughafen in Phoenix gibt es einen Laden, der Vinylplatten verkauft«, sagte er, während seine Hand wieder meine berührte.

»Du nimmst mich auf den Arm. Hast du mal eine gekauft?«

»Nein.« Die Andeutung eines Lächelns huschte über sein Gesicht. »Aber daran gedacht. Mein Dad ist Musiker, und ich halte immer Ausschau nach Dingen, die ihm gefallen könnten.«

»Ich stelle mir dich gerade mit einem Rockgott als Vater vor.«

Diesmal lachte er richtig, und wir verlangsamten unser Tempo hinter einer Gruppe von Kids in gleichen T-Shirts, die Rucksäcke und Rollkoffer schleppten. »Mein Dad sieht wahrscheinlich genau so aus, wie du dir einen alternden Colonel vorstellst.«

»Ah, aber hinter geschlossenen Türen wird er locker.«

Er nickte und schaute über die Köpfe der Kids hinweg, vermutlich auf der Suche nach einem Ausweg.

»Bist du denn bei ihm locker?«

Er antwortete nicht, warf mir jedoch einen Blick zu, der mich glauben ließ, dass es tatsächlich so war und Ennings womöglich tanzte, wenn niemand zusah.

»Ich wette, Felix wird locker«, sagte ich. »Dr. Alexander ist jedoch ein Spießer.«

Einer seiner Mundwinkel hob sich. »Kann sein. Aber nur in Gegenwart meiner Familie, gutem Whiskey oder einer schönen Frau.«

Bevor ich ihm mehr entlocken konnte, nahm er meine Hand und zog mich nach links, durch eine kurzlebige Lücke in der Gruppe. Es war, als würde man in einem Koi-Teich schwimmen; die Kids liefen und gestikulierten, ohne auf irgendwen zu achten, doch Felix und ich bewegten uns zusammen, auf unserem eigenen kleinen Abenteuer, Hand in Hand.

Nachdem wir es an der Gruppe vorbei geschafft hatten, gingen wir wieder schneller, und ich führte ihn zum Ende des Terminals C, wo sich der Haustiersalon befand. Er hielt weiter meine Hand. Ich nehme an, ich hielt auch seine. Mir fehlte dieses Gefühl, jemandes Hand in meiner zu halten. Elena und ich hatten ständig Händchen gehalten, aber das war nun auch schon eine Weile her. »Also«, sagte ich, die Wärme seiner Hand genießend, »wenn ich dich locker erleben will, muss ich Whiskey finden?«

Er verlangsamte sein Tempo und schaute auf unsere Hände, als hätte er es vergessen. »Whiskey ist nicht nötig.«

Sein sinnlicher Ton war nur für einen kurzen Moment da, eine ganz leichte Veränderung von freundlich zu etwas anderem, was mich an den Zug in der Silvesternacht erinnerte. Aber dann ließ er rasch meine Hand los, als wir aus der Menge traten.

»Hoppla«, erwiderte ich in einem phänomenal wortgewandten Augenblick. »Ich glaube, wir sind jetzt in Sicherheit, aber falls wir uns noch mal durch eine Horde Drittklässler kämpfen müssen, bin ich deine Frau.«

Er sagte nichts dazu, was wahrscheinlich besser so war. Geradeaus entdeckte ich Pre-Flight Paws, und ich gab einen

Laut der Begeisterung von mir; die bunten Farben der Ladenfront erinnerten mich an Ollie, was mich wiederum an Bennett erinnerte, und das fühlte sich an, als würde ich nach Hause kommen.

»Ich kann schon zum Gate vorgehen, während du deine Freunde besuchst.« Felix sah mich an, in seinen braunen Augen spiegelte sich so etwas wie Unsicherheit wider.

»Nein«, sagte ich. »Komm mit. Du kannst sie kennenlernen.«

Er hob spöttisch eine Braue, aber es lag eine gewisse Aufrichtigkeit darin. »Machst du dir Sorgen, ich könnte antisozial sein?«

»Ich *weiß* sogar, dass du das bist. Trotzdem möchte ich, dass du mitkommst.«

Felix betrachtete mein Gesicht, und ich kaute auf der Innenseite meiner Unterlippe, bevor ich seine Hand nahm und zum Laden deutete. »Komm.«

Ollie begrüßte mich mit einer herzlichen Umarmung, und ihre Geschäftspartnerin Jess gesellte sich in dem kleinen Empfangsraum zu uns, der nach Seife roch. Ich hatte Felix' Hand schon eine Weile, ehe wir den Laden erreichten, losgelassen, um Ollie oder ihren Mitarbeiterinnen oder Felix oder mir selbst keinen falschen Eindruck zu vermitteln. Aber ich fragte mich, ob ich vielleicht irgendwie Felix' geheimen sozialen Schalter erwischt hatte, denn seit wir den Laden betreten hatten, lächelte er und lachte und benahm sich charmant. Er unterhielt sich mit Jess über Katzen, während Ollie und ich plauderten, und als ich das nächste Mal zu ihm sah, lehnte er sich über den Tresen, mit einem breiten Lächeln auf dem Gesicht, während Jess über etwas lachte, was er gesagt hatte.

Mein Felix? Er bringt jemanden zum Lachen? Ich richtete meine Aufmerksamkeit wieder auf Ollie, die mir von ihren Expansionsplänen erzählte, aber aus dem Augenwinkel sah ich weiterhin Jess und Felix lachen, und das wurmte mich.

Mein Handy vibrierte in meiner Tasche, und ich umarmte Ollie noch einmal. »Wir müssen los, aber sehe ich euch beide nächsten Monat?« Ich rechnete damit, dass Felix ungeduldig mit dem Fuß klopfte oder demonstrativ auf seine Uhr schaute, um ja nicht den Flug zu verpassen. Doch nun war er derjenige, der lachte, während er Jess zuhörte. Seine Augen leuchteten, wie ich es bisher nur ansatzweise bei ihm gesehen hatte. »Ennings«, sagte ich, trat näher und lächelte Jess zu. »Wir sollten uns auf den Weg machen.«

»Oh«, erwiderte er und wirkte ein wenig erschrocken. Mir kam es so vor, als hätte er völlig vergessen, dass ich da war. Auch das gab mir einen Stich, aber ich lächelte einfach darüber hinweg. »Natürlich.« Er wandte sich wieder an Jess und notierte etwas auf einem Notizblock. »Du schickst mir den Link für die Website?«

Wow, er sieht entspannt aus und als hätte er Spaß gehabt.

»Ganz bestimmt«, versprach Jess mit einem Zwinkern.

Felix lächelte erneut, dann sah er mich an. »Wollen wir?«

Ich nickte und verdrängte ein weiteres Mal das komische Gefühl, das die Interaktion der beiden in mir auslöste. »Jap.«

Während wir darauf warteten, an Bord unserer Maschine gehen zu können, wirkte Felix heiterer. *Hatte er tatsächlich so wirkungsvoll mit Jess geflirtet? Und kümmerte mich das wirklich?*

»Alles okay mit dir?« Seine Stimme riss mich aus meinen Gedanken, während wir uns dem Gate Agent näherten, die Telefone in der Hand, um die Boarding-Pässe zu scannen.

»Mit mir? Klar doch.«

Ja, es war mir völlig gleichgültig, mit wem er flirtete. Davon würde ich mich absolut nicht beeinflussen lassen.

10. Kapitel

Felix

Unsere neuesten Gastgeber fuhren uns nach dem Abendessen mit dem Komitee selbst zum Hotel. Andrews State University in North Florida hatte mich nicht so beeindruckt wie unser Aufenthalt davor, aber ich hatte Gias Worte noch im Kopf und versuchte, bei den Unterhaltungen mit unseren Kollegen offener zu sein. Es war nicht alles schrecklich – was sie mir später sicher widerstrebend entlocken würde. Gias Lachen kam vom Vordersitz, wo sie und Dan, der Vorsitzende des Komitees unserer Gastgeber, in ein Gespräch vertieft waren. Es war schwer zu sagen, ob ich Dan spontan nicht leiden konnte, weil er mir wie ein hinterlistiger Armleuchter vorkam, oder einfach nur deshalb, weil Gia ihn zu mögen schien.

»Wir haben morgen einen vollen Tag geplant«, sagte er, als wir uns dem Hotel näherten. »Aber wir können gern noch etwas trinken, wenn Sie wollen.« Er richtete die Frage an Gia, ohne einen Blick in den Rückspiegel oder über die Schulter zu mir. Armleuchter eben. Ich antwortete trotzdem: »Nein, danke.«

Im Straßenlicht sah ich, dass sein Wangenmuskel bei meiner Erwiderung zuckte, was mich wenigstens einigermaßen zufriedenstellte.

»Ein Nein von Ennings. Was ist mit Ihnen, Gia? Die Cocktails im Dynasty Club sind ziemlich gut.« Er strich mit seinen Fingern über ihren Unterarm, vermeintlich um ihre Aufmerksamkeit zu bekommen, aber ich vermutete eher einen Vorwand, um sie zu berühren.

»Ach, ich glaube, ich verzichte heute auch. Es war ein langer Reisetag.« Ich glaubte, sie näher zur Tür rutschen zu sehen, aber vielleicht lag es an den Lichtverhältnissen, oder ich bildete es mir nur ein. »Morgen eventuell?«

Meine Erleichterung darüber, dass sie ihm eine Absage erteilt hatte, verpuffte sofort wieder, als wir vor dem Hotel hielten.

»Unbedingt. Geben Sie mir Ihre Nummer«, sagte er und zog sein Handy aus der Tasche. Ich saß noch einen Moment hinten, aber keiner der beiden nahm Notiz von mir, während sie Nummern austauschten, daher stieg ich aus und wartete auf dem Gehsteig darauf, dass Gia ebenfalls aus dem Wagen stieg. Es war nicht so, als würde er versuchen, sie zu küssen oder zu umarmen, trotzdem behielt ich die beiden genau im Auge, bis sie endlich ausstieg und zum Abschied winkte.

Wir gingen zu unseren Zimmern. Kaum hatte sich die Tür hinter mir geschlossen, kam mir mein hübsches Hotelzimmer beengt vor. Mein Koffer stand an der Wand, und ich zog die Schuhe aus und stellte sie ordentlich davor. Ich hatte noch Arbeit zu erledigen, ein Buch zu lesen. Wahrscheinlich lief sogar etwas Interessantes im Fernsehen, trotzdem fühlte ich mich eingesperrt. Nein, ich fühlte mich einsam. Ich lebte allein mit meiner Katze und war als Einzelkind aufgewachsen, deshalb machte es mir für gewöhnlich nichts aus, allein zu sein. Nur spürte ich Gias Abwesenheit, und das gefiel mir nicht. Ich setzte mich aufs Bett und schaute meine E-Mails durch, aber es war nichts dabei, auf das ich sofort antworten wollte.

Gia: *Ich langweile mich. Möchtest du heute Abend noch etwas unternehmen?*

Felix: *Mit Dan?*

Gia: *Mit mir.*

Felix: *Hast du Dan nicht gesagt, dass du müde bist?*

Gia: *Es ist acht Uhr abends. Ich wollte bloß nicht in irgendeine Bar gehen.*

Felix: *Wir könnten was zusammen machen.*

Prompt wurde dreimal an meine Tür geklopft, und ich lächelte, verdrehte jedoch auch die Augen. Als ich die Tür öffnete, stand Gia vor mir, jetzt in Jeans und rotem T-Shirt, das ihre Figur auf eine Weise betonte, die ich nicht hinreißend zu finden versuchte. »Und wenn ich Nein gesagt hätte?«

»Dann hätte ich an der nächsten Tür geklopft.« Sie grinste und ging an mir vorbei ins Zimmer, wo sie sich auf die Kante des Doppelbetts setzte. »Was möchtest du machen?« Sie lehnte sich auf die Arme gestützt zurück und bog den Rücken dabei durch, was mich sofort wieder an unsere Küsse erinnerte und wie sie sich damals auf meinem Schoß angefühlt hatte.

»Es war deine Idee. Was willst *du* also tun?«

»Na ja, ich könnte etwas vorschlagen, aber du würdest

vermutlich zehn Gründe vorbringen, die dagegensprechen, weil du einfach keinen Spaß haben kannst. Also, wenn du eine Idee hättest, wären wir schon fast am Ziel.«

Statt mit ihr zu streiten, warf ich ihr die Fernbedienung zu. »Film anschauen?«

»Ooh, ja. Horror?«

Angesichts ihres begeisterten Tons schüttelte ich den Kopf. »Du magst Horrorfilme?«

»Ich liebe sie. Und du?« Gia rutschte höher auf mein Bett und lehnte sich gegen die Kissen, die Beine übereinandergeschlagen.

»Definitiv nicht.«

»Bekommst du Albträume davon?«

»Ja«, bestätigte ich und setzte mich auf die Bettkante. »Ich bin ein normaler Mensch.«

»Das ist fraglich.« Sie schaltete das TV-Gerät an und klopfte auf den Platz neben ihr. »Ich verspreche, dich nicht zu beißen, Ennings. Du siehst aus, als würdest du gleich die Flucht ergreifen.«

Gia zappte durch die verfügbaren Filmkanäle, und ich rutschte höher aufs Bett. Zwischen uns war noch Abstand, doch merkte ich, wie das Bett sich bewegte, als sie ihre Position änderte. »Anscheinend sind unsere Nicht-Horror-Alternativen ein Animationsfilm über einen Roboter, eine romantische Komödie und eine Dokumentation über Ska-Musik in den 1990ern.«

Ich verzog das Gesicht.

»Schau nicht so. Du kannst dich immer noch für Horror entscheiden.«

Ich schüttelte erneut den Kopf. »Dann wohl eher die romantische Komödie.« Ich hatte nicht sonderlich gut aufgepasst, als sie durch die Kanäle geschaltet hatte, weil ich wie üblich durch Gia abgelenkt war.

»Du überraschst mich immer wieder«, sagte sie, drückte die *Play*-Taste und machte es sich auf dem Bett bequem. »Ich hätte dich nicht für einen Romantiker gehalten.«

Ich tat es ihr gleich, so gut ich konnte, indem ich den Hinterkopf auf meine Hand legte. »Bin ich gar nicht. Aber wenn ich die Wahl habe zwischen nervig kokettem Geplänkel und Geisterzeug, das mich die ganze Nacht wach hält, entscheide ich mich für Ersteres.«

Gia zog die Beine unter sich, und bei jeder ihrer Bewegungen nahm ich den Duft von Orangen wahr. »Deine Standardeinstellung scheint ›Spaßbremse‹ zu sein«, sagte sie, doch ihr Grinsen milderte ihre Bemerkung ab, die andernfalls beleidigend hätte sein können.

Der Film fing an, und der gedimmt beleuchtete Raum wurde mit der Anfangsszene in blaues Licht getaucht. »Wie dem auch sei«, sagte sie unvermittelt und ganz beiläufig. »Das flirtende Geplänkel mit Jess hattest du aber ziemlich gut drauf.«

»Jess? Deine Freundin im Hundesalon?«

Sie hielt den Blick auf den Fernseher gerichtet. »Genau. Du hast ganz schön mit ihr geflirtet.«

Ich achtete bereits nicht mehr auf den Film. »Ich habe nicht mit ihr geflirtet.«

Gia sah mich nun doch an und streckte den Arm aus, um sich an das Kopfende des Bettes zu lehnen. »Du musst nicht gleich so abwehrend sein. Flirten ist nichts Schlechtes.«

»Schön, aber ich habe nicht mit ihr geflirtet. Du hast mir gesagt, ich soll gegenüber deinen Freunden offener sein.«

»Du hörst sonst auch nicht auf mich.«

»Na ja«, sagte ich und achtete auf den Abstand zwischen uns, der durch ihre veränderte Körperhaltung geringer geworden war. »Diesmal habe ich es versucht.«

»Oh.« Sie biss sich auf die Unterlippe, sagte jedoch nichts mehr, sondern richtete ihre Aufmerksamkeit wieder auf den Film und verfolgte das Thema nicht weiter.

Darüber hätte ich eigentlich froh sein müssen, aber ich wollte das Thema noch nicht fallen lassen. »Außerdem musst du das gerade sagen. Du und Dan, ihr habt euch ja auch sehr gut verstanden. Immerhin wollte er mit dir heute Abend etwas unternehmen.«

Gias Hand war warm, als sie sanft meine Schulter rieb, kein Anstupsen, sondern nur ein leichter Druck, der mir eine Gänsehaut auf dem Arm verursachte. »Er hat uns beide auf einen Drink eingeladen.«

»Nein«, widersprach ich und tat mein Bestes, um stillzuhalten, damit sie ihre Hand nicht wegnahm. »Er hat dich gefragt; ich war nur zufällig mit im Wagen.«

Sie zog die Hand zurück, und ich drückte meinen Zeigefinger in meine Handfläche, um nicht die Hand nach ihr auszustrecken.

»Kann sein.« Ihr Blick wanderte wieder zum Fernseher, und ich schaute auch hin. Ich hatte mir noch nie so sehr gewünscht, ein Film möge schneller oder langsamer laufen. Gia befand sich direkt neben mir, ihr Duft und ihr Lächeln waren nah; es war nicht unprofessionell, aber ich wollte, dass es das war.

Einige Minuten lang verfolgten wir schweigend den Film. Er war lustiger, als ich angenommen hatte. Das komödiantische Timing der Darsteller war ziemlich gut, und ich ertappte mich dabei, wie ich leise vor mich hin lachte.

»Hat es dich gestört, dass Dan mit mir ausgehen wollte?«

»Ich bin dein Kollege. Was ich denke, spielt keine Rolle.« Und ja, es hatte mich nicht kaltgelassen. Es wurmte mich, weil ich schon nach zwei Minuten gewusst hatte, dass Dan nicht interessant genug für sie war.

»Vielleicht sind wir auch ein wenig befreundet.« Sie legte beide Hände hinter den Kopf und streckte sich auf dem Bett aus, wobei ihr Fuß gegen mein Bein stieß.

»Es hat mich nicht gestört. Ich habe es einfach nur … registriert.«

Sie nickte, und ihre Augen waren wieder auf den Film gerichtet. »Ich dachte nur …« Sie ließ bedeutungsschwere Stille folgen. »Ach, egal.«

»Hat es dich gestört, als du glaubtest, ich würde mit deiner Freundin flirten?«

»Ich habe es registriert«, wiederholte sie meine Worte. »Ich habe dich nur seit jenem Abend auf dem Flughafen nicht mehr so erlebt.« Sie sah mich neckend an. »Ich dachte bloß, ich sei etwas Besonderes für dich.«

»Ich bin tatsächlich nicht oft so.« Jeder Augenblick jener Nacht kam mir wieder in Erinnerung – eigentlich war sie stets präsent, vor allem in letzter Zeit. »Du bist wirklich etwas Besonderes.« Sofort bereute ich meine Worte, da sie nichts erwiderte. Im Stillen überlegte ich mir eine Art Rückzugsstrategie, aber dann sagte sie doch noch etwas, allerdings ohne mich dabei anzusehen.

»Möglicherweise war ich ein bisschen eifersüchtig«, gestand sie. »Wenn ich ehrlich bin.«

Nichts hatte sich geändert. Zwischen uns war nach wie vor ein Abstand von gut vierzig Zentimetern. Wir waren vollständig bekleidet und berührten einander nicht einmal, trotzdem war es in diesem Augenblick, als geriete die Welt ein klein wenig aus den Fugen. »War ich auch. Wegen Dan. Ein bisschen.«

Sie machte »Hm«, und dann war nur noch der Soundtrack des Films zu hören. Diese ganze Unterhaltung verwirrte mich, ein Zustand, der mir nicht gefiel, nur dass es sich mit Gia eben besser anfühlte. Normalerweise ließ sie kaum Gesprächspausen zu, aber diesmal drifteten wir ständig zu diesen unerwarteten Inseln in unserer Unterhaltung. »Wir haben uns in jener Nacht sehr gut verstanden, bevor ich wusste, dass du dieser Blödmann bist, der meine Arbeit hasst.«

»Und bevor ich wusste, dass du eine Chaos-Dämonin bist, die meine wissenschaftliche Arbeit erfolglos, aber beharrlich anfeindet.«

»Felix«, erwiderte sie schnurrend und tat gerührt. »Das ist das Netteste, was du je über mich gesagt hast.«

»Tja«, sagte ich, drehte mich zu ihr und ahmte ihre gespielte Bewunderung nach. »Ich habe jedes einzelne Wort so gemeint.«

Nie zuvor hatte das Lachen eines Menschen eine solche Wirkung auf mich gehabt.

»Ja, wir haben uns an dem Abend wirklich gut verstanden«, fügte ich hinzu und merkte, dass ich wieder ihre Hand hielt, aber ich ließ sie nicht los. Noch nicht.

»Bevor ich zur Chaos-Dämonin wurde«, murmelte sie und streichelte mit ihrem Daumen meinen.

»Und bevor ich die Nervensäge wurde, die dich zu zerstören versucht.«

»Die meine Arbeit hasst«, korrigierte sie mich und schob ihre Knie neben mich; unsere ineinanderliegenden Hände ruhten auf meinem Herzen. Gias Gesicht war meinem jetzt nahe, und ich erinnerte mich an jedes Detail ihrer vollen Lippen. »Du musst es schon treffend formulieren, Ennings.«

»Ich bitte um Verzeihung«, sagte ich, ließ meine Hand auf ihre Taille fallen und strich sacht über ihren Körper. Unser Atem vermischte sich; wir waren uns zu nah und nicht nah genug. »Gia?«

»Wir könnten uns wieder sehr gut verstehen«, schlug sie vor und schob ihre Hand an meiner Brust aufwärts. »Heute Abend. Was, wenn ich dich wieder küsse, jetzt gleich?« Gia sah mir tief in die Augen, ihre warmen, weichen Wölbungen schmiegten sich an mich.

»Willst du mich küssen?«

Sie grinste und hob ihr Knie über meinen Schoß, um sich rittlings auf mich zu setzen. Mir blieb fast das Herz stehen. »Du wirkst überrascht.«

»Ich dachte, du magst mich nicht.«

Gias Lippen berührten sehr sacht meine zu einem fast unschuldigen, süßen Kuss. »Manchmal trifft das auch zu.«

Als ihre Lippen meine erneut streiften, vertiefte ich den Kuss und legte ihr die Hand in den Nacken. »Jetzt aber schon, oder?«

»Willst du mich in diesem Augenblick wirklich ausfragen?«

Ich schüttelte den Kopf, und sie küsste mich erneut. Unsere Lippen und Zungen umspielten einander auf eine sinnliche Weise, die mich an die Silvesternacht und die geheimnisvolle Frau in diesem Zug erinnerte. Ihr Körper lag geschmeidig an meinem, ihre Küsse waren erst spielerisch und intensiv, dann sanft und begehrend. Ich konnte nicht genug davon bekommen. Die Temperatur im Raum schien sich dem Siedepunkt zu nähern.

Als wir uns schließlich voneinander lösten, außer Atem, betrachtete ich ihr Gesicht, ihre weichen Züge und die halb geschlossenen Lider. »Ich mag dich immer«, sagte ich, ihren Hals küssend, ihre Wangen und dann wieder ihre Lippen, um mehr und mehr Küsse zu bekommen. Ich spürte ihr Gewicht auf meinem Schoß auf die bestmögliche Weise, obwohl der Stoff ihrer Jeans und meiner Hose zwischen uns war.

»Felix, ich …« Sie hielt plötzlich inne, und ich brauchte einen Moment, um zu merken, dass sie vibrierte. Nun ja, das Handy in ihrer Tasche vibrierte, und sie zog es heraus. Sie hielt es kurz in Höhe ihrer Hüfte und sagte: »Sorry. Gewohnheit.«

»Ist okay«, versicherte ich ihr und erkannte meine eigene Stimme nicht. »Es macht mir nichts aus.«

Sie küsste mich auf die Lippen und hob das Handy ans Ohr. Ihre Miene verdüsterte sich.

»Was ist los?«

»Es ist Dan«, antwortete sie.

Falls es möglich ist, dass die Seele eines Menschen den Körper verlässt und in den Teppichboden eines mittelmäßigen Hotels sinkt, dann passierte genau das mit mir.

»Oh.« Die letzte Person, die ich momentan zwischen uns haben wollte, war er, und ich hörte, wie gereizt ich klang. »Kannst du seinen Anruf nicht auf die Mailbox umleiten?«

»Es handelt sich um eine Textbotschaft. Ich habe meine Umhängetasche in seinem Wagen liegen gelassen, und er ist auf dem Weg in die Lobby, um sie dort abzugeben.«

Ich lehnte mich gegen das Kopfende des Bettes und atmete tief durch.

»Da sind all meine Sachen für morgen drin«, erklärte sie und rutschte zurück. »Ich hole sie rasch und bin gleich wieder da.«

Ich atmete erneut leise aus und bemühte mich, meinen Körper unter Kontrolle zu bekommen. »Klar«, sagte ich und fuhr mir mit der Hand übers Gesicht.

»Ich, äh …« Sie schlüpfte in ihre Schuhe und schaute zum Fernseher, dann wieder zu mir. »Ich will doch sehen, wie der Film ausgeht.«

Sie trat hinaus in den Flur, und ich sank zurück auf das Bett und fragte mich, auf was ich mich da eingelassen hatte. Ein mulmiges Gefühl sagte mir, dass ich Schwierigkeiten bekommen würde, da wieder herauszukommen.

11. Kapitel

Gia

Felix erwartete mich am nächsten Morgen in der Lobby und sah so müde aus, wie ich mich fühlte. Sein Gesicht wirkte abgehärmt, während seine Erscheinung ansonsten perfekt war wie immer. Er scrollte durch irgendetwas in seinem Handy. Seine Schultern und Armmuskeln unter dem Oxfordhemd mit den blasslachsfarbenen Nadelstreifen waren angespannt. »Wie geht es Dan?« Er sah nicht auf.

Mehr schlecht als recht verbarg ich ein Gähnen hinter meiner Hand. »Ein übel verstauchter Knöchel und ein gebrochenes Handgelenk. Ich habe ihm starke Schmerztabletten dagelassen.«

Die vergangene Nacht mit Felix war im besten Sinne wild gewesen. Dieser Kuss auf seinem Bett hatte sich wie der Beginn von etwas Gutem angefühlt. Vielleicht gar nicht der Anfang, sondern der nächste Schritt nach einer langen Unterbrechung. Er war auf gewisse Weise mir gegenüber aufgetaut, und ich hatte den Eindruck gehabt, einen kurzen Blick hinter die Fassade der Gleichgültigkeit zu erhaschen. Nun, er war aufgetaut und auch nicht. Ich hatte vorgehabt, die Tasche von Dan entgegenzunehmen und schnellstmöglich zurückzukehren, um herauszufinden, wohin das mit mir und Felix noch führen würde. Während der gesamten Fahrt im Lift nach unten lächelte ich vor mich hin, bei dem Gedanken daran, wieder zu Felix ins Bett zu steigen und sein Gesicht zu sehen. Doch irgendwer hatte seinen Drink verschüttet, und diese Pfütze durchkreuzte alle Pläne, denn bevor Dan mich erreichte, landete er auf dem Boden. »Es war wohl Glück, dass ich da war und ihn in die Notaufnahme fahren konnte.«

Felix nickte. »Sehr viel Glück.«

Ich hatte Felix erst aus dem Krankenhaus eine Nachricht schicken können, als man sich dort um Dan kümmerte. Da war ich schon über eine Stunde unterwegs gewesen und hatte ein schlechtes Gewissen. Felix hatte sich bestimmt Sorgen gemacht; zu dem Zeitpunkt hatte ich einige Nachrichten und einen verpassten Anruf auf dem Handy.

Gia: *Ich musste Dan in die Notaufnahme fahren. Sorry, es ging alles so schnell, und ich war so erschrocken.*

Es war fast zehn, als ich ihm diese Zeilen schickte, aber er antwortete sofort.

Felix: *Ist alles okay mit dir?*

Ich fühlte mich noch schlechter, weil er sich Sorgen um mich gemacht hatte. Ich verfluchte mich.

Gia: *Dan ist in der Lobby gestürzt und konnte nicht selbst fahren. Mir geht es gut.*

Gia: *Es wird spät sein, wenn ich zurück bin.*

Felix: 👍 *Wir sehen uns morgen früh. Ruf mich an, falls du etwas brauchst.*

Jetzt standen wir im Licht des Morgens, das durch die Fenster hereinfiel, in der Lobby und warteten darauf, vom Fahrdienst zum Campus gebracht zu werden. Die kühle Morgenluft wehte durch die automatischen Schiebetüren, die sich für die ankommenden und gehenden Gäste öffneten. Felix stand mit geradem Rücken da, und die Fassade war wieder ganz intakt. Wahrscheinlich hatte ich das verdient. »Tut mir leid, dass ich gestern Abend so lange gebraucht habe, um dir zu schreiben.«

»Es war ein Notfall«, sagte er und schob sehr lässig und cool eine Hand in die Hosentasche. »Ist schon okay.«

»Ist es nicht. Du warst besorgt.«

»Das wären wohl die meisten Leute, wenn jemand, der ...« Er beendete den Satz nicht, was untypisch war für ihn. Der Fahrdienst kam, und deshalb ging Felix einfach zum Ausgang. Mir blieb nichts übrig, als ihm zu folgen.

»Was wolltest du sagen?«, fragte ich, sobald wir auf dem Rücksitz des Wagens saßen, bereit für die kurze Fahrt zum Campus.

»Die meisten Leute wären besorgt, wenn ein Kollege oder eine Kollegin plötzlich verschwindet.«

Ich hielt meine Umhängetasche an mich gedrückt; jene Tasche, die ich von Dan entgegengenommen hatte, nachdem er gestürzt war und sich auf den glatten Fliesen den Knöchel verstaucht und das Handgelenk gebrochen hatte. »Na ja, es tut mir trotzdem leid.«

»Du musst dich nicht entschuldigen.«

Wir fuhren auf den Campus, über gewundene Straßen, die von Studenten überquert wurden. Das Verhalten von College-Studenten war auf jedem Campus gleich. Ich mochte diese Energie und glückliche Ignoranz allem gegenüber, was ihnen gefährlich werden könnte. Es war nicht einmal Ignoranz, sondern das Gefühl, dass Dinge wie Autos, Busse und Herzschmerz ihnen nichts anhaben konnten. Aber vielleicht schloss ich von mir auf andere.

Den Großteil des Tages verbrachten wir in einem vierstöckigen Gebäude mit unerwarteten Winkeln und Erkerfenstern. Es handelte sich um das Innovationsgebäude, von dem wir in den Unterlagen gelesen hatten. Als wir ausstiegen, zog ich meinen Cardigan wegen der kühlen Brise fester um mich. Vielleicht fröstelte ich ein bisschen, weil Felix sich im Vergleich zum gestrigen Abend total gewandelt hatte.

»Sie sind die Heldin des Tages«, verkündete der Fakultätsleiter später an diesem Nachmittag. »Wir haben gehört, dass Sie sich gestern Abend um Dan gekümmert haben!«

»Das waren hauptsächlich die Ärzte in der Notaufnahme«, scherzte ich und registrierte Felix' Anspannung neben mir. Es war ein guter Tag mit unseren Gastgebern gewesen, mit interessanten neuen Herangehensweisen beim Unterrichten. Ich hatte mir seitenweise Notizen gemacht und bemerkt, dass selbst Felix anerkennend nickte. Nach einem Tag voller Diskussionen war ein Kaffeetrinken im Konferenzraum mit fantastischem Ausblick auf den Campus geplant.

Der Fakultätsleiter lachte und schüttelte mir die Hand. »Nun, wir wissen es trotzdem zu schätzen, dass Sie ihn in die Notaufnahme gefahren haben. Er und seine Frau wurden erst kürzlich geschieden, deshalb lebt er allein. Wie dem auch sei, das tut eigentlich nichts zur Sache. Wir sind Ihnen sehr dankbar für Ihre Hilfsbereitschaft.«

Das erfüllte mich mit Stolz, und es war ein gutes Gefühl, jemandem geholfen zu haben. Ich war so darauf konzentriert gewesen, Felix und unseren komischen … wundervollen … nein, doch komischen Moment am Abend zuvor zu vergessen, dass mir gar nicht mehr in den Sinn gekommen war, dass ich ja jemandem geholfen hatte. Ich unterhielt mich noch einige Minuten mit dem Leiter der Abteilung, während das Kaffeetrinken zu Ende ging.

Felix stand nahe der Tür und beendete gerade ein Gespräch mit einer der Professorinnen, die unsere heutigen Gastgeber gewesen waren. Er wirkte immer noch ein wenig angespannt, jedoch längst nicht mehr so verkrampft wie bei unserem ersten Collegebesuch. »Danke für Ihre Gastfreundschaft«, sagte er und schüttelte ihr die Hand. »Wir können uns einen Wagen kommen lassen, es ist also nicht nötig, dass Sie uns fahren.« Er sah zu mir und dann wieder die Professorin an. Ich bedankte mich ebenfalls bei ihr.

»Bereit zum Aufbruch?«

Er nickte, und wir holten unsere Jacken von der Garderobe. Uns blieben noch einige Stunden bis zu unserem Flug zur vierten Station. Ich freute mich auf einen wärmeren Ort, auch wenn es nur für ein paar Tage war, bevor wir ins winterliche Chicago zurückkehren würden.

»Wir haben uns gestern Abend geküsst«, sagte ich, als sich die Fahrstuhltüren schlossen und wir allein waren; dieser Satz sprudelte einfach so aus mir heraus.

Er sah mich auf diese felixtypische Weise kühl an. »Ich glaube nicht, dass wir hier darüber reden müssen.«

»Natürlich nicht, aber wir haben uns nun mal gestern geküsst, und dann bin ich gegangen.« Ich klemmte die Daumen in meine Handflächen. Mich zu entschuldigen und Dinge auszusprechen, war nie meine Stärke gewesen. So extrovertiert und emotional ich auch manchmal sein konnte, machte mich das ganz verlegen. Außerdem mochte ich es nicht, von jemandem zum Schweigen gebracht zu werden. Elena und ich hatten darüber gestritten, als wir zusammen waren. »Ich glaube, ich habe dich damit verletzt, und das tut mir leid.«

Ich rechnete damit, dass Felix mich ignorierte oder mir ausführlich erläuterte, aus welchen Gründen er nicht verletzt war. Alles war möglich.

»Wir befinden uns in einem Fahrstuhl.«

»Äh, ja.« Ich schaute mich um, als hätte sich an unserer Umgebung etwas ändern können.

»Ich kann nicht über unsere Küsse sprechen, wenn wir nur noch zwei Stockwerke weit fahren.«

Stand mein Mund offen? Ich glaubte es nicht, aber die Spiegelwände zeigten etwas anderes. »Wie viele Stockwerke brauchst du denn?«

Die Türen öffneten sich, ehe er antworten konnte, und das war heute schon mehr als einmal passiert. Ich wollte ihn ein wenig in die Enge treiben, aber er ging hinaus zu dem wartenden Wagen. Die Fahrerin war eine gesprächige junge Frau, die während der gesamten Fahrt vom Campus zum Flughafen nicht aufhörte zu reden. Felix schenkte uns keine Beachtung, sondern zog gleich sein Handy aus der Tasche. Ich selbst fand sie ganz interessant und bedauerte, dass wir den Flughafen erreichten, bevor die Story zu Ende war, wie sie und ihr Freund sich kennengelernt hatten, während sie nach einer verirrten Schildkröte suchten.

Felix und ich warteten in der glücklicherweise kurzen Schlange vor der Sicherheitskontrolle, und ich amüsierte mich über den Mann vor uns, der einen Karton an einem provisorischen Griff aus Paketband trug. Im Vergleich dazu sahen unsere Rollkoffer uninteressant aus. Ich wollte Felix darauf aufmerksam machen, um die komische Stimmung nach unserem intimen Moment zu lockern, doch er sprach zuerst.

»Wenn ich darüber spreche, dich zu küssen, werde ich es wieder tun wollen.« Seine Stimme war leise und tief hinter mir, und seine Worte an diesem öffentlichen Ort hatten eine äußerst sinnliche Wirkung auf mich. Prompt schlug meine Hand gegen einen der Pfosten der Absperrung, als ich mich zu ihm umdrehte. Ich umfasste mein Handgelenk.

»Was?«

»Alles in Ordnung mit dir?« Er deutete auf mein Handgelenk, als hätte er nicht gerade auf seine felixtypische Art eine Bombe platzen lassen.

»Bestens«, antwortete ich und winkte ab; mein Handgelenk pochte bei dieser Bewegung. »Wenn du mich erneut küssen willst, warum hast du dich dann den ganzen Tag so benommen?«

»Ich will dich nicht erneut küssen«, sagte er kaum lauter als ein Flüstern. Er streckte die Hand aus und zeigte auf mein Handgelenk, und als ich nachgab, untersuchte er die gerötete, empfindliche Stelle. Felix war Chemiker, genau wie ich, aber er untersuchte meinen Arm, als wäre er Arzt. Seine Fingerspitzen strichen hauchzart über meine Haut. »Ich will dich nicht wieder küssen«, sagte er noch einmal, den Blick auf meinen Arm gerichtet. »Weil ich dich wirklich wieder küssen will.«

»Das ergibt keinen Sinn.« Wir bewegten uns vorwärts in der Schlange, während Felix nach wie vor mein Handgelenk hielt.

»Ich weiß«, brummte er. »Wenn ich in deiner Nähe bin, werde ich selbst nicht schlau aus mir. Ich glaube, du brauchst Eis dafür.«

Die Stelle, die auf den Plastikpfeiler geprallt war, schmerzte und schwoll ein wenig an, aber dieser ganze Augenblick war einfach zu seltsam, um groß darauf zu achten. Um uns herum waren die Leute in der Schlange, aufgeregt und teils auch verärgert.

»Nächster.« Die Stimme des Kontrolleurs war ständig zu hören und sorgte dafür, dass es in der Schlange voranging.

»Das gefällt dir nicht, was? Keine Kontrolle zu haben?« Ich las es an der Falte zwischen seinen Brauen und den angespannten Schultern, während er meinen Arm hielt.

Mit seinen braunen Augen sah er mich an, und wenn ich Zweifel gehabt hatte, waren sie in diesem Moment verschwunden.

»Tja, so bin ich eben … bringe Leute ein wenig aus der Fassung.« Behutsam zog ich meinen Arm zurück. Ich weiß nicht, warum diese Erkenntnis ein flaues Gefühl in meinem Magen auslöste. Es stimmte, ich hatte es mein ganzes Leben lang zu hören bekommen, und eigentlich hatte ich diese Eigenschaft an mir immer gemocht. Ich half Leuten aus ihren eingefahrenen Wegen und Illusionen, die sie in ihrer Entwicklung hemmten, was ihnen meistens gar nicht bewusst war. Natürlich gefiel es manchen Leuten, mit ihren Illusionen zu leben, und sie sahen die eingefahrenen Pfade vielleicht als ihren Weg. Felix war ein solcher Typ. Meine Ex war es am Ende unserer Beziehung auch gewesen. Dieser Vergleich war irgendwie entmutigend.

»Wir können vergessen, dass es passiert ist. Nicht der erste Kuss«, schränkte ich ein und rollte meinen Koffer vorwärts; die Geräusche der Sicherheitskontrolle wurden lauter. »Aber das, was gestern Nacht passiert ist. Es war einfach eine komische Sache.« Ich wedelte mit der Hand und bereute es sofort, da ich vor Schmerz zusammenzuckte.

Felix sah mich an, als könnte er in meinem Gesicht eine geheime Botschaft entdecken. Für eine Sekunde glaubte ich, er würde den Kopf schütteln und mir sagen, er wolle es nicht vergessen. Stattdessen zeigte er auf meinen Arm. »Wir besorgen dir Eis, sobald wir durch die Sicherheitskontrolle sind.«

»Nächster.«

Ich ging mit meinem Ausweis in der Hand auf den Kontrolleur zu, den bitteren Beigeschmack des Vorschlags kostend, dass wir den Kuss vergessen sollten. Denn das wollte ich absolut nicht.

12. Kapitel

Felix

Ich balancierte die drei Becher, während ich die Plastiktüte an meinen Zeigefinger gehakt hatte. Die Wartehalle war nicht voll, und ich konnte in normalem Tempo vom Coffeeshop zu unserem Gate gehen, wo Gia mit unserem Gepäck wartete. Ich war nur zehn Minuten weg gewesen, doch die Vorstellung, gleich wieder neben ihr zu sitzen, ließ mich meine Schritte beschleunigen, obwohl ich doch eigentlich langsamer machen sollte. Die vergangene Nacht hatte mich völlig aus dem Konzept gebracht. Ich hatte nicht geschlafen und war während unserer Meetings gereizt gewesen. Und dann hatte sie vorgeschlagen, den Kuss zu vergessen.

»Achtung im Boarding-Bereich, unser Flug nach San Diego ist voll …«

Ich wollte die ganze Sache zwischen uns vergessen, aber dann sah ich Gia im Licht der untergehenden Sonne vor der Fensterfront, wie sie durch ihr Handy scrollte. Ein paar Strähnen hatten sich aus ihrem Haarknoten gelöst und umrahmten ihr Gesicht. Sie trug nicht viel Make-up, aber ihre Lippen waren dunkelrot, und diese Farbe schien nie zu verblassen.

»Warum siehst du mich so an?« Sie musterte mich skeptisch. *Ertappt.*

»Ist dein Lippenstift tätowiert?«

Sie lachte und streckte die Hand aus, um die Sachen entgegenzunehmen. »Du stellst die komischsten Fragen. Nein, es ist nur lange haltender Lippenstift.«

Ich wandte den Blick ab und machte mich daran, das Eis für ihr Handgelenk in einige Servietten zu wickeln. Die Kälte an meinen Fingern, als ich die Eiswürfel aus dem Becher fischte, war eine gute Ablenkung. Als ich ihr das fertige Paket gab, hielt sie mir dafür einen kleinen roten Zylinder hin. »Möchtest du ihn ausprobieren?«

Ich sah, wie sich ihre Kiefermuskulatur verspannte, als sie das Eis auf ihr Handgelenk legte.

»Ich glaube nicht, dass mir die Farbe steht.« Ich nahm den Stift trotzdem und betrachtete ihn. Power Pout. Ich kicherte über den Namen, der so viel wie *Powerschmollmund* bedeutete, und gab ihn ihr zurück. »Man hat mir außerdem gesagt, mein Schmollmund sei kläglich.«

Gia stupste meinen Ellbogen an. »Ach, sei nicht so streng mit dir. Ich bin sicher, du kriegst einen richtig guten Schmollmund hin. Zieh mal eine Schnute.« Sie schob die Lippen dramatisch vor, als würde sie für ein Selfie posen. Diese Miene schadete ihrem tollen Aussehen kein bisschen, aber ich musste dennoch lachen und stellte die Limonade neben sie.

»Ich verzichte, danke.« Ich gab ihr die Plastiktüte. »Schmerztabletten und ein paar Kekse.«

»Danke. Daran könnte ich mich gewöhnen, Feels«, sagte sie und hörte auf mit dem Duckface. Ich ließ ihr den Spitznamen durchgehen. »Aber so schlimm ist es wirklich nicht.«

»Es kann nicht schaden, es zu behandeln.« Ich setzte mich auf den freien Platz neben ihr und öffnete die Wasserflasche, die ich für mich gekauft hatte.

»Danke.« Sie biss sich auf die rot geschminkte Unterlippe. »Du könntest noch eine Sache für mich tun.«

Alles. Ich hatte schon mein Handy gezückt, um meine E-Mails durchzusehen und mich auf sicheres Terrain zu begeben. »Möchtest du von mir hören, warum dein neuester Artikel Verbesserungen nötig hat?«

»Darum muss ich dich wohl kaum bitten.«

»Da hast du recht.« Unsere Herangehensweise war unterschiedlich, und wir waren in vielen Dingen nicht einer Meinung, aber mir gefiel Gias Arbeit. Sie war eine gute Erzählerin – ein Talent, das nicht jeder besaß, der wissenschaftliche oder technische Artikel schrieb. Vielleicht provozierte ich sie deshalb so gerne.

Gia verdrehte die Augen und deutete auf mein Handy. »Du könntest mir verraten, was du dir ständig auf deinem Handy ansiehst.«

»Nein.«

»Bitte?«

»Nein.« Ich scrollte durch meinen Posteingang und achtete nicht auf den Duft, den ich wahrnahm, als sie näher kam.

»Ich bin verletzt«, jammerte sie und hielt theatralisch ihr Handgelenk hoch, an das sie die mit Eiswürfeln gefüllte Servietten drückte.

»Das ist fies«, sagte ich und legte das Handy mit dem Display nach unten auf meinen Oberschenkel. »Du manipulierst mich.«

»Sieht ganz so aus.« Sie nahm mein Handy, und ihre eleganten Finger glitten dabei an den Seiten entlang, auf eine

Weise, die nicht zweideutig sein sollte. Trotzdem rutschte ich nervös auf meinem Sitz hin und her. »Funktioniert es denn?«

»Du wirst enttäuscht sein«, warnte ich sie und nahm ihr das Handy wieder weg.

»Das bezweifle ich.« Sie lehnte sich zu mir herüber, sodass unsere Arme sich berührten.

»Du darfst dich nicht über mich lustig machen«, forderte ich, dann tippte ich auf das Icon und öffnete die App.

»Das verspreche ich nicht«, erwiderte sie und kam noch näher. Eine ihrer Locken, die sich aus dem Haarknoten gelöst hatten, kitzelte meine Wange. »Aber ich werde nachsichtig spotten.«

»Du bist echt nervig«, murrte ich, öffnete die App aber dennoch. »Ich zeige es dir nur, weil du ja doch keine Ruhe geben wirst.«

»Okay.« Sie hielt das Eis unbeholfen gegen ihr Handgelenk, daher streckte ich meinen Arm auf der Sitzlehne hinter ihr aus, damit sie mehr Platz hatte. Als mir klar wurde, was für eine Haltung wir dadurch einnahmen, stutzte ich. »Äh, ist das in Ordnung so?«

Ihr Körper schmiegte sich bereits an meinen, ihre Schulter ruhte an meiner Brust. Es juckte mich in den Fingern meiner linken Hand, sie auf ihre Schulter sinken zu lassen.

»Perfekt.« Sie schien nichts gegen diese Kuschelposition zu haben. »Und jetzt zeig es mir. Ich halte es vor Spannung nicht mehr aus.«

»Na schön«, gab ich seufzend nach. Bisher hatte ich noch nie jemandem von dieser schrulligen Gewohnheit erzählt. »Es ist ein bisschen … also, wenn ich es gleich wieder ausschalten soll, sag mir Bescheid.«

Gia sah mich lächelnd an, und ich versuchte, den Blick nicht auf ihre Lippen zu richten. »Ich bin ziemlich hart im Nehmen, Ennings.«

Ich scrollte zu dem Account und spielte das erste Video ab.

Gia stutzte und sah mich verblüfft, aber vielleicht auch ein wenig belustigt an. »Du machst Witze.«

»Es ist irgendwie beruhigend, finde ich.« Mein Gesicht glühte. »Ich kann es ausmachen. Ich habe dir ja gleich gesagt, dass es nicht sonderlich interessant ist.«

»Von wegen!« Sie drängte sich an mich. »Das ist eine sehr interessante Seite von dir.« Sie schaute erneut aufs Display.

»Es ist nicht wie ...« Mir fehlten sonst nie die Worte, aber Gia weckte in mir das Bedürfnis, es klarzustellen. Aber sie brachte mich mit einem »Pscht!« zum Schweigen.

»Ich verstehe es vollkommen.« Sie konzentrierte sich auf das, was sie sah, während ich abwechselnd auf das Display und auf ihre Schulter sah, die nur ein kleines Stückchen von meinen Fingern entfernt war. Sie senkte die Stimme. »Moment, das ist doch nichts ... Sexuelles, oder?«

»Nein!« Ich setzte mich erschrocken auf und stieß sie dadurch weg. »Warum fragst du das?«

Gia lachte und lehnte sich wieder an mich. »Das war ein Scherz, Ennings. Ich hätte bloß nicht gedacht, dass du auf Poolreinigungs-Videos stehst.«

Mein Gesicht glühte immer noch, aber die Hitze durchströmte auch meinen Körper, dem sie sehr nah war, während wir beide auf mein Handy schauten. »Es ist einfach beruhigend. Angenehm stumpfsinnig, sich anzusehen, wie ein ganz bestimmtes Problem gelöst wird und hinterher alles wieder in Ordnung ist.«

Sie nickte, und wir sahen uns den Rest des kurzen Videos schweigend an. Die verschiedenen Lösungen und Pulver machten das trübe Wasser funkelnd blau. Als das Video endete, seufzte sie. »Felix, das könnte mein neuer Wohlfühl-Kick sein. Wer hätte gedacht, dass du dermaßen brillant bist?«

Die nächsten beiden Videos wurden abgespielt, und ich rührte keinen Muskel, um den Hautkontakt zwischen uns nicht zu unterbrechen. Bisher hatte ich keinem, den ich kannte, jemals diese Videos gezeigt, aus Angst, dass sie schlecht über mich denken würden. Ich war mir sicher gewesen, dass jeder es für sehr schräg halten würde. War es ja auch. Abgesehen davon, dass ich mir relativ sicher war, mich über Wasser halten zu können, hatte ich mit Schwimmen nichts am Hut und interessierte mich auch nicht für Pools, aber Gia stieg voll darauf ein. Tat sie immer. »Als Kind bin ich in einen Pool gefallen«, sagte ich, ihr über die Schulter auf das Display schauend. »Stieß mir den Kopf am Beckenrand und trug diese Narbe davon.« Ich berührte meinen Kopf mit der Fingerspitze, als sie aufsah. Ich wusste nicht, warum ich ihr das erzählte. Es war schließlich keine besonders interessante Geschichte, und Gia hatte nicht gefragt. Aber mir gefiel die Vorstellung, dass Gia Dinge über mich wusste, die andere Leute nicht wussten.

»Mir ist diese Narbe bei unserer ersten Begegnung aufgefallen. Jetzt ergeben die Videos einen Sinn. Du hast eine schwierige Vergangenheit mit Swimmingpools.«

»Es ist die Ursache für meine Bosheit.« Ich lachte leise und strich mit dem Daumen über ihren Arm. »Weißt du …«

Als sie den Kopf erneut hob, bewegte sie dabei die Schultern, und meine Finger streiften ihre Haut. Es war einer dieser Momente, die in Filmen überdramatisch dargestellt werden. Um uns herum herrschte reger Betrieb im Boarding-Bereich. Ein Typ eine Reihe weiter hustete in seine Armbeuge, während eine Gruppe Kids um Rollkoffer herum Fangen spielten. Die Zeit verging nicht langsamer, und nichts verblasste, aber das Gefühl ihrer Haut und ihr Blick waren das, was ich intensiv wahrnahm.

»Was?« Sie nahm ihren Arm fort und ließ das schmelzende Eis in den Becher fallen. »Habe ich auf dich getropft?« Sie betrachtete mich, vielleicht suchte sie Wassertropfen, doch ihr Blick raubte mir den letzten Rest Selbstbeherrschung.

»Ich will nicht so tun, als wäre es nie passiert.« Meine Worte hingen für eine unbestimmte Dauer zwischen uns.

Schließlich nickte sie und richtete den Blick wieder auf das Display. Eine ganze Weile sagte sie nichts mehr, aber dann legte sie den Kopf an meine Schulter. »Okay.«

»Okay.« Ich ließ meine Hand auf ihre Schulter sinken und streichelte versuchsweise ihren Oberarm.

»Hat diese Ein-Wort-Antwort dich ins Grübeln gebracht?« Ein schiefes Lächeln erschien auf ihrem Gesicht.

Sie hatte recht, aber ich wusste nicht, was ich sonst sagen sollte.

»Wir haben noch zwei weitere Stationen auf unserer Reise. Lass uns einfach … Spaß miteinander haben.«

»Spaß miteinander haben … wie?«

»Na ja, fangen wir mit noch mehr Poolreinigungs-Videos an, denn ich wusste gar nicht, wie sehr ich die brauche. Dann sehen wir weiter«, sagte sie mit einem Kichern, das ihren Körper an meinem vibrieren ließ.

Ich schüttelte das Handy. »Ich werde es bereuen, dass ich dir das anvertraut habe.«

»Wahrscheinlich«, sagte sie.

In meinem Kopf spielten sich Hunderte Möglichkeiten ab, wie ich mit Gia Price Spaß haben konnte. Ich schaute mich auf dem Gate um, auf der Suche nach etwas, das mich ablenken würde, denn die Hälfte der Dinge, die mir durch den Kopf gingen, waren erotischer Natur. Na schön, mehr als die Hälfte, aber der Platz, den sie in meinem Kopf einnahm, wurde auch stetig größer. »Wie geht es deinem Handgelenk?«

»Das müsste bald wieder einsatzbereit sein«, sagte sie, ohne vom Display aufzuschauen.

»So habe ich das nicht gemeint«, erklärte ich. »Ich wollte damit nicht andeuten …«

»Du bist wirklich leicht zu durchschauen, Ennings.«

13. Kapitel

Gia

Seit ich ein Kind war, spielte ich ein Spiel mit mir selbst, das hieß: »Sind sie langweilig oder ist mir langweilig?« Im Fall der Douglas University lag es nicht an mir. Jemand las uns völlig unironisch eine PowerPoint-Präsentation vor darüber, wie stark die Studierenden sich engagierten und man auf technologische Krücken verzichten konnte. Der Mann las nicht einfach Notizen ab, sondern drehte sich zur Leinwand um und betete herunter, was auf jeder neuen Folie stand.

Felix schob einen Notizblock zwischen uns hin und her, ohne den Blick vom Vortragenden abzuwenden. Er hatte einige weitere Buchstaben in das Hangman-Spiel eingetragen, nachdem ich *e* geraten hatte. *Wie ele _ e _ _ _ _ _ de.* Ich las seine Blockschrift und notierte meine Vermutung. *Wie elementar öde?* Grinsend schob ich den Block wieder zu ihm und richtete meine Aufmerksamkeit auf den Vortrag. Ich war mir sicher gewesen, dass er ein Chemie-Wortspiel machen würde. Ich sah ihn nicht an, obwohl ich es gern getan hätte.

Die letzten vierundzwanzig Stunden waren seltsam gewesen, aber es fühlte sich besser an, mich mit Felix zu verstehen. Unser Flug hatte Verspätung gehabt, und vom Flughafen zum Hotel verlief auch nicht alles reibungslos. Als wir endlich auf unseren Zimmern gewesen waren, blieben uns nur sechs Stunden bis zum Besuch der Douglas University, und wir wussten beide, dass wir in dieser Nacht keinen »Spaß« mehr miteinander haben würden. Nicht, dass ich meinen Schlaf nicht gern geopfert hätte.

Bei der Erinnerung warf ich ihm doch einen kurzen Blick zu und sah ihn grinsend etwas auf das Blatt kritzeln.

Unsere Umarmung letzte Nacht vor meiner Hoteltür hatte lange gedauert, und ich wusste, dass ich ihn küssen würde, sobald wir uns voneinander lösten. Aber er war schneller, neigte den Kopf und fragte, ob er dürfe. Zuerst war der Kuss zögernd, blieben seine Lippen geschlossen. Immer wenn ich glaubte, Felix zu kennen, überraschte er mich – wie in dem Moment, als er meinen Hinterkopf umfasste, um mich leidenschaftlicher zu küssen und in meinem Mund ein sinnliches Spiel mit seiner Zunge zu beginnen. Als der Kuss schließlich endete, spürte ich, wie ungern er aufhörte, und mir ging es genauso. Wir küssten uns noch einmal, dann gingen wir auf unsere Zimmer.

Wie bist du so schnell auf die Antwort gekommen?

Ich bin gut in Hangman, und es war leicht.

Ich gebe auf. Wie lange noch, bis wir von hier verschwinden können?

Eine Stunde.

Willst du dir noch die Bibliothek ansehen? Oder die neuen Labore?

Lieber möchte ich dich ansehen. Das schrieb ich, ohne ihn anzusehen, und grinste, als ich sein überraschtes Ausatmen und anschließendes leises Lachen hörte.

Ich dachte, du wärst cooler.

Der Vortragende drehte sich lächelnd zu uns um. »Verzeihung, dass ich nicht aufhöre zu reden, aber es ist so aufregend.« Und dann las er gleich wieder von der Leinwand ab.

Ist es innerhalb unserer Parameter gestattet, zu sagen, dass ich dich genauer ansehen will?

Wir haben nicht mal Parameter definiert, aber ja, ich denke schon. Und meinst du, es ist im Rahmen der Parameter, zu sagen, dass du heute gut aussiehst?

Und wie. Zu sehr im Rahmen. Hast du nicht etwas, das du zu deiner Grandma nie sagen würdest?

Du siehst sexy aus in diesem Pulli, und ich würde ihn dir gerne ausziehen?

Ich rutschte nervös auf meinem Platz hin und her, da mir plötzlich klar wurde, welche Empfindungen Felix in mir wecken konnte, falls er je anfangen würde, sündige Sachen zu mir zu sagen. *Ich hoffe mal, das sagst du nicht zu deiner Grandma.*

Er lachte erneut leise, und sein stoßartiges Ausatmen war nur für mich hörbar, aber es war genug.

Ich wandte mich zur Seite und flüsterte ihm ins Ohr: »Ich will nicht in die Bibliothek oder die Labore, wenn wir hier fertig sind.«

»Und deshalb ist Blickkontakt so wichtig, wenn man die Fragen der Studierenden beantwortet«, erklärte der Vortragende der Wand, die er ansah.

Felix flüsterte mir ins Ohr: »Es kommt mir vor, als wären wir zwei Teenager, die heimlich etwas anstellen wollen.«

Ich schrieb meine Antwort auf den Notizblock. *Wir müssen nichts heimlich tun. Wollen wir gleich herumknutschen? Der Veranstalter merkt bestimmt nichts.*

Er schrieb nicht, sondern flüsterte mir erneut ins Ohr;

sein Atem an meiner Haut ließ mich erschauern und löste ein Kribbeln in meinem Bauch – und tiefer – aus. »Führe mich nicht in Versuchung.«

Bevor ich den Notizblock mit meinen Zeilen wieder zu ihm schob, strich ich mit dem Zeigefinger über seine Hand und genoss es, wie sein Atem ein wenig stockte. *Es wäre toll, dich mal außer Kontrolle zu erleben.*

Mach nur so weiter, dann kommt es so weit.

Ich wand mich angesichts der Energiespirale, die seine Worte in mir auslöste.

»Und das war's«, verkündete der Vortragende schwungvoll, an uns und die anderen Anwesenden gewandt. »Das ist das Fundament unserer Arbeit. Noch Fragen?«

Felix richtete sich neben mir auf, und ich klappte verstohlen den Notizblock zu. »Danke«, sagte ich und versuchte krampfhaft, mir eine Frage einfallen zu lassen, damit es nicht so aussah, als hätten Felix und ich während der gesamten Präsentation nur miteinander getuschelt.

Felix kam mir zuvor. »Auf welche Weise haben Sie die Wirkung der verstärkten Interaktion auf die Arbeitsweise der Studierenden ermittelt?«

Ich konnte mich gerade genug beherrschen, um ihn nicht verblüfft anzusehen, als wollte ich sagen: *Ich dachte, du hast genauso wenig aufgepasst wie ich.*

Der Vortragende lächelte strahlend. »Mit verschiedenen Methoden. Das Wichtigste ist jedoch, dass man den Studierenden Aufmerksamkeit schenkt. Hat zum Beispiel jemand von Ihnen einen Kollegen oder eine Kollegin, die Ihre Arbeit besonders kritisch unter die Lupe nimmt?«

Ich lachte zur gleichen Zeit, wie Felix automatisch »Ja« sagte.

»Dr. Ennings ist vermutlich die Person, die meine Arbeit am kritischsten betrachtet«, erklärte ich mein Lachen.

Der Vortragende war nach Beendigung der Präsentation viel persönlicher und zugänglicher, und ich überlegte, wie ich ihm das sagen könnte, ohne seine Gefühle zu verletzen. Lächelnd fuhr er fort: »Er betrachtet Ihre Arbeit also kritisch. Welche Wirkung hat das auf Sie?«

Alle Augen im Raum, einschließlich Felix', richteten sich auf mich.

»Ich würde sagen, es gibt mir das Gefühl, dass meine Arbeit … zählt.« Ich sah nicht zu Felix, sondern blieb im Blickkontakt mit dem Vortragenden, dessen Zunge sich nie in meinem Mund befunden hatte und dessen schrullige Eigenschaften mich nicht dahinschmelzen ließen. »Er ist brillant, ein aufgehender Stern in seinem Fachgebiet. Wenn er meine Herangehensweise kritisiert, was häufig vorkommt, vermittelt er mir damit trotzdem das Gefühl, wichtige Arbeit zu leisten. So wichtig, dass er sich damit befasst.«

Der Vortragende strahlte. »Exakt. In der Wissenschaft vergessen wir zu oft, wie wichtig Aufmerksamkeit und Anerkennung für Studierende und Kollegen sind. Auf diese Weise unterstützen wir den Lernprozess und vermitteln den Studierenden das Gefühl, unterstützt zu werden, was sie wiederum zu höheren Leistungen anspornt.« Wieder lächelte er und ging durch den Raum, um sich den Kommentar eines anderen Professors anzuhören.

Felix beugte sich zu mir herüber, und sein Atem streifte mein Ohr. »Mir war gar nicht klar, dass du das so empfindest.«

»Ich habe noch nie vorher darüber nachgedacht, aber ja, es stimmt.«

Felix schwieg einen Moment, und seine Wangenmuskeln arbeiteten, als ich ihn ansah. Das Frage-und-Antwort-Spiel des Vortragenden ging weiter, und auf einmal war die ganze Präsentation interessant, daher merkte ich zunächst nicht, wie Felix eine weitere Botschaft schrieb, bis er mit dem Notizblock gegen meine Hand stupste.

Ich finde dich übrigens auch brillant.

Na ja, dann könntest du aufhören, meine Arbeit ständig niederzumachen.

Felix berührte mit der Fingerspitze meinen Arm. Es war die leichteste Berührung, doch mein Körper reagierte, als hätte er seine Hand unter mein Shirt geschoben.

Ich habe nicht gesagt, dass du recht hast, nur dass du brillant bist.

14. Kapitel

Felix

Noch nie hatte ich mir Gedanken darüber gemacht, wie weit mein Hotelzimmer vom Lift entfernt war. Bis Gia Price neben mir stand. Ich konnte nur hoffen, dass niemand Details unseres Besuches der Douglas University von mir hören wollte, denn abgesehen davon, wie seidig Gias Haut sich anfühlte und wie sie im Profil aussah, wenn sie lächelte, hatte ich kaum etwas Fachliches mitbekommen. Christopher würde von diesem Bericht begeistert sein.

Gia und ich hatten Zimmer auf derselben Etage, allerdings jeweils an einem anderen Ende. Als wir den Fahrstuhl verließen, blieben wir daher kurz stehen und sahen erst den Flur entlang und dann uns an.

»Also«, sagte sie und biss sich auf die Unterlippe. »Zu dir oder zu mir?«

Mein ganzes Leben lang hatte ich nachgedacht, bevor ich redete. Ich wägte die richtige Antwort ab, die sozial wünschenswerte, die professionelle Antwort. In einer anderen Situation hätte ich die Bedeutung ihrer Frage zu klären versucht, das Arrangement komplett überdacht oder sie gebeten, die Entscheidung zu treffen. »Mein Zimmer liegt ein wenig näher.«

Gia grinste. »Ennings, mir gefällt deine Einstellung.«

Wir gingen den Flur entlang, und ich berührte ihre Hand, denn ich wollte meine Finger mit ihren verschränken. »Du hast deine Tasche nicht zufällig in Dr. Antonios Büro liegen lassen, oder?«

»Ich vergesse immer, dass du gelegentlich Scherze auf Lager hast«, entgegnete sie. »Nichts im Wagen vergessen. Keine Flugverspätungen. Es ist auch noch nicht Mitternacht, und eine Escape-Taste gibt's ebenfalls nicht«, fügte sie hinzu. »Ich gehöre ganz dir.«

Ich blieb vor meiner Tür stehen und zog die Schlüsselkarte aus meiner Brieftasche, zögerte jedoch, sie durch den Schlitz zu ziehen. »Du gehörst mir?«

»Für diese Nacht.« Gia fuhr mir mit ihren Nägeln über den Rücken, was meine Nervenenden vibrieren ließ. »Und ein paar weitere Nächte.« Nach den Küssen in der vorangegangenen Nacht, den beiläufigen Berührungen und Blicken den ganzen Tag begehrte ich Gia heftig. Ich wollte sie ganz. Ihre Augen weiteten sich, dann blinzelte sie langsam. »Schließ die Tür auf, Ennings. Ich will herausfinden, wie es zwischen uns läuft, wenn niemand uns stört.«

Ich war mir sicher, die Tür geöffnet und hinter uns wieder zugemacht zu haben, aber ich erinnerte mich an nichts von all dem mehr, als Gias Lippen erneut auf meinen lagen und ihr weicher Körper sich an meinen schmiegte, während ich sie sanft gegen die Wand drängte. Hätte jemand uns durch das Fenster beobachtet, hätten wir wie Liebende ausgesehen, ein Paar, das alles um sich herum vergaß. So jedenfalls fühlte ich mich mit ihr, allerdings nicht nur in diesem Moment, in dem unsere Körper sich aneinanderschmiegten. Sie gab mir das Gefühl, als befänden wir uns in einer Art Blase, fern von allen anderen Leuten. Vielleicht kam es mir deshalb so natürlich vor, dass wir uns beruflich gegenseitig herausforderten.

»Findest du mich wirklich brillant?« Ihre Worte kamen in kurzen Atemstößen heraus, als ich meine Lippen auf ihren Hals presste, um ihre warme Haut zu küssen und sanft zu zupfen.

»Unglaublich«, sagte ich nah an ihren Wangen. »Glaubst du, ich würde lügen?«

»Nein.« Sie gab ein leises Stöhnen an meinem Ohr von sich, als ich sie näher an mich zog. »Ich höre es nur gern von dir.«

Ich sah ihr in die Augen; unsere Gesichter waren sich so nah, dass unser Atem sich vermischte, eine Formulierung, die ich in der Vergangenheit für ziemlich unglaubwürdig gehalten hatte. »Du willst, dass ich dir Komplimente über deine Arbeit mache, während wir das hier tun?« Ich schob mein Knie zwischen ihre Beine, um uns noch näher zusammenzubringen: Ihre Schenkel befanden sich nun zu beiden Seiten von meinen.

Gia küsste meinen Unterkiefer. »Kann sein.« Sie zerrte an meinem Hemd und zog es mir aus der Hose, um ihre Finger über meinen Rücken und meine Rippenmuskeln gleiten zu lassen. »Ja, ich glaube, das gefällt mir.«

Sie ließ ihre Fingerspitzen spielen, kitzelte mich; prompt stieß ich einen kurzen Schrei aus. Das klang nicht besonders cool, falls es so etwas wie einen coolen Aufschrei überhaupt gab. Ich zuckte zurück, sodass unser Körperkontakt unterbrochen wurde. Gia lachte, und diesmal war es nicht nur ein leises Kichern, sondern ein herzhaftes Lachen. »Was war das?«

»Ich bin kitzlig«, gestand ich und näherte mich ihr wieder, ein wenig verlegen. »Sehr kitzlig.«

»Dann wäre es dir also lieber …« Sie streckte die Finger erneut nach meinen Rippen aus. »Wenn ich das nicht tue?«

Ich hielt ihre Handgelenke fest, ehe sie mich auf diese hinreißende Weise attackieren konnte. »Ich mag es, berührt zu werden, aber nicht gekitzelt«, stellte ich klar, ihre Arme weiter festhaltend.

»Ich verspreche, ich werde dich nicht kitzeln.« Sie sah mich mit einem ebenso hinreißenden Lächeln an. »Aber gibt es noch einen anderen Weg, um dir diesen Laut zu entlocken? Der klang irgendwie nicht menschlich.«

Ich hielt nach wie vor ihre Handgelenke fest. Wir standen mitten im Hotelzimmer in einer etwas unbeholfenen Tanzposition – zunächst hielt ich sie auf Armeslänge von mir, dann zog ich sie wieder näher an mich, wobei ich ihre Arme sanft mit einer Hand hinter ihrem Rücken festhielt.

»Felix?«

»Ja?« Die freie Hand legte ich auf ihre Taille und küsste sie sacht auf die Schläfe.

»Sag mir, wie du berührt werden möchtest.«

Ich ließ ihre Handgelenke los, legte die Hand auf ihren Rücken, sodass die Wölbung ihres Pos sich direkt unterhalb befand. »Wirst du mir dann dasselbe über dich verraten?«

»Wir sind Forscher.« Gia schob mich zum Bett, bis ich mit den Kniekehlen dagegenstieß und mich setzte. Ich schaute zu ihr hoch. »Aber diesmal ohne Computermodelle. Nur praktische Versuche.«

Ich hielt ihre Hüften und zog sie näher, damit ich Gia

küssen konnte. Jeder Kuss mit ihr fühlte sich vertraut und zugleich neu an. Es war kein wilder Kuss, aber er dauerte an und nahm an Leidenschaft zu, bis sie sich von mir löste und anfing, mein Hemd aufzuknöpfen. »Festere Berührungen?«

Ich nickte und beobachtete ihre geschickten Finger an den Knöpfen, die leuchtende Farbe ihrer Nägel; als sie fertig war, zog ich mein Hemd aus.

»Küsse?«

Ich schluckte auf eine Weise, die mir cartoonhaft vorkam, als hallte das Geräusch von den Wänden wider, denn Gia war vor mir auf die Knie gesunken, und ich hielt den Atem an. »Küsse?«

»Darf ich dich dort küssen?« Sie bewegte ihre Hände über meine Rippen, wo ich so kitzelig war. Noch nie hatte mich jemand das gefragt, schon gar nicht jemand, der so faszinierend und wunderschön war wie Gia. Mit meinem jahrelang geschulten rationalen Denken war es jedenfalls in diesem Moment vorbei.

Ich nickte, sah zur Decke und atmete geräuschvoll wieder aus, als ihre Lippen meine nackte Haut berührten und über meine Bauchmuskeln glitten. »Warte«, sagte ich keuchend.

»Was ist los?« Ein paar Locken fielen ihr in die Stirn, und ich hob ihren Arm von meinem Oberschenkel.

»Ist dein Handgelenk in Ordnung?«

Gia lachte, nahm ihren Arm jedoch nicht weg. »Ist das ein Wink, Ennings? Ich beabsichtige durchaus, noch dorthin zu kommen, aber gib mir Zeit für ein bisschen Vorbereitung.«

Ich schaute auf ihr Handgelenk, das kaum noch geschwollen aussah. Ich hätte nicht gedacht, dass mein Gesicht sich noch heißer anfühlen könnte, aber in diesem Moment kam es so. Bevor ich etwas erwidern konnte, lächelte Gia und küsste meine Finger, die locker um ihren Arm lagen. »Entspann dich, Felix.« Sie drückte mich sanft auf das Bett hinunter und küsste meinen Bauch, dann tiefer und machte sich schließlich am Reißverschluss meiner Hose zu schaffen. Ich kam mir überspannt vor wie ein Teenager und legte meine Hand auf ihre.

»Warte«, sagte ich, setzte mich auf und zog sie auf meinen Schoß. »Ich brauche ein paar Minuten, um mich zu beruhigen.« Ich legte ihr meine Hand in den Nacken und küsste sie. Ich liebte es, sie zu küssen und wie sie sich anfühlte, wenn ich sie küsste. Und ich liebte es, wie ich mich fühlte, wenn ich sie küsste. »Du bist brillant«, sagte ich und legte sie aufs Bett.

»Ich habe mich schon gefragt, wann du erneut auf die Komplimente zurückkommst.«

Ich ließ meine Hand ihren Bauch hinaufwandern, bis ich die Wölbung ihrer Brüste erreichte. Durch den Stoff hindurch fühlte ich die Reaktion ihrer Nippel. »Wie soll ich dich dort berühren?«

»Sanft, dann fester«, murmelte sie und führte meine Hände, ehe sie ihre ablegte.

»Ausgezeichnet«, sagte ich und griff hinter sie, auf der Suche nach dem Reißverschluss ihres Kleids. Ich streifte es ihr von den Schultern, aber wir endeten in einem Durcheinander aus Kleidungsstücken.

»Das hätten wir wohl besser ausziehen sollen, ehe wir uns hingelegt haben«, sagte sie, sprang vom Bett und stieg aus dem Kleid. »Im Fernsehen sieht das leichter aus.«

»Wow.« Ich ließ meinen Blick über ihre Schultern wandern, zu dem rosafarbenen Spitzen-BH, durch den hindurch ihre harten Nippel deutlich zu erkennen waren. Ich wollte ihren verführerischen Bauch küssen. Ihr zum BH passender Slip verbarg das Geschenk, das ich noch auszupacken hoffte.

»Du meinst brillant?«, sagte sie, warf ihren BH zur Seite und stieg wieder aufs Bett, zurück in meine Arme.

»Ja.« Ich ließ meine Hand mit langsamen Bewegungen über ihre Brust kreisen und erkundete dabei jeden Zentimeter, ehe ich mich der anderen widmete. »Sanft?«

»Und dann fest«, entgegnete sie stöhnend, woraufhin ich den Druck verstärkte und die Nippel zwischen meinen Fingern drehte. Das brachte mir ein weiteres Stöhnen von Gia ein.

Ich saugte an einer ihrer aufgerichteten Brustwarzen und versuchte, diesen Moment mit den vielen Gelegenheiten in Einklang zu bringen, bei denen ich in meinem Büro saß und Gia durch die Wand hörte, ihr Summen und Lachen, wenn sie mit Studenten redete. Jetzt wand sie sich unter mir, und ich gab es auf, aus meinen Gedanken schlau werden zu wollen; es war einfach zu schwer vorstellbar, sie irgendwann wieder nur durch die Wand zu hören. Und noch war es ja auch nicht so weit. Ich küsste sie erneut, ließ meine Finger tiefer gleiten, zwischen ihre Schenkel, und dann konzentrierte ich mich ganz auf ihre empfindsamsten Stellen und überschäumenden Reaktionen, bis sie in meinen Armen kam. Für diese Nacht hatte ich Gia in meinem Bett. Vielleicht sogar für einige Tage – und ich konnte nur hoffen, dass mir das reichen würde.

15. Kapitel

Gia

Als ich hörte, wie Felix sich auf dem Bett regte, schaute ich von meinem Platz am Schreibtisch über die Schulter. Er sah untypisch zerzaust aus und rieb sich das Gesicht. »Guten Morgen«, sagte ich und betrachtete seine nackte Brust.

»Guten Morgen.« Er sah sich hinreißend groggy und verwirrt um. »Wie spät ist es?«

»Kurz nach sieben.« Am liebsten wäre ich wieder zu ihm ins Bett gekrochen und hätte mich an ihn gekuschelt. Wir waren zusammen eingeschlafen. Ich weiß nicht, ob absichtlich oder nicht, es war einfach passiert, nach mehreren Runden … na ja, brillanten Sachen. Es war schön gewesen, in seinen Armen zu liegen. Aber jetzt war es Morgen. Über den Stand unserer Beziehung war ich mir unklar.

Felix suchte auf dem Fußboden nach seiner Boxershorts, und ich grinste über den Haufen Kleidungsstücke auf dem gemusterten Teppich. Bei der Erinnerung an Felix' Mund auf meinem Körper und seine Hände, die meine Hüften packten, erschauerte ich. Felix war brillant gewesen wie in allen Dingen – hatte sich mit einer unglaublichen Hingabe jedem Detail gewidmet. Vielleicht gefiel es mir deshalb so sehr, wie er seine Unterwäsche suchte; ich genoss den Anblick seines Körpers, bis er verblüfft aufsah und meinte: »Ich hätte dich nicht für einen Morgenmenschen gehalten.«

»Vor langer Zeit habe ich meinen Körper darauf trainiert, früh aufzustehen. Ich kann mich besser konzentrieren, wenn es still ist. Ich wollte nicht gehen, ohne dass du weißt, warum …« Ich sah mich um. »Ich hoffe, es ist okay, dass ich noch hier bin.«

»Ich habe nichts gegen deine Anwesenheit.« Jetzt erst betrachtete er meinen Körper eingehend. Ich hatte sein Hemd vom Vorabend angezogen, das ein wenig über meinen Brüsten spannte. »Ich bin froh, dass du es getan hast.« Felix rieb sich den Nacken. »Das war schön letzte Nacht.«

Ich kniff die Augen zusammen, betrachtete seine Haltung und analysierte seinen Ton.

Er straffte sich unter meinen Blicken. »Was?«

Auf seiner Wange hatte er einen Abdruck vom Kissen, und ich stieß mich vom Schreibtisch ab. Ich brauchte nur zwei Schritte bis zu ihm und strich mit dem Finger über diesen Abdruck. »Lass uns die Verlegenheit des Morgens danach einfach überspringen.«

Felix blieb angespannt, und ich ließ die Hand sinken. »Ich kann wieder gehen. Keine große Sache.«

»Nein!« Er schloss seine Finger sanft um mein Handgelenk und hob meine Hand erneut an seine Wange. »Geh nicht. Ich habe bloß keine Ahnung, wie das zwischen uns funktionieren soll.«

Ich hatte seinen Körper in der vergangenen Nacht ausgiebig genossen, aber deshalb war es nicht weniger faszinierend, meine Hände bei Tageslicht über seine Flanken gleiten zu lassen, wobei ich darauf achtete, genug Druck auszuüben, um ihn nicht zu kitzeln. »Wie soll es denn deiner Ansicht nach funktionieren?«

»Entspannt und zwanglos wäre gut, nur will ich nicht, dass es schon nach einer Nacht vorbei ist.«

»Das kommt nicht überraschend. Ich habe dich nicht für einen Typen gehalten, der auf eine schnelle Nummer aus ist, um dann gleich wieder zu verschwinden.« Ich legte ihm meine Finger um den Nacken und er seine Hände auf meine Taille. Felix hatte schöne Hände. »Wir haben noch ein paar Stunden, bis wir am Flughafen sein müssen. Und irgendwann sollten wir auch noch duschen. So läuft es erst mal.«

»Hm«, sagte er, ohne sich zu rühren. »Ich möchte mir die Zähne putzen, bevor ich dir einen Guten-Morgen-Kuss gebe.«

Ich grinste, und jeder Gedanke an die am Laptop wartende Arbeit war vergessen. »Ich denke, das ist erlaubt.«

»Ich danke dir für deine Erlaubnis.«

»Ich bin gerne großzügig.«

Er küsste mich auf die Stirn, sehr zärtlich und intim, wie alles, was wir in der Nacht zuvor getan hatten. »Oh, das weiß ich.« Er kitzelte meine Rippen; tatsächlich hatte ich ihm verraten, dass ich das mochte. Und dann neckte er mich auf die denkbar schönste Weise. Er zwinkerte. Felix Ennings zwinkerte mir zu, ehe er im Badezimmer verschwand, und mein dummes Herz kam überhaupt nicht damit klar.

»Weißt du was?«, fragte er, als er den Kopf zur Tür herausstreckte. »Wir könnten zusammen duschen.«

»Spart warmes Wasser.«

»Und Zeit.«

»Ach, wir könnten uns sogar Zeit lassen.« Er kam wieder aus dem Bad heraus, die Zahnbürste in der Hand, und seine ganze Haltung verriet ein wenig mehr Selbstbewusstsein als sonst. »Du könntest mir mal die Vorzüge deines … Massagegerätes demonstrieren.«

»Nur erklären oder richtig zeigen?«

»Du bist diejenige mit den Experimenten.« Felix fing an, sich die Zähne zu putzen, und wackelte mit den Brauen. Ich fragte mich unwillkürlich, wie er diese verspielte Seite von sich so lange vor mir hatte verbergen können.

Ich hielt mir den Handrücken vor den Mund, um mein Gähnen zu verbergen. Ich spürte es bis hinunter in die Zehen.

»Du solltest ein Nickerchen machen, wenn du …« Felix' ungebetener Vorschlag endete, als er selbst gähnen musste.

»Das musst du gerade sagen.«

»Ja, ja.« Er lehnte sich auf seinem Platz zurück. »Na schön. Wir brauchen beide Schlaf.« Er schaute auf seine Uhr, und ich betrachtete seine erschöpfte Haltung. Sehr ungewohnt, hielt er sich doch ansonsten mit geradem Rücken und bewegte sich sehr koordiniert. »Wir gehen in vierzig Minuten an Bord der Maschine.«

»Ich mag dich so wie jetzt gerade«, gestand ich, nahm die gleiche Haltung ein und ließ den Kopf in seine Richtung kippen.

»Wie denn? Müde?«

»Müde. Sextrunken.«

Er schloss grinsend die Augen. »Ich bin nicht betrunken.« Auf seiner Wange erschien ein kleines Grübchen. Ich zupfte ihn am Ohr, einfach nur, um mir zu beweisen, dass ich ihn berühren konnte, ohne gleich Schmetterlinge im Bauch zu haben. Es funktionierte nicht. »Okay, ein bisschen trunken schon. Es war eben lange her.«

»Wie lange?«

»Letztes Frühjahr.«

Ich kam nicht darüber hinweg, wie entspannt Felix jetzt wirkte, die Augen geschlossen, das Kinn zur Decke weisend.

»Hast du dich wegen des neuen Jobs getrennt?«

Er schüttelte den Kopf, und ich musterte sein Gesicht, auf der Suche nach Anzeichen für ein gebrochenes Herz. Anzeichen, die ich von mir selbst kannte. Seine Miene gab nichts preis. »Nee. Sie hat mit mir Schluss gemacht, bevor ich mich beworben habe. Das war Anfang März.«

Er blieb zwar entspannt, aber ich erstarrte innerlich. Seine Beziehung war im März zu Ende gegangen. Dann war er im Januar, als wir uns kennengelernt hatten, noch mit jemandem zusammen gewesen? Für mich hatte unser Kennenlernen große Bedeutung, da ich mich immer mehr zu Felix hingezogen fühlte. Es hatte etwas Schicksalhaftes gehabt und war etwas Besonderes für mich gewesen. Doch hier auf dem Gate, mit den Geräuschen von Rollkoffern, die über die Fliesen gezogen wurden, und all dem Flughafenlärm um uns herum, begannen Zweifel an mir zu nagen.

»Silvester war ich Single«, sagte er und hielt die Augen weiterhin geschlossen.

»Woher wusstest du, dass ich mich das gefragt habe?« Ich ließ meine Faust auf sein Bein fallen. »Und jetzt bist du ganz benommen vor Glück! Wie abstoßend.«

Felix verzog das Gesicht, grinste jedoch. Die Augen waren immer noch zu, und ich vermutete, dass er mich damit ärgern wollte. »Du hast mir schon vorgeworfen, sextrunken zu sein.« Bei den letzten Worten senkte er die Stimme, sodass hoffentlich nur ich sie hören konnte. »Gehört ›benommen vor Glück‹ nicht in diese Kategorie?«

Ich verschränkte die Arme vor der Brust. »Du bist echt nervig.«

»Du auch.«

»Achtung, Flug 684 nach Albuquerque beginnt in Kürze mit dem Boarding auf Gate D5.«

Felix schlug die Augen auf, als die Durchsage endete. »Aber du bist auf angenehme Art nervig.« Er strich mit der Fingerspitze über mein Knie; es fühlte sich übertrieben erotisch an und zugleich absolut freundschaftlich. Prompt bekam ich eine Gänsehaut an den Armen. »Manchmal. Ich wusste, du würdest dich fragen, ob ich Single war, denn ich beobachte deine Reaktionen. Du bist unbekümmert und lustig und gelegentlich ein leicht chaotischer Wirbelwind. Es liegt dir am Herzen, Leute gut zu behandeln und niemandem wehzutun, selbst wenn es um einen Kuss mit einem Fremden geht oder …« Sie deutete auf uns. »Oder um das, was immer wir für den Rest unserer Reise tun werden.«

Ich betrachtete seine entspannte Haltung und seine Fingerspitzen, die über mein Knie strichen.

»Mach nicht so ein schockiertes Gesicht.«

»Ich bin aber schockiert«, sagte ich. »Woher hast du diese intuitive Wahrnehmung menschlicher Emotionen?«

Felix lachte leise, und dieser sinnliche Laut gab mir das Gefühl, er vertraue mir ein Geheimnis an. »Die weckst du in mir.« Sein Lachen hörte auf, und er machte wieder die Augen zu. »Sie nicht. Ich glaube, das ist der Grund, weshalb sie mit mir Schluss gemacht hat. Sie meinte, es mache keinen Spaß mit mir. Ich sei zu langweilig.«

»Deine letzte Freundin?«

Er nickte. »Summer.«

»Na ja, Summer hört sich nach Loserin an«, sagte ich,

stupste ihn in die Rippen und entspannte mich; jetzt konnte ich mich ganz auf seine Welt einlassen.

»Das war sie nicht. Ich glaube, sie hatte recht. Ich hatte nicht viel Spaß in meiner Kindheit. Was die meisten anderen Leute für unterhaltsam hielten, empfand ich als Zeitverschwendung. Wir zogen mit der Army so häufig um, dass es sich nicht lohnte, Freundschaften zu schließen. Also lernte ich, mich mit mir selbst zu beschäftigen.« Felix' Stimme war sanft, als kämen die Worte ohne den üblichen Filter heraus, und ich saugte sie alle dankbar auf. »Jedenfalls fand ich dich an jenem Abend unterhaltsam und dachte mir, ich könnte ja wieder mit jemandem zusammen sein. Einer Frau, die witzig und unbekümmert ist.«

»Bist du übers Ziel hinausgeschossen?«

Ein Grinsen erschien auf seinem Gesicht. »Schon möglich.«

»Was war Summer von Beruf?«

»Rate.«

Ich betrachtete sein Gesicht und die Grübchen in seinen Wangen, dann schaute ich mich auf der Suche nach Inspiration auf dem Gate um. Ein kleiner älterer Mann stand auf den Zehenspitzen und redete zu laut mit dem Gate Agent. Ein gehetzt wirkendes Pärchen rannte hinter drei Kindern her durch den Wartebereich. Schwer zu sagen, ob sie ihren Flug erwischen wollten oder ob die Kinder weggelaufen waren. »Summer war Lebensberaterin? Motivationstrainerin?«

Seine Augen öffneten sich, und er setzte sich auf. »Wie bist du darauf gekommen?«

»Ich habe versucht, mir jemanden vorzustellen, dessen Arbeitsleben das genaue Gegenteil von deinem ist. Motivationstrainer müssen stets kontaktfreudig und aufgeschlossen sein, oder? Ich habe keine Ahnung.«

»Du bist nah dran«, räumte er ein. »Sie nannte sich selbst Wellness-Influencerin. Hat jede Menge Follower auf Social Media. Sie meinte, ich sei zu ernst und sie könne sich in meiner Gegenwart nicht entspannen. Wahrscheinlich ist es ganz gut, dass du nur ein paar Tage mit mir willst. Schon bald werde ich wieder steif sein wie immer.«

»Na ja, ich hatte durchaus gehofft, dass du wieder steif wirst.« Ich imitierte das Wackeln seiner Brauen und grinste, als er die Augen verdrehte. »Was? Darf ich darüber keinen Scherz machen?«

Sein Handy vibrierte, und er griff danach, ohne hinzusehen. »Es ist gut, dass du …« Er verstummte nach einem Blick auf das Display, und seine ganze Haltung änderte sich.

»Was ist los?«

»Hab gerade eine Textnachricht erhalten. Am Golson College gab es ein Feuer«, erklärte er, die Nachricht überfliegend. »Es ist niemandem etwas passiert. Man glaubt, es habe sich um ein Problem mit der Elektrik gehandelt. Der halbe Campus ist evakuiert worden.«

Mein Herz pochte wild bei der Vorstellung, dass so etwas bei uns an der Thurston University passierte. Es konnte immer etwas mit Gasleitungen und Kurzschlüssen sein. »Niemand wurde verletzt?«

»Das steht in der Nachricht«, bestätigte Felix, legte mir den Arm um die Schultern und zog mich näher, damit ich selbst lesen konnte. Auf dem Display war ein Tweet vom Kommunikationsteam des Colleges zu sehen. Felix' Schulter fühlte sich fest und stark an, und mein Puls beruhigte sich wieder. Er hielt mich weiterhin im Arm. »Wir müssen unsere Route ändern. Golson hat jetzt Besseres zu tun, als uns zu empfangen.«

»Definitiv.«

Wir saßen eine Weile schweigend da, während unsere Körper sich berührten und Felix meinen Arm streichelte. Mein Kopf ruhte an seiner soliden Brust. Ich sah auf, und er schaute weiter auf das Handy. Ich war mir nicht sicher, ob er überhaupt merkte, dass er meinen Arm streichelte, oder ob er wusste, dass ich diese Art von Berührung als Trost mochte. Jedenfalls machte er damit weiter, sanft und gleichmäßig, bis ich mich von ihm löste, um mein Handy hervorzuholen. Wir besprachen, wer was unternehmen musste, um unsere Reisepläne zu ändern.

Felix saß in aufrechter Haltung; verschwunden war die sextrunkene Aura. Trotzdem fand ich, dass er verändert aussah. Er war natürlich noch derselbe Felix, aber etwas war hinzugekommen. Ich verdrängte diese Gedanken und erklärte, ich würde einen Gang durchs Terminal unternehmen. Ich lief stets Gefahr, mich zu rasch und zu stark zu verlieben. Ich sah Felix mittlerweile genau auf die Art, wie ich Elena bei unserer ersten Begegnung gesehen hatte. Das löste ein flaues Gefühl in meinem Magen aus. Mir fehlten die Kraft und die Zeit, mich erneut damit auseinanderzusetzen. Ich warf einen letzten Blick über die Schulter, bevor ich um die Ecke verschwand und das *Hudson News* betrat. Felix war am Handy und nickte, sein Mund eine schmale Linie.

Diese kurze Beziehung würde uns beiden guttun. Ich hatte den leisen Verdacht, dass Summer und ich Freundinnen hätten sein können. Felix brauchte jemanden wie mich nicht auf Dauer, höchstens als Kollegin.

16. Kapitel

Felix

Ich erwachte in einem dunklen Hotelzimmer. Die Lichter der Stadt leuchteten unter dem schwarzen Himmel. Ich konnte die Uhr über dem Kissen nicht genau erkennen, aber es musste gegen fünf sein, denn der Straßenverkehr nahm allmählich zu. Gias warmer, weicher nackter Körper war so eng an meinen geschmiegt, dass in dem französischen Bett noch Platz war, als wäre es ein richtiges Doppelbett. Ich hatte nichts dagegen.

Vorsichtig, um sie nicht zu stören, drehte ich mich auf den Rücken und schaute an die Decke.

Wir hatten einen Rückflug nach Chicago gebucht statt nach Denver, aber das hieß, wir verbrachten eine weitere Nacht in Austin. Dadurch umgingen wir Dans Einladung, sich bei Gia mit einem Abendessen zu bedanken, und teilten uns das letzte freie Einzelzimmer im Hotel. Ich stellte mir vor, wie es gewesen wäre, gleich zu Beginn unserer Reise nur ein Zimmer zur Verfügung zu haben. Wahrscheinlich hätte ich den Manager zu sprechen verlangt und mich ziemlich arrogant beschwert.

Gia gab ein paar leise, unzusammenhängende Worte von sich. Sie redete im Schlaf, und das war hinreißend. Ich hatte überlegt, es ihr zu sagen, brachte es jedoch nicht übers Herz. Ihre Hand lag auf dem Laken; der Kontrast ihrer dunklen Haut zum weißen Stoff bildete ein Schattenspiel in dem finsteren Zimmer. Ich hatte mich dabei ertappt, mir ihr Aussehen aus verschiedenen Blickwinkeln einzuprägen, zum Beispiel Farbe und Form ihrer Hände und ihrer hell pinkfarbenen Fingernägel. Jetzt betrachtete ich ihren Arm bis hinauf zu ihrer nackten Schulter, auf der sich die blinkenden Lichter der Stadt spiegelten.

Ich bin erledigt. Unser Flug nach Chicago ging früh, deshalb mussten wir rechtzeitig aufstehen. Aber dieser warme Kokon war ein Ort, den ich unerwartet nicht mehr verlassen wollte. Es war gar nicht meine Absicht gewesen, ihr von Summer zu erzählen, von der peinlich kurzen Beziehung, die ich nach wie vor für bedeutsam hielt. Ich hatte Summer nicht geliebt. Wenn ich ehrlich zu mir selbst war, hatte ich nie an sie gedacht, wenn wir nicht zusammen waren. Außerdem hatte sie recht mit ihrer Behauptung, ich sei zu ernst.

Ich betrachtete erneut Gia, die ruhig dalag, ihre Nase, die sie im Schlaf kurz rümpfte. Sie wusste, dass ich zu ernst war. Von allen Leuten kannte sie mein wahres Ich mittlerweile wohl am besten.

»Nein«, murmelte sie. »Gummibärchen.«

Ich grinste und nahm mir vor, ihr am Flughafen Gummibärchen zu kaufen. Vielleicht würde ich damit auch warten, bis wir im Flugzeug saßen oder zu Hause waren. Ich stellte mir ihr entzücktes oder verwirrtes Gesicht vor. Sie gab ein leises Stöhnen von sich und rollte sich auf die andere Seite, wobei ihre Hand über meinen Bauch glitt, ehe sie wieder ruhig lag und ihr warmer Atem meine Brust streifte.

Wir waren nicht lange aufgeblieben, hatten aber noch den

letzten Rest Energie verbraucht, bevor wir eingeschlafen waren. Gia ging Sex an, wie sie alles im Leben anging, voller Neugier und energisch. Es fiel mir schwer, sie nicht zu berühren. Behutsam schob ich sie näher an mich heran, denn ich wollte noch mehr Kontakt.

Gestern hatte sie mir gesagt, ich sehe sextrunken aus. Ich war mir ziemlich sicher, dass es nicht ganz stimmte. Ich war trunken von Gia, und hier lag ich schon wieder, starrte an die Decke, während sie eng an mich geschmiegt war, und überlegte, welche Süßigkeiten ich ihr kaufen würde.

Ich küsste sie auf die Stirn, und sie bewegte sich.

»Wie spät ist es?«

Ich streckte mich, um die Uhr über ihrer Schulter zu sehen. »Zwanzig nach fünf. Du kannst noch ein bisschen schlafen.«

»Warum bist du wach?« Sie klang verschlafen und kuschelte sich an mich. Tatsächlich, mit Gia kuschelte ich.

»Aus keinem bestimmten Grund«, murmelte ich, streichelte ihren Rücken und wünschte, ich würde nicht das Verlangen verspüren, sie auf den Rücken zu drehen und ganz aufzuwecken.

»Es ist zu früh für Sex am Morgen«, murrte sie und schlang ihren Arm fester um meine Taille.

»Ich wusste nicht, dass es dafür Regeln gibt.«

»Gibt es aber«, bestätigte sie gähnend. Sie streckte sich in meinen Armen zu ihrer vollen Größe. »Ich werde es dir zeigen, sobald die Sonne aufgegangen ist. Es überrascht mich, dass du das nicht längst weißt. Du liebst doch Regeln.«

»Du scheinst deine eigenen Regeln zu machen.«

Sie schwieg einen Moment, und ich fragte mich, ob sie wieder eingeschlafen war. »Du hast mir gestern von deiner Ex erzählt.«

Damit hatte ich nicht gerechnet. Zunächst fand ich keine Worte und registrierte nur die kühle Luft aus der Klimaanlage, die wir auf eine niedrige Temperatur eingestellt hatten, als wir gestern den warmen Raum betraten und noch nicht akklimatisiert waren. »Es ist kein Geheimnis.«

Sie machte ein leises »Hm« und erzählte schließlich: »Meine Ex-Freundin ist nach Japan gezogen und hat mich gar nicht erst gefragt, ob ich bereit wäre, mitzukommen.«

Ich streichelte ihren Rücken und war unsicher, was dieses Geständnis am frühen Morgen zu bedeuten hatte. »Wärst du denn mitgegangen?«

»Ich weiß es nicht.« Sie streichelte meine Seite, und ich spürte den sanften Druck, den sie ausübte, damit es nicht kitzelte. »Möglicherweise.«

Jetzt gab ich ein »Hm« von mir. Ich spürte, dass dies ein wichtiger Moment war, nur wusste ich eben nicht, was ich sagen sollte.

»Sie glaubte nicht, dass ich es für eine dauerhafte Beziehung ernst genug meine. Sie dachte, dass sie mich wollte, aber letztlich ... Dann sind wir beide jetzt so etwas wie ein Paar?«

Erneut küsste ich sie auf die Stirn. »Ich bin zu ernst und du zu ausgelassen.«

Gia hob den Kopf und legte sich mit dem Oberkörper auf mich. »Das fasst es wohl ganz gut zusammen.«

Ich strich über ihren Arm und war mir der Stellen, an denen ihre nackte Haut meine berührte, sehr bewusst. »Nun, Balance ist wichtig.«

Sie schaute aus dem Fenster, wo das erste Licht des Sonnenaufgangs am Horizont zu sehen war. »Zurück zur Realität heute«, sagte sie. »Ich bin traurig, dass der Wegfall der letzten Station unserer Reise gleichzeitig bedeutet, dass wir auch eine Nacht weniger Spaß haben.«

»Und einen Morgen«, fügte ich grinsend hinzu.

»Oder zwei Morgen.« Sie warf einen Blick zur Uhr, dann sah sie mich an. »Vielleicht ist es doch nicht zu früh … für morgendliche Aktivitäten.« Ihre Augen funkelten, und auf ihrer Wange zeigte sich eine süße Falte vom Kopfkissen.

Als sie ihre Lippen auf meine Brust presste, durchströmte mich ein warmer, sinnlicher Schauer, und ich erinnerte mich sehr deutlich an die Berührungen und Küsse der vergangenen Nächte. »Was ist, wenn wir die Realität erweitern?«

»Felix, ich schlage dir gerade Sex vor … Das ist jetzt nicht der Zeitpunkt für wissenschaftliche Betrachtungen.« Sie schob ihre Hand tiefer, aber ich hielt sie auf, denn wenn sie weitermachte, würde ich achtzig Prozent meines rationalen Denkvermögens vorläufig einbüßen.

»Ich weiß. Ich meine …« Ich veränderte meine Position, um ihr in die Augen sehen zu können. »Wie wäre es, wenn wir … uns zu Hause weiterhin sehen?«

»Du willst, dass wir weiter Sex miteinander haben?«

Es war erstaunlich, dass ich in all meinen Jahren menschlicher Erfahrung nie die Worte finden musste, um das zu erbitten. »Ja, aber mehr als das. Wir könnten … richtig zusammen sein.«

Gia stutzte. Nicht nur die Bewegung ihrer Hand hörte auf, sondern Anspannung schien ihren ganzen Körper zu erfassen. Anscheinend hatte ich die Sache falsch angefangen. »Wie ein Paar? Du willst eine Beziehung mit mir?«

»Ich …« Ich suchte verzweifelt nach einer Möglichkeit, das Thema zu wechseln. Vergeblich. »Du redest im Schlaf«, sagte ich einfach.

»Was?«

»Du redest im Schlaf, und das ist ganz süß. Ich mag das. Es gefällt mir, das über dich zu wissen.«

Gia wich ein paar Zentimeter zurück und war still. Dann brachte sie sich in eine sitzende Position neben mir und zog die Decke über ihre Brust. »Ich bin ein bisschen verwirrt. Du magst mein nächtliches Plappern?«

Ich gab einen Laut von mir, der verdächtig nach einem Knurren klang. »Nein. Ich meine, ja. Ich meine … Wie soll ich dich fragen, ob du mit mir zusammen sein willst?«

Ein schwaches Lächeln erschien auf ihrem Gesicht, und mein Mut sank. »Das war doch schon ganz gut«, sagte sie leise, als könnte die normale Lautstärke die schlafende Stadt draußen stören. »Ich bin nur überrascht. Immerhin hältst du mich für zu ausgelassen.«

»Und ich bin zu ernst.« Ich nahm ihre zarte Hand, und sie verschränkte ihre Finger mit meinen. »Vielleicht gelingt es uns gemeinsam, einen Mittelwert an Spaß zu erreichen.«

Sie biss sich auf die eine Seite ihrer Unterlippe, was ich normalerweise sehr sexy fand; jetzt wartete ich nur gebannt auf das, was sie als Nächstes sagen würde.

»Oder auch nicht«, sagte ich.

»Doch, wir würden sicher Spaß haben«, meinte sie, allerdings in einem Ton, der spöttisch optimistisch klang. »Aber das will ich nicht. Momentan darf ich das nicht wollen.«

»Oh«, sagte ich und wünschte, ich hätte eine Hose an. Ich konnte besser denken, wenn ich eine Hose anhatte. Schon eine dünne Pyjamahose würde mir jetzt helfen. »Okay.« Ich wollte aus dem Bett heraus und verschwinden, aber wir hatten nur dieses eine Zimmer. In dem kleinen Bett konnte ich mich nicht zurückziehen, so unbehaglich mir auch zumute sein mochte.

»Es ist …« Gia verstummte, und hinter ihrer Schulter sah ich die ersten Sonnenstrahlen am Himmel.

»Du musst es mir nicht erklären«, sagte ich, hob die Hand und suchte den Boden neben dem Bett nach meiner Boxershorts ab. »Es war nur so ein Gedanke.« Ich fand sie und schwang die Beine aus dem Bett. »Natürlich willst du nicht bloß ein Mittelmaß an Spaß. Wer will das schon?«

Ich stand auf, strich mir über den Bauch und achtete darauf, dass ich meine Emotionen unter Kontrolle hatte, bevor ich mich zu Gia umdrehte.

»Felix …« Sie betrachtete mich eingehend, widersprach mir jedoch nicht. Das musste sie auch gar nicht, und ich bereute die absurde Idee schon. »Wir arbeiten zusammen. Ich kann keine Beziehung mit einem Kollegen haben; es würde einfach nicht funktionieren.«

»Selbstverständlich nicht. Du hast recht. Vergiss, dass ich es zur Sprache gebracht habe.« Ich ging an ihr vorbei zum Badezimmer. »Gib mir nur ein paar Minuten, dann gehört das Badezimmer dir.« Ich musste mir dringend kaltes Wasser ins Gesicht spritzen. Vielleicht sollte ich meinen Kopf in kaltes Wasser tauchen. Als ich die Tür hinter mir schloss, wusste ich, dass sie recht hatte. Sie wollte niemanden, der zu ernst war, als Gegensatz zu ihrem Charakter. Genauso wenig wollte sie mit jemandem eine Beziehung, mit dem sie in einem von Männern dominierten Bereich zusammenarbeitete. Trotzdem sah ich in den Spiegel, rieb mir das Gesicht und erinnerte mich sehr klar daran, wie Gias Nägel sich auf meiner Haut angefühlt hatten.

Da wird reichlich Verlegenheit zwischen uns sein auf dem Flug nach Hause.

17. Kapitel

Gia

Normalerweise liebte ich Freitage – alle waren etwas freundlicher, gesprächiger und freuten sich auf das Wochenende. Normalerweise.

Gia: *Ab wann ist es gerechtfertigt, wegen unerträglicher Verlegenheit zwischen zwei Leuten in die Schweiz zu flüchten?*

Bennett: *Es ist acht Uhr morgens.*

Gia: *Du warst schon wach. Ich glaube, Ich-habe-mit-einem-Kollegen-geschlafen-und-wollte-anschließend-keine-Beziehung rechtfertigt es einigermaßen.*

Bennett: *Die Schweizer Schokolade soll gut sein.*

Gia: *Kannst du deine wunderschöne Frau bitten, mir Trüffel aus dem Schokoladengeschäft im Flughafen mitzubringen?*

Bennett: *Weil du traurig bist?*

Gia: *Weil ich hungrig bin.*

Ich sah durch den Konferenzraum zu Felix, der neben dem Vortragenden saß, einem Doktoranden, der seine Forschungsarbeit im Freitagssalon vorgestellt hatte, nachdem wir ein wenig verfrüht von unserer Reise zurückgekehrt waren. Vier Tage verlegener Umgang. Mir reichte es langsam.

Gia: *Außerdem bin ich tatsächlich traurig.*

Bennett: *Du könntest ihm sagen, wie du empfindest.*

Gia: *Wenn ich bloß wüsste, was ich empfinde. Es würde nicht funktionieren. Es wäre grausam gewesen, ihm Hoffnung zu machen.*

Bennett: *Ich bin mir sicher, mit ihm zu schlafen war ein deutlicher Hinweis für ihn, sich keine Hoffnung zu machen.*

Gia: *Gemein.*

Bennett: *Ich liebe dich und werde Ollie heute bitten, Trüffel für dich zu besorgen.*

Ich kannte den Doktoranden nicht gut, es war einer von Felix' Studenten, der mit ihm zusammen an die Thurston gekommen war und der augenscheinlich versuchte, Felix nachzuahmen – in seiner Sprache, seiner Haltung und der akkuraten Art. Felix musterte ihn mit kühler Distanziertheit. Zumindest hätte ich das früher so genannt, doch meinte ich nun auch ein wenig Stolz zu bemerken, der nichts mit Arroganz zu tun hatte. So ging es mir mit meinen Studenten, wenn sie eine Präsentation hielten, vor allem, wenn sie ihre Sache gut machten.

»Danke«, sagte der Student und ließ eine Folie folgen, auf der »Fragen.« stand. Ich lächelte über den Punkt. Das war eigentlich typisch Felix. Ich setzte immer ein Fragezeichen dahinter oder gar kein Satzzeichen. Bei mir ging es stets um offene Möglichkeiten und Fragezeichen. Erneut warf ich Felix einen kurzen Blick zu; er notierte sich gerade etwas in seinem Notebook. Felix war der Typ, der einen Punkt setzte. Da blieb kein Raum für irgendwelche Zweifel.

Mir war die Frage eines anderen Studenten entgangen, aber für einen Moment weiteten sich die Augen des Vortragenden, seine Coolness verschwand, und an ihre Stelle trat schieres Entsetzen. Es tat richtig gut, zu sehen, dass Felix' Studenten sich nicht ständig in allem völlig einig waren. »Das ist eine gute Frage. Ich denke, das Modell von Dr. Ennings bietet die beste Richtung an. Ich habe die Ergebnisse von Dr. Price' Herangehensweise nicht genau untersucht, daher weiß ich nicht, inwieweit ich darauf eingehen kann. Dennoch, Dr. Ennings ist vertraut mit den Studien, also könnte er vielleicht etwas dazu sagen.«

Das war eine gute Bullshit-Antwort. Die akademische Methode, zu erwidern: »Mann, warum fragst du mich das? Du solltest auf meiner Seite sein!« Möglicherweise hätte ich genau das gesagt, und ich machte mich auf etwas gefasst, als Felix loslegte, um mich gnadenlos zu widerlegen. Einerseits war ich kein großer Fan davon, meine Arbeit öffentlich zerpflücken zu lassen – und niemand konnte das besser als Felix –, andererseits war das normal, und ich wollte normal, um mich nicht nach einem Apartment in Zürich umsehen zu müssen.

Felix sah kurz zu mir und dann zu dem Studenten, der die Frage gestellt hatte. »Beide Herangehensweisen haben ihre Vorzüge und ihren Wert. In diesem Fall geht es darum, sich für eine Perspektive zu entscheiden oder mehrere miteinander zu verbinden.«

Dieses Hin und Her ging noch eine Weile weiter, aber ich hörte nicht mehr zu, denn ich sah rot.

Gia: *Was war das?*

Felix: *Ich habe die Frage meines Studenten beantwortet, der fachlich hätte vorbereitet sein sollen.*

Gia: *Beide haben ihre Vorzüge? Was sollte das?*

Felix: *Bist du wütend, weil ich gesagt habe, deine Arbeit hat Vorzüge?*

Gia: *Ja.*

Felix: *Das ist absurd.*

Gia: *Ist es nicht. Du lässt dir nie eine Gelegenheit entgehen, darauf hinzuweisen, dass dein Forschungsansatz meinem überlegen ist. Fasst du mich jetzt wegen der Vorkommnisse auf unserer Reise mit Samthandschuhen an? Weil du glaubst, mich zu kennen?*

Die Leute applaudierten, und dann setzten leise Gespräche ein, während alle ihre Sachen zusammenpackten, um ins Wochenende zu starten. Meine letzte Nachricht war nach wie vor ungelesen, und jetzt stand Felix da und unterhielt sich leise mit seinem Studenten, der abwechselnd Felix' Haltung zu imitieren versuchte und aussah, als würde er sich gleich in die Hose machen. Ich klopfte ungeduldig mit dem Fuß, denn ich wollte eine Aussprache mit Felix, um ihm zu erklären, warum das mit uns nicht funktionieren würde. Und warum mir das Risiko zu groß war.

»Dr. Price, haben Sie einen Moment?« Christophers Hand schwebte über meiner Schulter. Ich nickte und sah noch einmal zu Felix. Christopher nannte mich nie Dr. Price. In unserer Abteilung ging es zwanglos zu, und die meisten duzten sich. Sehr ungewöhnlich also.

Christophers Büro am Ende des Flurs bot eine Aussicht auf den Campus-Innenhof. Draußen hatten die Blätter begonnen, ihre Farben zu wechseln, und befanden sich in der Phase zwischen leuchtenden, hellen Tönen und braunen, verschrumpelten Blättern an knorrigen Ästen.

Ich setzte mich in den Sessel neben Christophers Schreibtisch statt in den davor. Ich war mir nicht sicher, warum dort ein Sessel stand, weil die Nähe anderer Leute ihn in seinem Bereich stets zu beunruhigen schien. »Was gibt's?«

Seine Hand war schon auf dem Weg zum Sessel auf der anderen Seite des Schreibtisches, als er merkte, dass ich bereits Platz genommen hatte. »Ja, nun. Es ist eine etwas … delikate Angelegenheit.«

»Geht es um die Reise? Uns ist klar, dass an der Terminänderung nichts zu machen war. Es war kein Problem, ein paar Sachen zu schieben, um den Besuch nachzuholen, zumal ich in diesem Herbst nur einen Kurs unterrichte.«

»Ja.« Er schob Papiere auf seinem Schreibtisch hin und her. »Es geht tatsächlich um die Reise, aber nicht um diesen Punkt. Ich glaube, es wäre am besten, wenn Alexander die letzte Etappe allein absolviert.«

Auf das Golson College hatte ich mich am meisten gefreut, denn dieses Institut leistete bahnbrechende Arbeit und konnte entsprechende Ergebnisse vorweisen. Ich war nicht scharf darauf, wieder mit Felix zu reisen, aber der Besuch würde sich lohnen. »Warum?«

»Nun, er ist der ältere Kollege und auf dem Gebiet etabliert. Er ist bekannter, du weißt schon.« Er fing wieder an, Papiere zu ordnen.

»Mag sein, aber ich habe auf dieser Reise die Führung gehabt, die Recherche übernommen und die Partnerschaften angebahnt, damit Thurston davon profitiert.« Ich sah ihn mit einer Härte an, die ich gar nicht empfand. »Und das weißt du auch.«

»Gia, niemand will deine Verdienste schmälern, aber …« Endlich ließ er von seinen Unterlagen ab. »Es geht mich zwar nichts an, aber ein Kollege von der Douglas University erwähnte … Interaktionen zwischen dir und Alexander.« Er hielt mir beide Handflächen hin. »Wie gesagt, es geht mich nichts an, aber es ist wohl im besten Interesse der Fakultät, uns von unserer professionellsten Seite zu zeigen.«

Ich atmete tief durch die Nase ein, um mich zu beherrschen; trotzdem wurde mein Gesicht heiß. »Und die professionellste Seite zeigt wer?«

»Ich halte Alexander für die effektivste Wahl.«

Ich nickte und überlegte, wie ich damit umgehen sollte, während Wut, Frustration und Empörung mit dem Gefühl, in einem Dilemma zu stecken, konkurrierten. Als ich Felix erklärt hatte, dass ich nicht mit ihm zusammen sein wollte, hatte es sich falsch angefühlt. Nach der Trennung von Elena brauchte ich eine gewisse Zeit der Unbeschwertheit und Ungebundenheit. Und natürlich war mir bewusst, dass eine Beziehung zwischen Kollegen desaströs enden konnte. Trotzdem fühlte es sich nach wie vor falsch an, dass ich ihm einen Korb gegeben hatte, denn tief drinnen wollte ich es doch mit Felix versuchen – unser durchschnittliches Spaßlevel war so schön und fühlte sich richtiger an als alles andere. »Wenn du Sorge hast, unser Flirt sei unprofessionell gewesen, warum sprichst du dann nur mit mir?«

»Ach, komm schon, Gia. Es interessiert mich nicht, was

ihr beide zusammen tut. Aber der Dekan und der Präsident sitzen mir im Nacken wegen unserer Beteiligung an diesen Forschungsthemen, und bei Alexander besteht nicht die geringste Chance, dass er uns blamiert.«

Es gibt diese Momente, in denen die Zeit langsamer vergeht und man eine Entscheidung trifft, die unausweichliche Folgen nach sich zieht. Ich blinzelte, nickte und lehnte mich im Sessel zurück, wobei ich die Beine übereinanderschlug. Mit der Fußspitze blieb ich kurz an der Schreibtischkante hängen, aber ich glaubte nicht, dass es den Effekt schmälerte. »Da zeigt sich deine Doppelmoral, Christopher. Soweit ich weiß, ist mein Ticket gebucht, und ich werde in dieses Flugzeug steigen. Richte das dem Dekan aus. Und was die Blamage für die Abteilung betrifft …« Ich schaute auf sein Hemd. »Du hast einen Knopf ausgelassen, und dein Reißverschluss steht offen.«

Christopher war eigentlich schlagfertig, aber ich war schon aufgestanden, ehe er etwas sagen konnte, und auf dem Weg in mein Büro, wo ich mich abreagieren und darüber nachdenken konnte, wie sehr ich meine Worte bereuen würde. Ich war fast da, als Felix aus seinem Büro trat und wir zusammenstießen. Er hielt mich am Arm fest, damit ich nicht fiel, wahrscheinlich, bevor er merkte, dass ich es war.

»Oh«, sagte er in seinem üblichen steifen Alexander-Felix-Ennings-Ton.

Ich ging um ihn herum. »Verzeihung.« Mein Versuch, seine Blasiertheit zu imitieren, war nicht erfolgreich, weil ich noch viel zu wütend war wegen seiner respektlosen Worte beim Meeting und Christophers Anweisung.

»Du bist sauer auf mich.« Seine Stimme war leise, und ich sah, dass seine Finger zuckten, nachdem er mich losgelassen hatte.

»Und du hast dich wieder in einen herablassenden Idioten verwandelt«, sagte ich in drohendem Ton. *Okay, ich teile anscheinend nach allen Seiten aus an diesem Nachmittag.*

»Ich habe nie aufgehört, ein herablassender Idiot zu sein.«

Ich wollte lachen. Es war lustig und in gewisser Hinsicht auch wahr. Aber wenn ich lachte, würde er Hoffnung schöpfen, dass sich doch noch etwas zwischen uns entwickelte, und das konnte nicht funktionieren. Nichts hatte mir das deutlicher vor Augen geführt als sein Verzicht auf eine Kritik an meiner Forschung. »Wir sehen uns morgen früh am Flughafen«, sagte ich stattdessen und ging weiter zu meiner offenen Bürotür.

18. Kapitel

Felix

»Willst du wirklich nicht reisen?« Christopher verzog das Gesicht, sein Unterarm ruhte an meiner Tür, wodurch sein Poloshirt sich straffte und ihm das Aussehen eines alternden Bundesbruders verlieh.

Ich sah von meinem Bildschirm auf und antwortete mit genau dem Maß an Interesse, das meiner Ansicht nach erforderlich war. »Nein, ich habe viel zu viel um die Ohren.«

Ich hatte wirklich viel zu tun. Da war der Abgabetermin für ein Buchkapitel, außerdem zwei Artikel, die geschrieben werden mussten, zusätzlich zu den Kursen, die ich gab. Bis gestern hatte ich an die letzte Etappe der Reise gar nicht mehr gedacht, bis Gia mich auf die kälteste Weise, die ich je bei ihr erlebt habe, angesehen hatte. Es gefiel mir nicht, wie sehr dieser Blick mich aufgewühlt hatte.

Dabei war ich derjenige, der zurückgewiesen worden war. Wenn jemand gekränkt war, dann ja wohl ich. Aber sie hatte meinen Scherz ignoriert und war einfach gegangen, während ich sie immer noch in die Arme schließen wollte. »Mir fehlt einfach die Zeit, um weitere drei Tage zu reisen. Es lohnt die Mühe nicht.«

»Nun«, sagte Christopher und fuhr sich mit der Hand über sein Gesicht, »ich muss gestehen, das macht mir das Leben ein wenig leichter.«

Ich verkniff mir die Bemerkung, wie vollkommen gleichgültig es mir war, ob sein Leben leicht war. Die Höflichkeit verbot es mir, also nickte ich nur, was er als Einladung verstand, hereinzukommen, die Tür zu schließen und sich in den Sessel mir gegenüber zu setzen. *Verdammte Höflichkeit.*

»Ich bin ins Fettnäpfchen getreten, weil ich Gia gesagt habe, ich fände, dass du die Reise allein machen solltest«, gestand er, als würden wir ständig solche Plaudereien führen.

»Warum?« Ich richtete den Blick wieder auf den Bildschirm, als fiele es mir schwer, mich von diesen Korrekturen zu lösen, dabei weckten seine Worte meine Neugier.

»Ein Kollege von mir erwähnte, ihr beide wärt … nun ja, er meinte, bei eurem Aufenthalt an der Douglas University habe es nach einer romantischen Beziehung zwischen euch ausgesehen.« Er hob die Hände. »Ich will es gar nicht wissen, aber ich finde, das ist nicht der Eindruck, den wir hinterlassen wollen, und wenn nur du allein reist, würde es professioneller aussehen. Gia ist zu …« Er suchte nach den richtigen Worten. »Na ja, sie hat ganz allgemein zu viel Energie. Ist unberechenbar.«

Er sah mich nervös an; ich schwieg. Diese Fähigkeit hatte ich von meinem Dad gelernt. Er war kein großer Mann, doch sein Schweigen zwang noch jeden auf die Knie.

»Ich meine, na ja, du bist nicht der überschwängliche Typ. Die Leute werden also vor allem Gia wahrgenommen haben. Aber wie dem auch sei, du willst nicht reisen, also schicken wir Gia allein los, dann muss ich mich nicht mehr mit ihr darüber streiten.« Lächelnd sah er woanders hin, was bewies, dass mein kalter Blick funktionierte. »Win-win.«

Ich zwang mich, langsam die Brille abzunehmen und vorsichtig neben den Stiftehalter auf meinem Schreibtisch zu legen. In einem anderen Leben – verdammt, vor zwei Monaten noch – wäre ich entsetzt gewesen, zu erfahren, dass ich für Klatsch sorgte und Kollegen mich für etwas anderes als kompetent, beeindruckend und professionell hielten. Aber das war momentan nicht meine Hauptsorge. »Christopher, du hast einen falschen Eindruck von mir.«

»Mal ehrlich, deine Affäre mit Gia ist eine Personalangelegenheit, die ich nicht auf meinem Schreibtisch haben will. Ich muss das wirklich nicht wissen.«

»Nein«, sagte ich und setzte mich aufrechter. »Musst du nicht – nur würde ich sehr gern dafür sorgen, dass dein beiläufiger Sexismus und diese kumpelhafte Frauenfeindlichkeit als Personalangelegenheit auf deinem Schreibtisch landet.« Meine ganze Kindheit voller mehrdeutiger Unterhaltungen mit meinem Dad kam in diesem Augenblick zurück. Ich machte meine Hände locker und legte sie vor mir flach auf den Tisch, obwohl ich am liebsten die Fäuste geballt hätte. »Du scheinst Dr. Price für die zweite Wahl zu halten, dabei ist sie diejenige, die recherchiert und bereits einen Bericht entworfen hat, wie hier bei uns Verbesserungen anzuwenden sind. Sie ist die Person mit den Kontakten überall im Land, die sich mit alternativen Unterrichtsmethoden befassen. Sie ist keineswegs *zu viel* von irgendwas, und diese Abteilung kann sich glücklich schätzen, sie zu haben.« Und ich konnte mich glücklich schätzen, sie gehabt zu haben.

Ich erinnerte mich an ihre Empörung, als ich sie bei dem Vortrag des Doktoranden nachsichtig behandelt hatte.

Normalerweise hätte ich bei dieser Gelegenheit auf die Mängel ihrer rein experimentellen Herangehensweise hingewiesen, und der einzige Grund, weswegen ich das nicht getan hatte, war, dass mir trotz ihrer Zurückweisung wieder einfiel, wie gut ihr Hals duftete und wie ihre Lippen sich auf meinen anfühlten.

Christopher polterte los: »Das ist weder Sexismus noch Frauenfeindlichkeit!«

Ich schwieg, sah ihn jedoch weiterhin an, während ich mir vorstellte, wie Gia reagiert, wie sie sich gefühlt hatte und dass sie womöglich gedacht hatte, ich sei wie dieser Kerl. Unzähligen Schützlingen und Studierenden hatte ich beigebracht, sie sollten Arbeit und Privates trennen. Ich erklärte ihnen, dass sie nicht jeden Tag jemandem auf den Fluren begegnen wollten, der sie von ihrer Arbeit ablenkte. Das war ein guter Rat, den ich selbst hätte befolgen sollen.

»Du bauschst die Sache unnötig auf. Du bist mir schließlich keine Rechenschaft schuldig. Nichts dergleichen.« Zwischen seinen Brauen zeigte sich eine Ärgerfalte.

»Daran würde ich nicht mal denken, ohne ihr vorher Bescheid zu geben.«

»Ich habe doch nur gesagt …«

»Ich war hier. Ich habe gehört, was du gesagt hast.« Ich setzte meine Brille wieder auf und richtete den Blick auf den Bildschirm. »Ich empfehle dir, Gias Namen an die erste Stelle jeder Diskussion zu diesem Projekt zu setzen.«

Er verdrehte die Augen. »Du willst, dass sie mehr Lob einheimst, weil du in sie verknallt bist?«

Ich schob den Sessel zurück und beugte mich vor, sodass er die Hände vom Tisch nahm; meine waren jetzt doch zu Fäusten geballt. »Ich bringe lediglich meine Erwartung zum

Ausdruck, dass ihr mehr Anerkennung zusteht, weil sie mehr Arbeit geleistet hat. Sind wir dann hier fertig?«

Wir hielten einen Moment Blickkontakt, aber dann murmelte er »Natürlich« und verließ mein Büro, wobei er die Tür lauter als nötig hinter sich zumachte. In der folgenden Stille registrierte ich, dass Gia offenbar nicht in ihrem Büro war. Es gab keine Musik, kein Lachen, und sie summte auch nicht wie sonst üblich während der Arbeit vor sich hin. Ich wusste immer noch nicht, was ich ihr antworten sollte, außer, dass ich sie gegen Christoph unterstützen würde. Aber sie war fort, wahrscheinlich packte sie für ihre Reise.

Ich versuchte zu tippen, hielt jedoch inne. Ich hatte mich an das Summen auf der anderen Seite der Wand gewöhnt, auch an die leise Musik. Ich hatte mich daran gewöhnt, dass Gia auf der anderen Seite der Wand war, schon bevor ich mich auf unserer Reise in sie verliebt hatte.

Verliebt.

Ich lehnte mich zurück und rieb mir den Nacken, während mir klar wurde, dass ich mich seit unserer ersten Begegnung in der Silvesternacht auf die eine oder andere Weise in sie verliebt hatte. Und sie hatte mir erklärt, sie sei für etwas Größeres nicht bereit. Ich hatte es ignoriert und mich stattdessen auf die Bedeutung meiner Gefühle konzentriert. Dass ich mit ihr zusammen sein wollte.

Ich schaute in meinen Posteingang, wo sich ganz oben in einer ungelesenen E-Mail die Details für die abgesagte Reise befanden. Gia würde nächsten Mittwoch wieder hier sein, was in der kommenden Woche für zwei Tage ein stilles Büro bedeutete. Und mir blieb das Wochenende, um herauszufinden, was ich tun wollte.

19. Kapitel

Gia

Ich verstaute meine Notizen vom erfolgreichen Besuch beim Golson College in meiner Tasche und versuchte, das Ende der langen Schlange im Coffeeshop zu finden. Es war schon später Vormittag, aber ich brauchte Koffein, auch wenn ich dafür wirklich ewig warten musste.

Jemand tippte mir auf die Schulter. »Wissen Sie, wie spät es ist?« Sie war etwas älter als ich, mit glänzenden schwarzen Haaren, die ihr in Wellen auf den Rücken und über die Schultern fielen.

»Oh, es ist zehn vor elf«, antwortete ich, auf mein Handy blickend. Mir gefiel ihr Lächeln, das ihr ganzes Gesicht erhellte. »Es geht leider nur langsam vorwärts. Falls Sie es eilig haben, ist das hier vielleicht nicht das Richtige für Sie.«

»Ich habe Zeit«, sagte sie. »Mein Handy und die Batterien meiner Uhr haben gleichzeitig den Geist aufgegeben. Wahrscheinlich ist das ein Zeichen, dass ich heute nicht reisen sollte.«

Ich erwiderte ihr Lächeln und registrierte, wie ihr Blick kurz zu meinen Lippen ging. »Wer weiß? Vielleicht eher Zeit, wieder ins Bett zu gehen?«

»Hm, möglich. Aber woher weiß ich das, so ohne Uhrzeit?« Sie war mein Typ – witzig, offen, freundlich, mit Kurven; ein bisschen Schlüsselbein war zu sehen und auch ihr Bauch. Sie lachte über ihren eigenen Scherz auf eine Weise, die mich zum Lächeln brachte. Ich hätte sie längst nach ihrem Namen fragen sollen. Sie musterte mich eindeutig.

»Gutes Argument.«

»Tja, Glück, dass ich dir begegnet bin, danke«, sagte sie und senkte dabei ihre Stimme, als wäre das ein Geheimnis.

Das hätte wirklich verlockend auf mich wirken sollen. Sie war sexy und hatte freundliche Augen hinter einer coolen roten Brille – aber es funkte einfach nicht. Jemand anders hielt meine Gedanken besetzt. »Jederzeit.« Ihre Brille war cooler als Felix', trotzdem ging er mir einfach nicht aus dem Kopf. Ich schaute erneut zu den Wartenden ganz vorne, und meine neue Freundin schien den Hinweis zu verstehen und trat zurück in die Schlange. *Wer bin ich jetzt gerade?* Als Single hatte ich mir nie die Chance auf einen Flirt entgehen lassen. Manchmal verliebte ich mich sogar. Das machte Spaß. Es machte mich froh.

Ich ging einen Schritt nach vorn, weil mich das Herumstehen unruhig machte. Eigentlich war ich unruhig, seit wir nach unserem Besuch der Douglas University zurückgekommen waren und ich Felix gesagt hatte, dass ich nicht mehr wollte, was aber gar nicht stimmte. Diese innere Unruhe war da, seit ich ohne ihn ins Flugzeug gestiegen war. Ich drehte mich noch einmal um. »Du bist hinreißend«, sagte ich. »Deine Brille ist wirklich originell, und normalerweise würde ich mich fragen, ob du mit mir geflirtet hast.«

»Habe ich.« Sie betrachtete mein Gesicht auf eine prüfende Weise, die ich heute Morgen beim Zurechtmachen nicht erwartet hatte. »Frisch getrennt?«

»Zwei Mal. Merkt man?«

Sie zuckte mit den Schultern. »Du siehst ein bisschen nach gebrochenem Herzen aus.«

Ich grinste über ihr Gespür. Tatsächlich war ich neben der Spur. »Ich bin Gia.«

Sie schüttelte meine Hand. »Mazie. Erzähl mir von deinem Herzschmerz, Gia. Der Länge dieser Schlange nach zu urteilen, habe ich Zeit, mir eine Geschichte anzuhören. Außerdem …«, sie lehnte sich verschwörerisch herüber, »… ist niemand sonst hier interessant genug zum Flirten.«

»Was wirst du tun?« Mazie gab ihr leeres Glas, in dem Eiskaffee gewesen war, der Flugbegleiterin, die Geschirr einsammelte. Nachdem wir uns in der langen Schlange im Coffeeshop unterhalten hatten, stellte sich heraus, dass wir denselben Flug hatten. Es gelang uns, Plätze zu tauschen, sodass wir nebeneinander sitzen konnten. Es war ganz anders als meine Reisen mit Felix in jüngster Zeit, der sich stets brav an alle Regeln hielt. Wie peinlich es ihm gewesen wäre, hätte ich in seinem Beisein eine fremde Person gefragt, ob sie den Platz tauschen will.

»Wegen Elena oder Felix? Ich weiß gar nicht, ob ich da überhaupt etwas tun kann.«

»Man kann immer etwas tun!« Sie strich sich die Haare von den Schultern. »Fangen wir mit Elena an. Du hast gesagt, sie fehlt dir, richtig? Es fehlt dir, mit ihr befreundet zu sein?«

Ich nickte. »Ja. Ich bin zwar traurig, dass unsere Beziehung vorbei ist, aber vor allem vermisse ich sie in meinem Leben.«

»Na ja, das ist leicht zu lösen. Schreib ihr. Finde heraus, wie du wieder ihre Freundin sein kannst.« Sie legte ihre Hände auf meinen Unterarm, und ihr Nagellack hob sich intensiv von meiner Haut ab. »Du willst es doch. Beiß in den sauren Apfel und tu es.«

Sie hatte recht, auch damit, dass mir die Gespräche mit Elena fehlten, noch aus der Zeit, bevor wir ein Paar wurden. Ich hatte nicht den Mut aufgebracht, es zu versuchen. »Du gibst gute Ratschläge.«

»Das habe ich von meiner Mutter, aber sag ihr nicht, dass ich das zugegeben habe. Jetzt zu deinem Typen. Verstößt es nicht gegen die Arbeitsregeln, wenn ihr zusammen seid oder eklige Dinge miteinander treibt, oder was immer ihr sonst macht?«

Ich prustete über die Formulierung. »Daran ist nichts eklig«, sagte ich leise, um ihre Sitznachbarin nicht weiter zu empören, die so tat, als würde sie uns ignorieren.

»Dann eben schöne Dinge.«

Wieder lachte ich und verschluckte mich an meiner Cola light. Mazie war wie ein Spiegel, in dem sich meine Energie und mein Humor widerspiegelten. Vielleicht war mein gebrochenes Herz eine gute Sache, weil Mazie und ich dadurch ins Gespräch gekommen waren. Und zwischen uns könnte durchaus ein Feuer lodern. Kein aus heißer Leidenschaft entstehendes Feuer, sondern eher ein unbeabsichtigtes, aber doch echtes Feuer.

»Dafür gibt es keine Regeln«, antwortete ich ihr. »Es wird kritisch beäugt, aber das spielt keine Rolle. Ich kann nicht meinen Job machen und mit ihm zusammen sein, wenn er anfängt, aus den falschen Gründen Nachsicht mit mir zu haben.«

»Das verstehe ich nicht ganz.« Sie schnallte sich beim Klingelsignal an. »Du willst, dass er weiterhin gemein zu dir ist?«

»Es ist …« Ich lehnte mich in meinem Sitz zurück. »In akademischen Kreisen erhält man von anderen aus dem Fachgebiet Feedback, sobald man etwas veröffentlicht hat. Für gewöhnlich lesen es mindestens zwei Leute.«

Sie legte den Kopf schief, und ich machte mir bewusst, dass ich von der Welt der Universitäten, erwachsenen Nerds und Professoren erzählte.

»Ihre Identitäten sind geheim, aber Rezensent Nummer zwei vertritt den pedantischen und manchmal unverschämten Kritiker.«

»Ah, dein Typ ist also Rezensent Nummer zwei.«

»Ja«, bestätigte ich. »Nur, dass er für gewöhnlich nicht unverschämt ist.«

»Du könntest ihm sagen, dass er keine Samthandschuhe anziehen muss.«

»Leute hören nicht auf, einen zu unterschätzen, nur weil man sie darum bittet.«

Mazie zuckte mit den Schultern. »Meiner Erfahrung nach schon, wenn es die richtigen Leute sind.«

Ich dachte an mein bisheriges Leben, an die Leute, die ich liebte und von denen ich geliebt werden wollte. Ich dachte an Elena und dass sie noch nicht wusste, wie sehr es mich getroffen hatte, als sie mir vorwarf, nicht ernsthaft genug zu sein. Ich nahm einfach an, dass Felix seine Einstellung nicht ändern würde. In allen anderen Dingen war er so unnachgiebig, es schien überhaupt keine Möglichkeit zu sein. Als er mich fragte, ob mehr zwischen uns sein könnte, eine echte Beziehung, ging ich davon aus, er würde mich unterschätzen, mir keine Ernsthaftigkeit zutrauen. Die Kabinenlichter flackerten gleichzeitig mit meiner Erkenntnis, als wäre mir ein Licht aufgegangen. »Mazie, ich glaube, du bist ein Genie.«

Sie grinste. »Du meinst, ein sexy Genie.«

Ich lachte. »Selbstverständlich.«

Ich schaute auf meine Uhr und berechnete im Kopf die Zeitverschiebung. Wir würden in anderthalb Stunden landen, und dann würde ich auf direktem Weg zu Felix fahren, um die Dinge zwischen uns zu klären. Ich wusste nicht, wo er wohnte, aber mir würde schon etwas einfallen, sobald mein Handy wieder Empfang hatte. Mir blieben eine und eine halbe Stunde, um herauszufinden, was ich von Felix wollte.

20. Kapitel

Felix

Zum zehnten Mal ballte ich die Fäuste und ging zurück Richtung Security-Ausgang. Diesmal hatte ich kaum einen Schritt gemacht, da kehrte ich auch schon wieder an meinen Platz zurück. Mir war nicht klar gewesen, dass große Gesten derartig viel psychische Vorbereitung erforderten. Als mir zum ersten Mal der Gedanke kam, dass meine Idee albern sein könnte, wäre ich fast aus der Ankunftshalle gerannt.

Eine Frau neben mir hielt drei kleine Kinder im Zaum, die sich alle einig zu sein schienen in ihrem Wunsch, das Willkommen-daheim-Daddy-Schild hinzuwerfen.

Zu meiner Linken redete ein Mann, der etwas kleiner war als ich, mit sich selbst und griff alle fünfzehn Sekunden in seine Hosentasche, während er verschiedene Versionen von »Es tut mir leid, willst du mich heiraten?« ausprobierte.

Anscheinend war ich nicht allein mit diesem Große-Geste-am-Flughafen-Ding, und beinah hätte ich erneut die Flucht angetreten, doch dann entdeckte ich sie in der Ferne. Sie zog ihren Rollkoffer hinter sich her und tippte auf ihrem

Handy. Sie sah aus, als wäre sie den ganzen Tag unterwegs gewesen, aber sie sah auch aus wie Gia, und mir hüpfte ganz unerwartet das Herz.

Gia: *Wie lautet deine Adresse?*

Ich starrte auf die Textnachricht, dann richtete ich den Blick wieder auf Gia, die nach wie vor mit ihrem Handy beschäftigt war. Ihre ganze Aufmerksamkeit galt ihrem Handy beziehungsweise mir. Ich hatte bisher die Vorstellung gehabt, sie könne sich nie ausschließlich mit einer Sache beschäftigen – ob es nun an ihrer Persönlichkeit oder an den chemischen Vorgängen in ihrem Gehirn lag. Jetzt aber sah sie konzentriert aus, und ihre Konzentration galt mir.

Felix: *Willst du mir eine Postkarte schicken?*

Gia: *Ich will eine Zeitschrift für Poolfans für dich abonnieren.*

Gia: *Ich will dich besuchen. Wir sollten reden.*

Sie kam näher, in gemächlichem Tempo und in Begleitung einer Frau, die Scherze zu machen schien, jedenfalls warf Gia grinsend den Kopf nach hinten.

Felix: *Ich bin nicht zu Hause.*

Gia: *Stimmt, es ist ja mitten an einem Wochentag. Kein Problem. Wann passt es dir denn heute Abend?*

Jetzt konnte ich sie sogar lachen hören, trotz des Gejammers der kleinen Kinder, die gezwungen waren, ihren Vater zu begrüßen, statt mit Wachsmalstiften auf den Fliesen herumzukritzeln. Ich konnte Gia nicht sehen, die Familie versperrte mir die Sicht, und auf der anderen Seite sauste ein blonder Schopf an mir vorbei und in die Arme meines Nebenmannes, dessen unablässig aufgesagter Spruch durch schmatzende Küsse ersetzt wurde. Und diese Küsse waren so laut, dass ich sie trotz des Kindergeschreis gut hören konnte.

Ich fing an, meine Antwort zu tippen: *Nun, ich brauche etwa fünfundvierzig Minuten, um vom Flughafen nach Hause zu kommen …* Aber bevor ich den Text abschicken konnte, sah ich die Blonde auf dem Boden landen und ihre Umhängetasche umkippen. Während sie sich den Hintern rieb, rief mein Nebenmann: »O mein Gott! Ich habe dich fallen lassen! Wie geht es deinem Po? Willst du mich heiraten?« Nur kam es wie ein einziges langes zusammengezogenes Wort heraus: »OmeinGottIchhabedichfallenlassenWiegehtesdeinemPoWillstdumichheiraten?«

»Baby«, sagte sie vom Fußboden aus in halb gebückter Position, während sie ihre verstreuten Sachen einsammelte. »Wir sind doch erst seit sechs Wochen zusammen.«

Ich fühlte mit dem Typen – er sah niedergeschlagen aus und hielt das Schmuckkästchen mit dem Ring, als handelte es sich um eine tödliche Spinne, die ihm dringend jemand abnehmen sollte. »Ist dein Hintern okay?«

»Ja«, sagte sie mit einem Lächeln. »Und ja!«

Im nächsten Moment war er auf dem Boden bei ihr, und die schmatzenden Küsse gingen weiter, nur diesmal über meinen Schuhen.

Ich schaute wieder auf mein Handy und drückte »Senden«, dann hörte ich Gias Stimme hinter der Familie, die momentan den Weg blockierte: »Vom Flughafen?«

Felix: *Ich bin hinter der großen Familie mit den kreischenden Kids. Neben dem auf dem Boden herumknutschenden Paar.*

Sie quetschte sich an der Familie vorbei, die jetzt einen etwa sechsjährigen Jungen hochzerrte, der offenbar der Ansicht war, zu humpeln sei die beste Art des Protests. Gia lächelte, als sie an der Familie vorbei war und mich entdeckte. Dann drehte sie sich zu dem Jungen um und rief: »Hey! Ich glaube, Paw Patrol ist am Ausgang. Ich werde mich beeilen, um sie noch zu sehen!«

Prompt konnte der Junge wieder laufen, und alle drei Kids fingen an, die geschafft aussehenden Eltern hinter sich herzuziehen.

»Ziemlich schlau«, sagte ich, während sie näher kam.

»Oh, ich meinte es ernst. Ich muss mich beeilen, wenn ich die Show sehen will.« Sie trug ein schlichtes gelbes T-Shirt, das ihre Haut fast leuchten ließ. »Was machst du hier?«

»Ich wollte dich sehen und etwas tun … Etwas, was du tun würdest.«

Einer der beiden vor mir auf dem Boden meinte zwischen den Küssen stöhnend: »Baby, ich bin froh, dass wir nicht warten müssen.«

»Vielleicht können Sie vorher von meinen Schuhen heruntergehen?«

»Oh«, sagte der Typ und wich errötend zurück. »Sorry, Mann. Aber sie hat gerade Ja gesagt.«

Gia sagte: »Sie hat Ja gesagt, Felix, also sei nicht so.« Sie zwinkerte und stieg um das sich erneut küssende Pärchen herum. »Ich würde so etwas auch machen«, sagte sie. »Aber ich hoffe mal, dass es nicht das war, was du wolltest.«

Ich räusperte mich. »Nein. Du bist sehr attraktiv, aber so verführerisch nun auch wieder nicht, dass ich vergessen könnte, wie dreckig dieser Fußboden wahrscheinlich ist.«

»Ist das Kritiker Nummer zwei?« Die Frau, die in Gias Begleitung gewesen war, spähte ihr über die Schulter.

»Kritiker Nummer zwei?« Ich sah die beiden abwechselnd an, während Gia der Frau zunickte. »Du erzählst Leuten, ich sei Kritiker Nummer zwei?«

Sie bestätigte es grinsend. »Bist du doch.« Hinter ihr machte die Frau eine Ruf-mich-an-Geste und verschwand.

»Ich ... Dazu fällt mir nichts ein.« Ich griff in meine Tasche. »Spielt auch keine Rolle. Das hier wollte ich dir geben«, erklärte ich und hielt ihr den Umschlag hin.

Ihre Finger streiften meine, als sie ihn entgegennahm, aber sie öffnete ihn nicht, sondern sah mich stattdessen an. »Was ist das?«

»Es ist eine Liste von allen Punkten deiner Arbeit, mit denen ich nicht einverstanden bin. Dein Beharren auf eine rein experimentelle Herangehensweise hat Tücken. Deine Hypothesen zu dem, was ich und die anderen Gelehrten bewiesen haben, sind nicht stichhaltig, und deine Forschungsmethoden verhöhnen etablierte Normen. In deinem jüngsten Artikel über meine Arbeit lässt du wesentliche Punkte unberücksichtigt, und deine Schlussfolgerungen sind zwar interessant, könnten aber viel tiefgründiger sein.« Ich holte Luft und betrachtete ihren unveränderten Gesichtsausdruck. »Außerdem hörst du zu laut Musik in deinem Büro. Macht mir allerdings nicht mehr so viel aus. Es war viel zu still während deiner Abwesenheit.«

»Mann, Sie sollten nette Sachen sagen«, bemerkte der baldige Bräutigam vom Fußboden.

»Ja, vielen Dank«, sagte ich und bereute es aus vielerlei Gründen, im Flughafen davon angefangen zu haben. Ein Koffer rollte klackernd vorbei. »Aber ich werde keine netten Sachen über deine Arbeit sagen, nur weil du schön bist und ich dich nicht vergessen kann. Und ich werde nie deine Fähigkeit unterschätzen, mich beruflich herauszufordern, weil du mich dazu bringst, weiter zu denken.« Ich schaute auf ihre Hände, ohne zu wissen, warum. Sie hielt nach wie vor den Umschlag; der rote Nagellack bildete einen starken Kontrast auf dem weißen Papier. »Du bist ein Tornado aus Chaos«, sagte ich und sah ihr in die Augen. »Und ich hätte wirklich gern ein Date mit dir, bei dem uns niemand mit Durchsagen über vergessenes Gepäck stört.«

Sie schaute auf den Umschlag, auf dem ihr Name geschrieben stand. »Und das hast du alles hier aufgeschrieben?«

Ich nickte. »Ich habe noch mehr aufgeschrieben und es mit Zitaten untermauert.«

Sie lachte, und es war wie eine Umarmung. Sie trat näher, und ihre freie Hand glitt über meine Brust. »Natürlich, was sonst. Und ja, ich würde gern mit dir ausgehen.« Sie biss sich auf die eine Seite ihrer Unterlippe, und ich rechnete schon fast mit der nächsten Enttäuschung. »Es tut mir leid, wie ich an dem Morgen im Hotel reagiert habe. Ich hatte Angst.«

»Aber jetzt nicht mehr?«

Sie hob die Hand und strich mit ihren Fingern über meinen Hals. »Wer fürchtet sich schon vor Kritiker Nummer zwei?«

Meine Mundwinkel hoben sich, und die Anspannung wich aus meinen Schultern; erst da merkte ich, wie angespannt ich gewesen war. »Du jedenfalls nicht?«

»Nö, ich nicht.« Ihre Lippen streiften meine, und ich legte ihr meine Hand auf die Taille, um sie näher zu mir heranzuziehen. Ein kleines bisschen fühlte ich mich seelenverwandt mit dem Paar auf dem Boden.

»Achtung, Passagiere, bitte halten Sie die Durchgänge frei.«

»Ich glaube, das ist unser Stichwort, von hier zu verschwinden«, sagte Gia und verschränkte ihre Finger mit meinen. Dann verließen wir gemeinsam die volle Ankunftshalle.

»Ich wusste gar nicht, dass du dich an Regeln hältst«, sagte ich und drückte ihre Hand.

»Ich glaube, ich habe mir das ein oder andere bei dir abgeschaut«, erwiderte sie und stieß ihre Hüfte gegen meine. »Und jetzt erzähl mir mehr davon, dass du nicht aufhören kannst, an mich zu denken.«

Die automatischen Türen öffneten sich zischend, und kalte Luft empfing uns, als wir aus dem Terminal hinaustraten. »Das ist auch in der Liste aufgeführt.«

Februar

Ein Jahr später

Epilog

Gia

»Was ist das bloß mit uns und Flugverspätungen?« Ich sah zu Felix, der auf dem Gate auf und ab lief. Die Falte zwischen seinen Brauen verriet seine Frustration. Vielleicht auch Angst. Er hasste es, zu spät zu kommen.

»Diesmal ist es meine Schuld«, murrte er. »Ich habe einen zu knappen Anschlussflug gebucht.«

Es gab Aspekte, die mir an einer Beziehung mit einem Kontrollfreak gefielen, zum Beispiel, wenn wir beschlossen, am Valentinstag wegzufahren. Dann buchte und organisierte er alles, und ich konnte einfach die Reise genießen. »Nicht so schlimm, der nächste Flug geht in neunzig Minuten.« Ich schnappte mir seine Hand, als er wieder vorbeiging. »Wollen wir uns den jüngsten Artikel von Simmons zusammen durchlesen?« Vor Kurzem hatte ein bisheriger Anhänger von Felix' Modell meinen experimentellen Ansatz als Grundlage für seine Studien verwendet.

Seine Stirnfalten verschwanden, und das leichte Zucken seiner Lippen erschien, auf das ich gehofft hatte. Es hatte Zeiten gegeben, da wäre ich enttäuscht gewesen ohne ein ganzes Lächeln, aber ich kannte Felix jetzt zwei Jahre und wusste daher, dass es etwas Besonderes war. »Möchtest du Kaffee?«

Ich nickte und streichelte seine Hand, bevor er wieder durch den Wartebereich lief. Ich sah in die andere Richtung. Pre-Flight Paws hatte heute geschlossen, was schade war – ich hatte gehofft, mich während unseres Aufenthaltes mit Ollie und Jess unterhalten zu können. Gleich neben ihrem Salon befand sich mein Lieblingsgeschäft für Süßigkeiten. Ich nahm meine Umhängetasche und eilte dorthin, eine Textnachricht für die Chatgruppe meiner zusammengewürfelten Anhängerschaft tippend.

Gia: *Ich werde es heute Abend tun!*

Mazie: *Los, Mädel!*

Elena: *Ich fiebere mit dir!*

»Willkommen in Juliannas Candy Shoppe«, flötete das junge Mädchen hinter dem Verkaufstresen. »Was kann ich für Sie tun?«

Ich sah mir die Auswahl an. Bennett hatte sich über mich lustig gemacht, aber ich fand einfach, es war der beste Laden für Schokolade im ganzen Land. »Ich nehme eine Mischung aus meinen Lieblingssachen und denen meines Freundes. Kann ich eine Schachtel mit einem Dutzend haben?«

Sie lächelte. Auf ihrem Namensschild stand *Teagan*, und sie schien im Alter der meisten meiner Studentinnen zu sein, vielleicht ein bisschen älter. Ich zeigte auf die verschiedenen Trüffel – dunkle Schokolade für Felix, weiße für mich. »Besonderer Anlass?« Teagan wartete geduldig, während ich meine Auswahl traf.

»Ich werde ihm heute Abend einen Antrag machen«, antwortete ich und genoss, wie sich diese Worte anfühlten. Wir waren seit unserer gemeinsamen Reise im vergangenen Jahr zusammen, und er war der Mensch für mich. Wir hatten über die Zukunft gesprochen, ob wir zusammenziehen sollten, heiraten, vielleicht Adoptiveltern werden. Die Person hinter dem Verkaufstresen musste nicht unsere ganze Lebensgeschichte hören, aber es drängte mich, es irgendwem zu erzählen. »Ich stehe auf Spektakel, aber zu diesem Anlass passen Wein und Schokolade in trauter Atmosphäre eher. Also brauche ich die beste Schokolade!«

»Nun, die hier sind neu und meine Lieblingssorte«, erklärte sie und tat zwei pink gepunktete weiße Schokopralinen in die Box, außerdem zwei ähnlich aussehende, nur mit grünen Punkten. »Und das ist die Lieblingssorte meines besten Freundes. Wir sind nicht verheiratet, aber schon ewig zusammen, also bringt sie Ihnen vielleicht Glück.«

Ich bückte mich, um die Schilder zu lesen. »Himbeer und Pistazie. Die sehen toll aus!«

»Die gehen aufs Haus«, sagte sie und gab mir die Box. »Viel Glück«, wünschte sie mir, zog meine Kreditkarte durch das Gerät und hielt die gekreuzten Finger hoch.

Als ich zum Gate zurückkam, sah ich Felix nirgends, daher verstaute ich die Schokolade in meiner Tasche und presste die Lippen zusammen. Das Gate schien voller zu sein, und ich versuchte, über die Köpfe einiger Leute hinweg zum Anzeigenbildschirm zu sehen, um zu erfahren, ob es eine Flugänderung gegeben hatte. Die Stimme des Gate Agent kam knisternd aus den Lautsprechern: »Achtung im Boarding-Bereich, Flug 893 nach Myrtle Beach geht in einer Stunde. Bis dahin möchten wir etwas Besonderes machen, da heute Valentinstag ist.«

Ich grinste. Ich liebte den gelegentlich spielerischen Umgang dieser Fluglinie mit dem Fliegen. Ich war erstaunt, dass Felix sie ausgewählt hatte, denn eigentlich war ihr Stil zu »locker-flockig« für ihn; ich zog ihn gnadenlos für diese Wortwahl auf. Aus den Lautsprechern war ein Popsong, den ich sofort erkannte, zu hören.

»Sie können gerne mit uns tanzen.« Die beiden Gate Agents begannen sich in den Hüften zu wiegen, und vier kleine Mädchen tanzten auf der freien Fläche zwischen den Sitzen. Ich klopfte mit dem Fuß den Takt und schaute mich um, während Ehemänner und Ehefrauen und Kids von ihren Plätzen gelockt wurden, sodass der Boarding-Bereich sich in eine Partyzone verwandelte. Eine ältere Dame neben mir meinte: »Ich wünschte, ich hätte einen Tanzpartner!«

Grinsend hielt ich ihr meine Hand hin, während die spontane Tanzparty Fahrt aufnahm und Leute aus den benachbarten Gates mitmachten. Die Frau lachte und nahm meine Hand. Sie stellte sich als Greta vor, ließ sich von mir in einer Pirouette drehen, und wir tanzten, bis der Song endete und der nächste begann – ein alter Bruno-Mars-Song, den ich nicht gleich einordnen konnte.

»Ich glaube, Sie haben einen Bewunderer«, sagte die Frau und zeigte hinter mich. Ich drehte mich um und erwartete, Felix zu sehen, der die Augen über diese alberne Aufführung verdrehte. Stattdessen entdeckte ich Bennett und Ollie und kreischte begeistert.

Ich schlang die Arme um die beiden und fragte Bennett: »Was machst du denn hier?«

»Ich tanze mit meiner Frau«, erwiderte er und zog Ollie wieder zu sich.

Eigentlich wollte ich noch mehr fragen, aber meine Tanzpartnerin tippte mir auf die Schulter, und ich drehte mich um. Jetzt erkannte ich auch den Song, es war »Marry You« von Bruno Mars. Aber es war gar nicht Greta gewesen, die mir auf die Schulter getippt hatte, sondern Felix, der mich skeptisch ansah, sodass ich lachen musste.

»Was ist hier los?«

Ich zuckte mit den Schultern. »Ich habe keine Ahnung, aber Ben und Ollie sind hier!«

»Cool.« Er sah sich um und winkte ihnen, dann nahm er meine Hand und drehte mich zum Takt des Songs. Ich erhaschte einen kurzen Blick auf Bennett und Ollie, und auf Greta, die einen Geschäftsmann gefunden hatte, der sie auf der spontan entstandenen Tanzfläche herumwirbelte. Nach meiner Drehung landete ich an Felix' Brust. Wir sahen uns in die Augen, und ich zog seinen Kopf zu mir herunter, um ihn zu küssen. »Danke, dass du mit mir getanzt hast.«

»Ich wollte nicht, dass du allein tanzen musst.« Der Refrain des Songs kam, während wir uns nach dem Kuss zur Musik wiegten. Ich liebte es, Felix zu küssen. Es war anders, als irgendwen sonst zu küssen. Mir fiel die Schokolade in meiner Tasche ein. »Ich wollte dich heute Abend etwas fragen«, sagte ich. »Sobald wir im Hotel sind.«

»Okay«, meinte er und bewegte sich im Takt. »Der Song ist fast vorbei.«

»Einfach nur Kaffee zu trinken für den Rest der Verspätung, wird irgendwie enttäuschend sein«, scherzte ich.

»Ich habe gar keinen Kaffee bekommen«, erwiderte er, sich mit mir drehend.

»War die Schlange zu lang?«

»Nein.« Er biss sich auf die Unterlippe und sank auf ein Knie, während der Song weiterlief und die Leute um uns herumtanzten. Es war, als stünden wir im Mittelpunkt und wären doch ganz für uns. Die Titelzeile des Songs war zu hören, und für einen Moment sagte Felix nichts.

»Du hasst solche Sachen«, sagte ich und hielt mir die Hand vor den Mund.

»Stimmt«, bestätigte er und nahm meine Hand, während er mit der anderen in die Tasche griff. »Aber du liebst es.« Er hielt mir einen Ring mit wunderschönen Rubinen und Diamanten hin, die im Licht funkelten. »Und ich liebe dich.«

»Du hast das geplant?«

»Ollie hat mir dabei geholfen. Ich bin froh, dass die Leute tanzen, sonst wäre es irgendwie peinlich geworden.«

Ich kniete mich zu ihm und schlang ihm die Arme um den Nacken. »Ich wollte dich heute Abend fragen, allein in unserem Zimmer«, gestand ich mit Tränen in den Augen.

»Ist das ein Ja?«

Ich lachte und nickte, und er schob mir den Ring auf den Finger. »Ich kann nicht glauben, dass du das getan hast.«

»Ich habe Simmons' Artikel mitgebracht, um laut daraus vorzulesen, wenn die Leute nicht getanzt hätten«, sagte er und zog mich an sich.

»Lies ihn mir später vor«, sagte ich und presste meine Lippen erneut auf seine, hier in diesem Flughafen, wo alles angefangen hatte und wonach für uns nichts mehr gewesen war wie zuvor.

Für Brian und Matt.

*Jeder Mensch sollte phänomenal nette,
unterstützende und lustige Freunde haben,
die ganz cool einen Pullunder tragen
oder mich zu einer neunstündigen Bustour
nach Manhattan überreden können*

Bei dir angekommen

1. Kapitel

VIDEO-CHAT

Sieben Jahre zuvor
Freitag

Diskussionsleiter: *Herzlich willkommen an alle! Wir freuen uns außerordentlich, zu dieser wichtigen Konferenz so viele Talente begrüßen zu dürfen, die ihre Colleges aus dem ganzen Land vertreten. Wegen des schlechten Wetters findet die Veranstaltung online statt. Uns ist klar, dass das für viele neu ist, aber wir sind dankbar, dass Sie an Ihren Computern mitmachen. Zuerst werden wir Sie in sogenannte Breakout-Rooms schicken, kleine separate Räume, jeweils zu zweit, wo Sie die Person besser kennenlernen werden, mit der Sie an diesem Wochenende zusammenarbeiten werden. Instruktionen erhalten Sie im Chat, und wir sehen uns hier im allgemeinen Chatraum in fünf Minuten wieder.*

Sie wurden Breakout-Room 27 hinzugefügt

Silas: *Hey.*

Silas: *Ich glaube, du bist stumm geschaltet.*

Teagan: *Sorry! Es ist so komisch, per Videocall zu reden. Ich weiß nicht, ob ich mich je daran gewöhnen werde.*

Silas: *Ja, ganz neue Technik.*

Teagan: *Wie dem auch sei, hi! Ich bin Teagan, Studentin im ersten Semester an der State University.*

Silas: *Hey, ich bin Silas und auch Erstsemester. Ich bin auf der Thurmond.*

Teagan: *Anscheinend bist du mein Partner für das Wochenende. Wir sollen … ach ja, uns miteinander bekannt machen und ›Zwei Wahrheiten und eine Lüge‹ spielen. Bist du ein guter Lügner, Silas?*

Silas (lacht): *Nein, ich glaube, ich konnte noch nie etwas vor jemandem verbergen.*

Teagan: *Ich kann Dinge jahrelang für mich behalten. Halte dich also an mich.*

Silas: *Okay, dann fängst du an, mit drei Sätzen.*

Teagan: *Mal sehen … Betrachtest du mein Gesicht aus der Nähe, um herauszufinden, ob ich etwas preisgebe?*

Silas: *Mhm, und zwar sehr genau.*

Teagan: *Na schön. Ich liebe Reisen. Ich will Krimis schreiben. Meine Lieblingsfarbe ist Pink.*

Silas: *Hm … Ich glaube, die erste Aussage ist die Lüge.*

Teagan: *Falsch! Ich bin zwar noch nie an einem wirklich coolen Ort gewesen, aber wann immer sich die Chance ergibt, ein Flugzeug zu besteigen, bin ich dabei. Und die Farbe Pink hasse ich. In meiner Garderobe findet sich nichts Pinkfarbenes, und wenn es nach mir geht, wird sich daran auch nichts ändern. Das ist die schlimmste Farbe.*

Silas: *Ich fürchte, ich habe dein Gesicht nicht genau genug beobachtet.*

Teagan: *Jetzt du.*

Silas: *Tja ... Ich liebe Süßigkeiten, ich spreche Französisch, und ich habe Angst vor Spinnen.*

Teagan: *Ich glaube ... Du sprichst nicht Französisch.*

Silas: *Kein einziges Wort. Wie bist du darauf gekommen?*

Teagan: *Ich durchschaue dich einfach. Wir werden viel Zeit zusammen verbringen müssen, damit du mich ebenso gut durchschaust.*

Silas: *Während der Konferenz schaffe ich das locker.*

Breakout endet in 30 Sekunden

Teagan: *Oh, wir werden die beste Freunde, zumindest für die nächsten zwei Tage.*

2. Kapitel

Silas

Heute
Samstag

Aus dem Handy der Frau knisterte laut die Stimme am anderen Ende. Sie hielt es von ihrem Gesicht weg, während sie das Nackenkissen herunterschob, das an ihren zerknautschten Wangen klebte. Meiner Ansicht nach war die Lautsprecherfunktion in einer bevölkerten Umgebung gleichbedeutend mit Erregung öffentlichen Ärgernisses. Nur dass dies hier mehr verärgerte Blicke auf sich zog, als ginge jemand ohne Hose durch das Terminal. Ihr gebatiktes T-Shirt trug die Aufschrift *Tequila hat mich dazu gebracht*, und sie sah eindeutig aus wie jemand, dem die Geduld ausging. Die Stimme in ihrem Handy dröhnte wieder los: »Warum dauert das so lange, verdammt noch mal?«

»Ich hänge hier auf diesem verfluchten Flughafen fest, und wenn noch mal ein blöder Airline-Angestellter …«

»Guten Tag«, unterbrach ich sie lächelnd und tat, als hätte ich nicht jedes Wort ihrer Unterhaltung aus einem Meter Entfernung mitgehört. »Wie kann ich Ihnen helfen?«

»Sie können mich zunächst mal aus diesem verdammten

Flughafen bringen.« Sie warf ihren zerknüllten Boarding-Pass auf den Tresen, frustriert und voller Verachtung.

Ich war ziemlich immun gegen derartiges Verhalten, da ich schon einige Jahre im Kundenservice der Airline arbeitete. »Ich bedaure die Unterbrechung Ihrer Reise«, sagte ich, während ich ihre Daten in den Computer eingab. Über ihre Schulter hinweg sah ich, wie Teagan auf der anderen Seite des Ganges im Eingang des Candy Shoppe, in dem sie arbeitete, trocken grinste. Ich ignorierte den Impuls, meiner besten Freundin ein kurzes Lächeln zuzuwerfen.

»Das muss Ihnen auch leidtun«, meinte die Frau mürrisch. Offensichtlich war sie der Meinung, ich persönlich sei für die wegen des Unwetters in New York ausgefallenen Flüge verantwortlich. »Ich frage mich, wie die Flugzeuge angesichts dieser Inkompetenz überhaupt jemals abheben können …«

»Ich kann Ihnen eine Ersatzverbindung über Boston anbieten«, unterbrach ich sie erneut mit geübter und bestimmter Zuversicht. Gleichzeitig holte ich den Korb mit einzeln verpackten Süßigkeiten unter dem Tresen hervor. »Möchten Sie vielleicht einen Schokoladentrüffel, während Sie warten? Die sind aus dem Laden gegenüber und wirklich gut. Die Zutaten sind hier aufgelistet.«

Man hätte meinen können, dass ich ihr eine Zigarette oder Henry Cavills Telefonnummer angeboten hatte, denn ihre Miene wurde sofort sanfter. »Oh, danke«, sagte sie und schob sich einen Trüffel in den Mund. Teagan wusste, dass ich den Korb nur für bestimmte Kunden hervorholte; aus dem Augenwinkel sah ich sie kichern.

»Uns ist bewusst, dass eine Verspätung unangenehm ist, und wir wissen Ihre Geduld zu schätzen. Ich kann Sie gegen neun Uhr heute Abend auf einen Flug nach Boston buchen, mit Anschluss in Chicago. Kann ich sonst noch etwas für Sie tun?« Sie schüttelte den Kopf und kaute auf der Schokolade, also gab ich ihr die neuen Reisedokumente. »Ich wünsche Ihnen noch einen schönen Tag.«

Noch immer kauend, nickte sie und winkte mir kurz zu. Dann ging sie, und die Person, mit der sie telefonierte, unterbrach das Schweigen. »Bist du noch da?«

»Ich weiß nicht, warum du denen Pralinen gibst«, meinte James. Er machte den Job noch nicht lange, und ich bezweifelte, dass er dabeibleiben würde; vielleicht wollte ich das auch gar nicht. Er flirtete dauernd mit Teagan. Eigentlich war er kein schlechter Kerl, aber es wurmte mich trotzdem. »Macht es sie weniger wütend, oder was?«

Teagan winkte und kehrte zurück hinter die Ladentheke, wo sie sich die pinkfarbene Schürze umband, die sie hasste. Aber Julianna, die Ladeninhaberin, bestand darauf, dass alle Angestellten sie trugen. Das Erste, was ich über Teagan erfahren hatte, war, dass sie Pink hasste. Das hatte sie mir während unseres ersten Video-Chats vor sieben Jahren erzählt, als wir Erstsemester gewesen waren. Ich hatte bei dieser Konferenz gar nicht mitmachen wollen, aber mein Studienberater hatte mich überzeugt; er meinte, es würde meinen Horizont erweitern. Und so kam es in gewisser Weise auch, denn ich lernte Teagan kennen, die voller Überraschungen steckte und tatsächlich ständig meinen Horizont erweiterte.

James sah mich erwartungsvoll an, und ich verstaute den Korb wieder unter dem Tresen. »Nee, aber es hält sie vom Reden ab.«

James lachte und presste sich die Hand auf den Bauch. »Im Ernst?«

Ich zuckte mit den Schultern. »Das Karamell ist echt klebrig.« Ich gab die Trüffel nicht jedem, und glücklicherweise bekam ich Rabatt im Süßigkeitenladen. Damit konnte ich wütende Leute mitten im Satz abwürgen, und abgesehen davon, dass die Schokolade sie zum Schweigen brachte, besserte sie manchmal ihre Laune ein wenig. »Für gewöhnlich funktioniert es.«

James klopfte mir auf den Rücken, sodass ich meine Aufmerksamkeit von dem Laden auf ihn richtete. »Du bist ein Genie, Mann. Ich werde vor meiner nächsten Schicht mal da vorbeischauen und ein paar kaufen, wenn wir wetterbedingte Verspätungen erwarten. Meinst du, deine Freundin gibt mir Rabatt?«

Teagan lehnte sich gerade über den Tresen und reichte einer Kundin etwas, worauf deren Gesicht sich aufhellte. Es handelte sich um die neuen Himbeer- und Pistazientrüffel. Sie behauptete, das seien meine Lieblingstrüffel, deshalb brachte sie mir ständig welche vorbei, nur um letztlich die Hälfte davon selbst zu essen. Es machte mir nichts aus – sie schlug Julianna seit Jahren neue Varianten vor, und diese waren die ersten neuen Versuche der älteren Dame. Sie waren wirklich gut. Teagan studierte wieder, diesmal kreatives Schreiben, aber ich erklärte ihr immer, sie sei zur Pralinenherstellerin berufen.

»Du weißt schon, deine *Freundin*«, wiederholte er und stieß mich mit dem Ellbogen an.

»Teagan.« Ich tippte auf meinen Bildschirm, um die Informationen zu aktualisieren. »Sie ist nur eine Freundin. Wir sind nicht zusammen.« Das hatte ich vor Jahren sichergestellt. Trotzdem war mir die Vorstellung von ihr und James zusammen zuwider.

»Klar«, sagte er und sah hinüber zum Laden. »Sie ist Single, richtig?«

Über eine Stunde lang waren wir von aufgebrachten Passagieren bedrängt worden, und jetzt wurde es endlich ruhiger am Kundenschalter. Fast wünschte ich, die Frau mit dem Nackenkissen würde zurückkommen, um sich wegen ihres Fluges nach Chicago zu beschweren. »Ja, sie ist Single, verlässt das Land aber in einigen Tagen.« *In genau einer Woche.*

»Ich erinnere mich, dass sie das erwähnt hat.« James lehnte sich zu mir herüber und senkte die Stimme, für den Fall, dass unser Chef wie aus dem Nichts auftauchte und uns wegen Privatgesprächen am Kundenschalter tadelte. Doch das würde nicht passieren; in den vergangenen zehn Jahren hatte der sein Nickerchen nur selten unterbrochen.

»Ja, sie studiert wieder und macht ein Auslandssemester.« In Frankreich, mit ausgedehnten Reisen nach Irland, England, Spanien und Prag, so der Plan. An der Route hatte sie lange getüftelt; in ihrem Apartment hing über ihrem Bett eine Europakarte.

»Erin freut sich bestimmt, mehr Zeit mit dir verbringen zu können«, sagte er und kehrte an seinen Platz zurück. »Echt coole Freundin, für die es okay ist, dass du so oft mit einer anderen Frau zusammen bist.«

Bevor ich antworten konnte, tauchte Ada auf. »Hallo, Jungs.« Sie kam auf uns zu, und wir grüßten beide zurück. Ada verließ ihr Betriebsleitungsbüro an jedem Arbeitstag für einen Gang durch das Terminal, um sich die Beine zu vertreten, wie sie meinte. »Silas, ist heute nicht dein freier Tag?«

»Dieser Typ kann einfach nicht aufhören zu arbeiten, Ma'am. Er hat die Schicht von einer Kollegin mit einem kranken Kind übernommen«, erklärte James. Ich sah über Adas Schulter hinweg zum Süßigkeitenladen. Meine Kollegin hatte jemanden gebraucht, der für sie einsprang, aber ich wollte in dieser Woche auch so oft wie möglich dort sein, wo Teagan war.

Ich zuckte mit den Schultern. »Was soll ich sagen? Ich kann einfach nicht genug bekommen von diesem Kerl.« Ich klopfte James auf die Schulter, und Ada lachte. »Und was ist mit dir?«

Ada musste in ihren Fünfzigern sein, hatte eine Raucherstimme und ein breites Lächeln.

»Ich halte Ausschau nach meinem Spaziergangbegleiter«, sagte sie und sah sich um. »Normalerweise finde ich ihn in seinen Pausen in der Nähe des Candy Shoppe.« Sie sah hinter sich, und ich folgte ihrem Blick zu Teagan. »Aber anscheinend bin ich heute allein. Bis später!« Sie winkte und ging davon. Wir bekamen nicht viele aus der Chefetage zu sehen, und Ada war mir eine der Angenehmsten.

»Sie ist witzig«, sagte James und machte sich wieder an die Arbeit. Ich hoffte, er würde das Thema Erin und Teagan fallen lassen.

Glücklicherweise erschien eine ganze Reisegruppe in T-Shirts mit der Aufschrift »Milton Family Reunion« am Tresen, sodass ich mich nicht mehr weiter mit James unterhalten musste. Stattdessen versuchten wir, dreißig Leute nach Akron zu schaffen.

Erins Reaktion auf Teagan und umgekehrt hatte mich oft genug in Verlegenheit gebracht, da wollte ich mich nicht mit beiden beschäftigen, wenn keine von ihnen da war.

3. Kapitel

Teagan

Ich strich die schreckliche pinkfarbene Schürze glatt und schaute auf meine Uhr. Das Ende meiner Schicht war nicht viel näher gerückt, was nicht verwunderlich war, da ich vor dreißig Sekunden zuletzt auf die Uhr gesehen hatte. Dass ich mit Mitte zwanzig eine pinkfarbene Schürze tragen würde, war zwar nicht Teil meiner kindlichen Zukunftsvisionen gewesen. Aber allmählich bekam ich mein Leben wieder auf die Reihe. Ich studierte wieder, würde demnächst meine Traumreise antreten und hoffte, diese Schürze bald für immer abzulegen.

»Lass dich nicht von Julianna dabei erwischen, wie du so auf die Uhr schaust.« Martin stützte sich auf seinen Besen und grinste, als wollte er mir einen Witz erzählen. Ich liebte Martin, der zu den Reinigungskräften gehörte. Er arbeitete noch länger als Julianna im Flughafen und gehörte quasi zum Inventar. Er konnte aus all den Jahren, die er hier erlebt hatte, großartige Geschichten erzählen.

»Hey.« Ich schaute mich um und gab ihm einen seiner Lieblingstrüffel aus dunkler Schokolade, mit Kokos überzogen. Er war der einzige Mensch, dem ich, abgesehen von

Silas, gratis welche zukommen ließ. Seine Lieblingssorte kannte ich jedoch von Julianna, die, obwohl sie ein Dämon mit Hang zu Süßem war, Martins Charme so wenig widerstehen konnte wie alle anderen. »Wann lässt du mich eine Geschichte über dich schreiben?«

Er lachte und bedankte sich für die Schokolade. »Da wäre viel zu schreiben. Wie kommt's, dass eine angehende Schriftstellerin hier arbeitet?«

Ich machte eine ratlose Geste. »Ich brauchte einen Job, und Julianna suchte jemanden.« Es war schwierig gewesen, überhaupt etwas zu finden, und mir hatte die Idee gefallen, dem internationalen Reiseverkehr so nah zu sein – auch wenn ich nur zusehen würde, wie andere Leute auf Reisen gingen. Und der Job war nach zwei Jahren bedeutend besser geworden, als Silas beim Kundenservice der Airline angefangen hatte. Und Leute wie Martin kennenzulernen, machte die Sache auch angenehmer.

Er richtete seinen Gürtel. »Fliegst du nicht nach Frankreich, um zu schreiben? Wozu brauchst du meine Geschichte?«

Ich legte den Kopf schief. »Tu nicht so, als hättest du nicht richtig was erlebt auf diesem Flughafen.«

Sein donnerndes Lachen veranlasste mich, zu Silas zu schauen. Er meinte, er wisse wegen dieses Lachens immer genau, wo Martin sich aufhielt. Leider wurden er und James gerade von einer Horde Leute belagert. »Stimmt schon, nur bist du viel zu jung, um diese Storys zu hören. Julie würde mir die Hölle heißmachen, wenn ich ihre jungen Angestellten verderbe.« Er deutete zu den Gates in der Nähe, wo die Leute tanzten. »Siehst du den Tumult da drüben? Sieht aus, als würden die eine Tanzparty veranstalten. Ich werde mir das mal ansehen. Soll ich das wegwerfen?« Er zeigte zur anderen Seite des Ladens, wo ein Stück Papier auf dem Boden lag.

»Nein, das mache ich schon. Wir stellen einige Sachen um, vielleicht ist es aus einem Karton gefallen.«

»Ich sage dir Bescheid, falls der Tumult irgendwie interessant ist.« Er wackelte beim Hinausgehen mit den Hüften und rief über die Schulter: »Vielleicht schwinge ich selbst das Tanzbein.«

Ich winkte ihm hinterher und wischte mir die Hände ab, bevor ich zu dem Stück Papier ging, um es aufzuheben. Mich hungerte nach etwas Aufregendem, irgendetwas, was die Monotonie meiner Arbeitstage unterbrach. Bis zum Beginn meiner Reise hatte ich keine Kurse mehr, daher ging ich ständig zur Arbeit und verkaufte Süßigkeiten. Es war kein schlechter Job, aber ich hatte es satt, immer still zu stehen. Wenn man in einem Flughafen arbeitete, sah man ständig neue Leute, trotzdem fühlte es sich oft an, als sähe man jeden Tag die gleichen Leute. Menschen, die irgendwoher kamen und irgendwohin reisten. Ich konnte es nicht erwarten, eine von ihnen zu sein. Wenn im Laden nicht zu viel los war, erfuhr ich gern, wohin die Leute unterwegs waren, und stellte mir vor, ebenfalls dorthin zu fliegen.

Ich hatte eine elendig lange To-do-Liste zur Vorbereitung meiner Reise, einschließlich der Reinigung des Kühlschranks und des Schrubbens meines Badezimmers. Ich hakte die einzelnen Punkte im Kopf ab, während ich mich nach dem Papier auf dem Boden bückte. Es handelte sich um den Ausdruck einer E-Mail, allerdings war die Adresse nicht sichtbar. Ich überflog sie rasch und wollte sie in den Müll werfen, um ein weiteres Mal auf die Uhr zu schauen.

Aber mir fiel die Betreffzeile ins Auge. »Pro« und dann »Kontra«.

Pro
Sie ist meine beste Freundin.
Sie zu sehen ist das Beste an dem Job hier.
Ich könnte ihren Geschichten stundenlang lauschen.
Ich liebe sie. Schon immer, glaube ich.

Kontra
Wenn ich sie verliere, weiß ich nicht, was ich tun werde.
Wenn es nicht funktioniert, muss ich sie weiterhin die ganze Zeit im Terminal sehen.
Sie weiß nicht, dass ich sie liebe, und es könnte zu spät sein, um es ihr zu sagen.

Silas lehnte am Tresen, als ich aufsah. Das Metall seines Namensschildes funkelte im Licht, und das dunkle Blau des Umhängebands um seinen Hals hob sich von seinem Hemd ab. »Du studierst nicht schon wieder deine Reiseroute, oder? Ich weiß, dass du sie auswendig kannst.« Er machte sich lustig über mich, weil ich wegen meiner bevorstehenden Reise so aufgeregt war, war aber dabei nie gemein. Er wusste, wie gern ich verreisen wollte, und nun, da ich eine zweite Chance hatte, war ich besessen davon, gut vorbereitet zu sein, um wirklich das Beste herauszuholen. Er hingegen erzählte mir wenig von seinen Reisen, damit ich nicht neidisch wurde, weil er unterwegs sein konnte und ich nicht. »Oder bist du bereits dabei, die nächsten drei Reisen zu skizzieren?«

»Sehr witzig«, sagte ich und legte die Liste auf den Tresen. »Was machst du hier?«

»Schicht ist vorbei. Möchtest du essen gehen?« Er kratzte sich seitlich am Hals, wie immer, wenn er etwas mit seinen Händen zu tun haben wollte. Silas hatte hübsche Hände, mit gepflegten Nägeln und langen schlanken Fingern.

»Wird Erin nichts dagegen haben? Wir waren in dieser Woche schon mehrmals zusammen essen, und sie hat bald Geburtstag, oder?« Ich mochte Erin, ich fand nur, sie war nicht interessant genug für Silas. Aber das konnte ich ihm nicht sagen.

»Der ist heute.« Er zuckte mit seinen gut entwickelten Schultern und wich meiner Frage aus. »Aber sie ist gar nicht in der Stadt, und du reist in einer Woche ab. Pizza? – Was ist das?« Er zeigte auf die Liste auf dem Tresen, und ich fragte mich einen Augenblick lang panisch, ob ich sie verstecken oder ansprechen sollte. Mir kam ein verwegener Gedanke: Was, wenn Silas das geschrieben hätte?

»Das habe ich auf dem Fußboden gefunden«, erklärte ich und hielt den Zettel weg von ihm. »Es ist eine Liste mit Pros und Kontras.«

»Wofür?« Er griff trotzdem danach und schnappte ihn mir aus der Hand. *Dieser verdammte Kerl mit seinen großen Händen.* »Hm«, sagte er, die Liste lesend, während ich ganz genau auf sein Gesicht und Anzeichen des Wiedererkennens achtete. Aber ich wusste, dass ich mir nur etwas einbildete. »Ich frage mich, was diese Person entscheiden wollte.«

»Klingt irgendwie danach, als wollte die Person jemandem ihre Gefühle gestehen oder eine Beziehung anfangen.«

Ich nahm ihm die Liste wieder ab, neugierig geworden

bei diesen Worten. »Ich weiß nicht. Meinst du, es ist jemand, der hier arbeitet?«

Er zuckte erneut mit den Schultern. »Keine Ahnung. Pizza heute Abend?«

»Ja. Warum interessiert dich dieser Zettel nicht?« Ich gab ihm einen Klaps auf den Arm. »Es ist ein Rätsel.«

»Es ist nur ... Müll.«

Ich verdrehte die Augen und lächelte einem Pärchen vor dem Eingang zu, das sich dann jedoch dazu entschied, weiterzugehen. »Ich mache Erin dafür verantwortlich, dass du bei einer potenziellen Liebesgeschichte ungerührt bleibst.« Meine innere Stimme warnte mich, lieber still zu sein, und fragte gleichzeitig, was mit mir los war. In solchen Momenten hörte ich leider nur selten auf meine innere Stimme.

»Es ist keine Liebesgeschichte, sondern die weggeworfene Entscheidungshilfe von irgendwem.« Silas gab mir einen Klaps auf den Arm und versuchte, mir den Zettel wieder abzunehmen, aber ich schnappte ihn mir zurück.

»Doch, es ist die *Möglichkeit* einer Liebesgeschichte. Was ist, wenn jemand die fallen gelassen hat und schon bald eine Entscheidung treffen muss? Was, wenn hiermit das Glück zweier Leute auf dem Spiel steht?«

Er kniff die braunen Augen zusammen, und diese Brauen sahen unverschämt gepflegt aus. »So lang ist die Liste nun auch wieder nicht. Die Person kann sie hoffentlich neu schreiben oder kennt sie inzwischen auswendig.«

»Darum geht es nicht«, sagte ich und steckte den Zettel in meine Schürze.

»Sondern darum, dass du neugierig und gelangweilt bist?«

Ich lehnte mich auf den Tresen und sah aus dem Augenwinkel auf die Uhr. Meine Schicht war fast vorbei. »Oder wenn jemand eine schwierige Entscheidung treffen muss hinsichtlich der Frau, die er liebt, und sich zur richtigen Entscheidung durchgerungen hat. Und dann geht dieser Zettel verloren?«

»Mir könnte das nie passieren.« Er gab mir einen Kaugummistreifen aus seiner Tasche. Julianna gestattete es im Laden nicht, Kaugummi zu kauen, und ich lechzte jedes Mal am Ende meiner Schicht nach Pfefferminzgeschmack.

»Na, komm schon. Vielleicht deutet die Person den Verlust der Liste als Zeichen des Schicksals, dass sie ihren Gefühlen nicht nachgeben sollte.«

»Teag, ich glaube wirklich, du deutest da zu viel hinein.«

Ich hielt seinem Blick stand und hob eine meiner weniger beeindruckenden Brauen. »Ich berufe mich auf die Kein-Veto-Regel.«

Silas stutzte, seine Lippen teilten sich. Diese verdammten vollen Lippen. »Die Kein-Veto-Regel … dafür?«

Im Sommer nach dem zweiten Studienjahr hatten wir einen Roadtrip durch den Mittleren Westen gemacht. Damals hatte es sich wie ein großes Abenteuer angefühlt, aber die Tour bestand hauptsächlich aus billigen Motels und unzähligen Tankstellensnacks, während wir uns landschaftliche Superlative ansahen. Es waren die besten und schlimmsten Tage unserer Freundschaft, und da führten wir die Kein-Veto-Regel ein. Jeder von uns durfte eine Sache auswählen, die wir beide machen mussten, und der andere konnte nicht ablehnen. Das behielten wir bei, indem jeder von uns pro Jahr eine neue Kein-Veto-Karte zugesprochen bekam. Im Lauf der Jahre musste ich mir daher das *Star Wars*-Kostümspiel antun, Oktopus essen und Thanksgiving mit ihm und Erin verbringen. Ich zwang ihn, mit mir die neunstündige

Bustour nach Manhattan zu machen, die komplette Staffel von *Gossip Girl* anzusehen und nackt zu baden. Der Oktopus war eklig, und er hätte fast nie mehr mit mir geredet, als wir um ein Haar beim Nacktbaden erwischt worden wären. Aber wir hatten immer Spaß, egal, was wir zusammen machten.

Silas seufzte und streckte die Hand aus. »Okay, das ist ein geringer Einsatz für Kein-Veto, aber lass mich die Liste noch mal sehen.«

»Und Pizza klingt gut«, sagte ich lächelnd und tippte ihm mit der Fingerspitze auf die Nase. »Extra Peperoni.«

»Als müsstest du das noch erwähnen.«

4. Kapitel

VIDEOCALL

Vor sechs Jahren
Samstag

Teagan: »Also, was ist passiert?«

Teagan: »Ein Schulterzucken sagt mir gar nichts.«

Silas: »Sie hat mit mir Schluss gemacht. Sie war nicht glücklich, und mich zu küssen sei inzwischen, als würde sie ihren Bruder küssen.«

Teagan: »Autsch. Ich weiß, dass du sie wirklich mochtest. Soll ich vorbeikommen und ihr Auto mit Eiern bewerfen?«

Silas: »Ich glaube nicht, dass minderschwerer Vandalismus die dreistündige Fahrt wert ist.«

Teagan: »Sagst du. Ich liebe minderschweren Vandalismus. Und meinem Freund das Herz zu brechen, ist kein minderschweres Vergehen.«

Silas: »Spar die Eier für ein Omelette.«

Teagan: »Ich habe nie gelernt, wie man eines zubereitet. Also, wie sieht es wirklich in dir aus?«

Silas: »Wir sind seit der Highschool gute Freunde und hätten gar nicht erst zusammenkommen dürfen.«

Teagan: »Bist du dir sicher, dass ich nicht mit ein paar Eiern vorbeikommen soll?«

Silas (lachend): »Ja, bin ich. Lass es gut sein und erinnere mich bloß daran, niemals eine Beziehung mit einer guten Freundin anzufangen, okay?«

Teagan: »In Ordnung. Aber es wird der Punkt kommen, an dem du mich unwiderstehlich findest. Egal, ich werde dich daran erinnern.«

Silas: »Als wir uns zum ersten Mal persönlich getroffen haben, habe ich deine Haare hochgehalten, während du billiges Bier und Schlagsahne erbrochen hast. Ich denke, wir können unbesorgt sein.«

Teagan: »Das war eine lustige Party.«

Silas: »Wenn du damit meinst, dass es laut und völlig außer Kontrolle war, dann ja.«

Teagan: »Ja, genau das meinte ich mit ›lustig‹. Also, ich habe eine Idee …«

Silas: »O-oh.«

Teagan: »Nichts Schlimmes.«

Silas: »Worum geht's?«

Teagan: »Es gibt da ein Auslandsstudienprogramm, an dem unsere beiden Unis beteiligt sind. Möchtest du im nächsten Frühjahr mit mir nach Frankreich gehen?«

Silas: »Ich spreche kein Französisch.«

Teagan: »Ich erinnere mich, aber die Programm-Instruktionen sind alle in Englisch, und wir werden fast ein Jahr Zeit haben, um Französisch zu lernen.«

Silas: »Ich weiß nicht …«

Teagan: »Überleg es dir – wir könnten vier Monate zusammen verbringen, und seit wir beste Freunde sind, wohnen wir drei Autostunden voneinander entfernt.«

Silas: »Seit du bestimmt hast, dass wir beste Freunde sind.«

Teagan: »Und ich hatte recht damit, also habe ich wahrscheinlich auch mit Frankreich recht.«

Teagan: »Überleg es dir einfach!«

5. Kapitel

Silas

Heute
Sonntag

Ich öffnete langsam meine Augen, mein Gesicht wurde gewärmt vom Sonnenlicht, das durch das offene Fenster hereinfiel. Ich hatte den Wecker gestellt, aber für gewöhnlich wachte ich vorher auf, als wüsste mein Körper, dass die Sonne schon aufgegangen und es Zeit war. Trotzdem machte ich mich aus alter Gewohnheit auf das laute Gezwitscher von Erins Wecker gefasst; sie würde die Schlummertaste drücken und sieben Minuten später noch einmal.

Diesmal war jedoch nur das geräuschvolle Atmen meiner besten Freundin zu hören, die auf der anderen Seite meines Bettes schlief. Ich hatte ihr einmal gesagt, dass sie schnarchte, aber sie beharrte darauf, es sei ganz normales Atmen. Teagans normales Atmen ließ Wände wackeln, und es war eines meiner Lieblingsgeräusche.

Ich drehte mich auf die Seite und sah sie auf meiner Bettdecke liegen, ihr abgetragenes T-Shirt war hochgerutscht und entblößte ein Stück ihres unteren Rückens. Als ich merkte, dass ich mir ausmalte, wie warm und zart ihre gebräunte

Haut sich anfühlen würde, stieg ich aus dem Bett und ging weg. Es war nicht gut, an Teags Haut zu denken. Ich rieb mir das Gesicht auf dem Weg ins Badezimmer. Wir waren beide auf der unbequemsten Couch dieses Planeten eingeschlafen, als wir uns am Abend einen Film angesehen hatten. Daher hatte ich ihr angeboten, in meinem Bett zu schlafen, statt um drei Uhr morgens nach Hause zu fahren oder sich auf der Couch Rückenschmerzen zu holen. Wir hatten nach der Pizza einen Film angefangen und danach noch die Pros und Kontras der Liste analysiert, für die sie sich so interessierte. Ich wurde noch immer nicht ganz schlau daraus und verstand nicht, weshalb sie ihre Kein-Veto-Option gezogen hatte. Sie würde das Land und mich für Monate verlassen, und ich dachte, es gebe etwas Größeres und Wichtigeres für sie, um diese Regel einzusetzen.

Als ich aus dem Badezimmer zurückkam, regte sie sich; sie drehte sich auf dem Kissen hin und her, wie sie es tat, wenn sie nicht aufwachen wollte.

»Komm, Schneewittchen«, sagte ich und tätschelte ihre Wade, die unter der Bettdecke hervorschaute. »Raus aus den Federn!«

»Sorry«, sagte sie, rieb sich die Augen und strich sich die Haare aus dem Gesicht. »Ich wollte nicht einschlafen. Warum hast du mich nicht rausgeworfen?«

Ich zog meine Boxershorts und ein T-Shirt aus meiner Kommode an. »Weil es physisch unmöglich ist, dich aufzuwecken. Das habe ich einmal versucht, und da hast du mich in den Schritt getreten. Du schläfst wie ein Oger.«

Teagan grinste, denn sie wusste, dass es stimmte. »Du hättest mich auf den Fußboden rollen können. Deine Freundin wird nicht gerade begeistert sein, dass ich bei dir übernachtet habe.«

Ich wandte mich wieder zur Kommode um und tat, als würde ich Socken suchen. »Das ist keine große Sache.« Ich wollte nicht über Erin sprechen, mit Teagan nicht und grundsätzlich nicht. »Um wie viel Uhr musst du heute da sein?«

Sie stand auf und ging zur Badezimmertür. »Erst am Nachmittag. Ich will mir noch einmal die neueste Französisch-Lektion vornehmen. Ich kann gar nicht glauben, dass ich mich nur noch an so wenig aus dem College erinnere.« Sie zog ihr Handy aus der Tasche und tippte los. »Und ... *Nous avons un mystère à résoundre!*«

»Ich habe nie gut Französisch gesprochen, Teag.« Ich schob die Schublade zu und sah zu der Liste, die ich ihr abgenommen hatte, als sie geschlafen hatte, und auf den Nachttisch gelegt hatte.

Bevor sie die Tür schloss, rief sie über die Schulter: »Wir haben ein Geheimnis aufzuklären!«

Ich verdrehte die Augen und legte meine Sachen auf die Kommode, dann ging ich zu der Liste und den handschriftlichen Notizen, die sie am Abend zuvor über die möglichen Verfasser der Liste gemacht hatte – Angestellte, die in der Nähe des Candy Shoppe gewesen sein könnten, außerdem eine Strategie für weitere Nachforschungen. Zuerst wollte sie mit Julianna reden, und ich hätte Eintritt dafür bezahlt, das zu sehen. Ich kannte die Ladenbesitzerin nicht gut, aber wenn jemand als streng beschrieben werden konnte, dann sie. Sie war wie eine Kreuzung aus Ursula, der Meereshexe, und der britischen TV-Köchin Mary Berry. Ich konnte mir niemanden vorstellen, der die Art von verzweifelter Verliebtheit, die aus dieser Liste sprach, weniger auslösen könnte als sie. Ich las noch einmal den vorletzten Punkt. *Sie weiß nicht, dass ich sie liebe.*

Hinter der geschlossenen Tür sang Teagan einen Beyoncé-Song, leicht schief, während sie sich die Hände wusch, und etwas in mir zog sich zusammen. Sie war nicht für mich bestimmt. Zu dem Schluss war ich schon vor langer Zeit gekommen, und jetzt würde sie ins Ausland gehen, daher musste sie gar nicht erst erfahren, was ich mir alles gedacht hatte. »Meine Nachbarn werden sich über den Lärm beschweren«, sagte ich stattdessen, als sie herauskam.

»Deine Nachbarn lieben mich.« Sie nahm einen meiner Kapuzenpullover aus dem Kleiderschrank und warf ihn aufs Bett. »Na ja, vielleicht lieben sie mich nicht gerade, aber der eine mag mich wirklich.«

Erin hatte sie auf einer Party, die wir vor einem Jahr gegeben hatten, miteinander bekannt gemacht. Trotz meines Protestes blieb sie bei ihrer Überzeugung, die zwei würden doch ganz gut zusammenpassen. Schließlich hatte ich zugestimmt und den bitteren Beigeschmack hinuntergeschluckt, als die beiden die Party gemeinsam verließen. »Der ist ausgezogen. Die neuen Nachbarn sind ein älteres Pärchen, also wirst du die jetzt mit deinem Charme einwickeln müssen.«

Sie sah auf und lachte, dann zog sie den Pullover an. Sie wollte ihn für den Rückweg nach Hause tragen, ohne mich vorher zu fragen – typisch für sie. »Und wenn die Liste Julianna gilt? Kannst du dir vorstellen, in sie verliebt zu sein?« Sie schob die Ärmel hoch.

»Kann ich nicht, aber es gibt wohl für jeden Topf den passenden Deckel.«

Sie suchte auf dem Fußboden nach ihren Schuhen, die ich ordentlich neben ihre Tasche gestellt hatte. »Das habe ich schon immer gesagt, aber du wolltest es nicht glauben. Julianna bräuchte einen verdammt guten Deckel.« Sie entdeckte ihre Schuhe und hockte sich auf den Boden, um sie zuzubinden. »Wie dem auch sei, es ist wirklich schade, dass Erin an ihrem Geburtstag nicht in der Stadt ist. Werdet ihr feiern, sobald sie zurück ist?«

Ich wandte mich ab und nahm den Kleiderstapel. »Kann sein.« Wieder zog sich meine Brust zusammen, diesmal wegen der Lüge. Erin war nicht in der Stadt – aber das wusste ich nur deshalb, weil sie gesagt hatte, es könne einige Tage dauern, bis sie den kleinen Karton mit ihren restlichen Sachen, die sie noch bei mir hatte, abholen konnte. »Ich weiß nicht. Es ist nur ein Geburtstag und so wichtig nun auch nicht.«

»Mensch, du musst ihr ein besserer Freund sein. Vielleicht ist ihr der Geburtstag wichtig.«

Ich schluckte. Er war tatsächlich wichtig gewesen, und wenn wir uns nicht vor zwei Monaten getrennt hätten, hätte ich meiner Freundin entsprechend viele Blumen und Geschenke gekauft. Ich hätte darüber nachgedacht, einen Ring zu kaufen, und es dann vermutlich doch wieder aufgeschoben. Stattdessen hatten wir die Beziehung beendet, und sie hatte mir erklärt, sie wolle nicht länger um meine Aufmerksamkeit buhlen, da ihr klar sei, dass sie nie die Frau sein würde, die ich mehr liebte als Teagan.

»Das hier habe ich für Erin mitgebracht«, sagte sie und holte eine Pralinenschachtel aus ihrer Tasche. »Zu ihrem Geburtstag. Es sind ihre Lieblingstrüffel.«

Instinktiv öffnete ich die Schachtel voller weißer Schokolade mit Erdnuss-Krokant sowie Gummibärchen. »Autsch!« Ich zog meine Hand weg, der sie einen Klaps gegeben hatte.

»Die sind nicht für dich«, sagte Teagan. »Iss nicht das Geburtstagsgeschenk deiner Freundin auf, du Zuckerteufel.«

Sie erhob sich aus dem Schneidersitz und warf ihre Tasche über die Schulter. »Ich verschwinde, damit du dich fertig machen kannst.« Sie schnappte sich die Liste vom Nachtschrank. »Und ich werde dich wissen lassen, was Julianna dazu sagt.«

»Au revoir«, sagte ich winkend.

»Hey, das ist mein Spruch!« Sie warf mir eine Kusshand zu und marschierte aus dem Zimmer, wahrscheinlich auf direktem Weg in die Küche, um Kaffee zu kochen, bevor sie ging. Aber ich spürte ihre Abwesenheit sofort. Es war eine Erleichterung. Seit Erin gegangen war, machte ich mir Sorgen, ich könnte zu viel preisgeben. Es war richtig gewesen, dass wir uns getrennt hatten. Erin war nicht die Frau, die ich liebte. Das Problem war nur, dass die Frau, die ich liebte, sich in meiner Küche aufhielt, Kaffee kochte und Chaos verursachte, und ich konnte nichts gegen meine Gefühle tun. Es war längst zu spät, sich noch irgendetwas vorzumachen, seit ich beteuert hatte, dass mir unsere Freundschaft wichtiger war als eine Affäre. An mehr als nur Freundschaft zu denken, kam bei Teagan nicht infrage. Das war kein Geheimnis.

6. Kapitel

Teagan

Julianna sah von ihren Unterlagen auf, als ich den Laden betrat. Ihr mit silbernen Strähnen durchzogenes Haar war kurz und mit einem Haarband zurückgebunden. Die Kombination aus weichen Pinktönen und Violett in ihrem Outfit ließ sie vielleicht ein wenig großmütterlich aussehen, aber das war ein Trick. »Du bist früh hier. Seltenes Ereignis.«

Ich nickte. »Nun, ich bin hier.« Ich richtete die Schachteln mit Schokolade in einem der Regale aus, ging hinter den Tresen und nahm mir eine pinkfarbene Schürze vom Haken im hinteren Raum. »Ich wollte dich etwas fragen, wenn du ein paar Minuten Zeit hast.«

»Du kannst dir nicht freinehmen. Ich weiß, dass du in einigen Tagen abreist, aber ich kann Leuten nicht freigeben, damit sie sich darauf vorbereiten, als kreative Schriftstellerinnen durch die Welt zu reisen. Du bringst mich ohnehin schon in Bedrängnis.« Sie hatte mich noch nicht wieder angesehen, aber ihre ganze Haltung drückte Verachtung aus. Von der Reise hatte ich ihr schon vor Monaten erzählt, sobald ich erfahren hatte, dass diese stattfinden würde. Jetzt ignorierte ich ihren Ton.

»Ich werde alle meine Schichten arbeiten.« Ich nahm meinen Platz neben ihr hinter dem Tresen ein. Tatsächlich hatte ich in dieser Woche zusätzliche Schichten angenommen, um noch etwas mehr Geld für die Reise zu verdienen. Das waren viele Stunden, aber für etwas mehr Geld lohnte es sich. »Kann ich dir trotzdem eine persönliche Frage stellen?«

Julianna unterschrieb etwas schwungvoll und stapelte dann ihre Papiere. »Ich wüsste keinen Grund, aber bitte.«

Ich konnte mir nur schwer vorstellen, wie jemand für die Frau neben mir schwärmte und sich die Mühe machte, eine Pro-und-Kontra-Liste darüber zu erstellen, ob er sie umwerben sollte. »Bist du mit jemandem zusammen?«

Sie kniff die Augen ein wenig zusammen, nicht auf ihre übliche spöttische Weise, sondern als wollte sie hinter die verborgene Bedeutung dieser Frage kommen. Aber dann lachte sie, ein echtes Lachen aus dem Bauch heraus. »Warum in aller Welt fragst du mich das?«

Mit Humor, mit diesem Entzücken über meine Frage hatte ich nicht gerechnet. Ich hätte die Liste aus der Tasche holen können, aber ich zögerte. Wenn ich sie ihr zeigte, würde sie mir erklären, das sei Müll, genau wie Silas es getan hatte. Tatsächlich war es Müll, aber ich wollte die Sache noch nicht auf sich beruhen lassen. Mir blieb erspart, zu antworten, da in diesem Moment eine Kundin den Laden betrat. Ich half ihr bei der Entscheidung zwischen drei verschiedenen Trüffelsorten. Meine Antwort lautete stets, alle drei zu nehmen und noch ein paar andere zu probieren, denn man brauchte immer mehr Schokolade. Aber anscheinend besaßen manche Leute mehr Zurückhaltung als ich.

Süßigkeiten waren das Einzige, bei dem Silas sich nicht beherrschen konnte. Er kaufte sie sich nie selbst, aber wenn ich ihm welche mitbrachte oder wir uns zusammen einen Film anschauten, machte er sich darüber her. Als ich ihm erzählt hatte, dass ich hier arbeitete, seit ich die Uni hatte verlassen müssen, leuchteten seine Augen wie die eines Kindes am Weihnachtsmorgen. Er war eine echte Naschkatze.

Als ich mit der Kundin fertig war, die sich schließlich für einen *White Chocolate Cookie Butter Truffle* sowie einen *Dark Chocolate Espresso Truffle* für den Flug entschieden hatte, packte Julianna gerade ihre Sachen zusammen und wollte gehen. »Du triffst dich also mit niemandem?«, fragte ich, ins Büro spähend.

»Mädchen, warum fragst du? Ist das für eine deiner Geschichten?«

Ich biss mir auf die Unterlippe. »Nein, ich habe nur von einer sich anbahnenden Beziehung unter Mitarbeitenden im Terminal gehört. Ich dachte, es sei vielleicht deine Lovestory.«

Sie hängte sich die größte Handtasche der Welt über die Schulter und strich mit der Hand über den Schreibtisch. »Tratsch. Wahrscheinlich ist es eine von diesen ärgerlichen Hundesalonfrauen, die unseren Laden als persönliche Dating-Show missbrauchen.« Sie schaute auf ihre Uhr. »Frag Martin, der weiß immer über alle Gerüchte Bescheid. Und er ist eine Klatschtante. Wenn hier irgendetwas läuft, weiß er Bescheid.«

»Okay, danke.« Ich glättete meine Schürze und gab im Computer mit meinem Angestellten-Code meinen Schichtbeginn ein. »Ich werde ihn fragen.« Ich sah zum Kundenschalter gegenüber. Silas war nicht da, aber James; er bemerkte mich und winkte. James war süß und ein netter Kerl, aber es fiel mir schwer, ihn überhaupt wahrzunehmen, wenn Silas in der Nähe war.

Teagan: *Julianna ist es nicht.*

Silas: *Keine Überraschung.*

Teagan: *Sie meinte, ich soll Martin fragen.*

Teagan: *Wo bist du? Ich kann nur James sehen.*

Silas: *Stalkst du mich?*

Er betrat den Laden, mit seinen langen Beinen und seiner lässigen Art, sich die kupferfarbenen Haare aus der Stirn streichend. »Ich hatte Pause.« Er legte einen Notizblock zwischen uns auf den Tresen. »Ich habe das hier angefangen.« Da ich Silas bei einem Videocall kennengelernt hatte, war ich Monate später überrascht gewesen, als wir uns persönlich getroffen hatten und ich seine volle Größe sah. Ich hatte mir seine Fotos in den sozialen Medien angesehen, aber auf seine Größe war ich nicht vorbereitet.

Ich nahm den Notizblock und las die Liste der Personen. »Du hast eine Verdächtigenliste erstellt?«

Silas kratzte sich den Nacken und zuckte mit den Schultern. »Es schien dir wichtig zu sein, es herauszufinden, und uns bleiben nur noch ein paar Tage.« Solche Dinge tat er, wenn er etwas herunterspielen wollte. Wie das eine Mal, als er einen Betrunkenen in einer Bar zurechtwies, der mich nicht in Ruhe lassen wollte. Oder als er meinen Reifen wechselte, als ich ihn übers Wochenende auf dem College besucht hatte. Oder nach jener Nacht, die wir anscheinend nie ganz überwunden hatten. »So viele Leute sind es gar nicht, aber es ist ein Anfang«, meinte er, auf die Liste deutend, und nahm sich einen Zahnstocher von unserem Tablett mit den Gratis-Kostproben.

»In Schokolade und Karamell getauchter Puffreis«, erklärte ich, als er es betrachtete. »Die könnten deinen schwierigen Kunden auch gefallen.«

Silas sagte nichts, sondern kostete, und ich lachte über seine genießerischen Laute. Dann konzentrierte ich mich wieder auf das Thema. »Jess aus dem Haustiersalon«, las ich den ersten Namen vor. »Ich liebe sie. Sie ist geschieden, also könnte es die zweite Chance sein. Oh, ich wünschte, es wäre ihre rührende Liebesgeschichte.«

Silas lachte leise. »Na klar wünschst du dir das.«

»Warum sind alle so zynisch? Ich habe Julianna gefragt, ob sie sich mit jemandem trifft, und sie hat reagiert, als übte ich einen Comedy-Sketch ein.«

»Du glaubst einfach mehr an Liebesgeschichten als die meisten Menschen.« Er nahm den Block, drehte ihn auf dem Tresen und las seine eigenen Notizen. »Das ist doch nichts Schlechtes. Deswegen bist du so eine gute Schriftstellerin. Du suchst Geschichten.«

Ich spielte mit der Ecke der Seite, und unsere Finger berührten sich kurz; wie immer spürte ich das Knistern. »Ich weiß, dass das Leben kein Märchen oder eine romantische Komödie ist. Aber stell dir vor, es gibt da diesen einen Menschen, der für dich bestimmt ist, ganz gleich, wie groß die Hindernisse sein mögen oder wie viele Kontras auf der Liste stehen. Es wäre doch schön, in einer solchen Welt zu leben.«

Er sah nicht auf. »Manchmal sollten wir uns die Kontras auf der Liste zu Herzen nehmen.«

»Ja«, räumte ich ein und verdrängte Gedanken an ihn und Erin. »Wie dem auch sei, Jess ist ein Anfang. Wer ist Ada?«

»Arbeitet in der Betriebsleitung. Sie kommt jeden Tag hier vorbei und hat von ihrem Spaziergangbegleiter erzählt.

Ich kenne seinen Namen nicht, aber er ist beim Sicherheitsdienst, und sie scheint ihn sehr zu mögen. Sie meinte, er kommt manchmal in den Laden.«

Ich nickte und las weiter in der Liste. »Das ist großartig.«

Er zuckte erneut mit den Schultern. »Nun, wenn wir dafür sorgen wollen, dass die Liebe gewinnt, müssen wir uns ranhalten.« Er deutete zu James herüber. »Ich muss wieder zurück.«

Ich freute mich auf meine Reise – mehr, als ich mich seit Jahren über irgendetwas gefreut hatte –, aber Silas erinnerte mich ständig daran, dass ich fortgehen würde, und der Gedanke an die Entfernung zwischen uns machte mich ein wenig traurig. Ich hatte die Fantasie, dass er mich begleiten würde. Anfangs hatten wir auch geplant, gemeinsam zu reisen.

7. Kapitel

TELEFONAT

Vor fünf Jahren

Sonntag

(Freizeichen)

Teagan: »Du bist der einzige Einundzwanzigjährige, der noch immer telefoniert.«

Silas: »Ich bin mir sicher, dass ich nicht der einzige bin.«

Teagan: »Selbst meine Grandma schreibt nur noch Textnachrichten.«

Silas: »Na ja, ich fahre. Hör schon auf. Was machst du gerade?«

Teagan: »Packen. Ich kriege diesen verdammten Koffer nicht zu!«

Silas: »Wofür packst du?«

Teagan: »Äh, für unsere Studienreise nach Frankreich. Du weißt schon, die Exkursion für die Dauer eines Semesters, die wir seit Monaten planen.«

Silas: »Die Exkursion, zu der wir in über einem Monat aufbrechen?«

Teagan: »Ich muss üben, um zu sehen, ob alles passt.«

Silas: »Natürlich. Packen muss man üben. Ich nehme an, es passt nicht alles?«

Teagan: »Ich werde jetzt auflegen.«

Silas: »Nein, das machst du nicht. Was hast du zu viel eingepackt? Notizbücher? So viele brauchst du nicht. Man kann da drüben auch Papier kaufen.«

Teagan: »Was, wenn ich den Boulevard de la Croix-Rousse entlanglaufe und mir eine Idee kommt, ich aber mein Lieblingsnotizbuch nicht dabeihabe, weil ich für Unterwäsche Platz lassen musste?«

Silas: »Heißt das, du entscheidest gerade darüber, ob du Notizbücher einpacken und dafür ohne Unterwäsche durch Europa reisen sollst?«

Teagan: »Du bist sehr witzig, echt. Habe ich dir das schon mal gesagt?«

Silas: »Nicht oft genug. Ich mache dir einen Vorschlag: Du kannst ein paar Notizbücher in meinen Koffer packen, wenn du mir versprichst, Unterwäsche mitzunehmen.«

Teagan: »Deswegen bist du noch Single.« *Los, verdammter Reißverschluss, geh zu!* »Lach nicht über mich.«

Silas: »Ich kann nicht anders. – Und ich bin Single, weil ich meine ganze Zeit damit zubringe, meine beste Freundin davon zu überzeugen, ihren Professor für kreatives Schreiben nicht ohne Unterwäsche anzublitzen.«

Teagan: »Warum denn nicht? Der ist heiß! Außerdem sind deine Ansprüche zu hoch. – Ja! Hab's geschafft! Der Koffer ist zu!«

(Im Hintergrund ist das Geräusch eines Blinkers zu hören.)

Silas: »Ansprüche zu haben, ist nicht dasselbe, wie zu hohe Ansprüche zu haben.«

Teagan: »Ich meine ja nur, du solltest dir vielleicht Gedanken über die Unterwäsche einer anderen Frau machen. Oder was in ihr vorgeht. Vielleicht begegnest du dem Mädchen deiner Träume, und dann kannst du sie wie ein alter Mann anrufen statt mich.«

Silas: »Ja, ja, ja.«

Teagan: »Was für eine beste Freundin wäre ich denn, wenn ich nicht alles versuchen würde, damit du Beischlaf und Liebe findest?«

Silas: »Ich bin nicht daran interessiert, Liebe zu finden.«

Teagan: »Ah, aber an Sex bist du schon interessiert. Deshalb hast du mich. Es gibt für jeden Topf einen Deckel. Ich werde mich ab jetzt nicht mehr darauf konzentrieren, dass du die Liebe findest, sondern Sex.«

Silas: »Großartig. Heißt das, du nimmst dein Kein-Veto zurück, damit wir uns den Pont des Arts in Paris nicht anschauen müssen und stattdessen in einen Club gehen können?«

Teagan: »Niemals! Buchstäblich Tonnen von Vorhängeschlössern von verliebten Paaren? Das würde ich mir niemals entgehen lassen.«

Silas: »Du wirst dich hoffentlich nicht extra in einen Franzosen verlieben, um ebenfalls ein Schloss an der Brücke anzubringen, oder?«

Teagan: »Da besteht durchaus Hoffnung. Ich glaube, ich könnte mich ziemlich gut in Frankreich verlieben. *L'amour. C'est grand.*«

8. Kapitel

Silas

Heute
Montag

James hob die Hand, um anzudeuten, dass er Pause machen würde, und ich nickte, die Hüften zur Warteschleifenmusik bewegend, während ich darauf wartete, dass sich der Agent wieder meldete. Der Song war nicht direkt ein Hit, aber je länger man ihn hörte, desto leichter konnte man sich vorstellen, dass er mit einer besseren Basslinie gar nicht so übel wäre. Teagan machte sich über mein Tanzen lustig, vor allem, als ich anfing, die Tanztrends auf TikTok zu probieren. Sie machte immer noch manchmal mit, und für gewöhnlich mussten wir zu sehr lachen, um das Video zu beenden. Trotzdem hatte ich alle gespeichert und sah sie mir an, wenn ich nicht einschlafen konnte.

Martin näherte sich, während er die andere Seite des Tresens fegte.

»Guten Morgen«, begrüßte ich ihn, mein Handy mit der Schulter haltend.

»Noch dazu ein schöner«, sagte Martin und lehnte sich auf seinen Besen. »Ziemlich ruhig heute.« Er ließ den

Blick durch das fast leere Terminal schweifen; die relative Ruhe verhieß jeden Moment einen neuen Ansturm von Leuten.

Ich sah hinüber zum Candy Shoppe. Ich konnte Teagan nirgends entdecken und wandte mich wieder an Martin. »Ich habe eine etwas komische Frage an dich, falls du eine Minute Zeit hast.«

»Ich habe immer Zeit für eine komische Frage.« Er stützte sich mit dem Ellbogen auf den Tresen und grinste unter seinem buschigen Schnauzbart. »Nur raus damit, aber ich weiß vielleicht schon, was kommt, und meine Antwort wird ein Ja sein.«

Ich legte neugierig den Kopf schief, fragte aber dennoch: »Weißt du von irgendwelchen Beziehungen unter den Flughafenangestellten? Wahrscheinlich jemand aus diesem Teil des Terminals?«

Er richtete sich auf. »Nun«, meinte er lachend, »diese Frage habe ich allerdings nicht erwartet.«

»Na ja, ich frage für Teagan, ehrlich gesagt.« Ich zeigte nach drüben zum Laden.

»Oh, ach so … Das ergibt schon eher Sinn.« Er hielt sein Kinn in den Händen und strich sich über den kurzen Bart. »Warum will sie etwas über Paare wissen?«

»Das ist eine lange Geschichte. Sie hat mich da mit hineingezogen. Ich dachte nur, wenn jemand etwas weiß, dann du.« Ich war nie besonders selbstbewusst gewesen, aber als ich Martin jetzt diese blöde Frage stellte, kam ich mir vor wie ein Teenager.

»Lass mich mal überlegen … da gibt es zwei junge Leute, die im Coffeeshop arbeiten, und ich hab gesehen, wie die sich schöne Augen machen. Und unter uns, ich glaube, Jess vom Hundesalon könnte sich für diesen Besitzer vom neuen Koffergeschäft in Terminal D interessieren. Ich habe die beiden zusammen gesehen, aber sicher bin ich mir nicht.«

Ich machte mir Notizen neben der kurzen Liste, die ich für Teagan angefertigt hatte, und kreiste Jess' Namen ein. »Danke, Martin.«

»Na ja, und dann gibt es noch die andere offensichtliche Geschichte.«

»Welche andere offensichtliche Geschichte?« Ich hatte immer noch die Warteschleifenmusik im Ohr.

Martin grinste, als hätte er gute Informationen. »Ich würde sagen, ziemlich offensichtlich.«

»Möchtest du es mir verraten?«

»Junge, jeder, der Augen im Kopf hat, kann sehen, dass du in unsere süße Miss Teagan dort drüben verknallt bist.« Er deutete zum Salon, ohne hinzusehen, und instinktiv schaute ich über die Schulter, um sicherzugehen, dass sie uns nicht beobachtete.

»Wir sind nur befreundet.«

»Klar«, sagte er und fing wieder an zu fegen. »Ich habe auch Freundinnen, aber die sehe ich nie so an, wie du Teagan ansiehst.« Er neigte den Kopf. »Na ja, ein paar vielleicht schon, aber nur deshalb, weil ich mir erhoffe, wir könnten mehr als Freunde sein. Ich dachte, du wolltest mich fragen, ob ich finde, dass du es wagen sollst.«

Die Warteschleifenmusik endete abrupt, eine halbe Sekunde vor dem erwarteten Takt, und dann hatte ich nur noch eine tote Leitung. »Mist«, murmelte ich und stellte das Telefon zurück in die Ladestation.

»Nur um das klarzustellen: Ich hätte Ja gesagt, denn sie sieht immer aus, als wäre sie auch in dich verliebt.« Er zuckte mit den Schultern. »Ist natürlich nur die Meinung eines alten Mannes.«

»Wir sind bloß befreundet«, wiederholte ich, sah erneut über seine Schulter und fragte mich, was er in meinem Gesicht las, wenn ich Teagan ansah, und ob sie es auch sah. »Ich würde eine tolle Freundschaft nicht für mehr aufs Spiel setzen.«

»Warum denn nicht?« Martin hob eine Hand. »Ich weiß, es sind schwierige Zeiten, aber wo ist dein Mut, Mann? Ich habe drei Menschen geliebt. Den einen habe ich geheiratet, der andere wies mich zurück, und ich hoffe, dass der dritte irgendwann meinem Charme erliegt.« Er klopfte zweimal auf den Tresen. »Alle guten Dinge bergen stets ein Risiko in sich.«

Teagan tauchte aus dem hinteren Büro des Süßigkeitenladens auf und lächelte mir vom Tresen aus zu.

»Ah, siehst du?« Martin hob die Brauen. »Dein ganzes Gesicht hellt sich auf. Ich wette, du hast gerade einen Blick auf sie erhascht.« Er lachte in sich hinein und bewegte sich fegend weiter zum nächsten Bereich. »Als könnte ich nicht klar erkennen, was dein Gesicht verrät.« Er winkte zum Abschied.

Ich kratzte mir den Nacken und schaute auf den Monitor. Mein Gesicht glühte, und ich war froh, dass James nicht da war. Prompt erinnerte ich mich daran, wie Teagans Lippen sich auf meinen angefühlt hatten. Ich hob den Blick und beobachtete, wie sie eine Kundin bediente. Wenn ich ehrlich war, kam die Erinnerung gar nicht so plötzlich, sondern war eigentlich immer da. Wir hatten ausgiebig über diesen Kuss gesprochen, trotzdem hätte er beinah unsere Freundschaft zerstört. Meine Gefühle für sie musste ich einfach ignorieren oder überwinden, denn noch einmal würde ich das nicht riskieren.

»Hey, ich bin zurück!« James trat neben mich und unterbrach meine Erinnerung.

»Du hast nicht viel verpasst.« Ich sah den Gang entlang zu Martin. Vor mir lagen meine Notizen, und Teagan würde sicher gespannt sein, was ich herausbekommen hatte. Ich verdrängte die Erinnerung an den Kuss und schaute bewusst nicht mehr hinüber zum Candy Shoppe, sondern konzentrierte mich auf die Arbeit. Wenn Martin Bescheid wusste, ahnte Teag vielleicht auch etwas. Genau aus dem Grund hatte ich ihr nichts vom Ende der Beziehung zwischen mir und Erin erzählt. Sie war wirklich der einzige Mensch, mit dem ich Zeit verbrachte, und wenn ich sie nicht hätte, wäre ich verloren.

Jess und die Baristas vom Coffeeshop. Vielleicht sollten wir dort anfangen. Ich tippte auf meiner Tastatur und versuchte erneut, meinen Anruf zu tätigen. Wenn es sie glücklich machte, das Rätsel zu lösen, und mich ablenkte, wäre das wohl das beste Ergebnis, das ich mir erhoffen konnte.

9. Kapitel

Teagan

Ich überquerte den Parkplatz und ging im Kopf meine Checkliste durch. Schwer zu glauben, dass meine Reise jetzt bald beginnen würde. Seit sieben Uhr an diesem Morgen war ich auf, hatte Dinge erledigt und mich meiner Nervosität überlassen. Ich konnte mich nicht daran erinnern, vor meiner letzten Reise so aufgeregt gewesen zu sein, aber da war ich jünger und das Leben ein wenig einfacher gewesen. Ich wich einem großen Pick-up aus und stolperte auf dem unebenen Asphalt. Ich stützte mich auf den Wagen neben mir, um nicht zu stürzen, und stieß mich rasch wieder ab, um keinen Alarm auszulösen. Dabei entdeckte ich Jess vom Haustiersalon, die vor mir ging.

Aus irgendeinem Grund verstand Julianna sich nicht mit Jess und ihrer Geschäftspartnerin. Ich fand die beiden Frauen sehr sympathisch. Jess schätzte ich auf Ende dreißig oder Anfang vierzig, und sie erinnerte mich ein bisschen an meine Mom, als ich ein Kind war – sie schien aus Rundungen und langen Beinen zu bestehen. Ich hoffte, dass es sich bei der Liste um sie drehte.

Ich ging weiter, blieb aber zurück, denn auch wenn ich

weder Sonnenbrille noch Trenchcoat trug, wollte ich doch alles daransetzen, das Rätsel zu lösen. Ich hatte am Tag zuvor nicht lange mit Silas reden können. Er war hastig aufgebrochen, kaum dass seine Schicht zu Ende war, aber er hatte mir geschrieben, was Martin gesagt hatte. Es kam mir vor wie eine glückliche Fügung, jetzt Jess über den Parkplatz zu folgen, obwohl ich keine Ahnung hatte, was ich erwartete. Ich zog mein Handy hervor.

Teagan: *Hast du Pause? Jess läuft vor mir.*

Silas: *Gab es kein anderes Hobby in dieser Woche, als Detektivin zu spielen? Ich bin mir nicht sicher, ob mir diese Seite an dir gefällt.*

Teagan: *Doch, tut sie.*

Silas: *Hast du sie gefragt, ob die Notizen von ihr handeln?*

Teagan: *Das kann ich nicht machen! Wenn sie gemeint ist, weiß sie möglicherweise ja gar nichts davon.*

Ich verdrehte die Augen, statt das entsprechende Emoji hinzuzufügen. Silas fand die ganze Angelegenheit albern, aber er machte trotzdem mit. Er würde helfen, weil ich ihn darum gebeten hatte – allerdings ohne ihm alle Gründe zu nennen, warum ich das unbedingt vor meiner Abreise herausfinden wollte.

Jess erinnerte mich wirklich an meine Mom, an meine Eltern. Sie hatten finanziell schwierige Zeiten durchlebt, als ich auf dem College gewesen war und nachdem ich das Studium aufgegeben hatte, aber sie schafften es. Ich liebte meine Eltern, aber meine Mom hatte mir von ihren Plänen erzählt, dass sie als junger Mensch die Welt im Sturm erobern wollte und ihr das Leben dazwischenkam. Statt eines Sturms bekam sie ein ruhiges Dasein. Ich versprach mir, niemals meine Pläne für einen Mann aufzugeben. Das hatte ich durchgehalten. Leider bedeutete es, dass es in meinem Leben bisher keine Liebesgeschichte gegeben hatte.

Erneut wich ich zwei Autos aus und setzte dann meinen Weg fort, diesmal mehr auf den unebenen Asphalt achtend, während ich über diese Dinge nachdachte.

Vor mir stieg ein schlaksiger Mann aus einem Wagen und rief Jess, und als sie sich umdrehte, strahlte sie.

Jackpot.

Er ging zu ihr, und sie redeten. Sie küssten oder umarmten sich nicht, aber er schien erfreut, sie zu sehen, und seine Haltung ließ darauf schließen, dass er sie gern geküsst oder den Arm um sie gelegt hätte.

Teagan: *Die sind so süß zusammen.*

Silas: *Fängt deine Schicht nicht in zehn Minuten an?*

Ich schaute auf meine Uhr. *Verdammt!* Ich lief schneller und stand plötzlich mit Jess vor dem Fahrstuhl, während der Mann im Treppenhaus verschwand.

»Guten Morgen«, sagte ich. Die Türen glitten auf, und das deutete ich als gutes Zeichen des Universums.

»Guten Morgen«, erwiderte sie und drückte den Knopf für uns.

Jetzt rächte sich meine mangelhafte Planung, denn ich hatte Jess zwar stets freundlich gegrüßt, aber eine echte Unterhaltung hatten wir nie geführt. Genau die bräuchte ich aber, um ganz beiläufig am Ende der Fahrt mit dem Lift herausgefunden zu haben, ob der Mann vom Parkplatz sie heimlich liebte.

Ich sagte das Erste, was mir in den Sinn kam, und es war nicht der beste Einfall: »Der Mann, mit dem du geredet hast, kam mir bekannt vor. Ist er Schauspieler oder so? Ich schwöre, ich habe ihn schon mal im TV gesehen.«

Silas hätte die Hände über dem Kopf zusammengeschlagen und sich über meine schlecht vorgetragene Lüge amüsiert. Aber ich war mir ziemlich sicher, dass Jess mich höchstens für seltsam hielt, weil sie mich nicht gut genug kannte.

Sie sah mich verblüfft an und lachte dann. »Ich glaube nicht, dass er je geschauspielert hat. Er hat gerade einen Gepäckladen im Terminal D eröffnet.«

»Dann hat er wohl nur eines dieser besonderen Gesichter«, sagte ich und zermarterte mir das Gehirn. Ich hatte auf ein bisschen mehr Informationen gehofft, zum Beispiel: »Er hat gerade den Gepäckladen eröffnet, *und an den Wochenenden küssen wir uns.*« Aber sie sagte nichts dergleichen. »Das ist cool. Seid ihr befreundet?«

Die Türen gingen zischend auf, und als wir ausstiegen, klingelte ihr Handy. Sie schaute aufs Display und verzog das Gesicht. »Ich muss den Anruf entgegennehmen. Und ja, wir kennen uns schon lange.« Sie entfernte sich, und ich winkte. Ich beeilte mich, zum Laden zu kommen und Silas alles zu berichten, sobald ich die Gelegenheit dazu bekam.

Während der letzten Jahre, in denen ich auf dem Flughafen arbeitete, hatte ich ein paar Fantasien gehabt. Eine war, dass der superheiße Typ von der Sicherheitskontrolle mich gründlich abtastete, und die andere, einen schnelleren Weg durch die Kontrolle zu finden, um zur Arbeit zu gelangen. Als ich besagten heißen TSA-Agent zwei Schlangen weiter bemerkte, wurde mir klar, dass die Chancen des Auslebens dieser Fantasien gleichermaßen gering waren. Ich klopfte mit dem Fuß und wartete in der Schlange darauf, dass ich an der Reihe war. Jess zu verfolgen, war reine Zeitverschwendung gewesen, aber das ließ sich nicht mehr ändern. Ich betrachtete die junge Frau vor mir mit dem hüpfenden Pferdeschwanz und ihre Freundin mit dunklen Haaren. Die zwei kamen mir bekannt vor, und ich lauschte ihrem lockeren Geplauder über die Arbeit. Offenbar arbeiteten sie in einem der Kaffee-Kioske.

Ich fragte mich sofort, ob eine der beiden überlegte, der anderen ihre romantischen Gefühle zu gestehen. Vielleicht hatte Silas recht. Ich suchte wirklich nach Liebesgeschichten.

»Zu spät zur Arbeit?«, rief Martin, als ich im Eiltempo an ihm vorbei zum Candy Shoppe lief. »Da wird Julie nicht begeistert sein.«

»Du bist der Einzige, der sie so nennt.«

Martin zuckte mit den Schultern. »Nenn es einen Vorzug meines Alters.«

»Vorzug der Schönheit«, sagte ich augenzwinkernd im Vorbeieilen.

»Da hast du wohl recht«, rief er. »Sag ihr, sie soll nicht so streng mit dir sein.«

»Würde das funktionieren?«, rief ich über die Schulter zurück.

Martin lachte. »Nee, kann ich mir nicht vorstellen.«

10. Kapitel

TEAGANS ZIMMER IN DER STUDENTENUNTERKUNFT

Vor fünf Jahren

Montag

(Telefon tutet)

Teagan: »Scht! Stellst du das mal leiser? Es ist meine Mom.«

(Telefon tutet)

Teagan: »Hey, Mom. Was gibt's? Du bist auf Lautsprecher.«

Mom: »Hi, Schätzchen. Wollte nur mal hören, wie es dir geht. Kommst du bald nach Hause?«

Teagan: »Ja. Silas ist hier, und er nimmt mich mit, wenn er zu seinen Eltern fährt. Wir brechen in zwei Stunden auf.«

Mom: »Hi, Silas!«

Teagan: »Ich habe auf Mithören gestellt, Mom. Du musst nicht schreien.«

Silas: »Hi, Mrs. Jones.«

Mom: »Unterschätze mich nicht, junge Dame. Nur weil du bald durch die Welt reist, weißt du noch lange nicht mehr als ich.«

Mom: »Oh, bleib kurz dran, dein Dad ist gerade reingekommen.«

Teagan: »Meine Mutter lässt mich warten.«

Teagan: »Warum schaust du dir Videos von Flugzeugabstürzen an?«

Silas: »Es gibt so viele.«

Teagan: »Du hast Flugangst. Hör auf damit.«

Silas: »Ich habe keine Angst. Sieh mich nicht so an. Ich habe jedenfalls keine übertriebene Angst. Schau dir das an! Es gibt vernünftige Gründe, bei Flugreisen skeptisch zu sein.«

Teagan: »Soll ich beim Starten und Landen deine Hand halten?«

Silas: »Würdest du doch nie machen.«

Teagan: »Klar würde ich.«

Silas: »Hey, ich wollte mir das ansehen!«

Teagan: »Jetzt nicht mehr. Was, wenn meine Mom wieder in der Leitung ist und im Hintergrund Chaos und Zerstörung hört? Die würde ins Auto springen und schon auf halbem Weg hierher sein, bevor du das nächste Video zum *Gefährlichsten Flughafen der Welt* angeklickt hättest.«

Silas: »Was machst du da?«

Teagan: »Ich halte deine Hand. Schließ die Augen und stell dir vor, du sitzt in einem Flugzeug und bist panisch vor Angst.«

Silas: »Ich werde nicht panisch vor Angst sein.«

Teagan: »Aber du kannst meine Hand drücken, falls doch.«

Silas: »Deine Hand ist zu klein, ich würde sie zerquetschen.«

Teagan: »Ich glaube, da überschätzt du dich ein bisschen, aber okay. So sind unsere Finger verschränkt. Du kannst sie trotzdem drücken und würdest meine Hand mit deinem Hulk-Griff nicht zerquetschen.«

Silas: »Hm.«

Teagan: »Was?«

Silas: »Es ist … angenehm.«

Teagan: »Ja? Bist du weniger ängstlich?«

Silas: »Ich bin nicht … Ja, doch. Ist das irgendein Trick? Wenn du deinen Daumen so über meinen gleiten lässt?«

Teagan: »Oh, ich … äh, habe gar nicht gemerkt, dass ich das mache. Sorry.«

Silas: »Ist in Ordnung. Das war … schön.«

Teagan: »Ich habe dir doch gesagt, dass ich mich um dich kümmern werde. Du solltest mir vertrauen.«

Silas: »Das tue ich, Teag. Schon immer.«

Teagan: »Wirklich?«

Silas: »Ja.«

Teagan: »Du hast weiche Hände. Warum sind deine Hände so weich?«

Silas: »Ich … habe keine Ahnung. Warum sind deine Hände so weich?«

Teagan: »Ich creme sie ein wegen der sehr abwegigen Chance, dass ich einem Freund während einer Flugsimulation beistehen muss.«

Silas: »Was, wenn …«

Teagan: »Was?«

Silas: »Schon gut. Es spielt keine Rolle. Hat deine Mom dich vergessen?«

Teagan: »Die wird sich schon wieder melden. Was wolltest du sagen?«

Silas: »Nur …«

Teagan: »Dein Griff ist fester geworden. Ist es das Fliegen? Da brauchst du dir wirklich keine Sorgen zu machen. Ich werde die ganze Zeit bei dir sein.«

Silas: »Nein … Teagan, was, wenn …«

(Klick)

Mom: »Teag? Bist du noch da?«

Teagan: »Sorry, ja, Mom. Ich bin hier. Hab mich nur kurz mit Silas unterhalten. Alles in Ordnung bei dir? Du klingst aufgebracht.«

Teagan: »Nein. Ich habe die Mithörfunktion ausgeschaltet.«

Teagan: »O mein Gott!«

Teagan: »Ich bin heute Abend zu Hause, dann können wir reden, okay? Hab dich lieb.«

Teagan: »Bye.«

Silas: »Alles okay?«

Teagan: »Es ist übel, fürchte ich.«

Teagan: »Du musst meine Hand nicht mehr halten.«

Silas: »Ich weiß, aber jetzt kannst du sie drücken, wenn dir danach ist.«

11. Kapitel

Silas

Heute
Dienstag

»Vermisst du diesen Pullunder, wenn deine Schicht beendet ist?« Teagan strich mit dem Finger über den Synthetikstoff an meiner Schulter, und ich ignorierte das aufflackernde sinnliche Gefühl, das diese schlichte Berührung auf meiner Haut auslöste.

Wir gingen auf den Gastronomiebereich zu, weil ich darauf bestanden hatte, dass wir noch einmal zusammen amerikanisch-chinesisch aßen, bevor sie das Land verließ, und sie lehnte nie ab, wenn ich sie einlud.

»Ich sehe gut aus darin«, sagte ich, gab ihr einen sanften Klaps auf die Hand und richtete meine Krawatte.

»Ich muss sagen, es gibt nicht viele Leute, die so etwas tragen können, und du bist wohl einer von denen. Nerd-Chic steht dir gut.«

Ich warf ihr einen Blick zu. »Wenn du deine Zeit mit einem ehemaligen Studenten des Kommunikationsmanagements und zurzeit absolut uncoolen Erwachsenen verbringst, musst du dich damit zufriedengeben.«

Auf dem Flughafen herrschte viel Betrieb, aber wir schafften es in einer akzeptablen Zeit zum Gastronomiebereich, und die Schlangen waren nicht zu lang. Ich deutete auf das Restaurant, in dem wir Essen holen wollten. »Wird dir das nicht fehlen?«

»Überteuertes, unechtes chinesisches Essen? Ich schätze, das werde ich in Europa auch finden. Nein, ich glaube nicht, dass ich das vermissen werde.« Sie lächelte, und ich bemerkte die drei Sommersprossen auf ihrem Nasenrücken, die wie ein Sternbild aussahen.

»Nicht mal die Frühlingsrollen?«

»Okay, doch.« Sie stieß mich mit der Schulter an. »Die werde ich vermissen.«

Ich wurde überrascht vom Kloß in meinem Hals bei ihren Worten. Ich schluckte schnell, aber dann hörte ich eine vertraute Stimme hinter mir und drehte mich um. Ada plauderte gelöst mit ihrem Spaziergangbegleiter und war ihm ein paar Zentimeter näher, als es unter Freunden üblich war.

»Na, hallo!«, rief Ada mit freundlicher, lebhafter Stimme. »Anscheinend sind wir nicht die Einzigen, die Appetit auf frittiertes Essen zum Lunch haben«, wandte sie sich an ihren Begleiter. Ich musterte ihn von oben bis unten. Der Mann war etwas kleiner als ich, mit grauen Haaren an den Schläfen. Er trug die Security-Uniform, und Ada sah ihn strahlend an, als hätte er das frittierte Essen erfunden, auf das sie Hunger hatte.

»Hey«, sagte ich. »Teagan, kennst du Ada?«

Teagan streckte die Hand aus. »Freut mich, Sie kennenzulernen.« Dann sah sie den Mann an. »Aber den kenne ich!« Sie schüttelten sich die Hand, und auf dem Gesicht des Mannes erschien ein breites Lächeln.

»Wo ist die pinkfarbene Schürze?« Seine Stimme war tief wie die von James Earl Jones, und ich fühlte mich wie in einem seltsamen Wettstreit um die Zuneigung meiner Freundin.

Teagan verzog das Gesicht. »Erinnern Sie mich nicht daran. Noch vier Tage, dann bin ich die Schürze los.«

Ada sah von einem zum anderen. »Woher kennt ihr euch?«

»Sie arbeitet in Juliannas Laden«, erklärte er. »Und ich kann diesen Erdnussbutter-Cups nicht widerstehen.«

»Er gehört zu meinen besten Kunden«, fügte Teagan, an Ada gewandt, hinzu. »Ich werde dafür sorgen, dass er Ihnen das nächste Mal welche mitbringt.«

Adas Lächeln wurde mädchenhaft, und eine leichte Röte schoss in ihre Wangen. Eigentlich war Teagan diejenige, der solche Dinge auffallen sollten, aber ich sah klar und deutlich, wie verliebt sie war.

»Ich versuche, es hier drin zu behalten«, sagte er lächelnd zu Ada und tippte sich an die Schläfe. Die zwei sahen sich eine Weile in die Augen, dann schaute er auf seine Uhr. »Ich glaube nicht, dass ich noch Zeit für Frühlingsrollen habe. Später in dieser Woche, Ad? Ich muss zurück zu meiner Schicht.«

»Oh!« Sie sah auf ihre Uhr. »Ich habe gar nicht bemerkt, wie lange wir unterwegs waren. Du hast recht.« Sie ging mit dem Mann davon, dessen Namen ich noch immer nicht wusste. »War schön, euch Kids zu sehen.«

Ich schaute ihnen hinterher, bis Teagan mich am Arm zupfte. »Du meine Güte – was, wenn die beiden es sind?«, flüsterte sie und sah mich mit leuchtenden Augen an. »Das wäre so süß!«

»Wieso süß? Die sind über fünfzig.«

Sie boxte mich gegen den Arm, und wir traten vor, um unser Essen zu bestellen. »Sei kein Idiot. Paare jedes Alters sind süß!«

»Ich glaube nicht, dass die beiden ein Paar sind«, sagte ich, obwohl ich mich an den Ausdruck auf Adas Gesicht erinnerte.

»Noch nicht«, meinte Teagan, und der Kloß in meinem Hals machte sich wieder bemerkbar, als sie ihr Lieblingsgericht bestellte. Sie sah über die Schulter zu mir. »Ich hoffe, er kauft ihr ein paar Süßigkeiten, die sie liebt. Ich würde das jedenfalls für meinen Freund machen.«

Ich wollte sie daran erinnern, dass sie das für mich andauernd tat, ließ sie jedoch weiterreden, während wir auf unser Essen warteten.

»Ich glaube, die Lieblingssüßigkeit verrät viel über einen Menschen. Zum Beispiel, wie er in einer Beziehung ist.«

Ich lachte. »Weil du eine solche Expertin bist?«

Sie stieß mir den Ellbogen in die Rippen. »Mehr als du. Überleg doch mal. Wenn jemand sich für eine verrückte Geschmacksrichtung entscheidet, wie zum Beispiel Whiskey-Schokolade oder Speck und Kartoffelchip, handelt es sich vermutlich um eine abenteuerliche Person.« Sie zählte die Beispiele an ihren Fingern auf. »Und wenn jemand sich für herkömmliche Sorten wie Milchschokolade oder Trüffel aus weißer Schokolade entscheidet, handelt es sich um verlässliche und ruhige Menschen. Wie Erin«, fügte sie hinzu, und ich biss mir bei der Erwähnung meiner Ex auf die Zunge. »Olivia, die Hundepflegerin. Weißt du, dass ihr Mann jedes Mal, wenn er nach Chicago fliegt, die Lieblingsschokolade seiner besten Freundin kauft? Wie süß ist das? Auch er gehört zu den verlässlichen Typen.«

Sie sprach schneller, wenn sie sich für eine neue Idee begeisterte. »Dann gibt es noch Leute, die alles mögen. Das sind diejenigen, die deine Welt auf den Kopf stellen oder dir das Herz brechen. Möglicherweise beides. Das sind diejenigen, die alles auf einmal wollen.«

Der junge Mensch hinter dem Tresen gab uns unser Essen, und wir gingen das kurze Stück zu unserem Sitzbereich. »Aber ich mag alles. So, wie du es schilderst, bin ich in gewisser Weise rücksichtslos.«

Teagan dachte darüber nach und biss sich auf die Unterlippe, auf jene Art, die mich stets dazu brachte, ihren Mund anzusehen. »Du magst *fast* alles.«

»Na ja, nur ein Irrer würde schwarzes Lakritz mögen.« Ich stellte unser Tablett auf einen Tisch und wischte mit einer Serviette die Krümel herunter. »Was für ein Mensch wäre ich denn in einer Beziehung, wenn ich alles mag außer schwarzem Lakritz?«

»Darüber muss ich erst nachdenken. Auf jeden Fall kein Irrer. Das ist ja schon mal was. Ich bin mir sicher, dass Erin dich unter anderem deshalb liebt.«

Ich ließ diese Bemerkung unkommentiert und warf die Serviette weg, mit der ich den Tisch gereinigt hatte. Als ich zurückkam, aß Teagan schon. »Also«, sagte ich und setzte mich zu ihr an den kleinen Tisch. »Wie fühlst du dich vor deiner Abreise? Bist du bereit?«

Teagan, die mir gegenübersaß, schob sich ganz ungezwungen eine Frühlingsrolle in den Mund; frittierte Teigkrümel fielen auf ihre pinkfarbene Schürze und sammelten sich auf ihren Brüsten.

Ich schaute auf meine Schale, um nicht gewohnheitsmäßig ihre Figur und die Krümel auf ihrer Brust zu betrachten.

»Nein, bin ich nicht«, antwortete sie mit vollem Mund. »Aber lass uns über die Liste reden.«

Ich hob eine Braue, noch ehe ich mir dessen bewusst war. »Dient diese ganze Sache der Ablenkung, damit du nicht an deine Abreise denken musst?«

Sie brach ihre Essstäbchen auseinander. »Natürlich, was denn sonst? An die Liebesgeschichte anderer Leute zu denken, ist weitaus besser, als mich zu fragen, ob ich mein Kabel-TV abgemeldet habe und was ich einpacken soll.«

»Packst du Unterwäsche ein?« Ich zuckte zurück, als ihre Sojasoße aus der Packung spritzte und mich knapp verfehlte. Als ich Teagan wieder ansah, waren ihre Augen geweitet.

»Äh, ja, ich nehme Unterwäsche mit. Warum fragst du das?« Sie senkte die Stimme. »Was denkst du denn, was ich in Frankreich vorhabe?«

Ich lachte und erinnerte mich mühelos an damals. »Auf dem College hast du erklärt, du würdest auf Unterwäsche verzichten, damit du mehr Notizbücher mitnehmen kannst.«

Teagan prustete und hielt sich rasch die Hand vor den Mund, wobei sie um ein Haar ihr Getränk umgeworfen hätte. »Das habe ich schon ganz vergessen. Wie kannst du dich an solche Sachen erinnern?«

Mein Gesicht wurde warm. Mir war, als würde ich mich an alles erinnern, was sie betraf, und so war es immer gewesen. Die Fantasie, dass meine beste Freundin ihre Unterwäsche zu Hause ließ, hatte mich mehr beschäftigt, als mir lieb war, in jenen Monaten meines Frankreichaufenthaltes. »Es war mir unvergesslich.«

»Nun, zum Glück für dich habe ich mich dem Zeitalter der elektronischen Medien angepasst, sodass ein Notizbuch reichen wird.« Sie betrachtete mich nachdenklich. »Na ja, für dich wird es keinen Unterschied machen, aber den Franzosen bleibt der Anblick meines Hinterns erspart.«

»Achtung an Gate C12. Flug 344 nach Detroit beginnt mit dem Boarding.«

»Ich bin mir sicher, dass einige Franzosen ihn trotzdem zu sehen bekommen werden.« Ich hielt mit der Gabel auf halbem Weg zum Mund kurz inne, ehe ich mir den Reis in den Mund schob. Ich wusste nicht, warum ich das gesagt hatte, und obwohl Teagan lachte, zog sich mein Magen zusammen bei der Vorstellung, dass sie dort drüben jemanden kennenlernen würde.

Sie winkte ab. »Immerhin hast du Erin dort kennengelernt, also habe ich vielleicht auch Glück.«

»Wie dem auch sei«, sagte ich, um die Unterhaltung in eine andere Richtung zu lenken, nachdem ich zu viel Essen auf einmal heruntergeschluckt hatte. »Wir haben Ada und ... wie lautet sein Name?«

»Sam«, antwortete sie. »Er kommt zu allen möglichen Zeiten vorbei, also hätte er den Zettel mit der Liste fallen gelassen haben können.«

»Also Ada und Sam sowie Jess und der Gepäck-Typ.«

»Und die zwei Baristas – ich werde das Gefühl nicht los, dass die beiden sich anschmachten, so wie die sich ansehen. Sehr verräterisch.«

»Kennst du sie?«

»Nein, ich vermute es nur, nachdem ich sie ein paarmal beobachtet habe. Es ist sehr offensichtlich.«

Instinktiv schaute ich auf meinen Fuß herunter. *Schaue ich sie auf eine bestimmte Weise an?* »Okay. Wo fangen wir zuerst an?«

Sie biss sich auf die Unterlippe und sah sich um. »Ich habe um vier Feierabend. Wollen wir dann Kaffee trinken?«

»Und die Baristas ausspionieren?«

Sie legte beide Hände flach auf den Tisch, und mir fiel ihr dunkelvioletter Nagellack auf, der neu war. »Das ist meine Sprache der Liebe, Si.«

Ich lachte und gab ihr vorsichtshalber schon ein paar Servietten von dem Stapel, den ich mitgenommen hatte. »Neugierig sein ist deine Sprache der Liebe?«

»Nee.« Sie nahm sich eine zweite Frühlingsrolle und grinste. »Ein bisschen wünsche ich mir, dass es keiner von denen ist, damit wir unsere Suche fortsetzen können. Es macht Spaß.«

»Nur dass du in wenigen Tagen abreist.«

Sie warf mir über ihre Schale hinweg einen Blick zu. »Spielverderber.«

»Das ist *meine* Sprache der Liebe.«

»Vielleicht magst du insgeheim ja doch schwarzes Lakritz.«

12. Kapitel

Teagan

Silas lehnte sich über den Cafétisch und senkte die Stimme. »Das ist verstörend.«

Ich nippte an meinem Mokka und spähte über seine Schulter hinweg. »Aber nur ein bisschen.«

»Wir tun so, als würden wir Kaffee trinken, um zwei zwanzigjährige Baristas auszuspionieren. Wenn das nicht verstörend ist.« Silas sah sich dauernd nervös um, als wüssten alle, was wir tun, oder als interessierte sich jemand dafür.

»Also, ich trinke tatsächlich Kaffee.« Ich trank einen weiteren Schluck und genoss sein nervöses Unbehagen mit einer gewissen Schadenfreude. »Sieh mal das Positive: Wenn es diese beiden sind, geben wir die Notizen zurück, und du musst mein Spiel nicht mehr mitmachen.«

Er gab mürrisch etwas Unverständliches von sich und lehnte sich zurück.

Mara, die Barista mit den zurückgebundenen braunen Haaren, trat an den Tresen und stellte zwei Einwegbecher darauf. »Ein halb entkoffeinierter Americano und ein Caramel Latte mit Hafermilch!« Unsere Sicht auf den Tresen wurde vorübergehend von einem zur Bestellung passenden Duo blockiert, das seine Getränke abholte.

»War von den beiden schon mal jemand in eurem Laden?« Er sah erneut über meine Schulter, und so mürrisch er auch wirkte, ich war mir ziemlich sicher, dass er es spannend fand, das Rätsel zu lösen.

»Ich kann mich nicht daran erinnern, aber ich bin oft genug nicht da.« Ich folgte seinem Blick zu Mara, die jetzt mit ihrer Kollegin lachte, deren Namensschild wir nicht hatten sehen können, als wir unsere Bestellung aufgegeben hatten. »Sieh dir die beiden an! Ah, Silas, und wenn wir hier die Verfasserin der Liste gefunden haben? Zwischen denen läuft doch eindeutig was.«

Er sah mich skeptisch an. »Wie kommst du darauf?«

»Na, so wie die sich einander zugewandt haben, und dann die Art, wie die Linke sich die Haare aus dem Gesicht streicht. Ich glaube, die sind es.«

»Ich glaube eher, du siehst, was du sehen willst. James und ich sehen bestimmt auch so aus bei der Arbeit.«

Sie sah mir in die Augen und senkte demonstrativ langsam die langen Wimpern. »Erstens – ich sehe euch ständig, und ihr macht überhaupt nicht einen solchen Eindruck. Zweitens – stehst du auf James? Denn wenn ja, habe ich ein paar Fragen. Zum Beispiel, ob deine Freundin davon weiß und ob du möchtest, dass ich James einen Korb gebe, wenn er mich das nächste Mal bittet, mit ihm auszugehen?«

Er lehnte sich wieder nach vorn, und ich musste meinen Becher festhalten, wegen der abrupten Bewegung. Es war das zweite Mal an einem Tag, dass ich wegen Silas beinah alles verkleckert hätte.

»James hat dich gefragt, ob du mit ihm ausgehst?«

»Das ist alles, was dich daran interessiert?«

Er zupfte an seinem Daumennagel, und ich betrachtete seinen sorgfältig getrimmten kurzen Bart. »Aber er hat dich gefragt, oder?«

James war süß und lieb, aber ich hatte ihm einen Korb gegeben, da ich bald abreisen würde. »Letzte Woche, aber ich habe gesagt, wir verschieben es, bis ich wieder im Land bin.«

Silas' Kiefer mahlten, und er hieb mit der Faust auf den Tisch.

»Er war höflich. Es war nicht so, als hätte er mir im Treppenhaus hinterhergepfiffen. Warum siehst du so aufgebracht aus?«

»Ich bin nicht aufgebracht«, behauptete er, löste die Faust auf und streckte seine langen Finger zwischen uns auf dem Tisch aus. »Ich hatte bloß keine Ahnung, dass er dich gefragt hat, das ist alles.«

»Na ja, da wusste ich noch nicht, dass du auf ihn stehst. Aber das werde ich jetzt berücksichtigen.«

»Würde ich auf James stehen, wärst du die Erste, die es erfährt.« Er trank den ersten Schluck von seinem schwarzen Kaffee und verzog das Gesicht. »Kalt«, murmelte er.

Wir saßen seit fünfzehn Minuten hier, und er hatte den Kaffee nicht angerührt, daher fand ich es kaum überraschend, dass er nicht mehr kochend heiß war. In diesem Moment trat der letzte Kunde in der Schlange zur Seite, und niemand befand sich mehr vor dem Tresen. »Wir werden auf diese James-Sache noch mal zurückkommen«, versicherte ich ihm, trank meinen Kaffee aus und stand auf. »Na los.«

»Wie, na los?«

»Fragen wir die beiden!«

Er schüttelte den Kopf, und die entschiedene Ablehnung

meines Vorhabens stand ihm deutlich ins Gesicht geschrieben. »Auf keinen Fall. Was wollen wir denn sagen? ›Wir haben euch flirten gesehen. Seid ihr etwa verliebt?‹«

»Ich werde raffinierter vorgehen«, sagte ich, mit einer Kopfbewegung zum Tresen deutend. »Kein Veto, schon vergessen?«

Er murrte, stand aber auf. Selbst nach all den Jahren hatte ich mich an Silas' Größe nicht gewöhnt, und wie seine langen Gliedmaßen sich zu entfalten schienen, wenn er aufstand. Wie bei einem Riesen. Ich war zwar auch nicht klein, aber er überragte mich um gut zwanzig Zentimeter. Ich liebte die seltenen Gelegenheiten, wenn es einen Grund für eine Umarmung von ihm gab. Ich wollte immer, dass sie länger andauerten.

Zum ersten Mal hatte ich während eines Video-Chats begriffen, dass ich nicht nur mehr Umarmungen von ihm wollte, sondern überhaupt mehr. Ich hatte mich über einen Typen aufgeregt, der mich ghostete, worauf Silas meinte, er bedaure, mich nicht umarmen zu können. Ich erinnerte mich daran, wie sehr ich eine Umarmung von ihm gewollt hatte und dass er mich wirklich umarmt hätte, wenn er nicht mehrere Stunden weit entfernt gewesen wäre. Das war nur ein kleiner Moment in unserer Freundschaft gewesen, aber genau da fing diese knisternde Anziehung an. Ich war mit anderen Typen zusammen gewesen, mit manchen hatte ich sogar ernste Beziehungen geführt, während er schon ewig mit Erin zusammen war. Also lernte ich zu ignorieren, dass ich mich zu ihm hingezogen fühlte, aber es war ständig da, dieses Gefühl, dass in Silas' Armen stets alles besser wäre. Seinen festen Körper zu spüren, hatte immer diese beruhigende Wirkung auf mich gehabt.

Jetzt war er mürrisch, seit ich ihn dazu gebracht hatte, mit mir zu spionieren. Entsprechend angespannt wirkte er, als wir uns dem Tresen näherten.

»Was kann ich für euch tun?«, begrüßte Mara uns. Auf dem goldenen Namensschild stand *Sie* unter ihrem Namen. »Nachschenken?«

»Nein«, sagte ich und sah über die Schulter. Silas half mir überhaupt nicht, aber das hatte ich wohl nicht besser verdient. »Das hört sich jetzt bestimmt seltsam an, aber ich habe mich gefragt, ob eine von euch einen Notizzettel im Candy Shoppe verloren hat.«

Katie – so hieß die andere – trat an den Tresen, und es war mir egal, was Silas sagte, ich registrierte Schwingungen zwischen den beiden. »Nein. Ich war noch nie in dem Laden. Was für eine Notiz denn?«

Ich war ein wenig erleichtert, dass die Notiz nicht von ihnen stammte, weil wir dann weiterhin versuchen mussten, das Rätsel zu lösen, was mich wiederum davon ablenkte, dass ich Silas für fünf Monate verlassen würde. »Mist«, sagte ich und sah Silas kurz an, ehe ich mich wieder zu den Baristas umdrehte. »Wir haben eine Pro-und-Kontra-Liste gefunden. Anscheinend versuchte irgendwer, für sich zu klären, ob er oder sie einer Person, die ebenfalls im Flughafen arbeitet, seine Gefühle gestehen soll. Und da haben wir uns gefragt, ob es möglicherweise um euch beide geht.«

Mara sah über die Schulter zu Katie und wandte sich wieder an uns. »Äh, nein. Sorry. Warum habt ihr gedacht, dass wir es sein könnten?«

Peinlich genug, dass Silas sich bereits über mich lustig gemacht hatte, weil mir nichts Besseres eingefallen war, als die Baristas heimlich zu beobachten.

»Wir fragen einfach alle im Augenblick«, log ich.

Mara sah wieder zu ihrer Freundin und dann schulterzuckend zu uns. »Ich hoffe, ihr findet den Verfasser. Es ist wirklich hart, wenn man nicht offen über die eigenen Gefühle sprechen kann.«

»Du hast recht«, sagte ich und vermied es, Silas anzusehen. »Trotzdem danke.«

Widerstrebend drehte ich mich um und zog an Silas' Arm.

Er sprach mit leiser Stimme, damit die beiden ihn nicht hörten. »Tut mir leid, dass es eine weitere Pleite ist.«

»Mir auch. Ich …« Ich hielt inne und lauschte den beiden Baristas hinter uns.

Ich war mir ziemlich sicher, dass Mara zuerst sprach. »Das war irgendwie merkwürdig.«

»Allerdings.« Katies Stimme war ein bisschen höher. »Aber, äh, das Witzige daran ist …«

Ich bewegte mich jetzt nur noch in Zeitlupe vorwärts und wartete auf Maras Erwiderung. »Ja?«

Im Hintergrund war die Lautsprecherstimme zu hören, die die Leute ermahnte, auf ihr Gepäck zu achten, außerdem die Kaffeemaschine, während die Baristas sich vertraulich unterhielten. Ich gab Silas' Fingern einen Klaps, als er mich anzutreiben versuchte, und dabei berührten sich unsere Fingerspitzen.

»Wir sind so gute Freundinnen, deshalb war ich mir nicht sicher, aber es stimmt … Ich stehe schon lange auf dich.«

Ich verkniff mir einen Laut der Rührung und legte den Finger auf meine lächelnden Lippen. Ich pikte Silas meinen Zeigefinger in den Rücken und deutete zum Tresen.

»Ich stehe auch auf dich.« Die zwei grinsten einander an. »Ich wusste nur nie, wie ich es sagen soll.«

Silas räusperte sich, und ich hätte ihn umbringen können, weil er diesen Moment ruinierte. Zwar schienen die beiden uns gar nicht wahrzunehmen, aber er ruinierte meine Fähigkeit, diesen intimen Augenblick auszuspionieren. »Wir sollten die zwei allein lassen, Teag.«

Wir machten uns auf den Weg zu seinem Kundenschalter und meinem Laden. Silas hielt noch immer seinen kalten Kaffee in der Hand. »Tja«, sagte ich. »Ein ›Ich hab's dir doch gesagt‹ wäre jetzt wohl angebracht.«

»Nein, du konntest nicht wissen, wie die Aktion ausgeht. Du hattest einfach Glück. Es hätte auch superpeinlich werden können.«

Ich winkte ab, obwohl er recht hatte. »Junge Liebe! Und sie gestehen sie sich gegenseitig! Das beeindruckt mich. So mutig war ich nie.«

Ich biss mir auf die Innenseite meiner Wange, weil ich möglicherweise zu viel gesagt hatte. Es hatte eine Zeit gegeben, da hatte ich – viele Male – überlegt, Silas zu gestehen, dass ich mehr als nur Freundschaft wollte. Aber dann war er vergeben oder ich war vergeben, und es war das Risiko nicht wert. Unser Timing hatte einfach nie gepasst.

Silas rückte neben mir seine Krawatte zurecht und strich mit der Hand über seinen flachen Bauch. Er hatte während der Pandemie mit Fitnesstraining begonnen. Ich hatte es gemocht, dass er davor ein bisschen weich in der Mitte gewesen war. Aber nachdem ich ihn ein paarmal selbst oder in seinen Social-Media-Posts ohne Hemd gesehen hatte, wusste ich, dass er beinah einen Waschbrettbauch besaß. Ich wandte meinen durstigen Blick ab und sah ihm wieder ins Gesicht. »Na ja, du weißt, dass ich peinliche Situationen durch schiere Willenskraft vermeide.«

Er betrachtete mich sanft, aber musternd. »Ja«, meinte er und sah wieder geradeaus. »Ich weiß.«

13. Kapitel

TELEFONAT

Vor fünf Jahren
Dienstag

Teagan: »Du hättest schreiben können.«

(Geräusch von Scheibenwischern)

Silas: »Ich fahre. Wie läuft es?«

Teagan *(seufzt)*

Silas: »Schlecht?«

Teagan: »Richtig schlecht. Mein Dad wurde entlassen, und er hat große Investitionen getätigt, die nach hinten losgegangen sind. Er hat meiner Mom nichts von alldem erzählt. Die sind dermaßen wütend aufeinander. Sie reden nicht mehr miteinander.«

Silas: »Wie geht es dir?«

Teagan: »Ganz okay.«

Silas: »Und wie geht es dir wirklich?«

Teagan: »Ich glaube, ich kann die Reise nicht antreten. Ich glaube nicht einmal, dass ich auf der Uni bleiben kann.«

Silas: »O nein. Gibt es keine finanzielle Unterstützung?«

Silas: »Nicht weinen, Teag.«

Teagan: »Ich weine nicht.«

Silas: »Ich kann dich weinen hören. Deine Schnieflaute hallen durch mein Auto.«

Teagan (lacht trotz der Tränen): »Ich war aber leise. Es ist verstörend, dass du mich so gut kennst.«

Silas: »So leise warst du nun auch wieder nicht. Und wer sonst könnte dich so gut kennen wie ich?«

Teagan: »Niemand.«

Silas: »Also, wenn du nicht nach Frankreich reist, fliege ich auch nicht. Ich kann bestimmt stornieren.«

Teagan: »Nein!«

Silas: »Ohne dich will ich die Reise nicht machen. Ich würde ohnehin niemanden kennen.«

Teagan: »Du fliegst.«

Silas: »Die ganze Sache war deine Idee. Ich bleibe.«

Teagan: »Bring mich nicht dazu, mit dir zu streiten. Ich würde nicht fair kämpfen und gewinnen.«

Silas: »Was wirst du tun, wenn du nicht mehr an der Uni bist?«

Teagan: »Ich werde mir wohl einen Job besorgen. Ich schätze, in meiner Familie müssen fürs Erste alle Geld verdienen. Doch ich habe keine Ahnung, was man mit einem abgebrochenen Englisch-Studium anfangen kann. – Aber manche Leute machen viel Schlimmeres durch. Nicht nach Europa zu können, ist nicht gleich das Ende der Welt. Das weiß ich.«

Silas: »Aber wenn es sich gerade wie das Ende der Welt anfühlt, ist das für den Moment auch in Ordnung.«

Teagan: »Meine Eltern wissen nicht, ob wir unser Haus behalten können. Einfach alles verschwindet.«

Silas: »Nicht alles. Du hast immer noch mich, selbst wenn ich Tausende Meilen weit weg bin.«

Teagan: »Ich weiß. Besties for life.«

Silas: »Kein Veto.«

Teagan: »Wohin fährst du eigentlich gerade? Klingt bei dir wirklich nach Weltuntergang. Mir war gar nicht klar, dass dieses Unwetter sich so weit über den Bundesstaat ausbreitet.«

Silas: »Tut es nicht. Ich bin hier.«

Teagan: »Wo?«

Silas: »In deiner Auffahrt. Lass mich rein. – Ich dachte, du könntest vielleicht eine Umarmung gebrauchen oder eine Hand halten wollen. Wenn du willst, können wir auch den Wagen deines Dads mit Eiern bewerfen.«

Silas: »Ich hab doch gesagt, du sollst nicht weinen.«

Teagan: »Du weißt doch, dass ich auf harmlosen Vandalismus stehe. Ich komme zur Tür.«

14. Kapitel

Silas

Heute
Mittwoch

Meine Schicht endete in einigen Minuten, und James war früher da, um mich abzulösen. »Hey, Mann«, sagte er und loggte sich ins System ein.

Trotz Teagans Behauptung, es sei keine große Sache, hatte ich ihre Worte nicht vergessen können. »Hey«, sagte ich und beendete das, woran ich gearbeitet hatte. Meine Krawatte fühlte sich zu eng an, und ich wollte ins Fitnesscenter, wenn ich hier fertig war. Ich musste dringend Energie abbauen. Ich brachte James auf den neuesten Stand und wies ihn auf Probleme hin, mit denen er während seiner Schicht konfrontiert sein könnte. Ich ertappte ihn dabei, wie er auf die andere Seite des Ganges schaute, wo Teagan sich gerade bereit machte, den Laden zu schließen. »Ach, hey, du hast Teagan gefragt, ob sie mit dir ausgeht?«

James sah nicht vom Computer auf. »Ja. Warum? Ist doch okay, oder? Ich weiß, ihr zwei seid …«

»Wir sind nicht zusammen oder so. Ich wusste nur nicht, dass du sie gefragt hast.«

James zuckte mit den Schultern. »Sie hat mir einen Korb gegeben, falls du dich dadurch besser fühlst.« Er starrte schon wieder hinüber, und ich hätte ihm am liebsten gegen den Arm geboxt. »Was läuft denn eigentlich zwischen euch? Ich weiß, dass du mit Erin zusammen bist. Und du hast nie …«

»Wir sind bloß Freunde.« Ich stellte sicher, dass sich mein Handy, meine Brieftasche und Schlüssel in meinen Taschen befanden. »Sie geht in ein paar Tagen ins Ausland.«

James sagte darauf nichts, wirkte aber ein wenig amüsiert. »Bist du dir sicher, dass ihr nur Freunde seid?«

»Ja«, bestätigte ich und fragte mich, was sich geändert hatte, dass alle plötzlich Zweifel hatten. Nun, ihre Zweifel waren durchaus berechtigt, aber trotzdem.

Bevor sie ihr Studium hatte unterbrechen müssen, um ihrer Familie zu helfen, hatte Teagan mich an einem Wochenende während unseres zweiten Studienjahrs besucht. Meine erste Freundin, die auf der Highschool meine beste Freundin gewesen war, hatte gerade mit mir Schluss gemacht. Entsprechend düster war meine Stimmung. Rückblickend war mir klar, dass die Beziehung zum Scheitern verurteilt war, weil wir zu jung und unerfahren gewesen waren. Nach der Trennung waren wir nicht mehr befreundet, und das hatte mich am meisten getroffen. Als Teagan ankam, genügte ein Blick, und dann zwang sie mich, zu duschen und mit ihr auf eine Party zu gehen. Es war mein Campus, nicht ihrer, daher hatte ich keine Ahnung, woher sie überhaupt von der Party wusste. Aber Stunden später befanden wir uns ein wenig betrunken auf der Veranda irgendeines Hauses. »Hör zu«, sagte sie plötzlich in diese Mischung aus abendlicher Stille und Partylärm hinter uns hinein. »Du wirst jemand Neues finden, weil du toll bist.« Sie lallte ein klein wenig, und ich betrachtete ihr Gesicht. Mir war immer klar gewesen, dass Teagan schön war, aber während ich eine Freundin gehabt hatte, hatte ich nicht mehr viel darüber nachgedacht. Sie war tatsächlich sehr schön.

»Vielleicht finde ich keine neue Freundin«, sagte ich, ebenfalls lallend und an der Wand lehnend. »Was, wenn das meine einzige Chance auf die Liebe war und es jetzt vorbei ist?«

Sie lehnte sich an mich, sodass ich ihren spitzen Ellbogen spürte, bis sie ihre Haltung veränderte und sich an mich schmiegte wie ein perfekt passendes Puzzleteil. »Du bist neunzehn, also ist das höchst unwahrscheinlich.« Teagan duftete nach Orangen und Bier, und ich legte den Arm um sie. »Aber wenn es stimmt, wirst du traurigerweise für immer allein bleiben«, meinte sie süßlich. Ich brauchte eine Sekunde, um ihren scherzhaften Ton zu identifizieren. »Das wäre eine Schande, denn ich glaube, Sex würde dir gefallen.«

»Du bist gemein.« Mit ihrem Sarkasmus konnte ich nichts anfangen. Ich war neunzehn, und dass sie das Wort Sex aussprach, während sie sich an mich schmiegte, sandte meine Gedanken in eine gefährliche Richtung. Ihre Hand ruhte auf meinem Bauch, ihr Kopf an meiner Schulter, und in diesem Moment konnte ich mich nicht mehr daran erinnern, wie meine Ex sich angefühlt hatte. Es gab nur noch Teagan. Auf dieser beliebigen Party, während ihre Haare mich am Kinn kitzelten, begriff ich zum ersten Mal, dass ich Teagan begehrte und sie doch nie haben würde. Wir verfielen wieder in unser betrunkenes Schweigen, bis sie erneut sprach.

»Aber jetzt hast du mich, also könntest du für immer Jungfrau bleiben und würdest nie wieder deine beste Freundin verlieren.«

Ich verdrängte die Erinnerung und antwortete James. »Genau, nur Freunde, und zwar schon seit dem College. Es ist demnach, als würdest du meine Schwester fragen, ob sie mit dir ausgehen will.«

James' Grinsen erstarb. »Ich hab's verstanden, Mann. Wie ich bereits erwähnte, hat sie mir einen Korb gegeben, also alles paletti.«

»Bist du fertig?« Teagan trat lächelnd an den Tresen. »Hey, James.«

»Hey«, sagte er, ohne von seiner Arbeit aufzusehen. Teagan wirkte verwirrt, aber sie zuckte nur mit den Schultern. Sie würde mich glatt zweimal umbringen, wenn sie wüsste, dass ich mich wie ein Alphamännchen aufgeführt hatte gegenüber jemandem, der sich für sie interessierte.

»Bis dann«, wandte ich mich an James und winkte, als wir auf den Ausgang zugingen. Ich würde sie nach Hause fahren, weil sie für die Dauer ihres Frankreichaufenthaltes ihrer Mom ihr Auto geliehen hatte. Sie ließ sich von mir vom Tresen wegführen, ohne noch etwas zu James zu sagen.

»Ist er sauer, weil ich ihm einen Korb gegeben habe?« Sie klang besorgt, und meine Schuldgefühle kehrten zurück.

»Das glaube ich nicht. Er hatte nur einen wütenden Kunden«, log ich, in der Hoffnung, dass sie uns nicht allzu genau beobachtet hatte.

»Oh, weil …« Sie blieb unvermittelt stehen, drängte mich gegen eine Wand und zischte: »Sieh nur!«

Ich schaute in die Richtung, in die sie deutete, und sah Jess vom Hundesalon, die nach links und rechts spähte, ehe sie den Gepäckladen am anderen Ende der Wartehalle betrat. »Teag …« Ich sah ihr an, dass sie bereits etwas plante. »Nein.«

»Doch«, erwiderte sie. »Wir gehen einfach vorbei und schauen mal hinein. Schließlich werde ich verreisen«, erklärte sie.

»Na klar, jede College-Studentin begibt sich ja auch auf der Suche nach Schnäppchen in ein Edel-Koffergeschäft im Flughafen.«

»Die wissen doch nicht, dass ich kein Geld habe.« Sie nahm meine Hand; ihre weiche Handfläche passte perfekt in meine, und sie verschränkte ihre Finger mit meinen. Das tat sie natürlich, um mich zu dem Laden zu ziehen, aber für einen Moment verlor ich mich in dem Gefühl ihrer Hand in meiner. »Komm schon!«

Ich bremste sie und hielt sie zurück. »Wir werden ein paar Minuten brauchen, um überhaupt dorthin zu kommen, und dann ist sie vielleicht schon nicht mehr da.«

»Dann sollten wir uns beeilen.«

Ich sah sie mahnend an. »Warum ist das so wichtig?«

»Du hast die beiden nicht zusammen gesehen. Es hat geknistert! Willst du denn nicht mehr herausfinden?«

Ich hob eine Braue und widerstand dem Drang, mit ihr zu gehen, als sie erneut an meiner Hand zog, während unsere Finger nach wie vor verschränkt waren.

»Ich lade dich zum Essen ein, wenn du mitmachst«, bot sie an und zog erneut an meiner Hand. »Und du darfst das Restaurant aussuchen.«

»Ich werde mich für Sushi entscheiden.«

Sie verzog das Gesicht, nickte aber und zog mich weiter. Ihr Griff war stärker, als ich erwartet hatte, und widerstrebend folgte ich ihr.

»Gehst du vielleicht mal schneller?«, sagte sie über die Schulter.

»Ich habe mich bereit erklärt, dir beim Spionieren zu helfen, aber nicht, das auch mit großer Begeisterung zu tun.«

Im Laden roch es nach Leder, und eine der Angestellten war vorn und half einer Frau bei der Entscheidung zwischen zwei Taschen.

»Wohin ist sie gegangen?«, fragte Teagan leise und nah bei mir, während wir uns dem hinteren Bereich des Ladens näherten. Wir blieben vor einem Regal mit Kofferanhängern stehen. Wie alle Läden im Flughafen war auch dieser nicht sehr groß. Langsam bewegten wir uns am Angebot aus Koffern und Taschen vorbei, wobei wir uns umsahen, ob Jess nicht irgendwo auftauchte. Die Angestellte war glücklicherweise mit der Frau vorne beschäftigt, die aussah, als würde sie sich demnächst zum Kauf entschließen.

»Bist du dir sicher, dass sie hier hineingegangen ist?«, fragte ich.

»Ich habe sie nicht herauskommen gesehen.«

»Vielleicht hat sie den Laden in der Sekunde unbemerkt wieder verlassen, als du dich einverstanden erklärt hast, mit mir Sushi zu essen«, sagte ich lachend.

Teagan bekam keine Zeit zu antworten, denn wir hörten ein gedämpftes Stöhnen auf der anderen Seite der geschlossenen Tür, die in einen Büro- oder Lagerraum führte. Wir sahen uns verblüfft an.

»War das …« Wir hörten den Laut erneut, gefolgt von einem Seufzen. Ich zog Teagan zum Ausgang.

»Das war eindeutig …« Wir hatten es fast aus dem Laden geschafft, doch versperrte die Kundin uns den Weg; dann hörten wir, wie die Tür hinter uns geöffnet wurde. Am liebsten wäre ich in einen der Koffer gekrochen.

»Hallo, kann ich euch helfen?« Ein Mann kam lächelnd

auf uns zu und rückte seine Krawatte gerade. Allerdings streckte er uns nicht die Hand hin. *Notiert.* Hinter ihm tauchte Jess vom Haustiersalon auf, die sich den Rock glatt strich und deren Wangen leicht gerötet waren.

»Oh, hallo, Teagan«, sagte sie. Ich fand, sie klang ein bisschen außer Atem, aber vielleicht bildete ich mir das nur ein. »Was machst du hier?«

»Oh«, sagte Teagan. Ich wusste, dass sie am liebsten gekreischt hätte, und das würde ich mir auf der Rückfahrt zu ihr anhören müssen. »Ach, weißt du, ich mache bald eine Reise und wollte mir den Laden mal ansehen.« Die Lüge kam ihr scheinbar mühelos über die Lippen, das machte mich neidisch … und ein bisschen ängstlich. Aber dann fiel mir die Lüge ein, die ich ihr seit Monaten erzählte.

»Wusstest du, dass mein Ex-Mann diesen Laden führt? Jack, Teagan arbeitet in dem Geschäft mit den köstlichen Trüffeln, ein paar Gates von uns entfernt.«

Ex-Mann. Teagans Lippen zuckten angesichts der Erkenntnis, doch begrüßte sie den Mann lächelnd.

»Würdet ihr mich entschuldigen? Ich muss zurück in den Salon.« Jess küsste Jack auf die Wange, und die zwei tauschten einen, wie ich fand, glühenden Blick. »Falls wir uns nicht mehr sehen, wünsche ich dir eine gute Reise, Teagan!«

Wir gingen auch, und Teagan sagte schnell, sie würde sich das mit den Taschen noch überlegen, die wir uns angesehen hatten. Auf dem Weg hinaus vibrierte sie geradezu. Als wir meinen Wagen fast erreicht hatten, meinte sie: »Reden wir nicht über das, was die zwei hinter dieser Tür getan haben?«

Mein Körper hatte genauso darauf reagiert wie vermutlich ihrer … zumindest malte ich mir das aus. »Müssen wir wirklich darüber sprechen?«

»Äh, na ja, da hatten zwei Sex, keinen Meter von uns entfernt. Ja, darüber müssen wir sprechen. Wie oft kommt das vor?«

Ich zuckte mit den Schultern und drückte den Knopf, um meinen Wagen zu entriegeln. »Nicht mehr, seit ich auf dem College diesen Mitbewohner hatte, der eine merkwürdige Definition von Privatsphäre vertrat.«

»Wie geht es Caleb übrigens?«

»Ich habe keine Ahnung, aber ich habe genug von seinen Partnerinnen gehört, um überzeugt davon zu sein, dass er irgendwo irgendwen sehr glücklich macht.«

»Ich hätte ihn wirklich besser kennenlernen sollen«, sagte sie, und zwar ausschließlich, um mich zu ärgern. Es funktionierte.

»Das hätte dein Leben sicher verändert«, erwiderte ich trocken. »Es wären die besten und lautesten drei Minuten gewesen, die du je gehabt hast.«

»Nur, weil du auf dem College keine Freundin hattest, musst du nicht so herablassend über jemanden reden, der mehr Glück hatte.«

»Wie kommst du darauf, dass ich auf dem College keine Freundin hatte?«

»Weil es so ist. Du hättest es mir erzählt. Mit welchem Mädchen außer mir hast du denn Zeit verbracht?«

»Ich habe dir nicht immer alles erzählt«, sagte ich. Zum Beispiel hatte ich ihr nicht erzählt, als ich meine Jungfräulichkeit verloren, oder von den wenigen Gelegenheiten, bei denen ich danach Sex gehabt hatte, denn der war nicht gut gewesen. Und wenn ich ehrlich zu mir war, musste ich mir eingestehen, dass ich die ganze Zeit dabei an sie gedacht hatte.

»Silas, ich bin schockiert. Wie konnte mir das entgehen?« Sie warf mir über den Wagen hinweg einen Blick zu, bevor sie einstieg. »Ich habe dir von allen meinen Abenteuern erzählt.«

Ich knackte mit den Knöcheln meiner linken Hand, als ich auf der Fahrerseite einstieg. Ihre Erzählungen hatten mir nicht direkt etwas ausgemacht, aber gefallen hatten sie mir auch nicht. Ich hatte es darauf geschoben, dass wir uns sehr nahestanden und ich Beschützerinstinkte hatte. Doch nach einer Weile war es eindeutig zu Eifersucht geworden. Es war das gleiche Gefühl gewesen, das ich jetzt verspürt hatte, als ich erfuhr, dass James mit ihr ausgehen wollte. »Es ist keine große Sache.« Ich tat es mit einem Schulterzucken ab und fuhr zum Ausgang.

»Wie dem auch sei. Was glaubst du, was sie gemacht haben?« Sie trommelte mit den Fingern auf dem Becherhalter. »Die waren nicht lange genug da drin, um viel angestellt haben zu können, oder?«

»Ich habe keine Ahnung, Teag.« Mir gefiel außerdem nicht, wie mein Körper auf ziemlich offensichtliche Weise reagierte, sobald sie über Sex redete.

»Vielleicht haben sie nur gefummelt oder so … Jess sah jedenfalls eindeutig erhitzt aus.« Teagan hielt sich am Türgriff fest, weil ich bei ihren Worten einen Schlenker machte. Ich tat so, als hätte ich geglaubt, ein Wagen fahre rückwärts aus einer Auffahrt. »Ich komme ziemlich schnell vom Fummeln, wenn es richtig gemacht wird«, meinte sie, aus dem Fenster schauend, und ich hoffte, dass sie nicht nach unten schauen würde, denn jetzt fuhr ich mit einer Erektion durchs Parkhaus und überlegte dabei, wie schnell ich meine beste Freundin mit meinen Fingern zum Orgasmus bringen könnte.

15. Kapitel

Teagan

Ich öffnete meine Wohnungstür und fröstelte. Automatisch suchte ich nach dem Pullover, den ich von Silas gemopst hatte und neben der Tür aufbewahrte.

»Es ist kalt hier drin«, stellte er fest und rieb sich die Arme. »Was ist mit deiner Heizung los?«

»Ich versuche so viel wie möglich an den Nebenkosten zu sparen, bevor ich abreise«, erklärte ich, zog das Sweatshirt an und war auf einmal in das vertraute Gewicht und den weichen Stoff gehüllt. »Normalerweise ist es nicht so kalt.«

Ich sah mich in meiner Einzimmerwohnung um. Der Vorteil eines Apartments nahe dem Campus bestand darin, dass es nicht schwer gewesen war, eine Untermieterin für die Dauer meiner Abwesenheit zu finden. Eine Mathe-Studentin, die selbst nach einem Studienaufenthalt im Ausland zurückkam, brauchte für den Rest des Jahres eine möblierte Unterkunft. Ich liebte mein beengtes Zuhause, es war meine erste eigene Wohnung – keine Mitbewohner, keine Eltern, nur Silas, der zu Besuch kam, und gelegentlich ein Tinder-Date.

»Irgendwann will ich den vielleicht mal zurückhaben.« Silas ließ sich auf mein Zweiersofa fallen und zeigte auf den Pullover.

»Ich glaube, die Verjährungsfrist ist abgelaufen.« Ich warf ihm eine Fleecedecke von der Sofalehne zu. »Der würde dir ohnehin nicht mehr passen.« Eigentlich hatte ich den Blick nicht von seinem Gesicht auf seine inzwischen trainierte Brust und die muskulösen Arme senken wollen. Normalerweise fühlte ich mich davon nicht besonders angezogen, aber bei Silas schon, obwohl mir sein Aussehen vorher auch gefallen hatte.

»Dann nehme ich mir etwas von dir.« Er schaute sich um, und ich grinste. »Diese Decke«, verkündete er schließlich. »Die gehört jetzt mir, bis du den Pullover zurückgegeben hast.«

»Okay«, sagte ich, ging den kurzen Weg in die Küche und holte zwei Bier aus dem Kühlschrank. Silas, so locker er ansonsten sein konnte, war ein Bier-Snob, weshalb ich noch ein paar Flaschen seiner Lieblingsmarke einer Kleinbrauerei im Kühlschrank hatte.

»Warum hast du so schnell nachgegeben?« Er hatte die Decke über sich gelegt. Es war wirklich kalt in der Wohnung.

»Weil ich dir die auch geklaut habe.« Ich setzte mich auf die Sofalehne und trank einen Schluck, nachdem ich ihm sein Bier gegeben hatte. »Du hast sie mir bei einem Campingausflug geliehen, und ich hab sie mit nach Hause genommen.« Tatsächlich hatte ich das schon vergessen, bis er von der Decke sprach.

»Teag … Langsam mache ich mir Sorgen, dass du nur mit mir befreundet bist, um mir Sachen zu klauen.« Seine Kehle bewegte sich, während er aus der Flasche trank, und ich beobachtete seinen hübschen Hals.

»Oh, so ist es zweifellos.« Ich stellte meine Flasche auf den Beistelltisch und rieb mir die Arme wegen der Kälte. »Das und damit du mir bei der Lösung von Rätseln hilfst. War das nicht von Anfang an klar?«

»Ich fühle mich benutzt.« Er beobachtete meine Bewegungen und hob die Fleecedecke. »Komm zu mir unter die Decke. Du fröstelst. Darf ich dir Geld überweisen, damit du die Heizung wieder anstellst?«

Ich rutschte von der Sofalehne und zu ihm unter die Decke; es wurde rasch warm, dort, wo unsere Körper sich aneinanderschmiegten. Das war schon tausend Mal in unserer Freundschaft vorgekommen, und es hätte nichts bedeuten sollen. Aber da war die Andeutung eines Gefühls, und ich verdrängte es. »Nee, Überweisung ist nicht nötig, ich nehme es gern auch in bar.« Ich stupste mit meiner Schulter gegen seine, und er legte den Arm um mich, wie er es schon oft getan hatte.

»Tja«, sagte er, holte sein Handy unter der Decke hervor und rief das Foto von der Liste auf. »Unsere Spuren scheinen alle in Sackgassen zu führen.« Ich lehnte mich gegen seinen Arm und sah auf die Liste. Sein Bizeps wölbte sich an meiner Wange.

»Nicht nur Sackgassen. Okay, Julianna hat mich ausgelacht. Aber die Baristas waren sehr süß zusammen, und Jess schien … richtig glücklich zu sein.« Mein Gesicht wurde heiß bei der Erinnerung an die Unterhaltung im Auto über Jess und ihren Ex-Mann. Silas und ich sprachen über alles, aber seit er mit Erin zusammen war, klammerte ich Sexthemen eher aus.

»Stimmt«, gab er zu und las die Liste. »Aber dem Verfasser dieser Zeilen sind wir kein bisschen näher gekommen.«

»Vielleicht …« Ich hielt inne, da eine Nachricht auf dem Display erschien.

Erin: *Danke! Ich komme später heute Abend vorbei.*

Er wischte es rasch zur Seite, aber ich löste mich von ihm, weil mir plötzlich bewusst wurde, dass wir uns viel zu nah waren, egal, wie vertraut es sich anfühlte.

»Möchtest du etwas essen?« Ich ging wieder in die Küche, um möglichst schnell von meinem sehr gebundenen Freund wegzukommen.

»Nein, danke.« Er schaute noch immer auf sein Handy. »Vielleicht Ada und Sam? Du meintest, er komme manchmal in den Laden, richtig?«

Ich öffnete den Kühlschrank – viel befand sich nicht darin, nur Eier, Schlagsahne, Käse, ein paar fragwürdige Scheiben Aufschnitt und Bier. »Ja, die beiden könnten wir noch unter die Lupe nehmen. Wirst du auf eine neue Faktensuche mit mir gehen?«

Er sah mich mit seinen braunen Augen durchdringend an und hob eine Braue. »Habe ich eine Wahl?«

»Nein.« Ich setzte mich wieder auf die Sofalehne, und Silas beobachtete mich misstrauisch.

»Willst du wieder mit unter die Decke?«

»Nein, ist schon okay.« Ich schob die Hände in die Vordertaschen des Kapuzenshirts. »Wann kommt Erin zu dir? Musst du gehen?«

Er schaute wieder auf sein Handy. »Äh, ich habe noch ein bisschen Zeit.«

Ich nickte und griff nach meinem Bier. »Sie ist also wieder in der Stadt? Es wird bestimmt schön, sie wiederzusehen!« Ich wollte mich positiv geben, aber meine Tonlage verrutschte mir ein wenig ins hysterisch Schwungvolle.

Er nickte, ohne von seinem Handy aufzusehen. »Ja, wird es wohl.« Eigentlich war er nicht der Typ, der ständig auf sein Handy starrt, aber wieder sprach er, ohne aufzuschauen. »Können wir nicht darauf verzichten, Leute auszuspionieren, und stattdessen Ada oder Sam direkt fragen?«

Ich ignorierte seine Frage, weil er irgendwie seltsam reagierte. »Warum bist du so komisch?«

»Sagt die Frau, die sich weigert, ihre Heizung anzustellen.« Er hob erneut die Decke für mich an. »Kommst du jetzt her? Dir ist doch ganz offensichtlich kalt.«

»Ich finde, wir sollten nicht zusammen auf der Couch kuscheln. Das würde deiner Freundin ganz sicher nicht gefallen, auch wenn nichts passiert.«

Er sah wieder weg. »Es wäre ihr egal.«

»Sie hasst mich, deshalb wäre es ihr ganz bestimmt nicht egal.«

»Sie hasst dich nicht. Und wenn, spielt es auch keine Rolle. Du bist meine Freundin.« Er umfasste meinen Knöchel und zog ihn zu sich unter die Decke.

Ich spürte die Wärme durch meine Socken und ließ zu, dass er meinen anderen Fuß ebenfalls unter die Decke zog. Seine Hände ruhten auf meinen Zehen, während ich meinen Platz auf der Lehne behielt. »Es ist überhaupt nicht egal, denn du liebst sie, und ich bin mit dir befreundet, weil ich Grenzen respektiere, zumindest einige.«

Silas betrachtete die Stelle, an der meine Füße unter der Decke verschwanden, und ich war froh, seine Reaktion nicht zu sehen. Er schien jedes Mal im Zwiespalt zu sein, sobald es um mich und Erin ging, und ich fragte mich, ob ich mir genug Mühe gegeben hatte, mit seiner Freundin auszukommen.

»Wie dem auch sei«, sagte ich und wackelte unter der Decke mit den Zehen. »Ich bin froh, dass du sie hast.«

»Teag«, sagte er, und seine braunen Augen funkelten.

»Ich weiß. Ich weiß. Lass mich nur das sagen, okay? Kein Veto.«

»Du hast deine Kein-Veto-Karte für dieses Jahr schon gespielt.«

»Stimmt«, sagte ich und rieb mir die Arme durch den Sweatshirtstoff. »Aber findest du nicht, ich sollte zwei bekommen?«

Er verdrehte die Augen, streckte aber die Arme in einer Rede-weiter-Geste aus. »Warum bist du froh, dass ich sie habe?«

»Sie macht dich glücklich, und ich möchte, dass du glücklich bist. Es ist gut, dass du außer mir noch jemanden hast.« Ich schob meine Hände zwischen meine Schenkel, um sie zu wärmen. Ich fragte mich, ob es an der Zeit war, meine Sparmaßnahmen zu beenden und die Heizung doch anzumachen. »Und eure Beziehung verhindert … Fehltritte wie den vor vielen Jahren, bevor du fortgegangen bist.«

Er warf mir einen sehr typischen Silas-Blick zu, damit ich wusste, dass er dazu etwas zu sagen hatte, es aber nicht tun würde.

»Was gut ist«, versicherte ich ihm. »Als es schlimm wurde zwischen uns und dann Verlegenheit herrschte … das war die Hölle. Ich will nicht, dass das jemals wieder geschieht.«

Endlich sagte er etwas, hielt die Decke hoch und zog an

meinem Bein. »Wirst du jetzt unter dieses verdammte Ding kommen? Du frierst. Hör auf, so stur zu sein.«

Silas war warm, und die Decke war es auch, und obwohl ich wusste, dass ich es nicht tun sollte, kroch ich unter den Stoff, und Silas legte mir den Arm um die Schultern.

»Zufrieden jetzt?«, fragte ich, das warme, sinnliche Gefühl ignorierend, das meinen Körper durchflutete und nichts mit der wärmenden Decke zu tun hatte.

Er antwortete nicht gleich, doch sein Arm über meiner Schulter spannte sich an. »Nur damit das klar ist: Das würde nie wieder zwischen uns passieren, dass es peinlich und komisch wird. Selbst wenn wir beide Single wären.«

»Könnte es aber. Was, wenn du betrunken genug bist, um mich attraktiv zu finden, oder du diese Hosenträger anhast, die ich schrägerweise sexy an dir finde.«

»Die gehörten meinem Großvater, und ich habe sie als Scherz getragen.« Sein Körper bewegte sich, als er leise lachte, und ich grinste. »Und ich müsste nicht betrunken sein, um zu wissen, dass du schön bist.«

Ich ignorierte seine Worte und das Flattern in meiner Brust, das sie auslösten. »Aber da du Erin hast, spielt es gar keine Rolle. Es wird keine Ausrutscher mehr geben, die alles ruinieren.«

Als ich ihn ansah, starrte er mit angespannter Miene auf die Decke.

Ich stieß ihn mit dem Ellbogen an. »Du solltest besser gehen. Du willst bestimmt noch duschen, bevor Erin zu dir kommt, und ich will diese Decke für mich allein haben. Ich habe beschlossen, die auch nicht zurückzugeben.«

Ich dachte, er würde lachen, stattdessen warf er mir einen weiteren Silas-Blick zu und nickte nur.

16. Kapitel

TELEFONAT

Vor fünf Jahren

Mittwoch

Silas: »Hey, hier ist Silas. Hinterlasst eine Nachricht.«

Teagan: »Hey, Fremder. Erinnerst du dich an mich?«

(Pause)

Automatische Ansage: »Wenn Sie Ihre Nachricht beibehalten wollen, legen Sie auf. Möchten Sie Ihre Nachricht löschen und neu aufnehmen, drücken Sie die Eins.«

(Piep)

Automatische Ansage: »Sprechen Sie Ihre Nachricht neu.«

Teagan: »Hey, ich bin's. Ich kann nicht glauben, dass es schon zwei Monate her ist. Ich will alles erfahren, und können wir bitte vergessen, dass ich am Flughafen mit dir rumgeknutscht habe?«

(Pause)

Automatische Ansage: »Wenn Sie Ihre Nachricht beibehalten wollen, legen Sie auf. Möchten Sie Ihre Nachricht löschen oder neu aufnehmen, drücken Sie die Eins.«

(Piep)

Automatische Ansage: »Sprechen Sie Ihre Nachricht neu.«

Teagan: »Hier spricht Teagan. Hörst du diese Nachricht überhaupt ab? Ich hoffe mal. Du fehlst mir. Du fehlst mir wirklich. Tut mir leid, dass ich dich geküsst habe. Das war ein großer Fehler. Ich habe mich hinreißen lassen, und das war einfach falsch.«

(Pause)

Automatische Ansage: »Wenn Sie Ihre Nachricht beibehalten wollen, legen Sie auf. Möchten Sie Ihre Nachricht löschen oder neu aufnehmen, drücken Sie die Eins.«

(Piep)

Automatische Ansage: »Sprechen Sie Ihre Nachricht neu.«

Teagan: »Ich bin's, und ich vermisse dein Gesicht. Es tut mir leid, was ich getan habe. Ich habe dich geküsst, und du hast mich geküsst, und ich glaube, wir haben uns beide hinreißen lassen. Aber dann bin ich weggerannt, ohne etwas zu sagen. Ich bin gestolpert und vor hundert Fremden die Treppe hinuntergefallen, falls dich das irgendwie tröstet. Wahrscheinlich nicht, weil du ein guter Mensch bist. Aber falls es doch hilft – mir tat der Hintern eine Woche lang weh, und der Inhalt meiner Handtasche flog durch die Gegend, sodass ich Tampons vor den Füßen einer Gruppe heißer Militärtypen aufsammeln musste. Ich weiß, dass du mich ein paarmal angerufen hast, und ich habe nicht zurückgerufen. Ich bin die denkbar schlechteste Freundin. Es gibt keine Rechtfertigung, aber ich habe dir versprochen, dass du mich als deine beste Freundin nie verlieren würdest, und so ist es auch nicht. Wenn du mich noch willst. Das hoffe ich, denn wie schon gesagt, ich vermisse deinen Anblick. Und ich weiß, dass du dich nicht in deinen Hoodie eingegraben hast, denn den habe ich dir ja geklaut. Ich hoffe nur, dass dir meine Idiotie nicht die Reise ruiniert hat. Rufst du mich zurück, damit ich angemessen zu Kreuze kriechen kann?«

(Telefon klingelt)

Teagan: »Hi!«

Silas: »Hey.«

Teagan: »Du hast also deinen Anrufbeantworter abgehört.«

Silas: »Ja.«

Teagan: »Wie ist Frankreich? Toll?«

Silas: »Ganz gut.«

Teagan: »…«

Silas: »Was?«

Teagan: »Das ist so peinlich, und ich hasse es.«

Silas: »Ich hasse es auch.«

Teagan: »Die Soldaten waren echt ganz süß, und einer wies mich darauf hin, dass infolge des Sturzes ein Kaugummi an meinem Shirt klebte.«

Silas *(lacht)*

Teagan: »Das macht es ein bisschen wieder gut, dass ich mich wie eine Idiotin benommen habe, oder?«

Silas: »Du hast mich geküsst, und zwar richtig geküsst, Teag. Und dann bist du einfach verschwunden ... Was ist passiert?«

Teagan: »Mir wurde klar, wie sehr ich dich vermissen würde, wenn du abreist, und ich war so traurig, dass ich nicht mitkonnte. Und es ist nicht so, als hätte ich vorher noch nie daran gedacht.«

Silas: »Du hast daran gedacht, mich zu küssen?«

Teagan: »Ich meine ... es hat doch gar nichts zu bedeuten ... es waren bloß ... Gedanken. Es muss nichts bedeuten.«

Silas: »Es war Mist, Teag. Du hast mich anschließend geghostet, und das fühlte sich an, als würde meine Ex noch einmal mit mir Schluss machen.«

Teagan: »Ich weiß. Ich habe Panik geschoben. – Etwas von dem weggeworfenen Kaugummi ist sogar in meinen Haaren gelandet.«

Silas: »Das hilft.«

Teagan: »Wird jetzt Verlegenheit zwischen uns herrschen, bis wir achtzig sind?«

Silas: »So, wie du mit dem Auto rast, wirst du niemals achtzig.«

Teagan: »Und du fährst so lahm, dass man meinen könnte, du wärst schon achtzig.«

Silas (lacht leise): »Okay, das war gemein von mir.«

Teagan: »Ich habe es verdient. Aber ich verspreche dir, dass ich nie wieder unsere Freundschaft in Gefahr bringen werde. Das werde ich nie wieder zulassen. Geht es dir jetzt einigermaßen? Hast du jemanden, mit dem du dich betrinken kannst, um Mädchen zu vergessen, die dir den Kopf verdrehen und dich abknutschen, wenn sie traurig sind?«

Silas: »Abknutschen war es eigentlich nicht.«

Teagan: »Stimmt, es war mehr ...«

Frauenstimme: »Silas, êtes-vous prêt à partir?«

Teagan: »Willst du ausgehen? Wer ist das?«

Silas: »Ja. Gib mir noch einen Moment.«

Frauenstimme: »En français!«

Silas: »Das ist Erin, die andere Kommunikationsstudentin hier in der Gruppe. Wir gehen essen.«

Teagan: »Très bien.«

Silas (kichert): »Können wir dieses Wochenende reden?«

Teagan: »Oui.«

Silas: »Ich vermisse dich.«

Teagan: »En français!«

Silas: »Tu me manques, mon amie.«

17. Kapitel

Silas

Heute
Donnerstag

Ich hatte das Gespräch vom gestrigen Abend noch im Kopf, während ich mir die Zähne putzte. Als ich Teagans Wohnung verlassen hatte, war ich drauf und dran gewesen, ihr meine Gefühle zu gestehen. Außerdem hatte ich dringend meine Sitzheizung gebraucht. Ihr Apartment war wirklich eiskalt. Ich hatte daran gedacht, sie zu mir einzuladen, bis sie abreiste. Aber da ich aufbrach, um meine Ex-Freundin zu treffen, war das keine gute Idee. Während meiner Morgenroutine rekapitulierte ich den restlichen Abend.

Erin und ich pflegten weiterhin einen sehr freundlichen Umgang miteinander. Nach sechs Jahren Beziehung, in denen wir geglaubt hatten, wir würden für immer zusammen sein, war es auch schwierig, nicht befreundet zu bleiben. Also umarmten wir uns herzlich, als sie vorbeikam. Erin zu umarmen war anders, als Teagan zu umarmen, und dass ich jedes Mal diesen Vergleich anstellte, erinnerte mich daran, dass ich die Beziehung früher hätte beenden sollen.

»Hey«, hatte ich sie begrüßt, als wir uns voneinander

lösten. Sie sah Teagan überhaupt nicht ähnlich – vielleicht ein Grund dafür, dass ich während unseres gemeinsamen Auslandsaufenthaltes Erin interessant fand. Sie hatte dunkelblonde Haare und war eher klein, mit einem wundervoll gerundeten Körper. Sie hatte ein tolles Lachen, und in gewisser Weise liebte ich sie. Auf dieser Studienreise war sie eine Freundin gewesen und dann mehr, als ich niemanden sonst gehabt hatte. Ich merkte, dass ich gern mit ihr zusammen war, weil es mir Sicherheit gab. Ich riskierte nie etwas.

Jetzt standen wir ein Stück voneinander entfernt, aber ich verspürte nicht das Verlangen, ihr näher zu sein. »Ich habe all deine Sachen, die ich noch gefunden habe, zusammengepackt«, sagte ich schließlich und deutete zur Küche, wo ein Karton mit einigen ihrer Habseligkeiten stand.

»Danke«, sagte sie. »Ich weiß es zu schätzen, dass du alles zusammengehalten hast.« Sie sah sich in der Wohnung um. Wir waren nie zusammengezogen, aber sie hatte praktisch hier gewohnt und ich bei ihr. Das Aufteilen der Sachen war schwieriger gewesen, als ich es mir vorgestellt hatte, besonders da die Person, der ich am meisten vertraute, von meiner Trennung von Erin nichts wusste.

»Möchtest du etwas zu trinken?« Ich bat sie in das kleine Wohnzimmer. Die Schachtel mit der Schokolade, die Teagan für Erins Geburtstag dagelassen hatte, stand auf dem Tisch.

»Gern. Bier, wenn du hast.« Erin machte es sich an dem Ende der Couch bequem, das ihr Stammplatz gewesen war, und fuhr mit dem Finger über die Schachtel.

Die Flasche fühlte sich kalt an in meiner Hand, als ich sie ihr gab, und das erinnerte mich an Teagans kaltes Apartment. »Bedien dich.« Wahrscheinlich hätte ich ihr sagen sollen, dass die Schachtel für sie war, aber mir wurde plötzlich sehr klar, dass Teagan etwas für sie besorgt hatte, ich aber nicht, daher verkniff ich mir die Worte. Ich würde dafür sorgen, dass sie die Trüffel mitnahm.

»Du und deine Süßigkeiten«, sagte sie und nahm die Flasche. »Wie geht es Teagan?«

Ich wusste, ich würde weder Bitterkeit noch Rachsucht in ihrer Stimme hören, auch wenn die beiden sich nie verstanden hatten. Erin wusste, wie wichtig Teagan mir war. Das verhinderte leider nicht die Schuldgefühle, die sich bei mir meldeten. »Der geht's gut. Sie unternimmt jetzt endlich diese Studienreise. In ein paar Tagen reist sie ab.«

»Ah, c'est bon pour elle«, sagte sie und trank einen Schluck aus der Flasche. Ich übersetzte diese Bemerkung rasch im Kopf. »Gut für sie«, hätte von jemand anderem sarkastisch klingen können, aber ich wusste, dass Erin es aufrichtig meinte. Manchmal verfiel sie ins Französische, und das brachte mich immer zum Lächeln.

Im Gegensatz zu mir hatte Erin wirklich in Lyon sein wollen, ihr Französisch gepflegt und viele internationale Geschäfte getätigt. Nachdem mit Teagan alles geklärt war, gefiel es mir auch ganz gut. Aber Erin und Teagan betrachteten das Reisen als die ultimative Erfahrung. Für mich waren diese fünf Monate eine einmalige Angelegenheit. Keine der beiden Frauen verstand meine gemischten Gefühle.

Erin stellte ihr Bier auf den Tisch. »Bist du traurig, dass sie verreist?«

Die Frage war so direkt, dass ich erst einmal einen Schluck von meinem Bier trank, statt gleich zu antworten. »Ich freue mich, dass sie endlich aufbrechen kann.«

»Du hast meine Frage nicht beantwortet, aber das ist in Ordnung.« Sie lächelte zaghaft und senkte den Blick auf ihren Schoß. »Also, ich wollte dir erzählen, dass ich angefangen habe, mich mit jemandem zu treffen.«

»Das ist großartig«, erwiderte ich, nicht überzeugt. »Wen?«

»Wir arbeiten zusammen. Du kennst ihn nicht. Es ist schön, etwas Neues zu haben. Es ist anders.« Sie lehnte sich nach vorn, stützte die Arme auf die Knie und fuhr mit dem Finger die Schrift auf dem Deckel der Schachtel nach. »Hast du es ihr schon gesagt?«

Ich schüttelte den Kopf, und sie nickte, als hätte sie die Antwort geahnt. »Ich glaube nicht, dass ich es tun werde.«

»Silas. Ich sage das mit Liebe«, erklärte sie. »Denn ich glaube, ein Teil von mir wird dich immer lieben, aber du benimmst dich wie ein Blödmann.«

»Beschönige nur nichts.«

»Tue ich nicht«, versicherte sie mir mit einem kecken Grinsen. »Du meintest, sie nehme einen zu großen Platz in deinem Herzen ein, und deshalb könntest du die Beziehung mit mir nicht weiterführen. Das tat weh, aber du hattest recht. Ich habe es verdient, mit jemandem zusammen zu sein, der mir sein ganzes Herz gibt.«

»Stimmt auch. Es tut mir leid, Erin …«

Sie hob die Hand. »Ich komme klar, und wir haben schon darüber gesprochen. Ich will nur wissen, warum du dir die Chance, glücklich zu sein, versagst.«

»Das tue ich nicht.«

Sie betrachtete die Schachtel, und ihr Lächeln wurde traurig. »Ist dir eigentlich aufgefallen, dass du während unserer Beziehung, wenn ich dir Süßigkeiten mitbrachte, dir immer nur ein klein wenig davon gegönnt hast? Anfangs dachte ich, es ginge dir um deine Gesundheit und dass du nicht zu viel

Zucker auf einmal zu dir nehmen wolltest. Aber das war es nicht. Du wolltest einfach nicht zu viel Gutes auf einmal.«

Darauf fiel mir nichts ein, deshalb schaute ich ebenfalls auf die Schachtel. »Ich genieße es und teile es mir ein.«

»Du weißt schon, dass Menschen so nicht funktionieren, oder? Du liebst sie. Das für dich zu behalten, macht nichts besser.«

»Es ist komplizierter.«

Sie hob eine Braue, trank den letzten Schluck von ihrem Bier und stellte die Flasche auf einen Untersetzer. »Tatsächlich?« Sie ließ die Frage im Raum stehen, dann erhob sie sich.

Ich hatte Erin nie alles erzählt, was passiert war, und wie niedergeschlagen ich die meiste Zeit in Frankreich gewesen war, nachdem sich die Dinge mit Teagan so merkwürdig entwickelt hatten. Als ich mit Erin zusammenkam, konnte ich diese Niedergeschlagenheit meistens verdrängen, und schließlich normalisierte sich das Verhältnis zwischen mir und Teagan wieder.

»Na schön«, sagte Erin, jetzt stehend. »Antworte nicht, aber ich weiß, dass ich recht habe. Ich sollte gehen, aber ich hoffe, du erzählst es ihr. Wahrscheinlich empfindet sie genauso. Ihr zwei steht euch näher als irgendwer sonst, den ich kenne. Und selbst wenn sie nicht dasselbe fühlt, wirst du es herausfinden.«

Ich gab ihr den Karton mit den Sachen, die ich gefunden hatte: eine Bürste, eine halb leere Flasche ihres teuren Conditioners, ein paar Bücher und Nippes. Er war nicht schwer. Ich hielt ihr die Schachtel mit den Trüffeln hin. »Die sind eigentlich für dich.«

»Danke, aber behalte du sie ruhig«, sagte sie, den Karton mit ihren Sachen auf der Hüfte balancierend. »Iss ein paar Süßigkeiten, Silas. Es gibt keinen Preis dafür, sie in der Schachtel zu lassen.«

Nachdem sie gegangen war, saß ich in der Stille meines Apartments auf der Couch und dachte über ihre Worte nach, kam jedoch zu keinem Schluss. Allerdings aß ich ein paar Trüffel aus der Schachtel auf dem Tisch. Sie hatte recht – ich gestattete mir stets nur wenig auf einmal. Unfähig, zu widerstehen, malte ich mir aus, wie es wohl wäre, mehr auf einmal von meiner besten Freundin zu haben.

18. Kapitel

Teagan

»Hi, James«, sagte ich, als ich nach meiner letzten Schicht im Laden an den Tresen des Kundenservice trat.

James erschrak und wandte sich mit einem gemurmelten »Hallo« ab. *Was ist denn mit dem los?* Seit Monaten flirtete er mit mir, und jetzt benahm er sich, als hätte ich ihm auf dem Parkplatz ein Bein gestellt. »Silas«, rief er über die Schulter, der uns den Rücken zugedreht hatte, weil er an irgendetwas arbeitete. Wir hatten den ganzen Tag viel zu tun gehabt und uns deshalb nicht sehen können. Aus der Nähe wirkte er müde und hatte dunkle Ringe unter den Augen.

»Hey«, sagte er und tippte auf der Tastatur herum. »Du bist eine freie Frau. Bereit zum Aufbruch?«

Ich nickte und registrierte eine gewisse Schwermut in seinem Blick. »Du musst mir nicht beim Packen helfen. Du siehst aus, als könntest du dringend Ruhe gebrauchen.«

Er winkte ab, und ich nahm seine Umhängetasche vom Tresen, bevor ich mich von James und der zierlichen Frau mit Pferdeschwanz verabschiedete, die zu seiner Ablösung aufgetaucht war. »Mir geht's gut. Wer sonst soll dich denn zwingen, mit dem Packen fertig zu werden?«

Wir bahnten uns einen Weg durch die Menge zum Ausgang. Vor uns hielten zwei Leute Händchen; ihre gebräunten Gesichter und geblümten Hemden vermittelten den Eindruck, dass sie gerade aus dem Urlaub zurückkamen. Ich schob eine Hand in die Tasche, weil ich auch die Hand von jemandem halten wollte, und dieser jemand war Silas, dessen Hand schon vergeben war.

Silas musste meinen Blick bemerkt haben. »Wir folgen nicht willkürlich Reisenden, um herauszufinden, ob sie einen Liebesbrief verloren haben.«

Ich lachte. »So romantisch bin selbst ich nicht.«

»Es wäre dir zuzutrauen«, sagte er und stupste mich mit dem Ellbogen gegen den Arm, während wir uns durch die Menge bewegten, auf den Angestelltenparkplatz zu.

Es war nicht mehr so kalt, als wir meine Wohnung betraten, aber die relative Wärme wurde ausgeglichen durch das sichtbare Chaos, in das sich mein Leben vorübergehend verwandelt hatte. »Teag«, sagte Silas und dehnte meinen Namen dabei. »Was ist denn hier los?«

Ich betrachtete das Durcheinander. »Na ja, ich habe für die Reise gepackt und beschlossen, meine Sachen in Kartons zu verstauen und diese zu meiner Mutter zu bringen, bevor die Untermieterin eintrifft. Nebenbei wollte ich ein paar Dinge neu sortieren, und tja …« Ich machte eine Handbewegung.

Silas stellte seine Tasche neben die Tür und krempelte die Ärmel hoch, sodass die feinen kastanienbraunen Haare auf seinen Armen sichtbar wurden. »Wo fangen wir an?«

»Mit Wein«, sagte ich. »Ich muss eine Flasche leeren, bevor ich abreise.«

»Ich … Äh, ich werde dir nicht widersprechen. Gibt es etwas zu essen zum Wein?« Silas ging in meine Küche und öffnete den Kühlschrank. Ich bewunderte den Anblick seiner Rückenmuskeln unter dem T-Shirt, nachdem er den Pullunder ausgezogen hatte. »Du hast … Eier, Aufschnitt, Käsescheiben und Sprühsahne.«

»Sunday Omelette?«, sagten wir gleichzeitig, und ich lachte, schon auf der Suche nach dem Korkenzieher. »Ich liebe uns.«

Er holte den Eierkarton und den Käse aus meinem Kühlschrank, überließ die Sahne aber mir.

Ich beobachtete ihn bei der Arbeit und schenkte uns Wein ein. »Wer wird in Frankreich für mich kochen?«

Er prustete. »Niemand. Da wirst du für dich selbst sorgen müssen. Wow, das würde ich gern sehen.«

Ich nahm die Sahnedose und hüpfte links vom Herd auf die Arbeitsfläche, um Silas weiter zuzuschauen. »Hast du nicht Lust, mal impulsiv zu sein und alles hinzuschmeißen, um mich zu begleiten?«

»Damit ich dir Eier und Toast mit Scheiblettenkäse in einer anderen Zeitzone zubereiten kann? Nein, lass mal.« Er rührte die Eier mit einer Gabel und suchte auf der Arbeitsfläche nach Gewürzen. Ich gab ihm die Salz- und Pfefferstreuer. »Ich habe mich schon beim ersten Mal nicht in Frankreich verliebt.«

»Das werde ich nie verstehen.« Ich betrachtete hingerissen die weichen rötlichen Bartstoppeln an seinen Wangen und wie rasch und präzise er sich in meiner Küche bewegte.

»Ich bin übrigens heute Ada begegnet.«

Ich schluckte. »Ich bin Sam über den Weg gelaufen.«

»Kismet«, sagte Silas lächelnd. »Ada meinte, sie seien nicht zusammen, aber sie mache sich Hoffnung. Seit ihrer Scheidung ist sie Single. Ich weiß, ich war genervt von deinen ständigen Vermutungen, wer es sein könnte. Aber sie hat wirklich … süß reagiert.«

Ich öffnete die Packung Scheiblettenkäse für ihn, entfernte das Plastik und sprühte ein bisschen Schlagsahne auf meinen Finger, um sie abzulecken. »Bäh.«

Silas betrachtete für einen Moment meine Lippen. Er zog mich immer damit auf, dass ich Schlagsahne gleich aus der Sprühdose aß, aber diesmal sagte er nichts dazu. »Bäh? Ich dachte, du wärst begeistert. Du liebst dieses Zeug.«

»Tue ich auch«, sagte ich und leckte die nächste Portion von meinem Finger. »Aber ich habe mit Sam gesprochen.«

»Was hat er gesagt?«

»Nun, ich habe ihm die Liste gezeigt, und er fing an, Leute aufzuzählen, die seiner Meinung nach infrage kommen. Wieso wissen Männer mittleren und älteren Alters eigentlich über alles Bescheid?«

Silas zuckte mit einer seiner breiten Schultern und goss die Eier in die heiße Pfanne. »Flughafen-Illuminati?«

»Möglicherweise.« Ich klopfte mit den Fingern auf die Laminatoberfläche der Arbeitsplatte, dann sprühte ich erneut Sahne auf meinen Finger. »Aber Sam hat den Zettel nicht geschrieben.« Ich hielt Silas meinen Finger mit der Sahne hin – er lehnte immer ab, doch diesmal betrachtete er meinen Finger, als zöge er in Erwägung, zu kosten. Dann wandte er sich wieder der Pfanne zu.

»Nein … Nein, danke.« Er wendete das Omelette und gab den Käse dazu, den ich ihm gegeben hatte. »Dann haben wir jetzt keine Spur mehr.«

Als ich die Sahne von meinem Finger geschleckt hatte, sah er mich wieder an. »Was? Habe ich etwas davon im Gesicht?«

Silas schüttelte den Kopf und widmete sich wieder ganz dem Omelette. »Tut mir leid, dass wir das Geheimnis nicht gelöst haben. Ich weiß, dass du das unbedingt wolltest vor deiner Abreise.« Er ließ das Essen auf einen Teller gleiten, machte jedoch keine Anstalten, Gabeln zu holen. Stattdessen beobachtete er, wie ich mir noch mehr Sahne auf den Finger sprühte. »Es hat jedenfalls Spaß gemacht, mit dir gemeinsam zu ermitteln.«

»Wir haben immer Spaß.« Mein Magen schlug einen eigenartigen Purzelbaum wegen der Art, wie er mich ansah. Ich wünschte mir, dass die Liebesgeschichte von irgendwem gut ausging, damit dem gefundenen Zettel wirklich eine Bedeutung zukam. Aber jetzt war meine Zeit abgelaufen, und vielleicht hatte ich darin auch zu viel Symbolik gesehen. Erneut hielt ich Silas meinen Finger hin und wartete auf die Zurückweisung. Doch ehe ich meine Hand zurückziehen konnte, stellte Silas die Kochplatte aus und hielt sanft mein Handgelenk fest.

»Okay, ich werde probieren.«

»Echt?«

Seine Lippen schlossen sich um meinen Zeigefinger, seine Zunge fuhr über die Fingerspitze und sandte sinnliche Schauer durch meinen Körper. Ich spürte nicht nur seinen Mund und die Intimität dieser Geste, sondern da war auch noch dieser Ausdruck in seinen Augen, mit denen er mich die ganze Zeit ansah. Mir wurde warm. »Das ist gut«, murmelte er, noch immer mein Handgelenk festhaltend, locker, aber unnachgiebig.

Mein Verstand versuchte zu verarbeiten, dass ich hier in dieser kleinen Küche mit ihm saß, umgeben von meinen halb gepackten Sachen, und Silas Mund hauchzart an meinem Finger spürte. Möglicherweise wollte er, dass ich Farbe bekannte. Oder ihm war tatsächlich nur danach, die Sahne zu kosten. Nein, es fühlte sich nach mehr an. Mit leiser Stimme sagte ich: »Weißt du was? Als ich die Liste fand, war mein erster Gedanke, du hättest sie geschrieben.«

»Im Ernst?«

Ich nickte. »Ist das so schrecklich?«

»Nein.« Er ging nicht weiter darauf ein.

»Du bist seit Jahren mit Erin zusammen«, sagte ich und zog meine Hand weg, denn meine Vernunft meldete sich, als ich erkannte, wie falsch das war, was ich fühlte. »Wie könnte ich auch nur einen Augenblick lang hoffen, du würdest derartige Dinge über mich denken?«

Seine Brauen zogen sich zusammen, und seine Hände hielten inne.

Ich hob die Sprühsahnedose. »Ich weiß. Ich bin ein schlechter Mensch. Du hast Glück, dass ich mich in den nächsten Monaten in einer anderen Zeitzone aufhalten werde.« Ich wollte die Stimmung nicht vermiesen durch den Hinweis darauf, wie wenig Zeit uns noch blieb, daher sprühte ich mir Sahne direkt in den Mund. Das bewahrte mich davor, etwas sagen zu müssen oder zuzugeben, wie lange ich mir schon gewünscht hatte, dass Silas mich auf diese Weise berührte.

Ein Grinsen hob seine Mundwinkel, als mein Mund voll war. »Ich habe mit Erin Schluss gemacht.«

Ich starrte ihn ungläubig an. »Gestern Abend? Was?« Die Worte kamen unverständlich heraus, weil mein Mund immer noch voll war.

»Vor einigen Monaten«, antwortete er, meine Laute richtig deutend, und weiterhin mit leiser Stimme. Er wollte den Blick abwenden, das sah ich, denn das wollte er jedes Mal, wenn ich wütend war. Stattdessen hielt er den Blickkontakt. »Ich habe es dir nicht gesagt, weil …«

Ich schluckte die restliche Sahne herunter. »Was ist passiert?«

Silas holte tief Luft, antwortete jedoch nicht auf meine Frage. »Du hast da was.« Er strich mit dem Daumen unterhalb meiner Lippen entlang und folgte dieser Bewegungen mit seinen Augen. »Ich habe Schluss gemacht.«

»Aber warum denn?«

Silas trat näher, und ich legte meine Hand flach auf seine Brust, wo ich seinen Herzschlag spürte. »Weil ich diese Liste zwar nicht geschrieben habe …« Sein Daumen blieb hauchzart auf meiner Lippe und fuhr in einem langsamen Bogen hin und her. »Aber es war nicht fair ihr gegenüber, dass ich sie geschrieben haben *könnte.*«

»Was sagst du da?«

Er schüttelte ganz leicht den Kopf. »Ich weiß es nicht.« Silas umfasste mein Kinn, seine Hand lag sehr sanft an meinem Gesicht, warm und solide. Unsere Münder waren einander nah, unsere Stirnen berührten sich beinah. »Ich weiß nicht, was ich da sage, denn du bist meine beste Freundin, und trotzdem will ich dich küssen.«

»Mein Mund wird nach Schlagsahne schmecken.«

Er lachte leise, und seine Brust vibrierte unter meiner Hand. »Das ist besser, als den Käse zu schmecken.«

»Kannst du dir einen American-Cheese-Kuss vorstellen?« Meine Stimme war ein Flüstern, aber jetzt lachten wir beide in meiner engen Küche.

»Einen French-Cheese-Kuss.« Silas Finger streichelten meine Ohrmuschel.

Ich erschauderte unter seiner Berührung. »Einen Camembert-Knutscher.«

Seine Finger bewegten sich langsam, quälend langsam, seitlich an meinem Hals abwärts.

»Ich habe noch nie so viel über Käse geredet, während jemand drauf und dran war, mich zu küssen.« Unsere Lippen waren sich so nah, und unser Atem vermischte sich, während unsere Nasen sich fast berührten. »Das hätte den Augenblick ruinieren können.«

»Nein.« Seine Lippen streiften meinen Mundwinkel. »Hat es aber nicht.« Diese zarteste Liebkosung machte mich verrückt, und ich neigte seinen Kopf, um seine Lippen voll auf meinen zu fühlen. »Das wollte ich schon tun seit unserem ersten Kuss.« Er küsste meine Wange. »Ich musste immerzu daran denken.«

»Silas«, murmelte ich.

»Du bist meine beste Freundin«, wiederholte er und hielt mein Gesicht, um mir in die Augen zu sehen, während er die Worte sprach, die er vor vielen Jahren zu mir gesagt hatte, nur dass ich sie damals gesagt hatte, damit wir aufhörten. Jetzt kamen sie einem Streichholz gleich, das ein Feuer entfachte, und dann senkten sich seine Lippen auf meine.

19. Kapitel

Silas

Da ich so oft davon fantasiert hatte, Teagan wieder zu küssen, glaubte ich, darauf vorbereitet zu sein, wie sich ihre Lippen und ihre Zunge anfühlen würden. Auch auf die Art, wie sie scharf die Luft einsog, als ich meine Hand auf ihren Rücken legte, um sie an mich zu ziehen. Aber ich war auf nichts von alldem vorbereitet, und mein Kopf war leer bis auf den Gedanken, sie weiter zu berühren. Es fühlte sich an, als hätten wir uns Stunden geküsst, ich in ihrer Küche stehend, sie auf der Arbeitsfläche sitzend; das Essen, der Wein, das Packen und sämtliche Gründe, weshalb wir uns nicht küssen sollten, waren vergessen.

Ihre Haut unter dem Saum ihres T-Shirts war glatt, und als ich ihren Hals küsste, fuhr sie mit den Fingerspitzen über meinen Nacken; ihre kurzen Nägel streiften meine Haut kaum. Es war berauschend, ihren Duft einzuatmen und sie an Stellen zu küssen, die ihr ein sinnliches Stöhnen entlockten. Fand ich eine, küsste ich sie dort gleich noch einmal. »Silas«, hauchte sie und legte den Kopf zurück.

Meine Position war nicht gerade bequem, halb über sie gebeugt im Stehen, doch das kümmerte mich nicht. Ihre

Beine waren gespreizt und befanden sich zu beiden Seiten meiner Hüften, und sie drängte sich mir entgegen, während sie stöhnend den Kopf in den Nacken warf.

Ein Poltern ließ mich hochschrecken.

»Shit! Autsch!«

Sie rieb sich die eine Seite ihres Kopfes.

»Was ist passiert?« Behutsam berührte ich ihre Haare.

»Ich habe mir den Kopf am Schrank gestoßen«, sagte sie; ihre Finger befanden sich unter meinen, als ich die Stelle vorsichtig streichelte. »Du hast mir nie gesagt, dass du so gut darin bist.«

Ich verschränkte meine Finger mit ihren und legte ihre Hand in meinen Nacken. »Du hast nie gefragt.«

»Darüber nachgedacht habe ich schon«, gestand sie, meinen Hals streichelnd. »Worin bist du sonst noch gut?«

Im Lauf unserer Freundschaft hatte Teagan mich tausend Mal berührt, aber die zarte Berührung ihrer Fingerspitzen an meinem Nacken machte mich benommen. Erneut presste ich meine Lippen auf ihre und drängte mich zwischen ihre Beine, wobei ich die Hand an ihren Hinterkopf legte, damit sie ihn sich nicht noch einmal stieß. »Ist deine Neugier jetzt befriedigt?«

Sie grinste und zog mich zu einem weiteren Kuss an sich. »Nicht mal annähernd. Also, was noch?«

»Mir wurde gesagt, ich sei gut im …« Ich streichelte die Unterseite ihres Schenkels und hob ihn an meine Hüfte. »Packen.«

»Wag es ja nicht.« Teagan schlang das andere Bein um mich. »Schlafzimmer.«

Bei diesem Wort zuckte mein Schwanz, und ich drückte sie an mich. »Du bist aber dominant.«

Sie biss sich auf die Unterlippe. »Mir würde es gefallen, wenn du ein bisschen dominant wärst. Magst du das?«

Ich hob sie hoch, indem ich die Hände unter ihre Beine und ihren Po legte, während sie sich an mich klammerte. »Ja, ich glaube schon.« Es ist schwer, jemanden einen Flur entlangzutragen, wenn dieser Flur mit Kartons vollgestellt ist; zweimal stolperte ich, und Teagan klammerte sich fester an mich. Lachend erreichten wir ihr Schlafzimmer, und ich schaffte es, sie nicht fallen zu lassen. »Deine Wohnung ist gefährlich«, sagte ich keuchend und stellte sie auf den Boden.

»Wir haben es geschafft«, sagte sie und zog ihr T-Shirt aus, unter dem ein gelber Spitzen-BH zum Vorschein kam, der ihre Brüste umhüllte, von denen ich seit Jahren geträumt hatte. »Du starrst mich an.«

»Ich …« Ich ließ meine Hände an ihrem Oberkörper hinaufgleiten und stoppte, kurz bevor meine Daumen die Unterseite ihres BHs berührten. »Ja, das tue ich.«

Sie legte mir ihren Zeigefinger unters Kinn, damit ich sie ansah. Dann hakte sie ihren BH auf, warf ihn beiseite und legte ihre Hände wieder auf meine Brust. »Zeig mir, worin du noch gut bist, Silas.«

Mein Leben hätte in diesem Moment enden können. Wenn der Blitz jetzt in ihr chaotisches Schlafzimmer eingeschlagen hätte, wäre ich glücklich gestorben, Teagans nackte Brust an meiner. Ihre sinnlichen Lippen waren leicht geöffnet. Ich küsste sie erneut und genoss das Gefühl, ehe ich Teagan umdrehte, sodass sie aufrecht kniete und mir ihren Rücken zugekehrt war. Ihr kurzer erschrockener Laut, als ich sie umdrehte, und mein Atem an ihrer nackten Schulter lösten einen Adrenalinschub aus. Sie hatte gesagt, es gefalle ihr, wenn ich das Kommando übernahm – das war neu für mich.

»Ich weiß alles über dich«, sagte ich nah an ihrem Nacken, während ich meine gespreizten Finger über ihren Bauch und ihre Rippen wandern ließ. »Aber ich habe keine Ahnung, wie du berührt werden möchtest.« Ihre Brüste lagen schwer in meinen Händen, und ich strich mit den Daumen über ihre Nippel. Es war pures Glück gewesen, dass ich nicht gleich in meine Hose gekommen war, als ich ihren Körper spürte. Es fühlte sich an, als hätten wir ein halbes Jahrzehnt Vorspiel gehabt. Sie wackelte mit ihrem Po, als wollte sie mich herausfordern.

»Genau so, nur härter. Ich kann dich nicht sehen.«

»Ich weiß. Aber du kannst mich fühlen. Schließ die Augen.« Ich drehte ihren Nippel zwischen meinem Zeigefinger und Daumen und drückte jedes Mal ein bisschen fester, um zu sehen, wie sie reagierte. »Ich bin hier.«

»Du bist immer hier«, murmelte sie und legte eine meiner Hände auf ihr Herz.

Mir wurde klar, dass ich es ebenso empfand, und ich überlegte, wie ich es ihr sagen könnte, nur war ich vollkommen abgelenkt davon, wie Teagans Körper sich anfühlte. Sie ersparte mir den emotionalen Moment, als sie meine Hand tiefer schob. »Aber heute Nacht könntest du ruhig auch hier sein.«

Ich lachte an ihrer Schulter und ließ sie meine Hand an ihrem Bauch abwärtsführen, hinein in ihre Jogginghose. »Ich dachte, du willst, dass ich das Kommando habe.«

Sie zuckte mit den Schultern. »Ich bin unberechenbar.«

»Ich weiß«, sagte ich nah an ihrem Nacken. »Das gefällt mir an dir.« Ich schob meine Hand tiefer, und ihre verschwand. Die Hitze zwischen Teagans Beinen war, wie ich sie mir erträumt hatte, und ich schob die Hand unter den Gummizug ihres Slips. Mit der Fingerspitze strich ich über ihren Venushügel und streifte seitlich ihren angeschwollenen Kitzler, dann an der anderen Seite aufwärts, ihre Feuchtigkeit spürend. »Teag«, flüsterte ich stöhnend. »Ich kann nicht glauben, dass wir das tun.«

»Darauf habe ich so lange gewartet.« Sie sah über die Schulter, und ich küsste sie, während ich fortfuhr, sie mit meiner Fingerspitze zu erforschen, gleichzeitig umfasste ich mit der anderen Hand ihre Brust.

»Halt still«, flüsterte ich ihr ins Ohr und bewegte mich vor sie, um sie zu küssen, denn das brauchte ich. Ich hatte das Gefühl, es schon immer gebraucht zu haben. Ich sank vor ihr auf die Knie und zog ihre Hose herunter. Als ich aufschaute, sah ich ihren verzückten Gesichtsausdruck. »Die ist im Weg«, sagte ich und spürte ihre Hand auf meiner Schulter, während sie aus der Hose stieg. »Aufs Bett, Baby.«

Sie stieg auf das Bett, nachdem sie einen gepackten Koffer zur Seite geschoben hatte. Sie legte sich vor mir auf den Rücken, rümpfte jedoch die Nase: »Baby?«

Ich brachte mich zwischen ihren Oberschenkeln in Stellung, die ich mit meinen Schultern sanft auseinanderdrängte. »Ich wollte es nur mal probieren.«

»Silas?«

Ich küsste ihren Bauch und hob den Blick; ihre Lider waren halb geschlossen. »Ja?«

»Du bist mein bester Freund.«

Ich knabberte an ihrem Schenkel, dann küsste ich die Stelle. »Aber ›Baby‹ magst du nicht?«

Sie lachte, ein wundervolles kehliges Lachen, das ihren

Körper unter mir vibrieren ließ. Sie fuhr mir mit den Fingern durch die Haare. »Nein, mag ich nicht.«

Ihr Lachen klang mir noch in den Ohren, als ich mit der Zunge ihren intimsten Punkt liebkoste, ihre Hüften festhaltend. Teagan schmeckte wundervoll und umfing mich mit ihrem Körper, während ich sie mit meinen Lippen, meiner Zunge und meinen Fingern erkundete. Ich gab ihr alles, denn ich schaffte es nicht, sie warten zu lassen. Sie reagierte auf jede Berührung, jede Liebkosung meiner Zunge, jeden Kuss, während sie mich mit ihren Fingern und ihrem Körper führte. Ich hätte für immer dortbleiben und zwischen ihren Beinen ertrinken können.

Sie kam schnell und hart und presste die Beine an mich, während sich ihre inneren Muskeln fest um meinen Finger schlossen. Ich wollte es gleich wieder tun, doch sie erschlaffte und schaute verträumt zur Decke. Ich bewegte mich, ihren Bauch und Oberkörper küssend, aufwärts und presste meine Lippen schließlich auf ihre.

»Silas … Si«, meinte sie stöhnend und krallte ihre Finger in meinen Rücken. »Warum bist du noch angezogen?«

»Ich wusste nicht, wie weit du gehen wolltest, außerdem war ich zu beschäftigt, um mich auszuziehen.«

Sie war bereits dabei, mir das Hemd aufzuknöpfen; ihr Bein lag auf meiner Hüfte. Dann küsste sie mich. »Du schmeckst nach mir«, stellte sie fest und schob mir das Hemd von den Schultern.

»Besser als Schlagsahne«, sagte ich, und sie lachte, wobei sich ihre Wangen pink färbten.

Teagans Hände bewegten sich über meine Brust und folgten der Haarlinie über meinen Bauch hinunter zu meinem Gürtel.

»Wir müssen nicht«, sagte ich und legte meine Hand auf ihre. »Das ist viel. Und gut, aber wir können auch einfach …« Ich suchte krampfhaft nach einer Formulierung, die besser klang als »bei Oralverkehr bleiben«.

»Möchtest du nicht?« Keiner von uns beiden war in sexuellen Dingen unerfahren, aber bei Teagan kam ich mir beinah so vor, als wäre alles mit uns neu. Ich konnte nicht erklären, weshalb ich bei dem Gedanken lächeln musste.

Ich bog mich ihrer Hand entgegen und schloss die Augen, weil die Begierde mich zu überwältigen drohte. »Doch, ich will es tun.« Ich wich von ihrer Berührung nicht zurück und sah ihr in die Augen. »Nur um das klarzustellen: Ich will viel mehr als das.«

»Ich weiß nicht, ob uns noch Zeit bleibt für Analverkehr«, neckte sie mich. »Ich muss immer noch packen.«

Ich küsste ihr Lächeln und atmete ihr Lachen ein. »Öffne meinen Reißverschluss, Klugscheißerin«, forderte ich sie auf und rollte mich auf den Rücken. Bei dieser Bewegung fiel mir etwas Glänzendes ins Auge, ein Vorhängeschloss, das auf ihrem halb gepackten Koffer lag.

Ich nahm es. »Du hast es aufbewahrt?«

Teagan war dabei, mir die Hose und die Boxershorts herunterzuziehen, und die Spitze meines aufgerichteten Schwanzes schimmerte feucht. »Natürlich«, antwortete sie, mich sanft massierend; ihre warme Hand bewegte sich entschlossen über meine sensible Haut.

Sie glitt an meinem Körper aufwärts, küsste meinen Bauch und meine Brust. Ich legte das vertraute Schloss wieder zurück und liebkoste ihren Nacken, während wir uns küssten. Ihre Schenkel schmiegten sich an meine. »Es erinnert mich an dich.«

»Es gibt jetzt keine Brücke, an die du es hängen kannst«, sagte ich, griff in ihre Nachttischschublade und betete im Stillen, dass sie den Inhalt noch nicht eingepackt hatte. *Erfolg!* Ich nahm ein Kondom aus der Schublade und streifte es mir über. »Reite mich, Teag.« Ich legte ihr Bein über meines.

Sie grinste, und ich ahnte, dass es ihr gefallen würde, oben zu sein. »Ich brauche dafür gar keine Brücke.« Sie hielt über mir inne, bevor sie hinabglitt.

»Wow.« Ich sah Sterne, tatsächlich, als sie sich auf mich herabsenkte und ich von ihrer Wärme umschlossen wurde.

»Ich weiß«, sagte sie und begann sich zu bewegen, wobei sie sich mit den Händen auf meiner Brust abstützte.

Ich überließ ihr die Führung, obwohl es mich mit jeder einzelnen Muskelfaser dazu drängte, den Rhythmus zu bestimmen. Meine Hand hielt ihre Hüfte, während ich sie mit dem Daumen der anderen Hand streichelte, damit sie erneut kam, bevor ich so weit war. Ich wollte etwas Liebevolles und Romantisches sagen und ihr meine Liebe in drei Sprachen gestehen. Doch alles, was ich tun konnte, war, ihren Blick zu erwidern, während unsere Atmung sich beschleunigte, bis wir schließlich kurz nacheinander zum Höhepunkt gelangten.

Teagan sank auf meine Brust, ihre Finger waren über meinem Herzen mit meinen verschränkt, und ich zog sie an meine Seite. Ich streckte den Arm aus nach dem Vorhängeschloss hinter ihr.

»Es ist vielleicht noch ein bisschen zu früh, um im Schlafzimmer Schlösser zum Einsatz zu bringen«, scherzte sie und berührte das Schloss, während wir es gemeinsam betrachteten. »Es erinnert mich immer an dich und daran, dass du einst an einem Ort voller Liebesgeschichten an mich gedacht hast«, meinte sie leise.

»Ich liebe dich«, sagte ich in sanftem Ton, nur kam es mir vor, als platzten diese Worte aus mir heraus, als könnte ich sie nicht zurückhalten. »Habe dich schon immer geliebt.«

»Ich liebe dich auch«, sagte sie und drückte ihre Fingerspitzen sacht an meine.

»Wir müssen noch deine Sachen packen.« Ich hielt sie eng an meine Seite geschmiegt.

»O ja, stimmt«, sagte sie. »Es ging mir bloß darum, dich hier zu halten, damit du mir mit der Luftpolsterfolie hilfst.«

Ich drückte sie und küsste sie auf den Kopf. »Das war eine gute Methode. Ich bleibe jedenfalls.«

20. Kapitel

VIDEOCHAT

Vor fünf Jahren

Donnerstag

Teagan: »Du bist online!«

Silas: »Sorry, dass es so lange gedauert hat.«

Teagan: »Das ist okay. Wie geht es dir?«

Silas: »Ganz gut. – Ich habe dieses Foto für dich gemacht.«

Teagan: »Die Pont des Arts! OMG! Du warst dort!«

Silas: »Ich habe Erin überredet, mit mir hinzugehen.«

Teagan: »Oh. Ihr zwei habt viel Zeit miteinander verbracht.«

Silas: »Äh, ja. Aber es gibt traurige Nachrichten wegen der Brücke: Sie wird geschlossen.«

Teagan: »Nein! Warum?«

Silas: »Das Gewicht der Schlösser beeinträchtigt die statische Sicherheit der Brücke oder so etwas. Man wird die Schlösser entfernen und die Geländer durch Glas ersetzen.«

Teagan: »Ich kann nicht glauben, dass ich sie nie sehen werde. Hast du noch mehr Fotos?«

Silas: »Ich wusste, du würdest fragen. Hier sind drei weitere Fotos.«

(Foto)
(Foto)
(Foto)

Teagan: »Ahh. Du hast sogar ein Selfie gemacht. Dabei hasst du Selfies.«

Silas: »Ich dachte mir, dass du gern eines hättest.«

Teagan: »Hast du eines mit Erin gemacht?«

Silas: »Nein.«

Teagan: »Warum nicht?«

Silas: »Ich weiß nicht. Es war dein Ding und käme mir sonst komisch vor. – Tut mir leid, dass du die ursprüngliche Brücke nicht mehr sehen wirst.«

Teagan: »All diese Liebesgeschichten.«

Silas: »All diese Schlösser. Die Liebesgeschichten bleiben den Leuten ja.«

Teagan: »Es ist etwas Symbolisches.«

Silas: »Manchmal ist ein Symbol nur ein Symbol.«

Teagan: »Du bist die unromantischste Person, die mir je begegnet ist. Richte Erin aus, sie soll nach einem charmanten Franzosen Ausschau halten und dich zurücklassen. – Wie läuft es eigentlich mit euch? Ich hab nur Spaß gemacht.«

Silas: »Wir sind irgendwie zusammen.«

Teagan: »Oh, wow. Es sollte ein Scherz sein, aber das ist ja großartig. Ich habe dir ja gesagt, du würdest jemanden in Frankreich finden. Damit ist meine Mission erfüllt.«

Silas: »Ich glaube nicht, dass du dir das anrechnen kannst.«

Teagan: »Klar kann ich. Du brauchtest mich, damit es so unbehaglich wird, dass du jemand anderen finden musstest, mit dem zu Zeit verbringen kannst. – Habe ich dafür gesorgt, dass es komisch wird? Habe ich, oder?«

Silas: »Ja. Wie dem auch sei, ich habe dir etwas besorgt.«

(Foto)

Teagan: »Du hast mir ein Vorhängeschloss besorgt?«

Silas: »Man konnte sie hier an einem Stand kaufen. Ich dachte mir, auch wenn die Schlösser weg sind, könntest du wenigstens symbolisch den Schlüssel in die Seine werfen, wenn du wieder hier bist.«

Teagan: »Ich nehme das von vorhin zurück. Du hast schon so deine Momente, auch wenn du nicht an Symbole glaubst.«

21. Kapitel

Teagan

Heute
Freitag

Als der Wecker klingelte, wedelte ich mit dem Arm, um mein Handy zum Schweigen zu bringen. Aber ich fand es nicht auf dem Nachtschrank, daher zwang ich mich, die Augen zu öffnen. »Wo ist mein Handy?« Ich versuchte, wach zu werden, und schaute auf dem Fußboden nach.

»Du kannst heute Morgen nicht die Schlummertaste drücken«, sagte Silas auf der anderen Seite des Bettes, mein Handy hochhaltend und mit dem Daumen über das Display streichend, um den Alarm auszuschalten.

Er drehte sich auf die Seite und legte grinsend den Kopf auf den Ellbogen. Er ließ den Blick ganz ungeniert über meinen Körper wandern, an der nackten Haut meiner Schultern und Beine innehaltend. »Guten Morgen.«

Ich legte mich wieder hin, deckte uns zu und rutschte näher an ihn. »Warum kann ich die Schlummertaste nicht drücken?«

Silas strich mit dem Finger über meinen Arm, sodass die kleinen Härchen sich aufstellten. Dann zog er mich an seine

Brust und ließ die Finger sanft über meinen Nacken und Rücken gleiten. »Weil du heute viel zu tun hast und das Land in zehn Stunden verlässt.«

»Aber ich war so lange wach«, jammerte ich, genoss es jedoch, unter der Decke seine Brust und seinen Bauch zu spüren.

»Wir hätten früher schlafen können«, konterte er und küsste mich auf die Stirn.

Wir hatten es aus dem Bett geschafft, geduscht, weitere Eier zubereitet und die meisten meiner Sachen gepackt. Als wir fertig waren, war es nach Mitternacht, und wir fielen wieder ins Bett. »Wollte ich aber nicht«, sagte ich und kreuzte die Unterarme auf seiner Brust. Ich erinnerte mich an seine murmelnde Stimme, mit der er mir vom Blick auf den Mont Fourvière in Lyon von der Fußgängerbrücke St. Georges aus erzählte, und wie er dort an mich gedacht hatte. Dann hatte er mich geküsst, und wir waren noch länger aufgeblieben.

Silas lachte leise, und ich legte meinen Kopf wieder auf seine Brust. Ich lauschte dem gleichmäßigen Rhythmus seines Herzschlags, bis er sprach. »Zehn Stunden ist nicht viel Zeit.« Er ließ seine Finger auf meinen Schulterblättern kreisen.

»Nein«, sagte ich und malte ebenfalls Kreise auf seine Brust. »Ich habe darüber nachgedacht, und vielleicht kann ich ein paar von den Dingen, die ich auf dieser Reise geplant habe, auslassen, damit wir mehr Zeit haben, um …« Ich zögerte. »Damit wir zusammen sein können, selbst während wir getrennt sind. Außerdem wollte ich einige Abstecher machen, die meine Reise verlängert hätten; auf einige davon könnte ich verzichten. Es ist nichts festgelegt. Ich will Zeit für uns finden, auch wenn ich weg bin.«

»Du hast so lange auf diese Reise gewartet.« Silas redete ruhig, nur sein Atem verriet, dass etwas nicht stimmte. »Ich will nicht, dass du deine Pläne meinetwegen änderst.«

»Du bist meine Pläne«, sagte ich, seine Wärme genießend und mich enger an ihn kuschelnd.

Er antwortete nicht, und als ich aufsah, lag ein ironisches Lächeln auf seinen Lippen. »Das ist ein guter Spruch.«

»Danke, habe ich selbst gedichtet.« Ich legte mein Kinn auf meinen Unterarm, um ihm in die Augen sehen zu können.

Seine Miene wurde ernst. »Aber ich bin nicht all deine Pläne. Und du warst nicht meine. Ich habe mir geschworen, keine Freundschaft mehr durch eine Beziehung zu ruinieren, und als wir uns auf dem College geküsst haben und ich anschließend abgereist bin …«

Ich streckte meinen Arm aus, um die Stoppeln an seinen Wangen berühren zu können.

»Wie wir uns verabschiedet haben und du dich nicht mehr gemeldet hast. Als wir wieder Kontakt hatten, dachte ich, es hätte dir nichts bedeutet, Teag. Es kam mir so vor, als hättest du dich hinreißen lassen, weil du traurig warst. Das machte mich wahnsinnig. Ich konnte mich nicht mehr konzentrieren. Ich war völlig durcheinander, denn ich hatte den Kuss erwidert, weil ich es *wollte*. Aber dann fühlte ich mich benutzt, als hätte ich dir nur irgendwie beigestanden. Ich weiß, dass es nicht in deiner Absicht lag, mir dieses Gefühl zu vermitteln, aber so war es. Ich dachte wirklich, es hätte dir nichts bedeutet.«

»Es hat mir aber etwas bedeutet«, sagte ich und erinnerte mich daran, wie gut ich mich in seinen Armen gefühlt hatte, wie wahrgenommen und wertgeschätzt, als seine Lippen auf meinen lagen. »Aber ich wusste auch, dass du am Boden zerstört warst, weil deine Freundin Schluss gemacht hatte.«

»War ich auch.«

»Deshalb bin ich einfach weggelaufen, denn ich hatte Angst und war mir über meine Gefühle nicht im Klaren. Als wir wieder Kontakt hatten, wollte ich nicht, dass du dir Sorgen machst, du könntest mich als deine beste Freundin verloren haben. Außerdem war Erin da, deshalb brachte ich es nicht zur Sprache.« Ich rutschte höher aufs Bett, damit ich ihm genau ins Gesicht sehen und meine Hand an seine Wange legen konnte. »Machst du dir jetzt deswegen Sorgen? Mich zu verlieren?«

»Nein.« Er ließ die Hand auf meine Taille sinken, und ich dachte daran, wie sehr ich es liebte, diese neue Seite an ihm kennenzulernen – den Silas, der gern berührte und berührt wurde. »Es war mir ernst mit dem, was ich letzte Nacht gesagt habe: Ich liebe dich. Es ist beängstigend, das zuzugeben, aber es ist auch schön. Es ist aufrichtig. Ich glaube, dich zu lieben ist die einzige Sache, der ich mir seit Langem sicher bin. Und es dir nicht zu sagen, nur damit sich nichts ändert, ist einfach nicht mehr tragbar. Ich liebe dich, Teag.«

»Ich liebe dich auch. Aber willst du abwarten, bis ich zurück bin?« Der warme Kokon, den wir uns geschaffen hatten, fühlte sich gleich ein wenig kühler an, und ich verstand nicht, worauf Silas hinauswollte. Für mich fühlte es sich absolut falsch an, auf die Bremse zu treten.

»Ich meine …« Silas bewegte sich, bis ich von ihm herunter auf den Rücken rollte. Dabei rutschte mein knappes Tanktop hoch. Er stützte sich auf den Ellbogen und meinte: »Wir haben so lange gewartet.« Er strich mit dem Finger von meinem Brustbein bis hinunter zu meinem Bauchnabel.

Anspannung erfasste mich, als er den Gummizug meiner Schlafshorts streifte, aber dann wanderten seine Finger wieder aufwärts und hinterließen bei mir eine Gänsehaut.

»Wie würde es aussehen, zu warten? Worauf würden wir warten?« Ich lag still da, spürte das zerwühlte Laken unter mir und die quälend langsame Bewegung seiner Fingerspitzen auf meiner Haut, wobei er jedes Mal den Bund meiner Shorts berührte. »Außerdem haben wir schon einige Male *nicht gewartet.*«

Seine Stimme war leise und kehlig und voller Silas-Humor. »Ich erinnere mich.«

Ich legte meine Hand auf seine, die sich gerade tief unten auf meinem Bauch befand, und sah ihm in die Augen. »Verrate mir, was du denkst. Ich weiß, dass du darüber nachgedacht hast, das erkenne ich an der Falte zwischen deinen Brauen.«

»Es ist nur … Du hast diese Pro-und-Kontra-Liste gefunden und dir Sorgen gemacht, dass die Person, die diese Liste verloren hat, das Verlieren als Zeichen deutet. Richtig?«

»Genau.«

»Tja, damals, also beim letzten Mal … fühlte ich mich so. Wir waren weit voneinander entfernt und hörten nichts voneinander, und ich habe das als Zeichen interpretiert, dass der Kuss ein Fehler gewesen war, den wir nicht wiedergutmachen konnten.« Die Wärme seiner Handfläche durchströmte meinen Körper. »Ich dachte, ich hätte dich verloren.«

Ich hielt den Atem an, als seine Hand sich weiter abwärts bewegte. »Okay. Und jetzt?«

»Jetzt sprechen wir darüber.« Als er die andere Hand unter seinem Kopf hervorzog, um meinen Haaransatz zu streicheln, brachte mich diese Kombination auf die wundervollste Weise an eine Grenze. Seine Fingerspitzen glitten in meine Shorts, und ich wurde schlaff vor sinnlicher Erwartung und bei der Vorstellung, wo er mich gleich berühren würde. »Aber ich will es richtig machen. Ist unser Scheitern schon programmiert, weil wir an dem Tag, an dem du ins Ausland gehst, eine Beziehung beginnen?«

»Ich kann nicht denken, wenn du das machst«, gestand ich, mich unter seiner Hand windend, um ihn zu ermutigen.

»Sorry«, sagte er lächelnd und hielt inne. »Ich wollte ja reden, es ist nur schwer, dich nicht anzufassen.«

Ich betrachtete seine Miene, seine Wangen waren leicht gerötet, sein sinnlicher Blick auf mein Gesicht gerichtet. »Wir reden erst und fassen uns anschließend an«, schlug ich vor, die Wärme seiner Hand aufsaugend.

»Geh nach Frankreich und tu all die Dinge, die du geplant hast, und wenn du wieder zurück bist, werde ich hier sein. Ich werde nicht weglaufen, und du auch nicht.«

»Vielleicht können wir einmal in der Woche miteinander sprechen. Ich will nicht der Grund dafür sein, dass du während deines Frankreich-Aufenthaltes und all deiner Abstecher nicht das tust, was du tun wolltest. Du hast so lange auf diese Reise gewartet, und ich will dich nicht ablenken und verhindern, dass du alles genießen kannst.« Er küsste mich auf die Schulter, und ich musste grinsen, weil seine Entscheidung, dass wir uns nicht berühren sollten, sehr schnell vergessen war.

»Silas …« Ich wusste, er hatte recht. Es gab so viele Dinge, die ich tun wollte, und ich würde ihm alles erzählen wollen, was ich gesehen hatte. »Was, wenn es uns zu wenig ist, nur einmal pro Woche voneinander zu hören?«

Er küsste erneut zärtlich meine Schulter. »Letzte Nacht lag ich wach und habe deinem Schnarchen gelauscht, bei dem die Wände gewackelt haben.«

Ich pikte ihn mit dem Finger da in die Rippen, wo ich wusste, dass er kitzelig war, und er lachte.

»Und ich dachte daran, wie unzertrennlich wir gewesen sind, seit wir uns kennengelernt haben. Du warst eine Konstante in meinem Leben, seit ich achtzehn war, und ich in deinem. Wenn wir nicht klarkommen, machen wir einen neuen Plan. Aber möglicherweise ist es nicht schlecht, noch einmal getrennt zu sein, bevor wir richtig zusammen sind.«

»Du möchtest etwas mit anderen haben?«

Er sah mich perplex an. »Nein! Du etwa?«

»Nein ... Es sei denn, er ist heiß, reich und Franzose.«

»Na klar, was denn sonst.« Silas lächelte, und ich fühlte seine Hand stückchenweise tiefer gleiten. »Aber wir könnten einmal pro Woche reden, und du könntest all deine Abenteuer erleben, während ich hier meine Sachen erledige, vorausgesetzt, es taucht kein heißer, reicher Franzose im Leben von einem von uns beiden auf ...« Seine Hand glitt weiter abwärts, seine Finger streiften meine begierigen Stellen.

»Du berührst mich wieder.«

»Ich weiß.« Seine Finger vollführten sanfte, kreisende Bewegungen, und ich stöhnte. Dann sprach er dicht an meinem Ohr, und seinen Atem zu spüren, war beinah so aufregend wie das, was er mit seinen Fingern anstellte. »Wenn du zurück bist, finden wir heraus, wie es weitergeht. Ich weiß, dass du weiterhin reisen willst, sobald du dein Studium beendet hast. Und wer weiß, was passiert, wenn ich in der Airline befördert werde. Vielleicht ist das eine gute Vorbereitung.«

»Okay«, sagte ich, spreizte die Beine und wand mich unter seinen erotischen Liebkosungen.

»Okay?« Er sah mir in die Augen, während seine Finger mich um den Verstand brachten.

»Ja, aber bitte mach …«

Silas grinste und tauchte unter die Decke, schlängelte sich heran wie eine übergroße Strumpfbandnatter und brachte mich zum Lachen, als sein Mund mich fand.

»Das.« Ich schaute an die mir vertraute Zimmerdecke, von sinnlichen Schauern durchflutet, und versuchte mir vorzustellen, wie es sein würde, mit meinem besten Freund nur einmal pro Woche zu reden.

22. Kapitel

Silas

»Das Boarding für Flug 93 nach LaGuardia beginnt an Gate D12, alle Passagiere, alle Sitzreihen.«

»Ich schätze, es ist Zeit zu gehen.« Ich hob Teagans Tasche vom Boden auf und gab sie ihr. Ihre Augen schimmerten feucht, und ich legte die Arme erneut um sie. »Weinst du, weil du mich, oder Julianna vermissen wirst?«

Teagan lachte an meiner Brust, und ich drückte sie, meine eigenen Emotionen im Zaum haltend.

»Du küsst wohl besser, nehme ich an«, sagte sie und sah mir in die Augen.

»Na, das hoffe ich mal, und ich hoffe auch, dass ich mit ihr nie um deine Zuneigung konkurrieren muss.« Ich wischte ihr mit dem Daumen eine Träne von der Wange. »Ich liebe dich. Das wollte ich nur noch einmal sagen.« Ich umfasste ihren Nacken und küsste sie.

Als wir uns wieder voneinander lösten, umarmte sie mich noch einmal. »Sie ist nur ein kleines bisschen besser als du, aber sie hat mehr Erfahrung.«

Ich lachte und küsste sie ein weiteres Mal auf die Lippen. »Melde dich, sobald du da bist, ja?«

Sie nickte und zog ihr Handy aus der Tasche, auf dessen Display der mobile Boarding-Pass erschien. »Auf geht's«, sagte sie ausatmend und warf einen sehnsüchtigen Blick zur Boarding-Tür.

»Du schaffst das«, sagte ich und küsste sie nochmals.

»Du auch«, erwiderte sie und trat zurück von mir, bereit, an Bord der Maschine zu gehen. »Ich liebe dich, Si.«

»Ich liebe dich, Teagan.«

»Halte durch, Mann.« James klopfte mir auf den Rücken, bevor er unseren Kundenservicetresen verließ. Er war für mich eingesprungen, damit ich Teagan verabschieden konnte. Als sie am Flughafen in meinem alten Kapuzenpullover auftauchte, wollte ich gleichzeitig lachen und weinen und sie in die Arme schließen, und das machte ich auch. Den ganzen Tag über hatte ich meinen Plan infrage gestellt und war mir nicht sicher, ob es das Richtige war, dass wir beide zunächst jeweils unseren eigenen Weg gingen. Als sie an diesem Morgen im Bett in meinen Armen gelegen hatte, kam es mir wie eine kluge Entscheidung vor. Aber jetzt, wo sie im Flugzeug nach Frankreich saß, befürchtete ich, alles könnte doch noch scheitern.

»Wie läuft es mit den Nachforschungen?« Martin kam auf mich zu. »Habt ihr sämtliche geheimen Liebschaften hier aufgedeckt?«

»Ehrlich gesagt, ich glaube, wir haben gerade einmal an der Oberfläche gekratzt.« Ich beugte mich über den Tresen, um ein paar frühmorgendliche Sonnenstrahlen abzubekommen, die um diese Zeit den Gate-Bereich fluteten. »Du hast uns allerdings gute Tipps geliefert. Die Baristas schienen auf dem Weg zu einer Beziehung zu sein, als wir sie verließen.

Und wie sich herausstellte, ist der Typ mit dem Koffergeschäft Jess' Ex-Mann.«

»Na, sieh an. Und ihr zwei habt Amor gespielt!« Martin schlug gut gelaunt mit der flachen Hand auf den Tresen. »Aber wem gehörte letztlich der Zettel?«

Ich zuckte mit den Schultern. »Wir haben es nicht herausgefunden.«

»Ihr gebt auf?«

Ich sah zum Laden gegenüber, in dem jetzt eine fremde Frau in der pinkfarbenen Schürze stand. »Teagan ist vor einer Stunde abgeflogen.«

»Ah«, meinte Martin. »Und deshalb macht es keinen Spaß mehr, weiterzuforschen. Und dein Herz hat sie auch gleich mitgenommen.« Bevor ich darauf etwas erwidern konnte, lachte Martin. »Ich habe es dir doch gesagt, mein Junge, es war so offensichtlich wie nur was.« Er hob abwehrend die Hand. »Ich weiß, du hast gesagt, ihr seid nur Freunde, aber das glaube ich dir nicht mehr.«

»Ja, sie hat mein Herz mitgenommen, aber ich denke, sie wird es wieder mitbringen.«

Martin schlug sich auf den Schenkel. »Wusste ich's doch! Neulich habe ich es noch zu Julie gesagt, und jetzt schuldet sie mir fünf Mäuse.«

Ich versuchte mir vorzustellen, wie die höchst unwahrscheinliche Freundschaft zwischen Martin und Julianna wohl aussah, doch es gelang mir nicht. Spielte auch keine Rolle. »Wir hatten ohnehin keine Idee mehr, wer den Zettel geschrieben haben könnte.«

»Hm … Vielleicht kann ich helfen. Darf ich die Notiz mal sehen? Hast du sie hier? Du hast mir nicht allzu viel darüber erzählt.«

Ich zog mein Handy aus der Tasche und scrollte zu einem Foto des E-Mail-Ausdrucks, von dem Datum und Absender fehlten. »Es ist eigentlich kein Liebesbrief, sondern eher eine Pro- und Kontra-Liste.«

Ich gab das Handy Martin, der die Liste vergrößerte und mit dem Finger über das Display fuhr, während er las. Unterdessen schaute ich mich erneut um und dachte an die Liebesgeschichten, die wir seit dem Beginn unserer Nachforschungen gesehen hatten – junge Liebe, alte Liebe, unerwiderte Liebe. Teagan zog mich die ganze Zeit damit auf, dass mir Symbole und Metaphern nichts bedeuteten. Es lag nicht daran, dass mir das Verständnis dafür fehlte. Ich glaubte nur nicht, dass es Zeichen des Universums waren. Aber als sie mir von einem freien Job am Flughafen erzählt hatte, der gut zu mir passen würde, schilderte sie mir, wie viele Geschichten sich täglich an diesem Ort abspielten. Damals war ich mehr an der mit dem Job verbundenen Krankenversicherung interessiert, doch jetzt verstand ich genau, was sie gemeint hatte.

Auf der anderen Seite des Ganges machte sich die fremde Frau in der pinkfarbenen Schürze daran, den Laden zu schließen. Es würde einige Zeit brauchen, bis ich mich daran gewöhnt hatte, dass Teagan nicht dort war. Dass sie nicht ständig in Reichweite war. Sie war immer da gewesen. Selbst als ich mich in Frankreich aufhielt, war sie immer da gewesen, in meinen Gedanken und am anderen Ende der Telefonleitung.

Martin las noch, scrollte hoch und wieder herunter, die Andeutung eines Lächelns auf dem Gesicht. »Tja«, sagte er schließlich und legte das Handy hin. »Das hättest du mir gleich zeigen sollen.«

»Ach ja?« Ich steckte mein Handy wieder ein. »Hast du Hinweise entdeckt?«

»Noch besser«, erwiderte er grinsend. »Ich weiß, wer das geschrieben hat.«

23. Kapitel

VIDEOCHAT

Nach einer Woche in Frankreich
Samstag

Teagan: »Ich habe dir tausend Dinge zu erzählen. Eine Woche ist eine Ewigkeit.«

Silas: »Ich weiß. Fühlst du dich schon französisch?«

Teagan: »Du fehlst mir. Bist du dir noch sicher wegen dieser Sache mit dem Abstand und so?«

Silas: »Nein, aber ich halte es nach wie vor für eine gute Idee.«

Teagan: »Ich schätze, du hast recht. – Also, diese wöchentlichen Chats … Dürfen sexy Momente dazugehören?«

Silas: »Daran wäre ich durchaus interessiert.«

Teagan: »Dann lass uns darüber reden. Wann wurdest du gut beim Sex?«

Silas: »Ich war immer gut beim Sex.«

Teagan: »Lügner. Das mit dem G-Punkt und der Klitoris habe ich dir im ersten Studienjahr beigebracht.«

Silas: »Anhand einer Grapefruit. Wie könnte ich das vergessen? Die Besuche bei dir waren stets denkwürdig.«

Teagan: »Deine späteren Freundinnen haben es mir alle gedankt.«

Silas: »Ich glaube, meine nächste Freundin wird dir dankbar sein.«

Teagan: »Danke, selbst. Du bist ein VIP.«

Silas: »Übrigens habe ich die Sachen aus deiner Wohnung zu deiner Mom gebracht.«

Teagan: »Du hast alles neu gepackt, oder?«

Silas: »Ich weiß nicht, ob man es als ›packen‹ bezeichnen kann, wenn du alles in Mülltüten wirfst, weil wir zu viel Zeit im Bett verbracht haben.«

Teagan: »Wir haben nicht nur zu viel Zeit im Bett verbracht, sondern auch unter der Dusche.«

Silas: »Was soll ich bloß mit dir machen?«

Teagan: »Warum lachst du über mich? Es stimmt doch!«

Silas: »Ja, ich habe alle deine Sachen neu gepackt. Und die Dusche gereinigt, damit alles bereit ist für deine Untermieterin.«

Teagan: »Du bist wirklich toll.«

Silas: »Ich weiß. Großartig beim Sex, wie du selbst gesagt hast.«

Teagan: »Ich sagte, gut.«

Silas: »Ich werde ein paar Grapefruits kaufen zum Üben, solange du fort bist. – Apropos deine Reise ... Bist du bereit für deine erste Vorlesung?«

Teagan: »Nein! Ich bin nervös. Kann ich mich bei dir ausheulen?«

Silas: »Na klar.«

Teagan: »Okay, also ...«

24. Kapitel

VIDEOCHAT

Nach vier Wochen in Frankreich
Samstag

Silas: »Hey, du.«

Silas: »Du bist stumm geschaltet, Knackpo.«

Teagan: »Ah, warum passiert mir das jedes Mal? Und ›Knackpo‹?«

Silas: »Ich versuche, einen Kosenamen für dich zu finden.«

Teagan: »Na, dann such mal lieber weiter. ›Knackpo‹ ist es nicht.«

Silas: »Okay. Du siehst erschöpft aus. Ist alles in Ordnung?«

Teagan: »Ich bin begeistert, wie du von ›Knackpo‹ zu ›Du siehst aber fertig aus‹ wechselst.« *(lacht)*

Silas: »Du siehst toll aus und sexy und nur ein bisschen fertig. Spät geworden?«

Teagan: »Ja. Wir haben uns in letzter Minute entschieden, den Zug nach Paris zu nehmen, und haben gefeiert und alles erkundet, die ganze Woche über. Gestern musste ich dann noch nachts eine Arbeit fertig schreiben, die ich aufgeschoben hatte.«

Silas: »Ist Paris nicht fünf Stunden von Lyon entfernt?«

Teagan: »Mit dem Zug sind es nur zwei. Im Prinzip hätte ich auch da arbeiten können. Aber ...«

Silas: »Stattdessen hast du dich mit Fremden angefreundet?«

Teagan: »Nicht mit Fremden. Nur ... mit Freunden, die ich noch nicht getroffen hatte.«

Silas: »Du hast doch wohl nicht den reichen sexy Franzosen kennengelernt, oder?«

Teagan: »Ein paar, aber die essen keine Grapefruit, also kannst du beruhigt sein.«

Silas: »Puh! Ich habe mir schon Sorgen gemacht. Freut mich, dass du neue Leute triffst und all die Dinge unternimmst, die du dir vorgenommen hast.«

Teagan: »Du, Zuckerpo, siehst allerdings überhaupt nicht erschöpft aus. Du strahlst, wenn ich ehrlich sein darf.«

Silas: »Zuckerpo? Ist das die Rache für ›Knackpo‹?«

Teagan: »Schnuckelpo?«

Silas: »Viel besser! Wenn ich dir sage, warum ich so gesund aussehe, wirst du dich über mich lustig machen. – Ich habe einen Tag mit Ada im Spa verbracht. Wir haben kosmetische Gesichtsbehandlungen bekommen.«

Teagan: »Ada vom Flughafen?«

Silas: »Ihre Schwester ist kurzfristig abgesprungen, und sie zog mich damit auf, dass ich einsam sei, weil du weg bist. Also habe ich sie begleitet. Es war ganz lustig. Wusstest du, dass Ada in der Navy war und Drummerin in einer Band ist? James und ich haben einen Auftritt von ihr besucht, und sie ist gut.«

Teagan: »Ich kann es noch immer nicht fassen, dass wir denjenigen, der die Liste geschrieben hat, nicht gefunden haben. Ich war mir sicher, dass wir es herausfinden. Es kam mir ein bisschen wie unsere Geschichte vor, deshalb wollte ich gern ein Happy End.«

Silas: »Ich, äh, arbeite noch daran.«

Teagan: »Bring mich auf den neuesten Stand!«

Silas: »Ich werde es dir erzählen, wenn ich etwas Gutes habe. Versprochen. Ada oder Sam sind es jedenfalls nicht. Sie ist viel zu gut für ihn, und wenn ich auf Frauen stünde, die doppelt so alt sind wie ich, und dich nicht hätte …«

Teagan: »Sie ist cooler als ich, und ich bin in Frankreich. Also nur zu.«

Silas: »Ich habe nur Augen für dich. Und selbst so erschöpft bist du die schönste Frau, die ich je gesehen habe.«

Teagan: »Du bringst mich zum Weinen. Ich bin froh, dass du ausgehst und etwas unternimmst. Ich hatte mir schon Sorgen gemacht, dass du nur zu Hause hocken würdest, wenn ich nicht da bin und dich mitschleppe.«

Silas: »So war es eine Weile auch. Aber stimmt, es tat gut.«

Teagan: »James ist nicht sauer, dass du mich weggeschnappt hast, nachdem er mit mir ausgehen wollte?«

Silas: »Ja, James … Der hat mehr am Laufen, als ich gedacht habe. Mit dem Typen auszugehen, ist, wie einem Model-Casting beizuwohnen. Ich kann dir versichern, dass er über dich hinweg ist.«

Teagan: »Ich würde dich echt gerne als seinen Kumpel in einem Club erleben!«

Silas: »Nächstes Mal mache ich ein Video. Wir waren viel zusammen unterwegs.«

Teagan: »Silas! Du hast Freunde gefunden!«

Silas: »Ach, sei still. So ein Eremit bin ich gar nicht.«

Teagan: »Bist du, aber auf gute Weise. Ein sexy Einsiedler.«

Silas: »Schon erstaunlich, dass du mich derartig verspottest und ich dich trotzdem küssen will.«

Teagan: »Willst du?«

Silas: »Und wie. Erzähl mir mehr von Paris.«

25. Kapitel

VIDEOCHAT

Nach drei Monaten in Frankreich
Samstag

Teagan: »Hi!«

Silas: »Hey, Honighintern.«

Teagan: »Google weiter Kosenamen, Sirupsteiß.«

Silas: »Das gefällt mir, Sirup…«

Teagan: »Silas? Ich glaube, die Verbindung hängt. Kannst du mich hören?«

Teagan: »Bist du noch da?«

Silas: »Teag, tut mir leid. Ich weiß nicht, was passiert ist, aber die Verbindung stockte, und ich konnte sie nicht mehr zum Laufen bringen. Jetzt spreche ich auf deinen Anrufbeantworter, also liegst du wohl schon im Bett. Ich bin echt traurig, dass ich dich heute Abend nicht erreicht habe. Können wir stattdessen morgen reden? Ich liebe dich. Schlaf gut.«

Montag

Teagan: »Hey, ich bin's. Ich hatte gehofft, dich zu erwischen, bevor du zur Arbeit aufbrichst. Hier geht es drunter und drüber, aber es ist so toll. Ich wünschte, du wärst hier und ich könnte dir alles zeigen. Ich habe einen Kurzurlaub in Wien gemacht und fühlte mich sehr inspiriert. Ich habe alles in mich aufgesaugt. Es war wie bei dem Ausflug nach Barcelona im letzten Monat, das war auch aufregend. Ich erzähle dir bald davon. Ich hoffe, wir erwischen einander mal. Ich liebe dich.«

Dienstag

Silas: »Ich war auch mal in Wien. Erinnerst du dich noch daran, wie ich davon erzählt habe? Ich kann es kaum erwarten, alles zu hören. Ich musste eine Doppelschicht arbeiten, deshalb habe ich dich schon wieder verpasst. Tut mir schrecklich leid.«

Mittwoch

Teagan: »Das ist hart. Wir werden wohl erst wieder bei unserem nächsten üblichen Anruftermin Kontakt haben. In der letzten Arbeit habe ich eine Eins geschrieben! Mein Professor hat mit mir über ein Aufbaustudium gesprochen. Er meinte, ich sollte es mit einem Master-of-Fine-Arts-Programm in Kreativem Schreiben probieren. Kannst du dir das vorstellen?«

Silas: »Ich bin so stolz auf dich. Ja, das kann ich mir gut vorstellen. Und du hast recht, es ist härter, als ich dachte. Mir war gar nicht klar, wie viel Zeit wir zusammen verbracht haben. Bis du fort warst. Ich glaube, ich verlasse mich sonst darauf, dass ich durch dich interessant bin. Und jetzt musste ich allein mit den Leuten klarkommen. Ich weiß nicht. Egal, ich liebe dich. Ich weiß, dass du jetzt in der Vorlesung bist, also bis bald.«

Donnerstag

Teagan: »Du warst immer interessant. Hey, ich habe dieses Foto für dich gemacht, als wir letztes Mal mit dem Zug nach Paris gefahren sind. Nachdem ich das Selfie mit dem Schloss gemacht habe, haben mir drei Leute erklärt, dass ich das Vorhängeschloss nicht an der Brücke befestigen kann. Ich habe geantwortet, das sei auch nicht nötig. Wir hören uns morgen zur normalen Zeit.«

Silas: »Dies ist die kitschigste Nachricht, die ich je hinterlassen habe, aber du bist nicht die einzige Person mit einem Vorhängeschloss, und ich weiß, es wird dich amüsieren, dass ich mir das Schloss gegen die Nase gehauen habe, nachdem ich dieses Selfie mit dem Vorhängeschloss über meinem Herzen gemacht habe. Schlaf gut.«

26. Kapitel

VIDEOCHAT

Nach fünf Monaten in Frankreich
Samstag

Teagan: »Wo ist dein Video? Ich kann dich nur hören.«

Silas: »Schlechte Verbindung. Was ist los?«

Teagan: »Woher weißt du, dass etwas los ist?«

Silas: »Ich höre es in deiner Stimme.«

Teagan: »Diese Reise war toll, aber jetzt will ich wieder bei dir sein. Ich habe genug vom Warten und Wachsen und Selbstständig-Sein. Das hatten wir, aber jetzt will ich mit meiner Lieblingsperson zusammen sein.«

Silas: »Ja, geht mir genauso. Bald. Nur noch einen Monat.«

Teagan: »Ich habe meinen Vibrator kaputt gespielt. In meinem Budget war nicht eingeplant, ihn zu ersetzen.«

Silas: »Musst du dir ein paar Grapefruits kaufen, um dich wieder an den Handbetrieb zu gewöhnen?«

Teagan (lachend): »Nein, ich habe mir doch einen neuen

besorgt. Werde ich eben zwei Wochen lang aufs Essen verzichten. Man muss Prioritäten setzen.«

Silas: »Dein Vibrator kostet so viel, wie du für zwei Wochen Essen ausgibst?«

Teagan: »Mit Luxusspielzeug kennst du dich anscheinend nicht aus.«

Silas: »Wohl eher nicht. Aber du isst doch, oder?«

Teagan: »Natürlich. Ich warte gerade darauf, dass das Abendessen geliefert wird. Hey, willst du was Komisches hören?«

Silas: »Klar doch. Hat es mit Luxusspielzeug zu tun?«

Teagan: »Nein. Mir fehlt tatsächlich Juliannas Schokolade. Ist das zu glauben?«

Silas: »Na ja, die ist gut! Soll ich dir welche schicken?«

Teagan: »Ja! Eine ganze Schachtel mit meinen Lieblingssorten, bitte.«

Silas: »Ich werde mich darum kümmern. Äh, möchtest du wissen, was ich über die Liste herausgefunden habe?«

Teagan: »Ja! Hast du neue Hinweise entdeckt?«

Silas: »Okay ... Aber sei nicht böse auf mich.«

Teagan: »Das lässt mich vermuten, dass ich es sein werde.«

Silas: »Ich weiß schon seit einer Weile, wer diesen Zettel geschrieben hat.«

Teagan: »Wie lange?«

Silas: »...«

Teagan: »Du kannst von Glück sagen, dass ein ganzer Ozean zwischen uns liegt. Also, wie lange?«

Silas: »Hm ... Ich hab es an dem Abend deiner Abreise herausgefunden.«

Teagan: »Du weißt es seit fünf Monaten?«

Silas: »Ich schwöre, ich hatte gute Gründe, es dir nicht zu erzählen.«

Teagan: »Raus damit. Du bist auf Bewährung«

Silas: »Nun, Martin hat die Liste geschrieben.«

Teagan: »Martin? Unmöglich! Über wen?«

Silas: »Vor etwa zwei Jahren schrieb er sie über ...«

Teagan: »Sag schon!«

Silas: »Julianna.«

Teagan: »Niemals. Unmöglich!«

Silas: »Er meinte, sie seien sich nähergekommen, und er habe die Pros und Kontras aufgeschrieben und ihr die Liste gemailt.«

Teagan: »Du nimmst mich auf den Arm.«

Silas: »Das hat er gesagt! Sie muss sie ausgedruckt haben, und dann landete sie irgendwie auf dem Boden, hinter den Pappschachteln, was weiß ich. Und so hast du sie gefunden.«

Teagan: »Sie meinte, sie sei mit niemandem zusammen.«

Silas: »Deswegen habe ich es dir nicht erzählt. Er war in sie verliebt und hat die Liste geschrieben. Sie probierten es einen Monat lang, aber es hat nicht funktioniert.«

Teagan: »Oh.«

Silas: »Und du warst so überzeugt davon, dass die Liste ein Zeichen für uns ist. Ich wollte nicht, dass du sie auf einmal als schlechtes Zeichen deutest.«

Teagan: »Martin und … Julianna? Wow.«

Silas: »Das hat er gesagt. Sie haben beschlossen, es sei besser, wenn sie Freunde sind, und dabei ist es geblieben.«

Silas: »Bist du noch da?«

Teagan: »Ja, sorry. Ich glaube, mein Essen kommt gerade.«

Silas: »Kein Problem. Und, was hältst du von der Auflösung des Rätsels? Bist du enttäuscht?«

Teagan: »Nur ein bisschen, aber ich schätze, es ist okay. Mir hat die Idee gefallen, dass die Liste eine Art Symbol für uns ist. Aber das trifft gar nicht zu. Ich meine, deshalb warten wir ja, oder? Jeder sollte Zeit für sich verbringen, um sicher zu sein, dass wir wirklich zusammen sein wollen. Und ich will es. Warte kurz, mein Essen ist da.«

(Tür wird geöffnet.)

Teagan: »Bonsoir, merc…«

Silas: »Wusstest du, dass Flüge nach Frankreich momentan billig sind?«

Teagan: »Ich kann es nicht fassen, dass du hier bist!«

Silas: »Ich habe eine Pro-und-Kontra-Liste gemacht, ob ich herkommen soll.«

Teagan: »Das ist total unwirklich. Du stehst vor meiner Tür. Komm rein!«

Silas: »Möchtest du die Liste hören?«

Teagan: »Nein, ich will dich küssen!«

Silas: »Das will ich auch, aber darf ich sie dir zuerst vorlesen?«

Teagan: »Kannst du sie bitte schnell vorlesen? Denn ich will dich zu Boden werfen.«

Silas: »Kontra: Wahrscheinlich wirst du mir sämtliche Sachen stehlen. Pro: Dadurch wird mein Gepäck für den Rückflug leichter. Kontra: Ich stehe in James' Schuld, weil er kurzfristig meine Schichten übernehmen musste. Pro: Ich kann mein Französisch auffrischen. Pro: Ich will dich morgens wach küssen und dir Omeletts zubereiten und dich die wichtigste Frau in meinem Leben nennen, statt nur daran zu denken. Ich will uns, und ich will nicht länger warten.«

Teagan: »Du hast das letzte Kontra nicht genannt.«

Silas: »Es gibt keines mehr. Ich …«

(Ein Klopfen an der Tür.)

Teagan: »Oh, das ist mein Essen. Moment. – Merci. – Sorry, das hat den Augenblick ein bisschen ruiniert. Unser Timing ist immer schlecht, oder?«

Silas: »Nein. Ich finde, wenn wir uns wirklich brauchten, sind wir immer füreinander da gewesen.«

Teagan: »Kann ich dich jetzt zu Boden werfen?«

Silas: »Unbedingt. Oh, und die hier habe ich dir mitgebracht.«

Teagan: »Juliannas Schokolade.«

Silas: »Niemand kennt dich besser, Sugar.«

Teagan: »Ich werde dich jetzt küssen, in der Hoffnung, dass dir endlich ein besserer Kosename einfällt.«

Silas: »Da könnte noch eine Menge Küssen nötig sein.«

Teagan: »Lebenslang vielleicht.«

Silas: »Kein Veto.«

Epilog

Martin

»Achtung, wir beginnen jetzt mit dem Boarding für Flug 706 nach Phoenix.«

Ich lehnte mich an den Tresen und nahm den zweiten Trüffel, den Julianna mir gab. »Danke.« Ich musterte die neue Sorte. »Was ist das?«

»Probier ihn einfach.« Sie war wie immer leicht verärgert, wenn ich fragte, bevor ich probierte. Wahrscheinlich fragte ich genau aus dem Grund. »Es ist ja schließlich nicht so, als würde ich dir etwas anbieten, was du nicht isst, oder versuchen, dich zu vergiften.«

»Auch wieder wahr«, sagte ich amüsiert. »Wenn das dein Plan wäre, hättest du mich schon längst vergiften können.« Ich biss in die Milchschokolade; die Umhüllung zerbrach knackend, und ich schmeckte eine Mischung aus Erdbeere und Erdnussbutter. »Mm, Julie, der ist gut.«

Sie strich sich die Schürze glatt. »Natürlich ist er gut.« Ich sah das verstohlene Grinsen, das jedes Mal erschien, wenn ich von einer ihrer neuen Kreationen angetan war. »Das war eine von Teagans Ideen, von der sie mich überzeugen wollte, ehe sie uns verließ, um die Welt zu bereisen.«

Ich sah zur Front des Ladens und winkte den beiden jungen Frauen vom Coffeeshop zu, die Hand in Hand vorbeigingen. Ich kannte sie nicht gut, aber ständig tauchte junge Liebe auf meinem Radar auf. »Hast du dich je gefragt, weshalb es so viele Verliebte auf diesem Flughafen gibt?«

Julianna rollte mit den Augen und fing an, den Tresen zu reinigen. »Weil hier jede Menge lüsterne Gestalten herumlaufen?«

Ich berührte ihren Handrücken mit meinen Fingern, damit sie aufhörte, den tadellos sauberen Tresen zu wischen. Vor einigen Tagen hatte ich mit Silas gesprochen, als er auf dem Weg zu seinem Flug gewesen war, der ihn endlich zu seiner Freundin brachte. Ich verstand nicht, warum sie ihre Beziehung auf Eis gelegt hatten, während sie auf Reisen war, aber ich freute mich, dass sie ihre »Selbstfindungsphase« hinter sich gebracht hatten. »Jess vom Hundesalon und ihr Ex-Mann sind wieder zusammen, und erinnere dich daran, wie ihre Geschäftspartnerin genau hier an Terminal C ihren Mann kennengelernt hat.«

»Oh, sprich mir nicht von den Hundefrauen.« Sie schob meine Hand weg und wischte weiter, während ihr alter Groll gegen die Frauen erwachte, die den Laden übernommen hatten, den ihre Freundin früher gehabt hatte. Ich war mir allerdings ziemlich sicher, dass dieser Groll längst nicht mehr so stark war. Julie wollte einfach gern hart und unnachgiebig wirken.

»Dann war da noch das Paar, das sich während dieser verrückten Tanzparty am Gate C7 verlobt hat. Überall um uns herum ist Liebe.« Ich schaute in die Halle, bevor ich sie wieder ansah und einen weiteren von diesen Erdnussbutter-und-Marmelade-Trüffeln von ihr nahm.

»Bist du betrunken?«

Ich zwinkerte. »Noch nicht. Möchtest du auf dem Heimweg etwas mit mir trinken?«

Julianna sah mich mit einem genervten Ausdruck an, der aber rasch wieder verschwand, als ihr angedeutetes Lächeln erschien. Sie zuckte mit den Schultern. »Klar. Ich könnte ein Glas Wein gebrauchen.«

Ich half ihr, alles abzuschließen, und wir gingen zum Parkplatz. Der Weg zum Ausgang war mir vertraut wie nur was.

Als wir hinaustraten, umwehte uns der Sommerwind und blies Julie eine ihrer grau-schwarzen Locken ins Gesicht. Ich betrachtete gern ihre Hände, wenn sie sich die Haare aus der Stirn strich. Sie hatte eine sanfte Seite, die sich jedoch nur in solchen Momenten zeigte.

»Ich wollte dich schon die ganze Zeit etwas fragen, alter Mann.«

Ich nickte. »Da ich ein Gentleman bin, werde ich dich nicht darauf hinweisen, dass wir im gleichen Alter sind.«

»Warum hast du diesen jungen Leuten erzählt, dass es zwischen uns nicht funktioniert hat?« Sie holte den Autoschlüssel aus ihrer Tasche, während wir uns dem Stellplatz näherten.

Ich hatte ihr von meinem Gespräch mit Silas berichtet, als er mir endlich diese Liste gezeigt hatte. Ich hatte seit über einem Jahr nicht mehr daran gedacht, deshalb war es sehr befremdlich gewesen, auf einmal meine Worte auf diesem Papier zu sehen. Ich zuckte mit den Schultern. »Eine kleine Notlüge. Ich wusste, es würde nichts daran ändern, wie verknallt er in dieses Mädchen ist. Und ich hatte übrigens recht. Er ist nach Frankreich geflogen, um sie zu sehen, und ich wette, nächstes Jahr sind sie verlobt. Außerdem hast du mir gedroht, mich zu häuten, falls sich herumspricht, dass wir zusammen sind!«

»Habe ich wohl.« Sie schaute sich um, dann trat sie nah an mich heran und berührte meine Wange mit ihren anmutigen Fingern. »Ich kann nicht glauben, dass du es geschafft hast, so lange den Mund zu halten.«

Ich zog sie neben ihrem Wagen an mich. »Man macht das Unmögliche möglich für die Frau, die man liebt.«

»Dass du Klatsch und Tratsch verhindert hast, ist schon eine echte Leistung für dich.« Sie gab mir einen raschen Kuss, ehe wir in ihren Wagen stiegen.

»Stimmt, du weißt, dass ich ein geborener Geschichtenerzähler bin.« Ich schnallte mich an und atmete den Duft ihres Wagens ein, der stets ein Mix aus Blumenduft und einem Hauch Schokoladenaroma war. »Lässt du mich demnächst aus dir eine ehrbare Frau machen?«

Sie setzte den Blinker, während wir aus der Parklücke fuhren. »Hast du etwa einen Ring in der Tasche?«

Ich lachte. »Nein, Ma'am. Du hast auch gesagt, du würdest mir das Fell über die Ohren ziehen, wenn ich dir im Flughafen einen Antrag mache.«

»Ja. Denn das hier«, sagte sie, zum Terminal deutend, »entspricht nicht meiner Vorstellung von einem romantischen Ort.«

Ich folgte ihrem Blick, dann verschränkte ich meine Finger mit ihren und hob sie an meine Lippen. »Darin sind wir geteilter Meinung, meine Schöne.«

ENDE